KB163446

설득

Persuasion

설득

Persuasion

제인 오스틴 지음 조희수 옮김

설득 // 차례

설득

Persuasion

1부

1

서머셋에 자리 잡은 켈린치 저택의 주인 월터 엘리엇 경은 재미를 충족시키기 위해 책을 읽고자 할 경우에는 언제나 '준남작 명부' 만을 꺼내 읽는, 그런 사람이었다. 그 책에서 무료한 시간을 때워 줄 내용이나 울적한 기분을 달래 줄 위안거리를 찾고는 했다.

최초의 시기에 작위를 받은 사람들 가운데 아직 생존해 있는 소수의 몇몇 사람들을 하나씩 호명하여 떠올리다 보면 그의 마음은 크게 고무되어 이내 찬탄과 존경심으로 가득 차오르고는 했다.

한편 지난 세기에 엄청나게 양산된 수작자(受爵者) 명부를 넘기다 보면 집안일에서 비롯된 언짢은 감정이 어느새 연민과 경멸의 감정으로 바뀌어 있고는 했다. 곧잘 다른 어떤 페이지의 내용에도 심드렁해지면, 그는 언제나 새로운 흥미를 유발시키는 자신의 집안 내력을 찾아 읽을 수가 있었다.

이 부분이야말로 그가 노상 펼쳐보는, 가장 마음에 드는 페이지였다.

켈린치 저택의 엘리엇 가문

월터 엘리엇 : 1760년 3월 1일생, 1784년 7월 15일, 엘리자베스와

결혼.
엘리자베스: 글로스터 주(州) 사우스 파크의 향사(鄕士)인 제임스 스티븐슨의 딸, 1800년 사망. 두 사람 사이에 1785년 6월 1일, 장녀 엘리자베스, 1787년 8월 9일, 차녀 앤, 1789년 11월 5일, 사산(死産)된 아들, 1791년 11월 20일, 삼녀 메리 태어남.

인쇄인의 손에 의해 만들어진 원래 문장은 정확히 이러했다. 그러나 월터 경은 자신과 가족에 대한 보다 확실한 정보를 위해 메리에 대한 사항 뒤에다 '1810년 12월 16일, 서머셋 주 어퍼크로스의 향사 찰스 머스그로브의 아들이며 상속인인 찰스와 혼인' 이라는 내용을 첨가했으며, 자신의 아내가 세상을 떠난 날짜도 정확하게 삽입했던 것이다.

책에는 이어서 오랜 전통을 지닌 이 훌륭한 가문의 내력과 융성이 다소 상투적인 문구로 기록되어 있었다. 우선, 처음으로 체셔 주에 정착했을 당시의 이야기가 실려 있었다. 다음으로 귀족 연감에 언급된 사항이 씌어 있었는데, 그 내용을 살펴보면, 관청에 근무하며 봉사했던 일, 한 선거구에서 세 번 연속 하원 의원에 선출되었던 사실, 찰스 2세가 즉위한 해에 충성심을 발휘해서 준남작의 작위를 얻게 된 일 따위가 메리니 엘리자베스니 하는 부인의 이름과 함께 두 페이지를 완전 메우고 있었다. 그런 다음에 문장(紋章)과 더불어 '거주지: 서머셋 주 켈린치 저택' 이라는 글로 끝을 맺고 있었다. 그런데 그 끝맺음 다음에 다시 월터 경의 필체가 등장하는 것이었다.

'추정(推定) 상속인은 2대 월터 엘리엇 경의 증손인 향사 윌리엄 월터 엘리엇임.'

월터 경의 성격은 처음부터 끝까지 허영 덩어리였다. 특히 용모나 지위에 대한 허영이 심했다. 젊었을 때는 누구에게나 금방 눈에 띌

만큼 잘생겼던 그였으며, 54세가 된 지금에도 여전히 우아한 용모를 지니고 있었다. 월터 경만큼 자신의 용모에 신경을 쓰는 사람은 여자들 가운데서도 찾아보기 힘들 정도였다. 또한 그 사람만큼 자신이 누리고 있는 사회적 지위에 흡족해 하는 사람도, 새로 귀족이 된 사람들 가운데서라도 아마 드물 것이었다. 그가 볼 때, 미에 대한 축복이 뒤처지는 것은 오직 준남작의 지위를 획득한 축복과 비교되었을 때뿐이었다. 그러므로 이 두 가지 선물을 아울러 지닌 월터 경 자신이야말로 스스로 가장 열렬히 존경하고 헌신해야 할 변함없는 대상이었던 것이다.

그가 자신의 미모와 지위에 애정을 쏟는 데는 한 가지 타당한 이유가 있었다. 왜냐하면 자기로서는 과분할 만큼 매우 고결한 품성을 지닌 여자를 아내로 맞을 수 있었던 것도 바로 이 두 가지 선물 덕택이었을 게 분명했기 때문이다. 엘리엇 부인은 분별 있고 상냥한, 훌륭한 여성이었다. 그녀의 판단력과 행실은 흠잡을 데가 없었다. 단 하나, 젊은 시절에 월터 경에게 홀딱 반해서 그와 결혼하고 만 사실만 용서될 수 있다면 말이다. 17년 동안 그녀는 남편의 결점을 적절히 다루면서 부드럽게 완화시키고, 때로는 덮어 주기도 하고, 나아가 그의 본래의 장점을 북돋워 주기까지 했다. 그녀 자신은 비록 이 세상에서 가장 행복한 사람 축에 끼이지는 못했지만, 자신의 의무나 친구들이나 자식들에게서 삶의 보람을 충분히 찾아냈다. 때문에 하늘의 뜻에 따라 이러한 것들과 인연을 끊어야 했을 때, 그녀는 그 운명을 담담하게 받아들일 수가 없었다.

세 딸—맏딸은 벌써 열여섯이었으며, 둘째는 열넷이 되었지만—은 어머니로서는 남겨 두고 떠나기가 너무나 가슴 아픈 유산이었다. 뽐내기 좋아하는, 다소 어리석어 보이는 아버지의 권위와 지도에 딸들을 맡기고 떠나야 한다는 사실이 너무 고통스러웠던 것이다. 그러나 그녀에게는 아주 친한 친구가 한 명 있었다. 교양 있고 훌륭한 여성인 그 친구는 엘리엇 부인에 대한 애정이 워낙 강했기 때문에 일부러 켈린치 마을의, 그녀의 집 가까운 곳으로 이사를 올 정도였다. 그래서 엘리엇 부인은 그때까지 딸들에게 성심껏 가르쳐 왔던 도덕이나 교양을 더욱 발전시키고 유지하는 문제를 주로 이 친구의 배려와 조언에 의존하게 되었던 것이다.

주변 사람들의 예상은 어떠했는지 모르지만, 이 친구와 월터 경은 결혼하지 않았다. 엘리엇 부인이 세상을 떠난 지도 13년이 되었지만, 두 사람의 관계는 여전히 가까운 이웃이자 친한 친구일 뿐이었다. 한 사람은 홀아비이고 한 사람은 과부일 따름이었다.

안정을 가져다주는 깊은 연륜과 성품, 거기에 재산까지 상당히 많은 러셀 부인으로서는 재혼 따위는 생각지도 않는다는 사실을 세상에 굳이 해명할 필요조차 없었다. 세상 사람들은 불합리하게도 여자가 재혼하지 않는 경우보다 재혼하는 경우를 더 못마땅하게 여기는 것이다. 그러나 월터 경이 홀아비 생활을 지속하고 있는데 대해서는 설명이 필요하다. 사실을 얘기하자면, 월터 경은(어울리지 않는 청혼으로 한두 차례 남모르는 실망을 겪고 나서) 좋은 아버지가 그러하듯이 사랑하는 딸을 위해 독신으로 지낸다는 사실에 자부심을 느끼고 있었던 것이다.

장녀를 위해서라면 어떤 것도 포기할 수 있었지만, 그렇다고 그런 상황을 마냥 기꺼워하는 것은 아니었다. 엘리자베스는 나이 열여섯에 어머니가 지녔던 권리나 사회적 지위 가운데 물려받을 수 있는 것은 모두 물려받았다. 뛰어난 미모에다 아버지를 많이 닮은 그녀는 언제나 아버지에게 큰 영향력을 행사했으며, 부녀의 관계는 상당히 좋았다. 반면에 나머지 두 딸은 형편없는 대우를 받았다. 메리는 찰스 머스그로브 부인이 된 뒤로 어느 정도의 가식적인 대우나마 받게 되었지만, 앤은 아버지나 언니에게는 하찮은 존재에 불과했다. 마음씨가 곱고 성격이 온화해서 진정으로 남을 이해할 줄 아는 사람들로부터는 높은 평가를 받았지만 말이다. 집안에서 그녀의 말은 무시당했으며, 그녀의 편의는 언제나 맨 마지막으로 고려되었다. 그녀는 그저 앤에 불과했던 것이다.

그러나 러셀 부인에게는 달랐다. 부인에게 앤은 가장 귀엽고 소중한 대녀(代女)일 뿐 아니라 가장 좋아하는 사람인 동시에 친구이기도 했다. 러셀 부인은 엘리엇 가의 세 딸을 모두 사랑했지만, 세 딸 가운데 그녀들의 어머니가 되살아난 것처럼 느껴지는 사람은 앤뿐이었다.

몇 년 전까지만 해도 앤은 매우 아름다운 처녀였다. 하지만 그녀의 전성기는 빠르게 지나가고 말았다. 아버지는 앤이 아름다움의 절정에 이르렀을 때조차도 그 아름다움에 찬사를 보낸 적이 거의 없었다(앤의 섬세한 얼굴과 온화한 검은 눈은 아버지를 조금도 닮지 않았던 것이다). 더구나 시들고 야위어 버린 지금에는 아버지의 관심을 끌 만한 요소가 한 가지도 남아 있지 않았다.

아버지는 자신이 가장 즐겨 읽는 책의 어느 다른 페이지에서 앤의 이름을 읽게 되리라는 희망 따윈 애초부터 없었지만 지금은 그 희망을 완전히 접은 상태였다. 동등한 지위의 가문과 인연을 맺을 가능성이 있는 사람은 엘리자베스뿐이었다. 왜냐하면 메리는 평판이 좋고 재산이 많기는 하지만 쇠락해 가는 시골의 한 가문과 인연을 맺은 것에 불과하므로 이편에서 모든 명예를 주었으면 주었지 받을 것은 하나도 없었기 때문이다. 그렇지만 엘리자베스는 언젠가 어울리는 결혼을 하게 되리라.

여자들 가운데는 스물아홉 살 나이에 10년 전보다 더 예뻐지는 사람이 때로 있다. 일반적으로 말해서 병이나 근심거리로 고생하지만 않는다면 그 나이 때까지는 여성으로서의 매력이 거의 상실되지 않는다. 엘리자베스의 경우가 바로 그러했다. 그녀는 13년 전에 이미 여성으로서의 미모를 갖추기 시작했지만, 지금도 전과 다름없이 아름다웠다. 그러므로 월터 경이 그녀의 나이를 잊고 있다는 사실은 어느 정도 납득될 수 있었다. 다른 모든 사람들의 미모가 시들어 가도 그 자신과 엘리자베스의 아름다움은 언제까지나 지속될 거라는 그의 생각은, 적어도 터무니없이 어리석기만 한 생각은 아니었다. 왜냐하면 자신과 엘리자베스를 뺀 나머지 가족과 지인들이 모두 늙어가는 모습만이 그의 눈에 비쳤기 때문이다. 앤은 수척해지고 메리는 천박해졌으며, 이웃 사람들의 얼굴은 한결같이 찌들어 갔던 것이다. 러셀 부인의 관자놀이 주위에 까마귀의 발 같은 주름이 부쩍 늘어나서 그의 마음을 아프게 했던 것도 이미 오래 전의 일이었다.

엘리자베스는 자신의 용모에 대해서 아버지만큼 만족스러워하지는 않았다. 지난 13년 동안 켈린치 저택의 여주인으로서 가사의 책임을 떠맡아 처리하고 지시하고 결정해 왔기 때문에, 자신이 나이보다 젊다고는 결코 생각할 수 없었던 것이다. 13년 동안 그녀는 손님을 접대하고, 가정의 법도를 확립하고, 네 필의 말이 끄는 마차까지 손님을 배웅하고는 했으며, 그 지방의 다른 집을 방문했을 때는 러셀 부인의 바로 뒤를 따라 응접실이나 식당을 나오고는 했다.

또한 지난 13년 동안 서리가 찾아드는 겨울철에 이따금씩 개최되는 무도회에도 거르지 않고 참석했으며, 매년 꽃이 필 무렵에는 아버지와 함께 런던에 가서 수 주일 동안 멋진 생활을 즐기고는 했다. 이러한 기억들을 모두 간직하고 있는 그녀는 약간의 회한과 불안감이 스물아홉이라는 나이에서 비롯된다는 점을 의식하고 있었다.

자신이 여전히, 전과 다름없이 아름답다는 사실에 더없이 만족하고 있었지만, 그 아름다움이 위험한 상태에 이르게 될 해가 다가오고 있다는 생각이 들었던 것이다. 앞으로 1~2년 안에 준남작 혈통의 집안에서 정식으로 청혼이 들어올 게 확실하다면 얼마나 기쁘겠는가.

그렇게만 된다면 그 '책 중의 책' 을 어린 시절 못지않은 기쁨을 가지고서 다시 꺼내 볼 수 있으리라. 하지만 지금으로서는 그 책을 좋아할 수 없었다. 언제 보아도 그 책에는 자신의 생년월일만 실려 있을 뿐, 결혼에 관한 내용은 막내 동생의 것만 나와 있기 때문에 그녀는 그 책을 싫어했다. 간혹 아버지가 근처의 탁자 위에 그 책을 펼쳐 놓은 채로 밖에 나가는 경우가 있었는데, 그럴 때면 그녀는 시선을 돌리며 책을 덮은 다음 한쪽으로 치워놓고는 했다.

엘리자베스에게는 또 다른 실망의 경험이 있었는데, 그 책, 그 중에서도 특히 자기 집안의 내력이 기록된 부분을 볼 때면 그 일이 머리에 떠오르고는 했다. 그녀에게 실망을 안겨준 사람은 다름 아닌 아버지로부터 관대하게도 상속권을 인정받고 있는 추정 상속인인 향사 윌리엄 월터 엘리엇이었다.

나이가 아직 어렸던 소녀 시절, 엘리자베스는 자기에게 남동생이 생기지 않을 경우에 이 사람이 준남작이 된다는 사실을 알게 되었다. 그녀는 그 사실을 알고 나서부터 그와 결혼할 생각을 품었다. 아버지도 그런 생각을 가지고 있었다. 아버지나 엘리자베스나 이 사람이 어렸을 적에는 얼굴도 모르고 지냈으나, 어머니가 돌아가신 직후부터 아버지는 그에게 교제를 청했던 것이다.

아버지의 이러한 제안에 그는 그다지 열의를 보이지 않았다. 그러나 아버지는 그 같은 태도를 청년들에게 있게 마련인 겸손한 사양이려니 생각하고 인내심을 가지고 계속해서 교제를 청했다. 그러다 엘리자베스의 아름다움에 물이 오르기 시작하던 어느 해 봄에 부녀가 여느 해와 마찬가지로 런던으로 봄나들이를 갔을 때, 윌리엄 엘리엇 씨는 거의 강제적으로 그들과 대면할 수밖에 없었다.

당시에 꽤나 젊었던 그는 법률 공부를 하고 있었다. 엘리자베스는 그에게서 커다란 호감을 느꼈고, 그에게 호의를 베풀기 위한 모든 계획을 세우게 되었다. 부녀는 그 젊은이를 켈린치 저택으로 초대했다. 그리고는 그해 내내 자주 그에 대해서 얘기하며 그를 기다렸다. 그러나 그는 끝내 오지 않았다. 이듬해 봄에 다시 런던에서 그를 만난 그녀는 여전히 호감을 갖고 그를 격려하면서 재차 집으로 초대했다. 그러나 이번에도 그는 오지 않았다. 그리고는 얼마 후, 그가 결혼했다는 소문이 들려왔다. 그는 엘리엇 가문의 상속인으로 자신의 운명을 자리매김하는 대신에 자신보다 신분이 낮은 돈 많은 여자와 결혼함으로써 독립을 사들인 것이었다.

월터 경은 화를 냈다. 엘리엇 가문의 최고 어른인 자신에게는 마땅히 상의했어야 옳다고 그는 생각했다. 더구나 자신이 그토록 공공연히 그 청년과 가깝게 지내려고 노력하고 있던 터여서 더욱 그러했다.

"우리가 함께 있는 모습을 사람들이 보았을 게 틀림없는데 말이야."

그가 말했다.

"타타솔의 공원에서 한 번, 하원의 로비에서 두 번인가 만났지."

그는 불쾌하다는 의사표명을 했으나 윌리엄 엘리엇 씨는 조금도 개의치 않았다. 윌리엄 씨는 아무런 변명도 하지 않았으며, 월터 경이 자신을 가치 없는 사람으로 여긴다면 앞으로는 더 이상 연락하지 않아도 된다고 분명하게 의사를 전달했던 것이다. 그것으로 두 사람의 교제는 완전히 끝이 나고 말았다.

매우 당혹스러웠던 윌리엄 씨의 행동은 몇 해가 지난 지금에도 여전히 엘리자베스를 화나게 만들었다. 그 사람이 마음에 들었을 뿐 아니라 아버지의 후계자였기 때문에 더욱 화가 났다. 더욱이 그녀는 가문에 대한 자긍심이 대단했기에, 월터 경의 맏딸인 자신에게는 오직 그만이 적합한 배우자가 될 수 있다고 생각했던 것이다. 알파벳순으로 나열되어 있는 준남작 명부 가운데 그녀가 배필로서 기꺼이 받아들일 만한 사람은 한 사람도 없었다. 그러나 그의 행동이 너무 무례했기 때문에, 비록 지금(1814년 여름)까지도 세상을 떠난 그의 아내를 위해 검은 리본을 달고 있다고는 하지만, 엘리자베스로서는 그를 재고해 볼 가치가 있는 사람으로 인정할 수 없었다.

그의 첫 번째 결혼이 대대손손 불명예를 초래할지도 모른다고 추측할 어떤 이유도 없었으므로, 그가 더 심한 짓만 하지 않았다면 그에 대한 나쁜 인상은 쉽사리 지워졌을지도 모른다. 그러나 친절한 친구가 흔히 있는 이런저런 대화에 끼어들어 알아낸 바에 의하면, 그는 이 집 사람들 모두에 대해서 심한 험담을 늘어놓을 뿐만 아니라 자신이 속한 혈통이나 머잖아 계승하게 될 작위에 대해서도 매우 경멸적으로 얘기한다는 것이었다. 이것은 용서할 수 없는 일이었다.

엘리자베스 엘리엇의 생각과 감정은 대충 이와 같았다. 이것이 바로 그녀의 기분을 망치는 걱정거리들이었고, 마음을 심란하게 만드는 역겨운 감정들이었다. 그녀의 내면 풍경은 우아하면서도 단조롭고, 풍성하면서도 공허했다. 이러한 것이 지방의 한 마을에서 오랫동안 태평스럽게 살아온 사람의 감정이었으며, 또한 집 바깥의 공공시설을 이용하는 습관도 전혀 없고 가정을 위해 쏟아 부을 재능이나 교양도 없는 공백 상태를 메워 주는 감정들이었다.

그러나 지금은 그 같은 감정에 또 다른 걱정거리가 덧붙여지기 시작했다. 아버지가 돈이 궁해지기 시작한 것이다. 요즈음 아버지가 빈번히 준남작 명부를 들추는 것은, 출입하는 상인들이 내놓는 고액의 청구서나 아버지의 대리인인 셰퍼드 씨가 넌지시 비치는 언짢은 제안을 마음에서 물리치기 위해서라는 걸 그녀는 알고 있었다. 이 집의 재산이 적은 것은 아니었다. 그러나 월터 경이 필요하다고 생각하는 정도에는 미치지 못했다. 엘리엇 부인이 살아 있을 때에는 규율과 절도, 절약 같은 미덕들이 제대로 지켜졌기 때문에 그의 씀씀이는 수입의 범위 내에서 이루어졌다.

하지만 아내의 죽음과 더불어 그러한 분별이 사라졌으며, 그때부터 그의 씀씀이는 늘 수입의 범위를 넘어섰던 것이다. 그로서는 지출을 줄일 도리가 없었다. 자신은 월터 경으로서 꼭 해야 할 일만을 하고 있다고 생각했으니까. 그러니 그를 비난할 수만도 없었으나, 어쨌든 빚은 점점 늘어만 갈 뿐이었다. 그는 그 사실을 딸에게는 부분적으로나마 오래 숨기고 싶어했다. 그렇지만 그 이야기가 워낙 자주 되풀이되다 보니 그 같은 노력이 허사가 되고 말았다.

작년 봄에 런던에 갔을 때 그는 엘리자베스에게 그 사실에 대해 은근히 암시했다. 나아가 이런 말까지 했다.

"지출을 줄일 수 있을까? 지출을 줄일 수 있다고 여겨지는 항목이 하나라도 생각나니?"

엘리자베스의 반응을 살펴보면, 그녀는 여성 특유의 놀라움에서 비롯된 정열로 어떻게 대처해야 하는지를 진지하게 고민한 끝에 두 가지 절약책을 제시했다. 이런저런 불필요한 자선금을 깎는 것과 응접실의 가구를 새로 사들이는 일을 삼가는 것이 바로 그것이었다.

그녀는 이 방안 외에 다른 방안도 생각해 냈다. 거의 해마다 앤에게 선물을 사주던 습관도 이제는 버려야겠다는, 꽤나 기발한 착상을 추가했던 것이다. 그러나 이 같은 방안은 그 자체로써는 훌륭한 것이었지만, 문제를 근본적으로 해결하기에는 어림도 없었다. 월터 경은 얼마 후 그 실상을 엘리자베스에게 모두 털어놓지 않을 수 없었다. 엘리자베스로서도 그 이상 유용한 방안을 제시할 수가 없었다.

아버지와 마찬가지로 자신의 불행한 처지를 한탄하는 수밖에 없었을 뿐, 체면을 손상당하거나 생활수준을 참을 수 없을 만큼 떨어뜨리지 않고서 지출을 줄이는 방안은 도저히 생각해 낼 수 없었던 것이다.

월터 경의 소유지 가운데 그 자신이 임의로 처분할 수 있는 부분은 아주 미미했다. 설사 소유지 전부를 처분한다 해도 큰 차이는 나지 않겠지만. 그는 최소한의 힘을 보유하는 범위 내에서 저당 잡히는 데까지는 뜻을 굽혔지만, 매각을 수용할 정도로까지 자신의 이름을 더럽히고 싶은 생각은 전혀 없었다. 켈린치의 소유지는 자기가 물려받은 그대로 다음 후계자에게 물려주어야 했다.

그들은 결국 가장 신뢰할 수 있는 두 사람의 친구, 즉 가까운 시장 근처에 살고 있는 세퍼드 씨와 러셀 부인을 방문해서 자문을 듣기로 했다. 아버지와 딸은 두 사람 중의 누군가가 자신들의 취향이나 자부심을 손상시키는 일 없이 이 곤경을 헤쳐 나가게 하고 지출을 줄이게 하는 묘책을 제시할 것이라고 기대하는 것 같았다.

2

점잖고 신중하기 이를 데 없는 법률가 세퍼드 씨가 속으로는 월터 경을 어떻게 이해하고 평가하는지 모르겠지만, 어쨌거나 그는 월터 경이 자신에 대해서 불쾌한 감정을 갖게 하고 싶지는 않았다. 그래서 그는 자신의 생각을, 약간의 조언마저도 제공하는 것을 삼가고 러셀 부인의 뛰어난 판단력을 넌지시 추켜올리면서 책임을 회피하려고만 했다. 부인의 현명한 양식과 익히 알려진 탁월한 분별력이라면 최종적으로 채택될 결정적인 대책을 조언할 수 있을 것이라고 그는 기대했다.

이 문제에 관해 가장 심각하게 걱정하면서 여러 가지로 진지한 배려를 해준 사람은 역시 러셀 부인이었다. 그녀는 재치가 있다기보다는 건전한 상식을 지닌 편에 속했다. 때문에 두 개의 주요한 원칙이 대립하고 있는 이번의 경우에는 어떤 결론에 도달하기가 대단히 어려웠다. 명예 의식에 예민한 그녀는 자신에 대해서는 엄격하도록 성실했다. 하지만 타인에게는 사려 깊고 관대했기 때문에 월터 경의 체면을 지켜주고 싶은 마음이 강했으며, 나아가 이 집안의 체통에 대해 신경을 안 쓸 수가 없었다. 또한 궁극적으로는 그들의 신분에 어울리는 방법을 찾고 싶은 그녀의 귀족적인 견해도 있었던 것이다.

인정 많고 관대하며 마음씨 고운 그녀는 진정으로 사람을 사랑할 줄 알았고, 행동이 올곧고 예절에 대한 관념이 엄격했다. 또한 좋은 교육을 받고 자란 인물의 전형적인 몸가짐을 잃지 않았다. 품격 있는 정신을 지닌 그녀의 성품은 대체적으로 합리적이고 조화로웠다. 그러나 가문을 중시하는 편견이 있었으며, 위계나 사회적 지위를 지나치게 높이 평가하는 나머지 그런 것을 지닌 사람들의 결점을 제대로 보지 못하는 흠이 있었다.

그녀 자신은 준남작의 바로 아래 지위인 훈공작의 미망인이었기 때문에 준남작의 작위에 대해서는 언제나 그에 합당한 존경심을 나타냈다. 따라서 월터 경이 오랜 지인이자 친절한 이웃이고 좋은 지주이며 또한 둘도 없이 친했던 친구의 남편이며 세 자매의 아버지라는 사실은 접어두고라도, 그가 어디까지나 월터 경이라는 사실만으로도 현재의 곤경에 대해서 많은 동정과 배려를 받을 권리가 충분하다고 부인은 생각했다.

그 집 식구들은 마땅히 지출을 줄여야 했다. 그것은 의심의 여지가 없는 현실이었다. 그러나 러셀 부인은 월터 경과 엘리자베스로 하여금 최소한의 고통만을 겪게 하고서 그 일을 해낼 수 있기를 간절히 바랐다. 그녀는 절약의 계획을 마련하고 엄밀히 계산을 한 후에 다른 사람 같으면 아무런 관심도 보이지 않았을 앤과 이 문제를 상의했다. 그 결과, 부인은 어느 정도 앤의 의견에 영향을 받은 절약 계획을 세우게 되었다. 이윽고 부인은 그것을 월터 경에게 제시했다. 앤의 모든 수정 사항은 체면보다는 현실 직시를 중시하는 내용이었다. 앤은 더욱 강력한 수단, 더욱 근본적인 개혁, 더 빠른 부채 청산을 바랐다. 또한 현실 직시와 타당한 일 처리 이외의 모든 것을 무시하자는 태도를 한층 강조했다.

"만일 네 아버님을 설득해서 이 계획을 그대로 받아들이게 할 수만 있다면 상당히 효과가 있을 거야."

러셀 부인이 그 서류를 눈으로 훑으며 말했다.

"이런 식으로만 조절해 간다면 빚은 7년 내에 청산할 수 있을 텐데……. 아버님과 엘리자베스 모두 알아야 할 일이지만, 켈린치 저택은 그 나름의 위엄이 있으니까 이렇게 절약해도 큰 영향은 받지 않을 거라구. 월터 경께서 지조 있는 분답게 행동만 하신다면 지각 있는 사람들 눈에는 절대 그분의 참된 기품이 손상된 것으로 비치지 않을 거야. 사실 아버님이 하셔야 할 일은 우리나라의 첫째가는 가문의 사람들이 해 오신 일, 혹은 마땅히 해야 할 일이 아니겠어? 그러니 아버님으로서는 조금도 특별한 일이 아니야.

난 우리가 아버님을 설득할 수 있을 거라는 희망을 가지고 있어. 우린 진지하고 단호해야 해. 왜냐하면 빚을 진 사람은 반드시 그 빚을 갚아야 하기 때문이지. 한 집안의 가장이면서 지체가 높은 네 아버님 같은 분의 감정은 충분히 고려되어야 하지만, 더욱 소중한 것은 정직한 인품을 유지하는 일이라고 생각해."

앤은 아버지가 이 원칙에 따라 주기를 바랐으며, 아버지의 친구들도 그런 방향으로 아버지를 설득해 주기를 원했다. 앤의 판단으로는, 철저히 절약을 해서 되도록 빠른 시일 안에 빚을 청산하는 것이 무엇보다도 시급한 의무일 듯싶었다. 그 일을 해내지 못하는 한 어떤 품위도 기대하기 힘들 거라고 여겨졌던 것이다.

앤은 이것이 의무로 받아들여지기를 바랐다. 그녀는 아버지와 언니에 대한 러셀 부인의 영향력이 상당하다고 여기고 있었다. 앤은 한 걸음 더 나아가서, 철저한 개혁안을 받아들이도록 아버지와 언니를 설득하는 일은 온건한 개혁안을 받아들이도록 설득하는 일보다 어려울 게 별로 없을 거라고 믿었다. 앤이 파악하고 있는 아버지와 언니의 성격으로는, 쌍두마차 한 대를 처분하나 두 대를 한꺼번에 처분하나 애석해 하는 정도에는 별 차이가 없을 것 같았다. 앤은 너무 관대한 러셀 부인의 삭감안의 전체 목록을 훑어보면서 그런 생각을 했다.

앤의 더욱 단호한 요구가 어느 정도로 수용되었을까 하는 문제는 조금도 중요하지 않았다. 러셀 부인의 의견마저도 전혀 수용되지 않았으니까. 월터 경은 그런 제안을 참을 수가 없었던 것이다.

"뭐라구? 생활의 모든 즐거움을 다 포기하란 말이야? 여행, 런던, 하인, 마차, 식사를? 온통 긴축과 제한뿐이구먼! 일반 서민들보다도 못한 품위를 지닌 채 살아서야! 안 돼. 그렇게 불명예스러운 조건으로 켈린치 저택에 남아 있는 것보다는 차라리 떠나는 편이 낫겠어."

"켈린치 저택을 떠나신다구요?"

세퍼드 씨는 즉시 이 말을 붙잡고 늘어졌다. 월터 경이 절약을 실천에 옮기느냐 그렇지 않느냐에 이해관계가 달려 있는 그는 경이 이 저택을 떠나는 것을 제외하고는 뾰족한 방법이 없다고 확신하고 있었다.

"경께서 먼저 얘기를 꺼냈으니 주저 없이 말씀드리겠습니다만, 실은 제 의견도 그와 똑같습니다. 제 생각으로는, 이 댁에서는 전통적인 품격을 간직한 채 손님을 환대하는 일로 정평이 나 있기 때문에 이 저택에 살고 계신 동안에는 생활양식을 크게 바꾸지는 못할 것입니다. 그러나 어딘가 다른 곳으로 거주지를 옮기신다면 경의 뜻대로 판단할 수가 있을 것입니다. 그리고 어떤 식으로 가풍을 정해 놓더라도 사람들은 경이 생활양식을 잘 조절해 놓았다고 여기며 존경할 것입니다."

월터 경은 켈린치 저택을 떠나기로 결심했다. 이후 2~3일 동안 의심과 망설임을 몇 차례나 더 반복한 끝에 그는 마침내 서둘러서 어딘가로 옮겨 가야겠다는 큰 문제를 결정함으로써 이 중대한 개혁의 첫걸음을 내딛었다.

옮겨 갈 곳의 후보지로는 런던, 바스 그리고 이 지방의 다른 집, 이렇게 세 군데가 거론되었다. 앤은 세 번째 안이 채택되기를 희망했다. 이 저택의 이웃에 있는 조그마한 집에서 살게 되면 러셀 부인과도 계속 어울릴 수 있고, 메리와도 여전히 가까이 지낼 수 있을 것이며, 이따금씩 이 저택의 잔디와 숲을 감상하는 즐거움도 누릴 수 있을 거라고 생각했던 것이다. 그러나 앤의 운명은 앤의 의사와는 반대되는 방향으로 결정되는 경향이 있었다. 앤은 바스라는 도시가 싫었으며, 자신에게 적합하지도 않다고 생각했다. 그런데도 바스가 새 거주지가 된 것이었다.

처음 한동안 월터 경은 런던을 더 마음에 두고 있었다. 그러나 월터 경이 런던에 살게 되면 신뢰감을 얻지 못할 거라고 여긴 세퍼드 씨가 교묘하게 그를 설득해서 런던 대신 바스를 선택하게 했다. 재정적으로 곤경에 처한 신사에게는 바스가 훨씬 더 안전하다고 판단했던 것이다. 그곳에서라면 비교적 적은 지출로도 존경을 받을 수가 있을 것 같았다. 물론 그는 바스가 런던에 비해 더 나은 두 가지 이점에 대해서도 강조했다.

바스는 켈린치에서 50마일밖에 떨어져 있지 않기 때문에 거리상으로 런던보다 낫다는 점과 러셀 부인도 매년 겨울을 그곳에서 지낼 수 있다는 점이 그것이었다. 처음 주거를 옮길 계획을 세울 때부터 바스가 좋다는 견해를 가졌던 부인은, 그곳으로 옮겨 간다 해서 사회적 지위가 낮아진다거나 생활의 즐거움이 줄어드는 것은 아니라는 점을 월터 경과 엘리자베스가 점차 깨닫게 된 것을 무척 기뻐했다.

러셀 부인도 앤이 바라는 바를 알고 있었지만, 이번에는 앤의 소망을 거스를 수밖에 없다고 생각했다. 월터 경이 창피를 무릅쓰고 인근의 작은 집으로 옮겨 가리라고 기대하는 것은 지나친 생각일 것이었다. 앤 자신도 예상보다 훨씬 더한 굴욕감을 느끼게 될 텐데, 월터 경의 심경은 얼마나 끔찍하겠는가.

앤이 바스를 싫어하는 데는 나름대로 이유가 있다고 여겨졌다. 첫째, 앤은 어머니가 세상을 떠난 후 3년 동안 그곳의 학교에 다녔으며, 둘째, 어느 해 겨울에 부인과 앤이 그곳에서 함께 지냈을 당시에 앤의 기분이 왠지 좋지 않았던 데서 비롯된 것일 터였다. 하지만 부인은 그것이 편견이며 오해라고 생각했다.

간단히 말하자면, 부인은 자신이 바스를 좋아하기 때문에 다른 사람들에게도 그곳이 좋은 장소임에 틀림없다고 생각하는 것이었다. 앤의 건강에 대해서 말한다면, 따뜻한 계절에는 부인과 함께 켈린치 저택에서 함께 기거하면 아무 문제도 없을 것이었다. 사실 이 같은 변화는 정신과 몸의 건강 모두에 도움이 될 게 분명했다. 앤은 지금까지 집 밖으로 나간 일이 별로 없었으며 남의 눈에 띄는 일도 별로 없었다. 앤의 기분은 지금 침체해 있지만, 사람들을 많이 사귀다 보면 한결 나아질 것이었다. 부인은 앤이 사람들에게 좀더 알려지기를 바랐다.

월터 경은 자신의 저택을 떠나야 할 뿐 아니라 그 저택이 남의 손에 들어가는 것을 지켜보아야 한다는 게 정말 싫었다. 이 점은 월터 경보다 더 강인한 사람이라 할지라도 견디기 어려운 시련이었다. 켈린치 저택은 이제 남에게 세를 놓아야만 했던 것이다. 그러나 이 사실은 관련된 사람들을 제외하고는 남에게 알려져서는 안 될 중대한 비밀이었다.

월터 경은 자신의 저택을 세놓기로 한 계획이 세상에 알려지게 될까 봐 전전긍긍했다. 셰퍼드 씨는 단 한 번 '광고'라는 말을 입 밖에 꺼낸 적이 있었지만, 그러나 두 번 다시 되풀이할 용기는 없었다. 월터 경으로서는 어떤 방법으로든 세를 놓는다는 사실을 알린다는 것은 상상할 수도 없는 일이었다. 그런 의도를 가지고 있다는 것을 넌지시 비치는 것도 금했다. 세를 놓더라도 흠잡을 데 없는 신청자가 자진해서 간청할 경우에만, 그리고 이쪽에서 큰 생색을 낼 수 있을 때에만 그렇게 하겠다는 것이었다.

사람들은 자신이 좋아하는 것을 합리화시킬 수 있는 이유들을 끌어들이는 데는 무척 빠르다. 러셀 부인은 경의 가족이 거주지를 옮기게 되는 것을 기뻐할 만한 또 다른 훌륭한 이유를 가지고 있었다. 최근에 엘리자베스가 친구를 한 명 사귀기 시작했는데, 부인은 그들의 관계를 깨뜨리고 싶었던 것이다.

상대는 희망 없는 결혼 생활을 끝내고 두 아이들과 함께 친정으로 돌아온 세퍼드 씨의 딸이었다. 그녀는 영리한 젊은 여자로서, 상대를 즐겁게 만드는 기교가 탁월했다. 적어도 켈린치 저택 사람들에게는 그러했다. 그녀는 엘리자베스의 마음을 사로잡아서 벌써 한 차례 이상은 그 집에서 묵었다. 러셀 부인은 이들의 우정이 전혀 안 어울린다고 생각했다. 그래서 엘리자베스에게 종종 주의해서 신중히 사귀라는 암시를 주고는 했다.

실제로 러셀 부인의 영향력은 엘리자베스에게는 거의 미치지 못했다. 부인이 엘리자베스를 진심으로 좋아하는 것 같지는 않았다. 그보다는 엘리자베스의 사회적 지위를 생각해서 의식적으로 그녀를 좋아하는 것 같았다.

반면에 부인은 엘리자베스에게서 표면적인 관심이나 고분고분한 순종 이상을 받아본 적이 결코 없었으며, 엘리자베스의 본래 의도와 다른 방향으로 그녀를 설득하는 일에 성공해 본 적도 없었다. 앤을 빼고 런던에 가는 일이 몹시 부당하다고 여겨져서 앤도 함께 데리고 가라고 엘리자베스에게 여러 차례 간곡히 권했지만, 소용없는 일이었다.

여러 가지 사소한 문제에 대해서도 부인의 보다 나은 판단이나 도움이 되는 경험을 반영시키려고 애를 썼지만, 한결같이 헛수고로 끝났다. 엘리자베스는 언제나 자기 고집대로만 일을 처리했다. 그 가운데서도 이 클레이 부인을 친구로 선택한 경우만큼 엘리자베스가 부인의 의견에 단호히 반대한 경우는 전에도 없었다. 그녀는 애정과 신뢰를 마땅히 동생에게 쏟아야 했으나, 동생은 내버려 둔 채 적당히 예절을 지키기만 해도 될 대상인 클레이 부인에게 그 애정과 신뢰를 쏟는 것이었다.

러셀 부인이 판단하기에 클레이 부인은 신분 면에서도 불균형이 심했고 성격 면에서도 몹시 불안정해 보였다. 그러므로 이 고장을 떠나게 되면 엘리자베스에게 클레이 부인 대신 주변에서 좀더 적당한 친구를 선택할 기회가 마련될 것이었다. 그런 의미에서도 이번에 거주지를 옮기는 일은 매우 중요한 일이었다.

3

"월터 경, 외람된 말씀이지만 지금이야말로 우리에게 썩 유리한 때라고 생각합니다."

어느 날 아침, 켈린치 저택에서 셰퍼드 씨가 신문을 내려놓으며 말했다.

"이번 평화 조약으로 해서 돈 많은 해군 장교들이 상륙해 들어오고 있습니다. 그들은 모두 살 집을 구하려고 애쓸 것입니다. 그러므로 지금이 바로 충분히 신용할 수 있는 사람으로 세들 사람을 고를 수 있는 다시없는 기회입니다. 이번 전쟁으로 한밑천 단단히 잡은 사람들이 많습니다. 만약 부유한 제독 같은 사람이 이 고장에 오게 된다면……."

"그 사람은 대단히 운이 좋은 거야, 셰퍼드."

월터 경이 대꾸했다.

"내가 하고 싶은 말은 그뿐이야. 그 사람에게는 이 저택이 사실 상(賞)이나 다름없을 테니까. 그것도 다른 어느 것보다도 영예로운 최고의 상일 게야. 그가 이전에 아무리 많은 상을 받았다 해도 말이야. 그렇지 않나, 셰퍼드?"

셰퍼드 씨는 이 재치 있는 말에는 웃어 보여야 한다는 것을 알고는 활짝 웃었다. 그리고는 이렇게 덧붙였다.
"월터 경, 주제넘은 말씀 같습니다만, 실무적인 면에서 보면 해군의 신사 분들은 거래하기가 쉬운 편입니다. 그리고 전 그 사람들의 거래 방식을 조금은 알고 있습니다. 대단히 자유로운 사고방식을 지닌 그 사람들은 다른 직업의 사람들에 비해 조금도 뒤떨어지지 않는 바람직한 임차인이 될 수 있을 겁니다. 따라서 제가 말씀드리고 싶은 바는 이것입니다. 즉 경의 생각에 대한 소문이 퍼질 수도 있다는 것입니다. 이 점은 충분히 있을 수 있는 일이라고 생각해야 합니다. 누구나 다 아는 것이지만, 이 세상에서는 어느 한 편의 행동이나 계획을 다른 사람들의 주목이나 호기심으로부터 감춰두기가 얼마나 어렵습니까.
이 존 세퍼드 같으면 남의 눈초리를 끌 가치도 없을 테니 집안 일 따위는 얼마든지 숨길 수 있겠지만, 월터 경의 경우는 세상 사람들의 눈이 뒤따르게 마련이어서 그것을 쉽사리 피하지 못할 것입니다. 따라서 감히 말씀드리자면, 우리들이 매우 주의했음에도 불구하고 사실에 관한 어떤 소문이 세상에 퍼진다 해도 전 별로 놀라지 않을 것입니다. 그런 경우가 되면 임대 신청자가 반드시 있게 마련이니, 아까 말씀드린 대로 부유한 해군 장교로부터 신청이 있을 때는 특별히 귀를 기울일 가치가 있다고 저는 생각합니다. 덧붙여 말씀드리자면, 신청이 있을 경우에는 언제든 두 시간 이내에 뛰어가서 경께서 손수 회답을 쓰시는 수고를 덜어 드리겠습니다."
월터 경은 그저 고개만 끄덕였다. 그러더니 곧 일어나서는 방 안을 왔다 갔다 하며 빈정거리는 어조로 말했다.
"내 생각으로는, 해군의 신사들치고 이처럼 훌륭한 집에 들어왔을 때 놀라지 않을 사람이 별로 없을 거야."
"주위를 두리번거리면서 새로 얻은 행복에 기뻐하지 않고서는 못

배길 거예요."

클레이 부인이 화답했다. 클레이 부인도 마침 자리를 함께 했던 것이다. 켈린치까지 마차를 함께 타고 오는 게 그녀의 건강에 큰 도움이 될 거라는 생각에서 그녀의 아버지가 태우고 온 것이다.

"그렇지만 전 해군은 바람직한 임차인이 될 거라는 우리 아버지의 생각에 전적으로 동의합니다. 전 그 직업의 사람들을 많이 알고 있는데, 그들은 일반적으로 속이 트였을 뿐 아니라 어떤 일을 하더라도 깔끔하고 조심스럽지요. 경께서 이 저택에 값진 그림 같은 것들을 그대로 두고 가신다 해도 조금도 걱정하실 필요가 없을 거예요. 저택의 안팎을 세심하게 관리해 줄 테니까 말예요. 정원이나 관목 숲도 지금과 조금도 다름없이 잘 돌봐 줄 테구요. 그리고 엘리자베스, 당신의 아름다운 화단도 방치하진 않을 거예요. 그러니까 조금도 걱정하실 필요가 없어요."

"그런 문제에 관해 말하자면……."

월터 경이 차가운 어조로 끼어들었다.

"설사 내가 남에게 집을 빌려 줄 생각이 있다 하더라도 얼마만큼의 특권을 부여할 것인가에 대해서는 결정한 바가 없어. 나로서는 임차인에게 특별히 선심을 쓰고 싶은 생각은 없으니까. 물론 수렵장은 개방하는 게 낫다고 생각하고 있지. 해군 장교든 그 밖의 어떤 직업을 가진 사람이든 그처럼 넓은 구역에서 자유롭게 지내본 사람은 아마 없을 게야. 그러나 정원의 사용을 어떻게 제한할 것인가 하는 점은 별개의 문제지. 내 관목 숲에 다른 사람이 함부로 들어서는 일은 나로서는 생각조차 하기 싫어. 엘리자베스에겐 자신의 화단을 잘 돌보라고 부탁하고 싶구나. 나로선 켈린치 저택의 임차인에게 어떤 과분한 특권 같은 것을 인정하고 싶은 생각은 조금도 없다. 그가 육군이든 해군이든 상관없이 말이야."

짧은 침묵이 흐른 뒤, 세퍼드 씨가 용기를 내어 입을 열었다.

"이러한 일에는 관습이라는 게 있게 마련입니다. 임차인과 임대인 사이의 모든 문제를 간단명료하게 매듭지어 주는 관습이 말입니다. 경의 이익은 안전하게 지켜질 것입니다. 저에게 일임해 주시면 어떠한 임차인에게든 정당한 권리 이상은 부여하지 않도록 각별히 신경 쓰겠습니다. 대단히 실례되는 말씀 같습니다만, 경께서 당신의 재산을 아무리 애써 지키신다 해도 이 존 세퍼드가 지키는 것의 절반도 못 따라 올 것입니다."

이 부분에서 앤이 입을 열었다.

"해군은 우릴 위해서 커다란 봉사를 했으니까 적어도 다른 직업의 사람들만큼은 살고 있는 집에서 안락감과 특권을 누려야 한다고 생각해요. 해군은 안락감을 바라는 이상으로 열심히 일을 한다는 걸 우리는 인정해야 해요."

"사실입니다. 정말 그렇습니다. 미스 앤의 말씀이 지당합니다."

이 같은 세퍼드 씨의 대꾸에 이어 그의 딸도 한마디 했다.

"오! 틀림없는 얘기예요."

그러나 곧바로 월터 경의 말이 뒤따랐다.

"그 직업도 나름대로 쓸모가 있긴 하지만, 난 내 친구 중에 그런 직업을 가진 사람이 있다면 안쓰럽게 생각할 거야."

"옳습니다!"

세퍼드 씨가 자못 놀란 표정을 지으면서도 이렇게 대답했다.

"정말이야, 그 직업은 두 가지 점에서 내 맘에 안 들어. 내겐 그 직업을 싫어하는 두 가지 분명한 이유가 있지. 첫째, 그 직업은 뚜렷하지 못한 신분의 사람들에게 어울리지 않는 지위를 부여해서 당사자의 아버지 대나 조부 대에는 감히 꿈조차 꾸어 보지 못한 영예의 자리를 손쉽게 제공하기 때문이지. 둘째, 그 직업은 인간의 젊음이나 활력을 끔찍이 망가뜨리기 때문이야. 배를 타는 사람들은 다른 어떤 직업의 사람들보다도 더 일찍 늙어 버리거든. 난 그런 사람들을 많이 보아 왔어.

해군에서는, 자기 아버지라면 그의 아버지와는 말을 건네는 것도 창피하게 여겼을 법한 사람이 자기보다 더 출세하는 아니꼬운 꼴을 겪거나, 자신도 혐오감이 들 만큼 일찍 늙어 버릴 위험이 다른 직업에 비해 훨씬 많지. 지난봄에 런던에 갔을 때, 하루는 내가 두 사람의 남자와 동석한 일이 있지. 이 두 사람이 지금 하고 있는 얘기의 좋은 예가 될 거야. 그 중 한 사람은 세인트 아이브스 경이었는데, 그 사람의 부친은 시골 목사로서 입에 풀칠하기조차 어려울 만큼 가난했다는 건 잘 알려진 사실이지. 그런데도 난 그 세인트 아이브스 경에게 자리를 양보하지 않을 수 없었지. 다른 한 사람은 볼드윈 제독이라는 험상궂은 용모의 위인이었어.

얼굴은 마호가니 빛에 우락부락하고 거칠었으며 잔뜩 주름이 져 있었지. 한 쪽 관자놀이에는 흰털이 아홉 개쯤 나 있었고, 정수리에는 파우더를 발라 놓았더군. '대체 저 노인은 누구요?' 나는 옆에 서 있던 친구에게 물어 보았지. '노인이라뇨? 저분이 바로 볼드윈 제독입니다. 당신은 저분 연세가 얼마쯤 된다고 생각하시오?' 그 친구가 되묻더군. '예순이나 예순둘.' 내가 대답했지. '마흔이랍니다.' 그가 말했지. 그 말에 내가 얼마나 놀랐을지 상상해 봐.

난 볼드윈 제독을 쉬 잊지 못할 거야. 선상 생활이 인간에게 미치는 영향에 대해 그토록 비참한 예를 난 아직까지 본 적이 없어. 물론 정도의 차이는 있겠지만, 배를 타는 사람은 모두 마찬가지라고 나는 알고 있다고. 마구 흔들리는 선체에서 모든 날씨와 모든 일기에 노출되다 보니 나중엔 형편없는 몰골이 되고 말지."

"그렇지 않아요, 월터 경."

클레이 부인이 목청을 돋워 말했다.
"그건 너무 심한 말씀이에요. 그처럼 불쌍한 사람들에게는 자비를 베풀어야 해요. 우리 모두가 아름다운 용모를 간직할 수는 없으니까요. 바다가 사람을 아름답게 만들지 못하는 건 분명하지요. 해군들은 일찍 늙어요. 그런 경우는 저도 많이 보았어요. 젊음이 이내 스러지고 말더군요. 그렇지만 그 점은 그 밖의 다른 많은 직업, 어쩌면 대부분의 직업에 종사하는 사람들의 경우도 마찬가지 아닐까요? 육군들도 더 낫다고는 생각되지 않아요. 좀더 점잖은 직업을 가진 사람들도 몸은 편할지 모르나 마음의 고통은 늘 있게 마련이니까 그저 시간의 흐름에 따른 자연스러운 모습으로 남아 있기는 힘들 거예요. 변호사들은 근심 걱정에 시달리며, 의사들은 늘 깨어 있어야 하고 어떤 날씨에든 가차 없이 바깥출입을 해야 하죠. 목사도……."
그녀는 잠시 말을 중단하고서 목사에 대해서는 어떤 말을 해야 할까 궁리해 보았다.
"그리고 아시다시피 목사도 병균이 들끓는 방 안으로 들어가서 자신을 유독한 공기에 맡겨야 하거든요. 결국 건강과 아름다운 용모의 축복을 한껏 누린다는 것은 어떤 특정한 직업에 종사하지 않아도 되고, 시골에서 규칙적으로 생활하고, 시간을 자유로이 쓸 수 있고, 자기가 하고 싶은 일을 할 수 있으며, 돈을 벌기 위해 마음고생을 하지 않고서도 물려받은 재산으로 살아갈 수 있는, 오직 그런 사람들만의 몫인 거예요. 그런 사람들을 제외하고는 모두 젊음이 사그라질 무렵에는 다소간 자신의 원래 자태를 손상당하게 마련이지요."
세퍼드 씨는 월터 경이 임차인으로서 해군 장교를 선호하도록 열의를 쏟았다. 그 점에 있어서 그는 선견지명이 있는 것처럼 보였다. 왜냐하면 이 저택을 임차하겠다고 처음으로 신청한 사람은 크로프트 제독이란 사람이었기 때문이다. 실은, 세퍼드 씨는 런던의 어떤 친지로부터 제독에 관해서 몇 마디 얘기나마 들은 바가 있었다.

그 사람이 켈린치까지 와서 알려준 바로는, 크로프트 제독은 서머셋 출신으로서 꽤나 많은 재산을 모았는데, 자신의 고향에 정착하는 게 소원이어서 광고에서 본 몇 군데 집을 직접 둘러볼 목적으로 타운턴에 왔다는 것이었다. 그러나 그런 집들은 제독의 마음에 들지 않았다. 그리고 제독이 우연히 들은 바로는(세퍼드 씨는 자신이 예상했던 대로 월터 경의 관심사가 비밀에 부쳐지지를 못했다고 말했다.), 정말 우연히 들었는데, 켈린치 저택을 임대할지도 모른다는 것이었다. 제독은 타운턴 지방 법원에서 우연히 알게 된 세퍼드 씨가 그 저택의 소유주와 관련이 있다는 사실을 알게 되었다. 그래서 제독은 그 일을 소상히 물어보기 위해 먼저 자기소개를 했다. 세퍼드 씨와 꽤 오랫동안 이야기를 나누는 동안, 제독은 켈린치 저택에 대해 말을 통해서만 알고 있는 사람으로서는 뜻밖이다 싶을 만큼 커다란 관심을 보였다. 그리고 자신에 대해서 세퍼드 씨에게 자상하게 설명해 주었는데, 제독은 모든 점에서 충분히 신뢰할 수 있는 가장 바람직한 임차인이었던 것이다.

"그런데 크로프트 제독은 어떤 사람이지?"

월터 경이 냉담하고 미심쩍은 표정으로 물었다. 세퍼드 씨는 제독이 신사 가문의 출신이라고 대답한 뒤, 그 사람이 태어난 고장을 알려 주었다. 잠시 침묵이 흐른 다음 앤이 입을 열었다.

"그분은 백색 함대의 해군 소장이에요. 트라팔가 해전에 참가하셨다가 그 이후 동인도에서 살았지요. 아마 수년 동안 주둔하셨을 거예요."

"그렇다면 당연히 그 사람의 낯빛은 내 제복의 소매 끝이나 어깨 망토처럼 오렌지색에 가깝겠구나."

세퍼드 씨가 재빨리 크로프트 제독에 대한 칭찬을 늘어놓았다. 제독은 꽤나 원기왕성하고 잘생긴 용모를 지녔다, 햇볕에 다소 그을린 건 사실이지만 심한 편은 아니다, 사고방식이나 행동이 나무랄 데 없는 신사여서 세 들어 사는 조건 같은 것은 까다롭게 따지지 않을 것이다, 그저 상쾌한 기분으로 살 수 있는 집만을 바라고 있으며 그런 곳으로 한시바삐 들어가고 싶을 따름이다, 혜택을 입은 만큼 그 대가를 지불해야 한다는 것도 알고 있다, 이만한 정도의 품격을 갖추고 가구까지 딸린 집이라면 어느 정도의 집세가 필요한지도 알고 있다, 만약 월터 경께서 그 이상의 금액을 요구한다 해도 놀랄 사람은 아니다, 영지에 관한 것도 물어왔다, 수렵권을 허락해 주면 물론 기뻐하겠지만 그것을 요구하지는 않을 것이다, 엽총을 들고 나간 일이 더러 있기는 하지만 사냥감을 쏴 죽여 보지는 못했다 한다, 정말 신사다운 신사이다…….

세퍼드 씨는 이 문제에 대해서는 말을 많이 했다. 제독의 가정 상황에 대한 얘기도 빼놓지 않았으며, 그 점 때문에 더욱 바람직한 임차인이라는 주장도 덧붙였다. 제독에게는 부인은 있지만 자녀는 아직 없는데, 가장 바람직한 경우라는 것이었다. 가정에 부인이 없으면 집안을 충분히 손볼 수가 없는 법이라고 그는 말했다. 아이들이 많은 경우도 그렇지만, 부인이 없는 경우에도 가구가 손상될 가능성이 크다는 점과 자녀가 없는 부인만큼 가구를 소중히 여기는 사람은 없다는 점도 강조했다. 게다가 세퍼드 씨는 이미 크로프트 부인과 만난 적이 있었다. 제독과 함께 타운턴에 온 부인은 제독이 이 문제에 대해서 세퍼드 씨와 상의하고 있는 동안에 그 장소에 함께 있었던 것이다.

"크로프트 부인은 말씨가 무척 품위 있는 데다 점잖고 똑똑해 보였어요."

세퍼드 씨가 말을 이었다.

"제독보다도 부인이 더 상세히 가옥에 관한 사항이나 임대 조건, 세금 같은 것들에 대해 물어 보셨죠. 그런 사무적인 일에 대해서는 제독보다 훨씬 더 잘 알고 계시는 것 같았습니다. 더욱이 부인은 이 고장과 아무런 관계도 없는 분이 아니라는 사실을 알게 되었는데, 그 점에서는 제독과 다를 바 없더군요. 전에 여기에 살았던 어떤 신사 분의 누이가 된다고 했어요. 부인 입으로 직접 그 말씀을 하셨습니다. 몇 해 전에 몽크포드에 거주했던 그 신사 분 이름이 뭐라더라. 얼마 전에 들었는데도 벌써 까먹다니. 얘, 페넬로프, 몽크포드에 살았다는 그 신사 분의 이름이 혹시 생각나니? 크로프트 부인의 동생 말이야."

그러나 클레이 부인은 엘리자베스와의 얘기에 열중하느라 이 말을 듣지 못했다.

"누구를 얘기하고 있는지 짐작도 못 하겠네, 셰퍼드. 예전의 트렌트 지사 이래로 몽크포드엔 신사다운 사람이 산 적이 없는 걸로 기억하고 있는데."

"제가 왜 이러는지 모르겠어요. 이러다간 머잖아 제 이름까지 잊어버리고 말 것 같아요. 제가 아주 잘 알고 있는 이름인데……. 직접 뵌 적도 많거든요. 백 번 정도는 만났을 겁니다. 한 번은 저한테 상의하러 오신 일까지 있었습니다. 이웃에 사는 농가의 일꾼이 그분의 과수원에 뛰어들어 돌담을 망가뜨리고 사과를 훔쳤답니다. 그 일꾼은 현장에서 잡혔습니다. 그분은 나중에는 저의 판단과는 달리 우호적인 타협안에 응해 주었지요. 그런 분의 이름을 잊다니, 정말 우스운 일이에요."

잠시 침묵이 흘렀다.

"웬트워스 씨 말씀인가요?"

앤이 말했다.

"그래요, 웬트워스 씨가 맞습니다. 그분께선 얼마 전까지만 해도 이곳에 사셨습니다. 2~3년 동안 몽크포드에서 목사보로 계셨지요. 이제 기억나시죠?"

"웬트워스라구? 아, 그래! 몽크포드의 목사보로 있던 사람 말이구먼. 자네가 자꾸 신사라는 말을 쓰는 바람에 미처 생각을 못 했어. 난 또 자네가 재산이 많은 어떤 사람에 대해서 말하고 있는 줄로만 알았지. 웬트워스 씨는 별 볼일 없는 사람이었다고 기억나는군. 좋은 가문과는 전혀 관계가 없는 사람이었지."

세퍼드 씨는 크로프트 부부의 이러한 인척 관계가 월터 경에게 아무런 영향도 끼치지 못한다는 것을 알고 나서부터 그 문제에 대해서는 언급하기를 꺼렸다. 대신에 다시 원점으로 돌아와서 누구나 수긍할 수 있는 제독의 장점에 대해서 열성적으로 설명했다. 그들의 나이, 가족 수, 재산에 대해서는 물론 그들이 켈린치 저택을 높이 평가하고 있으며, 그 저택에 세 들어 살 수 있기를 간절히 바라고 있다는 얘기 따위를 했다. 마치 그들은 월터 경의 임차인이 되는 것 이상의 행복은 생각지도 않고 있다는 듯한 느낌을 주었다.

어쨌거나 일은 잘되어 갔다. 월터 경은 여전히 자기 집에 세 들어 살 생각을 하는 사람에게는 곱지 않은 눈길을 보냈으며, 아무리 많은 집세를 낸다 하더라도 임차를 허락받는 것만으로도 그들에게는 지극한 축복이라고 여겼지만, 이제는 세퍼드 씨에게 교섭을 진척시킬 수 있도록 허락했다. 그리고 아직 타운턴에 체류 중인 크로프트 제독을 방문해서 이 저택을 보러 올 날짜를 정하는 문제도 세퍼드 씨에게 위임해 버렸다.

월터 경은 현명한 편은 못 되었지만 나름대로 세상 물정에는 밝았다. 그래서인지 모든 점에서 크로프트 제독 이상으로 괜찮은 사람이 집을 임차하겠다고 신청해 오는 일은 없을 거라고 생각하고 있었다.

그도 그 정도는 알았다. 더욱이 제독의 사회적 지위가 지나치게 높지도 않고 그렇다고 낮지도 않다는 점에서 약간의 허영심이 발동하기도 했다.

'난 크로프트 제독에게 이 집을 세놓았습니다.' 라고 말하면 단순히 아무개 씨에게 세놓았다고 말하는 것보다 훨씬 나을 것이었다. 그냥 아무개 씨라고 말하면 반드시 설명을 덧붙여야 할 테니까. 제독이란 직함은 그만큼 사회적인 무게를 지니고 있는 한편 자신의 준남작이란 호칭이 왜소하게 비쳐질 염려도 없었다. 두 사람 사이의 어떤 거래나 교제에 있어서도 월터 경의 서열이 높다는 사실은 변함없는 사실일 게 틀림없었다.

월터 경은 집안의 어떤 일도 엘리자베스와 상의하지 않고서는 결정하지 않았다. 그런데 엘리자베스는 거주지를 옮기고 싶은 마음이 점차로 강해져 갔기 때문에 임차인이 쉽게 결정되어 일이 빠르게 진척되는 것이 고맙기만 했다. 그녀는 결정을 연기시킬지도 모르는 말은 한마디도 입 밖으로 꺼내지 않았다.

세퍼드 씨는 전권을 위임받게 되었다. 이러한 결론이 내려지자마자 그때까지 일의 진행을 주의 깊게 지켜보고 있던 앤은 상기된 뺨을 찬 공기에 식히기 위해 훌쩍 밖으로 뛰쳐나갔다. 그녀는 가장 좋아하는 조그만 숲을 거닐면서 부드럽게 한숨지었다. 그리고는 이렇게 말했다.

"이제 몇 달 뒤면 그 사람이 여기를 거닐게 될지도 몰라."

4

'그 사람' 은 전에 몽크포드의 목사보였던 웬트워스 씨가 아니라 그의 동생인 프레데릭 웬트워스 해군 대령이었다.

그는 세인트 도밍고 앞바다의 해전에서 공을 세워 함장의 지위까지 승진했다. 그러나 곧바로 임용되지는 못해서 1806년 여름에 서머셋에 오게 되었으며, 부모가 모두 돌아가셨기 때문에 반 년 동안 몽크포드의 형네 집에 머물러 있었다.

당시 그는 용모가 눈에 띄게 수려한 젊은이였으며, 지성과 활력과 재기를 듬뿍 지니고 있었다.

앤으로 말할 것 같으면 매우 아리따운 처녀였다. 게다가 우아하고 얌전했으며, 심미안과 감수성도 뛰어났다. 양편 모두 그들이 지니고 있는 매력의 절반만 있었다 해도 충분히 사랑의 감정이 생길 수 있는 처지였다. 왜냐하면 그에게는 별로 할 일이 없었으며, 그녀에게는 사랑할 남자가 없었기 때문이다.

따라서 이처럼 넘치는 자질을 지닌 남녀가 만났으니 두 사람의 만남이 실패할 리가 없었다. 두 사람은 서서히 가까워졌지만, 일단 가까워지자 아주 빠르게 깊이 사랑하는 사이가 되었다. 그의 사랑의 고백과 청혼을 받아들인 앤과, 앤으로 하여금 그것을 받아들이게 한 웬트워스 가운데 누가 더 상대에 빠져들었는가, 또는 누가 더 행복했는가 하는 점을 알아내기란 어려웠으리라.

이어서 더없이 행복한 시간이 찾아들었지만, 그러나 그 시간은 너무 짧았다. 곧 여러 가지 문제가 생겼던 것이다.

청혼을 했다는 얘기를 들은 월터 경은 거부도 승낙도 하지 않은 채, 그저 놀라움과 냉담과 침묵 따위의 부정적인 태도로만 일관했다. 그리고는 딸에게 아무것도 해주지 않겠다는 단호한 뜻을 밝혔다.

그는 이들의 결합을 무척 수치스럽게 생각했다. 그리고 보다 부드럽고 관대한 성격의 러셀 부인도 이 결합을 굉장히 불행한 일로 받아들였다.

가문이나 미모나 마음씨나 어느 것 하나 빠질 데 없는 앤 엘리엇이 열아홉 나이에 자신을 내던지다니! 그녀가 열아홉 살에 결혼하려는 상대 청년은 자신감 외에는 내세울 게 하나도 없었다. 몹시 불안정한 직업에 한가닥 운이 따르기를 바라는 일말고는 풍요를 누리게 될 희망이 거의 없었다. 그리고 그 직업에서마저도 성공을 확고히 해줄 인맥이 전혀 없었던 것이다. 그러므로 앤이 청혼을 받아들이는 것은 자신을 내던지는 것과 다를 바 없다고 러셀 부인은 생각했다. 생각만 해도 안타까운 일이었다. 아직 어리고 남의 눈에 띄어 본 적이 별로 없는 앤 엘리엇이 좋은 연고 관계도, 재산도 없는 낯선 젊은이에게 넋을 빼앗기다니! 아니, 피로와 근심으로 젊음마저 잃게 될 비참한 상태로 질질 끌려들다니! 친구로서, 또한 어머니 못지않은 애정과 권리를 가진 대리인의 입장에서 아주 공정하게 얘기를 하면 그들의 결혼은 막을 수도 있으리라.

웬트워스 대령은 재산이 없었다. 자신의 직업을 꾸려나가는 데 있어서는 운이 좋았지만, 쉽게 돈을 번 만큼 자유롭게 썼으므로 남은

게 하나도 없었다.

그러나 그는 얼마 안 가서 부유해질 것이라고 믿고 있었다. 생명력과 열정이 넘쳐흐르는 그는, 자신이 조만간에 배 한 척만 소유하게 되면 가지고 싶은 것은 무엇이든 손에 넣을 수 있을 거라고 생각하고 있었다. 그는 지금껏 운이 좋은 편이었고, 앞으로도 그럴 것이라고 믿었다.

그에게서는 언제나 그 같은 혈기와 패기가 느껴졌으며, 그러한 기운을 담아내는 재기에 찬 말도 매혹적이었기 때문에 앤으로서는 그것만으로도 사랑에 빠져들기에 충분했음이 틀림없었다.

그러나 러셀 부인의 해석은 아주 달랐다. 그의 낙천적인 성격이나 대담한 배짱이 그녀의 눈에는 전혀 다른 느낌을 주었던 것이다. 그러한 사실들은 사태를 더욱 악화시킬 것으로만 여겨졌으며, 그를 더욱 위험한 사람으로 비치게 만들었을 뿐이다. 그는 재기도 있었고 고집도 셌다. 그런데 러셀 부인은 기지 따위에는 거의 흥미를 느끼지 못했으며, 무분별에 가까운 성격이나 행동은 끔찍이도 싫어했다. 그녀는 모든 면에서 이 결합에 반대했다.

이와 같은 감정에서 생겨난 반대에는 앤으로서도 저항해 볼 도리가 없었다. 아직 젊고 유순한 그녀였지만, 아버지가 마땅찮게 여기고 있는 것뿐이라면 어려움을 헤쳐 나갈 수 있었을 것이다. 비록 언니가 부드러운 말이나 표정으로 아버지의 마음을 달래주려는 시도를 한 차례도 하지 않았다 하더라도 말이다.

그러나 그녀가 늘 존경하며 신뢰해 온 러셀 부인마저 부단히 반대의 의견을 표시하고 부드러운 어조로 설득하는 데에는 앤으로서도 흔들리지 않을 수 없었다. 그 설득이 먹혀들어서 마침내 앤은 이 혼약은 잘못된 것이라고 믿게 되었다. 경솔하고 부당한 짓이었으며, 성공할 가능성이 거의 없는 것, 나아가 굳이 성공할 필요도 없는 것이라고 믿게 되었던 것이다.

그러나 앤이 이기적인 생각에서 그런 결론을 내린 것은 아니었다. 자신을 위해서라기보다는 오히려 그를 위한 결정이라고 그녀는 생각했다. 그런 마음이 아니었다면 그를 좀처럼 단념하지 못했을 것이다. 자기로서는 신중한 판단이며, 무엇보다도 그의 장래를 위해 자신을 억누르고 있다는 믿음이 이별의, 영원한 이별의 비참함을 덜어주는 가장 큰 위안이었다.

앤으로서는 위안거리가 많으면 많을수록 좋았다. 왜냐하면 아무리 생각해도 납득이 안 되기 때문에 수용하기 어렵다는 웬트워스의 주장과, 이 같은 일방적인 약속의 파기로 자신은 이용만 당한 꼴이 되었다는 그의 감정을 앤이 모두 감당해야 했기 때문이다. 그는 끝내 이 고장을 떠나고 말았다.

두 사람이 만나서 사귄 기간은 2~3개월밖에 되지 않았다.

그러나 그 일로 인해 앤이 겪어야 했던 고뇌의 세월은 2~3개월로 끝나지 않았다.

그에 대한 추억과 애석함으로 그녀는 오랫동안 젊음이 마땅히 누려야 할 즐거움을 누리지 못했다. 그 결과, 육체의 싱싱함과 마음의 생동은 일찌감치 시들어 버리고 말았다.

이 조그만 슬픔의 이야기가 끝을 맺는 데에는 7년 이상이나 걸렸다. 그에게로 향했던 특별한 연모의 정은 이제 상당히 약화되었다. 아니, 거의 완전히 사그라졌다. 그녀는 오로지 세월의 힘에만 의존해서 살아왔다. 거주지라도 옮겨 살았으면 도움이 됐으련만, 예전에는 그런 희망도 갖지 못한 채로(그와 헤어진 후로 딱 한 번 바스를 방문했을 뿐이었다.) 지내야 했다. 교제의 범위가 변하거나 넓혀지는 일이라고는 없었다. 따라서 프레데릭 웬트워스에 버금갈 만한 남성이 아직까지는 그녀 주변에 나타나지 않았던 것이다.

그녀와 같은 나이의 여자에게는 사랑의 아픔을 고치는 방법이 따로 없었다. 자연스러우면서도 효과가 가장 큰 방법은 또 다른 사랑의 대상을 찾는 것이었다.

하지만 앤처럼 마음의 움직임이 미묘하며 취향도 꽤 까다로운 편에 속하는 여자에게는 그 마을 안에서 그와 같은 대상을 찾아내기란 여간 어려운 게 아니었다.

앤은 스물두 살 때 어떤 청년으로부터 은근한 청혼을 받은 적이 있었다. 그러나 얼마 안 가서 그 청년이 자기보다는 동생에게 더 마음을 두고 있다는 사실을 알게 된 앤은 그 구혼을 거절했다. 러셀 부인은 앤이 이 구혼을 물리친 것을 몹시 안타까워했다.

왜냐하면 찰스 머스그로브는 이 고장에서는 월터 경 다음으로 사회적 지위가 높고 토지가 많은 사람의 장남으로, 성격이나 용모 모두 훌륭했기 때문이다. 앤이 아직도 열아홉 살이라면 러셀 부인도 앤의 배우자의 자격에 좀더 까다로웠을 것이다.

그러나 그때는 스물둘의 나이라, 부인으로서는 앤을 이 정도로나마 어울리는 곳에 혼인하게 해서 앤이 편견과 불공평이 가득한 부친의 집에서 벗어나 자기와 가까운 곳에서 언제까지고 잘사는 모습을 보고 싶어했던 것이다. 그러나 그 문제에 있어서는 앤이 부인의 조언을 일절 허용하려 들지 않았다. 러셀 부인은 이미, 앤이 재능도 있고 독립된 생활을 영위할 만큼의 재산도 가진 남성과 결혼하게 될 가능성에 대해서는 회의를 품고 있었다. 따뜻한 애정과 가정적인 성품을 지닌 앤에게는 그 정도의 남성이라야 딱 적합할 것이라고 생각은 했지만…….

부인과 앤은 앤의 처신에 관한 중요한 한 가지 문제에 있어서는 서로 상대의 견해를 모르고 있었다. 그 문제만은 암시조차 한 적이 없었기 때문이다. 스물일곱 살이 된 앤은 열아홉 살 때 강요당했던 생각과는 너무 다른 생각을 가지고 있었다. 그녀는 러셀 부인을 원망하지도 않았고, 부인의 뜻대로 움직였던 자신을 탓하지도 않았다.

그러나 만일 그 당시의 자기와 비슷한 처지에 놓인 젊은 사람으로부터 조언을 부탁 받는다면, 장래의 불확실한 행복을 위해 현재의 고통을 받아들이라고 강요하지는 않을 것 같았다. 앤은, 당시의 집안의 반대와 그의 직업이 확실치 않다는 불안과 그 밖의 모든 근심과 실망 따위를 모두 겪는 한이 있더라도 결혼 약속을 저버리지 않고 지켰어야 한결 행복했으리라고 믿었다. 그의 낙관적인 기대나 자신감은 모두 그대로 입증되었다.

그의 능력과 정열은 이미 순조로운 앞길을 예견하고 있었던 듯싶다. 그는 앤과의 혼약이 취소되고 난 직후에 임용되었다. 그리고 그가 앤에게 예견했던 일들이 모두 이루어졌다.

그는 여러 가지 공적으로 얼마 안 가 1계급 승진하기도 했다. 적의 배들을 계속 포획함으로써 지금은 재산도 상당히 모았을 것이다(당시는 적선(敵船)을 포획하면 그것을 매각해서 공이 있는 사람들끼리 분배했다—옮긴이). 그녀가 믿을 수 있는 자료는 해군 명부와 신문밖에 없지만, 그는 부자가 되어 있을 게 틀림없었다. 그리고 그의 지조를 고려한다면, 그가 결혼을 했으리라고 믿을 이유는 없었다.

남의 노력을 경멸하고 신의 섭리를 불신하는 것처럼 여겨질 수도 있는, 지나치게 소심한 경계심을 반박하고 애틋한 첫사랑에 대한 자기의 소망과 미래에 대한 자신감을 유쾌하게 펼쳐 보이는 데 있어서 지금의 앤 엘리엇 같으면 얼마나 설득력을 발휘할 수 있었을 것인가—그녀의 청춘은 강요에 못 이겨 신중한 행동을 취했지만, 나이가 들어감에 따라서 낭만을 배우게 된 것이다—그것은 바로 부자연스러운 첫걸음의 자연스러운 귀착이었던 셈이다.

앤에게 이 같은 곡절과 추억과 감정이 있었기 때문에 웬트워스 대령의 누이가 켈린치 저택에서 살게 될 것 같다는 소식을 들었을 때 옛날의 아픔이 되살아났던 것이다.

앤은 심란해진 마음을 가라앉히기 위해 근처를 여러 차례 거닐면서 계속해서 한숨을 내쉬었다.

그녀는 그런 일은 다 지나간 일이고, 옛날을 회상하는 것은 부질없는 짓이라고 수없이 자신에게 타이르고는 했다. 그런 후에야 크로프트 가문과 그들의 직업에 대한 줄기찬 논의들을 어느 정도 무심한 마음으로 들을 수 있을 만큼 신경을 단련시킬 수 있었다.

그녀와 가까운 사람들 가운데 이 과거의 일을 알고 있는 사람은 세 사람뿐이었다. 그런데 고맙게도 이 세 사람은 마치 그 일을 조금도 기억하고 싶지 않은 것처럼 전혀 관심을 나타내지 않았다. 공정하게 판단해서, 그러한 행동의 동기가 아버지나 언니보다는 러셀 부인 쪽이 더 훌륭하다는 것을 앤은 알았다. 침착함을 잃지 않는 부인의 태도가 한결 고마웠던 것이다. 그러나 잊고 있는 체하는 세 사람의 동기가 무엇이든, 그 사실 자체가 중요했다. 크로프트 제독이 실제로 켈린치 저택에 세 들어 사는 경우를 생각하니, 자기와 연관이 있는 사람들 가운데 과거의 일을 알고 있는 사람은 이 세 사람뿐이며, 셋 모두 여기에 대해서는 한마디도 언급하지 않으리라고 확신할 수 있다는 점이 새삼 기뻤다.

웬트워스 쪽의 사람들 가운데 두 사람 사이의 허무했던 혼약에 대해 알고 있는 사람은 그와 함께 살던 형뿐이었을 것이다. 그 형은 오래 전에 이 고장을 떠났다. 그리고 사리가 밝은 사람인데다가 당시만 해도 독신이었기 때문에 그 일에 대해서 누구에게도 말했을 리가 없을 거라는 기쁜 확신을 앤은 가질 수 있었다.

그의 누이인 크로프트 부인은 그때 이미 외국에서 근무 중인 남편을 따라 영국을 떠나 있었다. 그리고 앤의 동생 메리는 그 일이 있었던 기간에는 학교의 기숙사에 머물러 있었다. 그 후에도 아버지나 엘리자베스는 자존심에서, 러셀 부인은 앤에 대한 배려에서 그 사건을 메리에게는 전혀 말하지 않았다.

이 같은 상황에서는, 비록 러셀 부인이 여전히 켈린치에 살고 있고 메리의 집이 3마일밖에 떨어지지 않은 곳에 있다 해도, 자기와 크로프트 가족 사이의 교제는 어떤 특별한 어색함 없이 자연스럽게 이루어질 수 있을 거라고 앤은 기대했다.

5

크로프트 제독 부부가 켈린치 저택을 보러 오기로 한 날, 앤은 여느 날처럼 러셀 부인 집까지 산보를 하고, 일이 모두 끝날 때까지 집에 들어가지 않는 게 가장 무난하고 자연스러울 것 같았다. 그러나 다른 한편으로는 제독 부부를 만날 기회를 놓치는 게 아쉬웠다.

양쪽의 이번 만남은 매우 만족스러운 결과를 낳았다. 모든 일이 일사천리로 진행되어 곧바로 결정된 것이다. 양쪽 여자들은 처음부터 일을 매듭짓겠다고 생각하고 있었기 때문에, 상대방의 태도에 있어 예의바르지 못한 점을 찾을 수 없었다. 남자들도 다르지 않았다. 제독의 마음에서 우러나오는 훌륭한 유머와 신뢰감을 주는 넓은 도량에 월터 경도 영향을 받지 않을 수 없었다. 뿐만 아니라, 경이 명문가의 전형으로 유명하다는 사실을 제독도 소문을 들어 알고 있다고 세퍼드 씨가 말해 주자, 월터 경은 우쭐한 마음에 아주 세련되게 행동했던 것이다.

저택과 부지, 가구, 모든 게 훌륭하다고 인정받았고, 크로프트 부부도 임차인으로서 훌륭한 분이라는 합격점을 받았다. 계약 조건, 시기, 그리고 그 밖의 모든 문제에 이견이 없었다. 그래서 세퍼드 씨의 서기들이 일에 착수하게 되었는데, '본 계약서는……' 에 기재될 모든 조항에 대해서도 사전 변경을 필요로 하는 의견의 차이는 하나도 생기지 않았다.

월터 경은 자신이 지금껏 만나 본 해군 중에서 제독의 용모가 가장 낫다고 주저 없이 단언했다. 만일 자신의 하인이 제독의 머리를 다듬어 주기만 한다면 제독과 함께 어느 곳에 있든, 그 모습이 남의 눈에 비치는 것을 부끄러워하지 않을 것이라는 말까지 했다. 제독 또한 마차로 수렵장을 통과해서 되돌아가는 길에 호감이 깃든 목소리로 부인에게 이렇게 말했다.

"난 일이 잘 매듭지어질 거라고 믿고 있었소. 타운턴에서는 이런 저런 얘기들을 많이 들었지만 말이오. 그 준남작은 테임즈 강에 불을 지를 만큼 엉뚱한 사람은 아니오. 심성이 그렇게 악한 것 같지도 않고."

서로가 어슷비슷하게 칭찬의 말을 교환한 셈이었다.

크로프트 부부는 미카엘 제일(祭日, 9월 29일)에 새 집으로 이사 오기로 돼 있었다. 월터 경은 그 전 달에 바스로 이사하기로 되어 있었으므로 한시도 지체하지 말고 이사 준비에 매달려야 했다.

러셀 부인은 월터 경네 가족이 얻으려고 하는 집을 선택하는 일에 앤의 의견이 채택되거나 신중히 고려될 리 만무하다고 생각했다. 그래서 앤이 서둘러 떠나는 것을 극구 반대했으며, 당분간 자신이 앤을 붙들어 두었다가 크리스마스가 지난 뒤에 직접 바스로 데려갔으면 좋겠다고 생각했다.

그러나 자신도 약속이 있어서 켈린치를 몇 주일 비우지 않을 수 없었으므로 원하는 기간 내내 앤과 함께 있을 수는 없었다. 그리하여 앤은 하얀 햇볕이 내리쬐는 바스의 9월의 더위를 두려워하면서도, 또 시골의 처량하고 달콤한 가을 몇 달이 주는 모든 매력에 앞서 이곳을 떠나게 되는 것을 슬퍼하면서도, 여러 가지 점을 종합적으로 고려할 때 이곳에 남고 싶은 심정이 아니었다. 가족들과 함께 가는 게 가장 옳은 일이고 현명한 일일 것이었다. 그렇게 했을 때 오히려 괴로움도 줄어들 것이었다.

그러나 앤에게 다른 어떤 의무가 찾아들었다. 평소에도 건강한 체질은 못 되는 메리는 언제나 자신의 허약함을 과장되게 생각해서 건강상의 문제가 생길 때마다 앤에게 부탁하고는 했다. 그런 메리의 건강이 또 나빠졌던 것이다. 그래서 올 가을에는 몸이 편할 날이 하루도 있을 성싶지 않다고 미리 단정해 버리고는 앤에게 바스에 가는 대신 어퍼크로스에 와서 자신이 필요로 하는 동안 함께 있어 달라고 부탁했다.(아니, 부탁했다기보다는 요구했다는 표현이 옳을 것이다.)

"아무리 생각해도 난 앤 언니 없이는 생활하기 힘들 것 같아."라는 것이 메리가 내세우는 말이었다. 그에 대한 엘리자베스의 대답은 이러했다.

"그럼 앤은 여기 머물러 있는 편이 낫겠구나. 바스에서는 앤을 필요로 하는 사람이 없을 것 같으니까."

예절에는 다소 어긋난 방식이라 하더라도 어딘가에 도움이 된다고 부탁을 받는 편이 조금도 도움이 되지 않는다고 거절을 당하는 것보다는 나았다. 앤은 자기가 다소나마 도움이 된다는 게 기뻤고, 뭔가 책임 같은 것을 갖게 된 것도 기뻤다. 그리고 메리의 집이 시골이라는 점, 더욱이 고향의 시골이라는 점도 마음에 들었기 때문에 앤은 뒤에 남아 있기로 동의했다.

메리가 앤을 필요로 한 덕택에 러셀 부인의 고민은 깨끗이 해결되었다. 그래서 앤은 러셀 부인이 데리고 갈 때까지는 바스에 가지 않기로 했으며, 그동안은 어퍼크로스와 켈린치 저택에서 번갈아 지내기로 결론을 내렸다.

여기까지는 일이 순조롭게 진행되었다. 그러나 러셀 부인은 켈린치 측의 계획에 어처구니없는 부분이 끼어 있음을 뒤늦게야 알고는 깜짝 놀랐다. 그것은 클레이 부인이 월터 경과 엘리자베스와 함께 바스로 가서 앞으로 일어날 모든 일에 있어서 엘리자베스를 보좌하게 될 가장 중요한 보조자 역할을 한다는 것이었다. 러셀 부인은 그 같은 계획이 채택된 것이 매우 못마땅했다. 어떻게 그런 일이 벌어졌는지 의아스럽기도 하고 한탄스럽기도 하고 또 장래에 화근이 될까 봐 걱정도 되었다. 클레이 부인은 그토록 도움이 된다고 생각하면서도 앤은 아무런 도움도 되지 않는다고 여기는 것은 앤에 대한 공공연한 모욕이었으며, 참으로 불만스런 처사였다.

앤 자신은 그와 같은 처사에 이미 익숙해져 있었지만, 이번 경우만큼은 러셀 부인과 마찬가지로 그 결정이 경솔하다는 것을 절실히 느꼈다. 아버지의 성격을 오랜 세월 동안 관찰해 왔기 때문에 지나치다 싶을 정도로 잘 알고 있다고 생각하는 앤은, 아버지가 클레이 부인과 친숙하게 지내는 일로 인해서 집안에 중대한 사태가 초래될 가능성이 충분히 있다고 느꼈다. 현재 아버지가 그것을 깨닫고 있다고는 여겨지지 않았다.

클레이 부인은 얼굴에 주근깨가 있으며, 이가 한 개 뻐드렁니인데다가, 한 쪽 팔 모양이 보기 흉했다. 월터 경은 이런 점들을 본인이 없는 곳에서는 심하게 흉보고는 했다. 그러나 부인은 젊었고, 전체적으로는 예쁜 편이었다. 또한 머리 회전이 빠르고 사람을 붙들어두는 데 수완이 있었기 때문에, 단순히 아름답기만 한 여성보다는 훨씬 더 위험한 매력을 지니고 있었다.

이러한 위험을 강하게 인식하고 있는 앤은 언니에게 그 점을 알려주지 않고 지나칠 수가 없었다. 만에 하나라도 그런 재난이 실제로 일어난다면 앤보다도 언니가 훨씬 딱한 처지가 될 것이기 때문에,

그때 가서 왜 미리 경고해 주지 않았느냐고 자신을 힐책할 수도 있을 거라고 앤은 생각했던 것이다.

앤의 경고는 언니의 기분만 상하게 한 것 같았다. 엘리자베스는 어째서 그런 어처구니없는 의심이 앤의 마음속에 솟았는지 상상도 할 수 없다고 했다. 그리고는 아버지나 클레이 부인이나 서로의 입장을 잘 알고 있다고 퉁명스럽게 덧붙였다.

"클레이 부인은 말이야."

엘리자베스가 다소 언성을 높였다.

"자신의 분수를 잊지 않고 있어. 나는 부인의 마음을 너보다는 잘 알아. 결혼 문제에 대해서는 두 분 모두 유난히 신중해. 그리고 부인은 사회적 지위나 신분의 차이 같은 것에 대해서는 엄격한 생각을 가지고 있다는 것을 장담할 수 있어. 아버지에 대해서 말하자면, 우리를 위해서 그토록 오래 혼자 사셨는데 지금 새삼 그런 의심을 받을 이유가 없잖아. 만일 클레이 부인이 아주 미인이라면, 내가 내 곁에 오래도록 있어 달라고 부탁하는 건 잘못일지도 몰라.

그렇다고 아버지가 미모에 끌려 수치스러운 결혼을 하시게 될 가능성이 조금이라도 있다는 건 아니고, 다만 괴로워하실 수는 있을 거라는 말이야. 그러나 클레이 부인은 여러 가지 장점을 지녔을 수는 있지만 미인이라고 말할 수는 없을 게야. 그러니 가엾은 클레이 부인이 우리 집에 함께 있어도 걱정할 일은 조금도 없다고 나는 진정으로 믿고 있다.

네 말을 들으면, 아버지가 부인의 용모에 대해서 여러 가지 결점을 늘어놓을 때, 넌 마치 그 자리에 한 번도 없었던 것처럼 생각될 정도구나. 그렇지만 너도 쉰 번은 들었을 거야. 그 뻐드렁니와 주근깨 얘기를 말야. 난 부인의 주근깨가 아버지가 싫어하시는 것만큼은 싫지 않아. 주근깨가 약간 있어도 그다지 흉해 보이지 않는 얼굴도 있는 법이란다. 아버지는 무척 싫어하시지만. 너도 아버지가 클레이 부인의 주근깨에 대해 흉보는 것을 들었잖니?"

"서로 친밀한 사이가 되면 외모의 결점은 점차 눈에 띄지 않게 되는 거지."

앤이 대답했다.

"내 생각은 그렇지 않아."

엘리자베스가 말했다.

"호감이 가는 태도가 미모를 돋보이게 하는 건 사실이지만, 못생긴 얼굴을 바꾸어 놓을 순 없는 거야. 아무튼 그런 문제가 생기면 가장 곤란해지는 사람은 바로 나니까, 네가 나한테 이러쿵저러쿵 얘기할 필요는 없을 것 같구나."

앤은 이것으로 끝났다고 생각했다. 전혀 무익한 짓을 했다고는 생각되지 않았다. 언니는 그런 의심에 대해서 화를 냈지만, 이 때문에 조금은 주의를 하게 될 것이다.

사두마차가 맡은 마지막 일은 월터 경과 엘리자베스, 그리고 클레이 부인을 태우고 바스로 가는 일이었다. 일행은 모두 밝은 기분으로 출발했다. 빈곤에 쪼들려 군색한 소작인이나 세든 사람들에게 얼굴이라도 내밀라고 넌지시 귀띔을 해줬는지 몰라서, 월터 경은 작별을 섭섭해 하는 그런 사람들을 만나게 된다면 기꺼이 고개를 숙여줄 참으로 기다리고 있었다. 같은 시간에 앤은 쓸쓸한 마음을 다독이며 켈린치 저택으로 걸음을 옮겼다. 처음 한 주일은 거기서 보내기로 되어 있었다.

러셀 부인도 앤과 마찬가지로 의기소침해 있었다. 한 집안의 식구들이 떨어져 지내게 되는 상황이 가슴 아팠던 것이다. 엘리엇 집안의 체면은 부인 자신의 체면만큼이나 중요한 것이었으며, 날마다 왕래하는 일은 소중한 습관이 되어 있었던 것이다.

월터 경네 가족이 떠나고 난 정원을 바라보는 일은 고통스러웠다. 그것들이 다른 사람의 손에 넘어간다는 것을 생각하면 더욱 가슴 아팠다. 부인은 그처럼 변해 버린 마을의 쓸쓸함과 울적함을 피하기 위해, 그리고 크로프트 제독 부부가 이사 올 때 그곳에 있지 않기 위해 앤을 떠나보낼 때쯤에는 자신도 집을 떠나 있겠다고 결정했다. 두 사람은 함께 집을 나왔으며, 앤은 러셀 부인의 여행의 첫 단계인 어퍼크로스 앞에서 내렸다.

어퍼크로스는 중간 정도 크기의 마을로서, 몇 해 전만 해도 영국의 고풍을 그대로 간직하고 있었다. 이 마을에는 외관상 자작농이나 소작인의 집보다 나아 보이는 집이 두 채밖에 없었다. 하나는 높은 담과 큰 대문이 있고 고목이 빽빽이 들어차 있어서 고풍스런 분위기가 절로 느껴지는 향사(鄕士)의 집이었다. 다른 한 집은 아담한 목사관으로, 손질이 잘된 정원으로 둘러싸여 있었다. 정원에는 포도나무와 배나무가 한 그루씩 심어져 있었으며, 그 덩굴과 가지가 창틀을 기어오르고 있었다.

그런데 대지주인 향사의 아들이 결혼할 때, 그의 거처를 마련하기 위해 농장 안에 있는 집을 개조하여 소주택으로 만드는 작은 변화가 일어났다. 베란다와 프랑스식 창문, 그리고 다른 멋들어진 치장이 특징적인 어퍼크로스의 별채는 4분의 1마일 정도 떨어진 본저(本邸)에 못지않게 사람들의 눈길을 끌었다.

앤은 이곳에 자주 머물렀다. 그래서 어퍼크로스의 생활양식을 켈린치만큼이나 잘 알았다. 어퍼크로스의 두 가족은 늘 함께 어울렸으며 언제나 서로의 집에 자유롭게 드나들었으므로, 앤은 메리가 혼자 있는 모습을 보고는 은근히 놀랐다. 메리가 혼자 있을 때는 기분이 울적하고 기운이 없을 때이기 십상이었다.

메리는 엘리자베스보다는 재능이 나은 편이었지만, 앤과 같은 이해심이나 침착성은 지니지 못했다. 몸의 상태가 좋고 모든 일이 뜻대로 되어 가면 매우 발랄했다. 그러나 조금이라도 건강이 나빠지면 극도로 침울해지고는 했다. 그녀는 스스로 고독을 달랠 수 있는 방편을 익히지 못한 것이었다. 더욱이 엘리엇 가문의 자존심을 제법 이어받고 있어서, 곤란한 문제가 발생하면 곧바로 자신이 부당하게 무시당하고 있다는 상상에 사로잡힘으로써 고통을 증대시키는 경향이 있었다.

용모는 두 언니보다 못해서 한창 때도 '좋은 아가씨' 정도의 말밖에 듣지 못했다. 메리는 지금 짜임새 있고 아담한 응접실의 빛바랜 소파에 누워 있었다. 이 소파는 한때는 우아한 가구였으나 4년의 세월과 두 아이의 영향으로 차츰 초라해지고 있었다. 앤이 들어서자 메리가 이렇게 맞았다.

"이제야 나타나네! 아주 못 만나는 줄 알았어. 몸이 안 좋아서 말하기도 힘들 지경이야. 오전에는 아무도 찾아오지 않았거든."

"몸이 안 좋다니 안됐구나."

앤이 대답했다.

"지난 목요일엔 괜찮다고 그러더니."

"그럭저럭 참고 있었던 거지. 늘 그렇듯이 말야. 하지만 그때도 몸이 좋지 않았어. 그런데 오늘 아침은 유난히 심하네. 이 정도로 아파본 적은 없었던 것 같아. 그리고 혼자 내버려져 있잖아. 만일 갑자기 심한 발작이 일어나서 벨도 울리지 못할 지경이 되면 어떻게 해? 러셀 부인은 마차에서 안 내리셨나 보지? 올 여름엔 우리 집엘 겨우 세 차례 정도밖에 찾지 않으셨어."

앤은 적당히 대답한 뒤 메리의 남편 안부를 물었다.

"그이는 사냥하러 갔어. 아침 7시부터 모습을 볼 수가 없다니까. 내가 얼마나 몸이 아픈지 얘기했는데도 기어이 가겠다고 우기잖아.

오래 걸리지는 않는다고 해놓구서 아직도 돌아오지 않았어. 1시가 다 됐는데도. 정말 아침 내내 사람 그림자도 만나지 못했다니까."

"애들하고 같이 있지 않았어?"

"떠드는 소리를 참아낼 수 있는 동안에는 같이 있었지. 하지만 너무 힘들게 하니 도움이 안 되는 녀석들이야. 찰스는 워낙 말을 듣지 않는 편이고 월터 녀석도 찰스에게 뒤질세라 나쁜 짓만 일삼는걸."

"그래, 하지만 네 몸이야 곧 나아질 테지."

앤은 쾌활하게 말했다.

"내가 오기만 하면 넌 항상 괜찮아지고는 했으니까 말이야. 그래, 시댁 식구들도 다들 안녕하시고?"

"글쎄, 뭐라고 할까. 시아버님께서만 잠깐 들르셨을 뿐인데 뭘. 그나마 말에서 내리지도 않은 채 창문 너머로 얘기를 나누었으니 어찌 알겠어. 내가 이렇게 아프다는 것을 알면서도 얼굴 한번 비치는 사람도 없는 실정인걸. 머스그로브의 시누이들 사정이 별로 좋지 않은 것 같기도 해. 하긴 남의 사정을 봐줄 만한 위인들도 아니지만."

"점심 전에는 들르시겠지. 아직 시간도 많이 남아 있잖니."

"그들을 보고 싶은 맘은 없어. 진심이야. 그들의 떠들썩한 웃음소리는 지겨울 정도라니까. 아! 언니, 내 몸이 정말 좋지가 않아. 목요일에 와달라고 했는데 이제야 오다니 정말 너무해."

"메리, 너는 네 몸이 아주 좋다고 써 보냈던 편지를 잊었니. 더 없이 명랑한 어조로 써 보내놓고선, 아주 좋아졌으니 내가 급히 오지 않아도 된다고 했잖아. 그런 편지를 보냈다면 내가 러셀 부인과 함께 있고 싶어했을 것이란 정도는 생각했어야지. 거기에다 나는 나대로 러셀 부인에게 신경을 써야 할 부분도 있었고, 뿐만 아니라 이것저것 바쁘게 처리할 일도 많고 해서 쉽게 켈린치를 떠날 수가 없었어."

"아니, 언니가 할 일이 있었어. 그게 뭘까?"

"너무 많았지. 단숨에 기억해내기도 벅찰 정도로. 하지만 그 중 몇 가지야 말할 수 있지. 아버지의 책이나 그림의 목록을 정리하기도 했고. 메켄지하고 여러 번 정원을 돌아보기도 했어. 엘리자베스 언니가 심어 놓은 나무들 중에 러셀 부인에게 선물할 것을 알아두고도 싶었고 메켄지에게도 알려주고 싶었던 거야.

내 일도 정리해야 할 자질구레한 것들이 많았어―책이나 악보도 정리해야 했고 또 트렁크도 모두 채워놓아야 했지―사실 마차에다 무엇을 실어야 할지 그때까지도 결정을 못 내리고 있었거든. 그리고 말야, 메리, 아주 귀찮은 일을 또 하나 매듭지어야 했어. 교구 내의 집들을 일일이 찾아다녀야 했어. 작별 인사를 한 셈이지. 모두들 그러기를 바라고 있었으니까 말이야. 아무튼 그런 잡다한 일들이 많은 시간을 빼앗아 갔어."

"그랬어!"

그리고는 메리는 잠시 말을 멈추었다.

"그런데 어저께 풀즈 가에서 열렸던 우리 만찬회에 대해선 한마디도 묻질 않아."

"아, 그래. 너도 참석했었니? 네가 참석했을 리가 없다고 생각하고 있어서 묻지 않았더니."

"아! 아니야. 갔었어. 어젠 몸이 아주 좋았거든. 오늘 아침까지만 해도 괜찮았지. 안 갔다면 오히려 이상했을걸."

"그런 정도로 건강했다니 좋았겠구나. 그래, 모임은 즐거웠었니."

"별것은 없었어. 처음부터 어떤 요리가 나올 것이고 누가 참석할지는 다 알고 있었으니까. 우리 마차가 없으니까 아주 불편하더라구. 시부모님의 마차를 함께 타고 갔는데 얼마나 비좁던지! 체구가 크신 두 분께서 자리를 좀 많이 차지하시겠어. 아버님은 또 언제나 앞좌석에만 앉으시거든. 그러니 나야 두 아가씨들과 함께 뒷자리 구석에 박혀 있어야 했지 뭐야. 오늘 기분이 이렇게 안 좋은 것도 그 때문일 게 틀림없어."

계속되는 메리의 투정에도 불구하고 앤이 참을성 있게 좀더 명랑한 표정을 지어 보였다. 그랬더니 그녀의 병은 금세 다 나은 듯이 보였다. 얼마 안 있어 메리는 일어나 소파에 똑바로 앉을 수도 있었고 저녁식사 전까지는 밖으로 나갈 수 있을 것 같다는 말까지도 했다. 방 저편 끝까지 걸어가서 꽃다발을 정리할 때 그녀는 자신이 아프다는 사실을 완전히 잊어버리고 있었고 고기를 약간 먹고 기운을 조금 차린 후에는 급기야 산책을 하자고 졸라대기 시작했다.

"어디로 가볼까?"

준비를 마친 메리가 물었다.

"시댁 식구들이 찾아오기 전에 언니가 먼저 가보기는 싫겠지?"

"그런 건 중요한 문제가 아니야."

앤이 대답했다.

"머스그로브 부인이나 그 딸들을 모르는 사이도 아닌데 그렇게까지 격식을 따질 필요가 뭐 있겠니."

"그건 그렇지가 않아. 그쪽에서 먼저 찾아오는 게 옳아. 내 언니니까 그들이 그만한 예의를 갖추는 것은 당연한 일이야. 물론 우리가 먼저 찾아본다고 해서 크게 나쁠 것도 없기는 하지만. 그럼 우리 차라리 그분들과 잠시만 얘기를 나누고 편안한 마음으로 산보할까?"

앤은 이러한 메리의 독단적인 생각과 행동을 매우 경솔하다고 느꼈지만 굳이 말리려고 하지는 않았다. 이러한 문제로 인하여 양가 사이에 약간의 갈등이 있기는 했지만 그 정도는 어느 집안이나 어쩔 수 없이 갖고 있는 문제라는 것을 알고 있었기 때문이었다.

아무튼 두 사람은 결국 메리의 시댁으로 먼저 가게 되었고, 바닥이번쩍번쩍 빛나며 작은 양탄자가 깔려 있는, 고풍스럽고 네모난 응접실에 반 시간 남짓 앉아 있었다. 그 방은 그 집 딸들의 그랜드 피아노, 하프, 화초대, 작은 테이블 등등이 마구 널려 있어서 몹시 난잡스런 느낌이 들었다. 아! 만약에 벽에 걸린 초상화의 주인공들—갈색 빌로도 복을 입은 신사들과 푸른색 의상으로 치장을 한 숙녀들—이 이렇게 뒤죽박죽된 광경을 본다면……. 문득 이런 생각으로 초상화를 올려다 본 앤은 깜짝 놀랐다. 초상화 속의 사람들이 정말로 두 눈을 부릅뜨고 내려다보고 있는 것처럼 보였기 때문이었다.

머스그로브 집안사람들은 그들 자신의 오래된 집처럼 조금씩 변해가고 있었다. 머스그로브 부부는 아주 고풍스런 영국인의 자태를 간직하고 있었지만 자식들은 또 색다른 모습을 보여주고 있었던 것이다. 그들 부부는 아주 선량한 사람들로서 상대방을 진심으로 정성껏 대접해 주었지만, 고등교육을 받지는 못했기 때문에 모든 면에서 세련되었다고 말할 수는 없었다.

자식들은 감정표현이나 행동 면에서 훨씬 솔직하고 현대적이었다. 자식들이 적은 편은 아니었지만 찰스를 제외한 그 밑의 헨리에타와 루이자도 이미 성인티가 제법 나고 있었다. 그 둘은 각각 스물과 열아홉을 먹은 숙녀들이었으며 엑스터의 학교에서 여성적 교양과 재예(才藝)를 충분히 익히고 있었다. 또한 그 또래의 여느 젊은이들과 마찬가지로 부모들과는 다른 방식으로 즐겁고 쾌활하게 살아가고자 노력하고 있었다. 그들의 옷차림에서 조금의 허점도 발견할 수 없었던 것처럼 예쁜 얼굴과 활기찬 행동거지는 상냥스럽고 거리낌없이 당당해 보였다. 그들은 집안에서는 소중한 자식들이었으며 밖에서는 모두에게 호감을 받는 인기인이었다.

앤은 그 두 사람이 자기가 알고 있는 사람들 중에서 제일 행복한 사람들이라고 생각했다. 하지만 사람들은 누구나 자신만의 독특한 장점과 만족감을 가지고 있기에 남의 생활이 부럽다고 하여 쉽게 그 생활 속으로 옮겨가지는 않는다. 앤 역시 머스그로브의 두 딸을 부러워하기는 했지만 자신은 그들보다 훨씬 우아하고 세련된 정신을 가지고 있다고 믿고 있었기에 헛된 망상에 빠지지는 않았다. 다만 꼭 한 가지 앤이 부러웠던 것은 그들 사이에 항상 넘쳐나는 애정이었다. 그들은 언제나 서로를 진심으로 이해하고 위해 주었다. 앤이 자신의 언니는 물론 동생과의 사이에서도 전혀 느껴보지 못한 감정이었던 것이다.

앤과 메리는 정말로 후한 대접을 받았다. 앤은 미리부터 알고 있던 사실이었지만 시댁과 메리와의 사이에서는 아무 문제가 없었고, 결함이 없는 쪽은 대개 시댁 쪽이었다. 그들은 거의 허점이 없었고 그들 스스로도 만족한 듯 보였다. 따라서 그 반 시간 남짓한 시간은 즐거운 이야기 속에 금방 지나가고 말았다. 그리고 그 후 머스그로브의 두 딸은 메리의 은근한 권유로 산책길을 따라 나섰는데 앤에게 그리 놀랄 만한 일은 아니었다.

6

한 집단에서 함께 생활하다가 다른 부류의 집단으로 옮겨갈 경우, 비록 그 사이의 거리가 3마일 정도밖에 되지 않는다 해도 두 집단 간에는 일상화제에서부터 의견이나 사고방식까지 완전히 다르다는 것을 종종 경험할 수가 있다. 이러한 사실은 어퍼크로스에 오기 전부터 경험해온 일이지만 특히 앤은 바로 이곳에 와서 머물 때마다 그러한 사실을 절실하게 느끼고는 했다.

켈린치 저택에서는 평범하게 여겨지거나 또는 공통 관심사로 다루어지는 것들이 여기서는 그다지 알려져 있지도 않고 전혀 주목을 받지도 못하고는 했던 것이다.

'엘리엇의 다른 가족들도 이러한 사실을 똑똑히 안다면 얼마나 좋을까.' 앤은 이러한 생각을 몇 번이고 혼자서 하고 있었지만 막상 자기 자신은 또 다른 아픈 교훈을 배워야 했다. 켈린치에서 생활할 때는 잘 몰랐던 자신의 모습이 막상 그곳을 벗어나 있는 지금 얼마나 하찮은가 하는 것을 느끼지 않을 수 없었던 것이다. 그도 그럴 것이, 그녀는 켈린치에서 수 주일 동안 자신의 마음을 괴롭히던 문제들을 전혀 해결하지 못하고 이곳으로 왔기 때문에 보다 많은 남들의 관심과 동정을 기대했었다. 그런데 머스그로브 부부는 거의 똑같은 말을 상투적으로 반복했다.

"그래, 앤 양. 월터 경과 언니는 결국 이사를 하셨나요? 두 분은 어디쯤에 자리 잡으실 것 같아요?"

그들의 말은 대답을 필요로 하지 않는 질문이었다. 더욱이 그들의 두 딸도 빠지지 않고 나섰다.

"올 겨울엔 우리도 바스로 갈 수 있으면 좋겠어요. 그리고 이왕 좋은 장소여야 하구요. 하지만 아버지! 이것만은 기억해 두세요. 아버지가 좋아하시는 퀸 광장은 절대로 안 돼요." 하고 말했다. 메리마저 나름대로 사족을 단다는 것이 "여러분들이 다 바스에 가서 재미있게 지내시면 혼자 남게 될 저로서는 무척 가엾어지겠네." 하는 정도였다.

앤으로서는 그들에게 더 기대할 것이 없다는 것을 깨달은 이상 헛된 망상에 사로잡혀 있을 수는 없었다. 진정으로 자신을 아껴주는 러셀 부인이 있는 것이나마 과분한 축복이라 생각하며 새삼 깊은 감사를 드릴 수밖에 없었다.

머스그로브 부자에게는 그들 마음대로 이용할 수 있는 사냥터와 말, 개, 신문 등의 몇몇 흥밋거리가 있었다. 그리고 부인들은 집안일과 이웃사람, 의상, 무도회와 음악 등 평범한 일상으로 하루를 바삐 보냈다. 이렇게 하나의 공동체를 이루는 각각의 작은 모임이 저마다 자신들의 화제를 만드는 것은 매우 좋은 일이라고 앤은 생각했다. 따라서 이내 자신도 새로이 옮겨온 이 공동체의 쓸 만한 일원이 되기를 진심으로 바랐다. 적어도 앞으로 두 달 정도는 어퍼크로스에 머물러야 할 것처럼 보였고 이왕 그렇다면 자신의 의식이나 사고방식을 어퍼크로스 식으로 탈바꿈할 필요를 느꼈던 것이다.

그녀는 이곳에서 지내게 될 앞으로의 두 달에 대해서 전혀 걱정하지 않았다. 메리는 엘리자베스처럼 그렇게 쌀쌀맞거나 매몰차게 굴지 않았으며, 앤의 말을 무조건적으로 무시하지도 않았다. 그 밖에도 이곳에서는 특별히 그녀에게 적의를 품을 만한 사람들은 없었다. 따라서 그녀는 자연스럽게 메리의 남편은 물론 어린 조카들과도 아주 가깝게 지낼 수 있었다. 특히 메리보다도 자신을 더 따르는 조카들을 돌보는 일은 생활의 즐거움을 더해주었으며 나아가 스스로의 위안이 되기도 했다.

찰스 머스그로브는 친절하며 호감이 가는 인물이었다. 의식이나 기질에 있어서는 그의 부인 메리보다 나았지만 재능이나 화술, 기품 등에 있어서는 뒤떨어져 보였다. 따라서 예전에 그가 앤과의 사이에 품고 있었던 약간의 연정의 기억만으로 지금에 와서 다시 위험한 회상에 빠질 만한 인물은 되지 못하였다.

만약 그가 메리가 아닌 좀더 잘 어울리는 상대와 결혼을 했더라면 그는 분명히 지금보다는 훨씬 나은 생활을 하고 있었을 것이다. 진정으로 이해심 있는 여자를 부인으로 맞아들였다면 그의 인품이 한층 높아졌음은 물론 일상생활도 훨씬 유익하고 우아하게 윤택해졌을 것이 틀림없었을 것이었다. 이것은 러셀 부인과 앤이 똑같이 느끼고 있는 일이기도 했다. 이러한 현실을 스스로도 깨닫고 있었는지 그는 사냥하는 일 이외에는 별다른 열의를 보이지 않았다. 고작 독서를 한다거나 그냥 빈둥거리며 소일하는 것이 일과의 전부였다. 대신 원래가 낙천적인 성격 탓인지 그의 부인이 때때로 우울해 하여도 그는 아무렇지도 않은 듯 보였다. 때로는 앤이 감탄하리만큼 터무니없는 메리의 생고집을 잘 참아 내기도 하였다.

그들 두 사람 사이에는 가끔씩 사소한 의견차이 같은 것이 있기는 했지만(이런 경우 앤은 두 사람 모두의 하소연을 들어야 하는 생각지도 못했던 역할을 맡아야 했다.) 그들은 대체적으로 행복한 부부로 보였다.

두 사람은 돈이 더 많이 필요하고 그 필요한 돈을 그의 아버지로부터 듬뿍 받아내야겠다고 생각한다는 점에서는 의견을 같이 했다. 그러나 여느 때와 같이 메리보다는 찰스가 더 온건하고 덜 적극적이라는 면에서는 차이를 보였다. 왜냐하면 그의 아버지가 원하는 만큼의 돈을 주지 않을 경우 메리는 매우 섭섭해 했지만, 그는 아버지 나름대로 돈이 필요하신 곳이 많을 것이며 또 아버지는 그 돈을 당신 마음대로 쓰실 권리가 있다고 생각하고 있었기 때문이었다.

어린아이의 양육에 관한 문제에 있어서도 그의 주장은 아내의 생각보다 훨씬 논리적이었으며 그 실행에도 그는 꽤 익숙했다. 그래서 메리만 간섭하지 않는다면 아이들을 더 잘 키울 수 있을 거라는 그의 불평을 들을 때마다 앤은 상당부분 그의 말에 동조하였다. 하지만 그와 반대로 '찰스가 애들 버릇을 잘못 들여서 나로선 애들 바로잡기가 점점 힘이 들어져.' 라고 비난을 쏟아 붓는 메리에게는 맞장구치고 싶은 마음이 전혀 들지 않았다.

앤이 이곳에 있으면서 제일 불편했던 일은 머스그로브 가(家) 사람들과 메리가 서로의 불평을 모두 그녀에게 털어놓는다는 점이었다. 무엇보다도 서로가 앤을 그만큼 믿고 의지한다는 결과이겠지만 양쪽의 불평을 너무 많이 알고 있다는 것은 여간 껄끄럽지 않았다. 어느 정도 사실이기는 하지만 메리가 그녀의 말은 대체적으로 수용한다는 것을 알고는 실제로 그녀가 할 수 있는 일 이상의 것을 부탁하거나 어떨 때는 적어도 그렇게 해달라는 압력을 받기도 했다.

'메리는 언제나 자신이 중병에 걸려 있다는 착각에 빠져 있어요. 그렇지 않다는 것을 처형께서 좀 깨우쳐 주십시오.' 이것이 바로 찰스의 입장이었다. 하지만 또 메리는 기분이 우울해질 때면 반대로 이렇게 말했다.

"내가 금방 숨이 넘어간다 해도 찰스는 대수롭지 않게 생각할 거야. 앤 언니 같으면 내가 정말로 몸이 좋지 않다는 것을 그 사람에게 충분히 이해시킬 수 있을 텐데. 언니, 난 정말 내가 말하는 것 이상으로 몸이 좋지 않아."

또 메리가 확언하는 바에 의하면 아이들의 할머니는 항상 아이들을 보고 싶어하시지만 자기로서는 결코 아이들을 시댁에 보내고 싶지 않은 것이 솔직한 심정이라고 말했다. 그 이유인즉슨, 할머니는 아이들의 응석을 마냥 받아주기만 하니 버릇이 나빠지는데다 과자 같은 몹쓸 것들만 자꾸 주어서 아이들이 집에 와서는 심술만 부린다는 것이었다. 그러나 머스그로브 부인이 어느 날 앤과 단둘이 있을 때 처음으로 한 얘기는 또 달랐다.

"오, 앤 양. 우리 며느리가 애들 다루는 방법을 당신의 반만큼이라도 안다면 얼마나 좋겠수. 아이들이 당신과 함께 있을 때는 정말이지 딴판이 된다우. 당신이 동생에게 직접 그 애들 다루는 방법을 좀 가르쳐 주지 않겠수? 사실 내 손자들이라고 해서 하는 말이 아니라 그 아이들은 보기 드물 정도로 건강하고 영특한 아이들이에요. 며느리가 그 애들을 다루는 방법을 전혀 모르고 있을 뿐이지. 마음 같아서는 그 애들을 매일같이 불러다가 보고 싶어요. 어쩌면 며느리도 그렇게 하는 것을 좋아할지도 모를 일이고. 하지만 앤 양도 알고 있겠지만 하루종일 똑같은 말만 되풀이하면서 아이들을 돌본다는 게 얼마나 힘든 일이우. '이러면 안 돼. 그러면 못 써요.' 서로 간에 하기도 싫고 듣기도 싫은 그러한 말들을 피하려다 보니 필요 이상으로 과자 같은 것을 먹여가며 겨우겨우 달랠 수밖에 없는 노릇이지."

하루는 메리에게 이런 말을 들은 적도 있다.

"우리 시어머니는 당신 댁의 하인들이 모두 착하고 건실하다고만 생각하시기 때문에 그들을 조금이라도 나무라려고 하면 난리가 나. 가정부와 세탁부가 얼마나 게으르고 빈둥거리는지 알 만한 사람들은 다 알고 있는데 말이야. 솔직히 탁아소에 두 번만 가게 되면 그 둘 중의 한 명은 꼭 만나게 돼. 그러고 보면 우리 집의 제마이머가 워낙 착실하니까 그렇지 안 그랬으면 벌써 그 아이도 나쁜 길로 빠졌을 거야. 그 애 말로는 글쎄 자꾸 산보나 가자고 꼬드긴다는 거야."

이 부분에 대한 머스그로브 부인의 입장은 또 이랬다.

"난 원래부터 며느리에게 일일이 간섭하지 않기로 마음먹고 있어요. 내 간섭이 아무 소용없다는 것을 알고 있기 때문이죠. 하지만 이제 앤 양에게만큼은 말해 주고 싶어요. 앤 양 같으면 내 며느리의 잘못된 점을 좋은 방향으로 고쳐줄 수 있으리라고 믿기 때문이에요. 난 찰스네 아기를 돌보는 여자가 어쩐지 맘에 들지 않아요. 그 여자에 대해서 좋지 않은 소문이 돌고 있을 뿐만 아니라 내가 확실히 아는 바로도 그 여자는 쓸데없이 멋 부리기를 너무 좋아해요. 아마 그 여자와 가까이 한다면 누구나 다 나쁜 길로 빠질 거예요.

며느리가 그 애를 두둔하고 있다는 것은 알고 있지만 앤 양은 조심스럽게 판단하셔야 해요. 특히나 앤 양은 이 사람 저 사람 눈치 볼 것도 없이 어떠한 잘못에 대해서든 바로 꾸짖거나 지적할 수 있는 입장이니 말이유."

메리의 불평 중에는 이러한 것도 있었다. 시댁에서 다른 사람들과 함께 식사를 할 때 그녀는 당연히 자기가 윗자리에 앉아야 한다고 생각했다. 그런데 문제는 머스그로브 부인이 그 자리를 양보하지 않는다는 데 있었다. 메리의 입장에서는 자신이 결코 그렇게 무시당할 만큼 잘못한 일이 없다는 것이었다. 이 이야기는 며칠 후 머스그로브의 두 딸 중 한 명의 입을 통해서 다시 거론되었다. 앤 양은 두 딸 중 한 명의 머스그로브 양과 산책 중이었는데 사람들의 신분에 관해서 얘기하고 있었다.

"세상에는 자신의 신분이나 위치에 대해서 민망할 정도로 집착하는 사람들이 있어요. 물론 이런 문제가 당신에게는 별로 중요하지 않다고 생각해요. 다른 사람들이 다 그렇게 알고 있듯이 당신은 이러한 문제에 무관심한 편이니까요. 하지만 메리 언니에게는 누군가 주의를 좀 주었으면 좋겠어요. 그토록 자신의 위치에 연연해하는 것, 특히 우리 어머니의 자리를 차지하고자 하는 일은 보기가 좋지 않아요. 언니가 그 자리를 차지할 권리가 있다는 것은 누구나 다 인정하는 일이지만 그토록 많은 사람들의 눈길을 끌어가면서까지 그럴 필요가 있을까요? 우리 어머니가 모르시는 것도 아닌데 말이에요."

앤으로서는 이러한 여러 가지 문제를 어떻게 대처해 나가야 할지 여간 고민스럽지 않았다. 당장 그녀가 할 수 있는 일이라고는 저마다의 고충을 참을성 있게 듣고 달래어 준다거나 상대방에게 각자의 입장을 변명해 주는 것이 고작이었다. 간혹 같은 동기간끼리 조금씩만 더 인내심을 가져 줄 것을 암시하거나 메리에게 도움이 될 만한 몇몇 일을 확실하게 전달하는 것이 그녀가 할 수 있는 일의 전부였다.

하지만 이러한 일 이외에 그녀의 어퍼크로스에서의 생활은 매우 순조로웠다. 불과 3마일을 옮겨온 것뿐이었지만 주위 환경이 바뀌면서 일상의 화제나 기분까지도 상쾌해졌다. 메리 또한 편하게 대할 수 있는 상대가 있음으로 해서 몸의 불편함이 많이 호전되었다.

머스그로브 식구들과 메리의 관계도 애초부터 서로 간섭을 한다거나 나쁜 감정으로 얽혀 있던 것이 아니었기에 더 이상의 악화 없이 왕래가 유지되었다. 어찌 보면 오히려 앤이 오기 전보다도 두 집안은 더 친밀해진 것처럼 보이기도 했다. 그들은 아침마다 얼굴을 마주쳤고 저녁시간도 거의 매일같이 함께 보냈다. 앤은 이 모든 것이 머스그로브 부부가 메리의 집을 자주 찾아주고, 그들의 딸들 또한 언제나 웃음과 이야기 소리가 끊이지 않도록 하고 노래로써 대하고자 했던 노력이 만들어낸 결과라고 생각했다.

앤은 머스그로브의 두 딸 중 누구보다도 연주를 훨씬 더 잘했다. 그러나 그녀는 노래를 잘하지 못했고 특히 옆에 앉아서 흐뭇하게 자신의 연주를 들어 줄 부모가 없었기에 그녀의 연주는 한낱 의례에 불과하고 스스로의 위안밖에 되지 않는다는 것을 알고 있었다. 자기의 연주는 그저 자기 자신만을 즐겁게 해줄 뿐이었다. 이것은 그녀가 사랑하던 어머니를 잃어버린 열네 살 이후부터 쭉 습관처럼 느껴오던 감정이었다. 따라서 그녀는 누가 진정으로 관심을 갖고 그의 연주를 들어 주거나 격려해 주지 않아도 혼자만의 감정에 충실하게 만족하는 법을 터득하고 있었다. 머스그로브 부부가 자기 딸들의 연주만 기뻐하고 편파적으로 칭찬함에도 불구하고 앤이 진심으로 그들의 입장에서 기뻐해 줄 수 있었던 것은 다 이러한 이유에서였다.

모임에는 가족들 이외에 다른 사람들도 참석하고는 했다. 그 인근에 이웃이 많은 것은 아니었지만 그들 대부분은 빠짐없이 머스그로브 가(家)를 방문했고, 방문객 중에는 초대받지 않은 사람들도 있어 항상 북새통을 이루었다. 따라서 머스그로브 가(家)는 빈번하게 파티를 열었는데 이는 이 가족이 주위 사람들로부터 얼마나 신망을 얻고 있는지 단적으로 보여주는 것이었다.

딸들은 댄스에 열중해 있었기 때문에 밤의 모임이 의도와는 상관없이 조촐한 무도회로 끝나버리는 때가 종종 있었다.

어퍼크로스에서 걸어서도 오갈 수 있는 거리에 그들의 친척이 한 집 있었다. 그 친척은 머스그로브 사람들만큼 유복한 편이 못 되어서 여흥을 즐긴다거나 파티 같은 일은 언제나 이편에 기대는 입장이었다. 그들은 시간에 구애받지 않고 언제나 찾아왔으며 상대와 장소도 괘념치 않고 춤을 추었다. 앤으로서도 다른 사람들과 함께 어울리기보다는 연주자의 역할을 하는 것이 훨씬 더 편했기 때문에 그들을 위해서 컨츄리 댄스곡을 오래도록 연주하고는 했다. 머스그로브 부부는 이러한 앤의 행동에 진심으로 감동된 듯 가끔씩 그녀의 음악적 재능을 극찬하며 칭찬의 말을 늘어놓았다.

"오오, 앤 양. 정말로 놀랐어요. 정말로 훌륭해요. 어쩌면 그렇게 작고 여린 손가락으로 그렇게 세련되게 연주를 할 수 있는 거죠!"

이렇게 정신없이 3주일이 금방 지나갔다. 그동안의 근심 걱정을 잠시나마 잊을 수 있었던 것이다. 그러나 불과 그 3주일이 지난 후 앤의 마음은 다시 켈린치 쪽으로 내달리고 있었다. 유년시절부터 지금까지 자신의 온갖 기억과 흔적이 배어 있는 집이 낯선 사람들의 손에 넘어 간다는 사실은 생각조차 하기가 싫었다. 하지만 그럴수록 그녀의 마음은 더욱더 그쪽으로 줄달음쳐 가고 있었던 것이다. 아아, 그리고 마침내 9월 29일 저녁 무렵, 앤은 격앙된 감정으로 외치는 메리의 목소리를 묵묵히 들을 수밖에 없었다.

"어머나! 오늘이 바로 크로프트 사람들이 켈린치로 들어오는 날이잖아? 이 일을 어쩌면 좋아! 하기는 그동안 다만 며칠이라도 그 서글픈 사실을 잊고 지낼 수 있었다는 것도 참으로 다행이야."

크로프트 가(家) 사람들은 해군다운 민첩성을 발휘해 가며 순식간에 켈린치 저택을 점령하였다. 따라서 앤과 메리 쪽에서 먼저 그들을 방문해야만 했다. 메리는 그렇게 할 수밖에 없는 자신의 신세를 서글프게 한탄하였다.

"이 쓰라린 심정을 도대체 누가 알아줄까. 되도록 겉으로 표시나 내지 않을 수 있다면 좋겠는데……."

그러면서도 메리는 찰스를 설득해서 조만간 마차로 데려다 줄 것을 부탁할 때까지 좀처럼 안정을 찾지 못했다. 앤 자신도, 막상 켈린치를 방문할 때 마차에 탈 자리가 없어서 가지 못하게 되었는데 그녀는 그것을 무척이나 다행스럽게 생각했다. 그러나 크로프트 부부가 답례로 어퍼크로스를 방문했을 때는 그들을 몹시 보고 싶어했고 때마침 그때 자신이 집에 있었던 것을 매우 기뻐했다.

그들 부부가 어퍼크로스를 방문했을 때 머스그로브 부부는 집을 비우고 있어 앤과 메리가 그들을 맞았다. 제독이 메리 옆에서 어린 아이들의 비위를 맞춰주고 있었기 때문에 앤은 그의 부인을 상대하게 되었다. 앤은 혹시나 부인이 그녀의 동생과 닮은 데가 있을까 싶어 얼굴을 꼼꼼히 살펴보았으나 용모에서는 비슷한 점을 찾아 낼 수가 없었다. 다만 목소리나 표정의 변화 등에서 약간 닮은 듯한 느낌을 받았을 뿐이었다.

크로프트 부인은 키가 크지도 뚱뚱하지도 않았다. 그러나 어깨가 떡 벌어진 품새에 몸가짐이 생기에 차 있어서 풍채가 아주 당당하게 느껴졌다. 반짝거리는 검은 두 눈과 고른 치아도 꽤 후덕한 인상을 주기에 충분했다. 하지만 남편을 따라서 바닷가 생활을 오래 해서인지 피부가 해풍에 시달린 듯 외관상으로는 본래의 나이인 서른여덟보다는 훨씬 더 들어 보였다.

행동은 또 외모에서 풍기는 것처럼 거침이 없고 여유가 있었으며 의심이나 망설임 같은 것은 한 번도 해보지 않은 사람처럼 시원시원하기까지 했다. 경망스런 느낌이란 전혀 찾아볼 수가 없이 그녀는 항상 쾌활한 표정을 잃지 않았던 것이다. 앤은 부인과 대화하면서 켈린치 저택을 두고 서로가 미묘한 관계임에도 불구하고 그 부인은 전혀 그러한 것을 괘념치 않을 뿐만 아니라 오히려 자기에게 존중의 감정까지 지니고 있다는 사실에 놀라지 않을 수 없었다. 특히 앤은 그 부인이 예전에 자기 동생과의 관계에 대해 어느 정도 편견을 갖고 있을지 모른다고 생각했었는데 그마저도 자신의 기우였음을 알고는 뛸 듯이 기뻤다. 그러나 모든 걱정을 털어버리고 마음의 평정을 찾아갈 즈음 돌연히 앤은 크로프트 부인의 한마디 말에 충격을 받고 말았다.

"아, 이제 알겠어요. 예전에 내 동생이 알고 지냈던 사람이 당신의 동생이 아니고 바로 당신이었군요."

얼굴을 붉히는 따위의 감정을 표출할 나이는 이미 지났다고 생각하고 있던 앤이었지만 갑자기 머릿속이 혼란스럽고 얼굴이 화끈거림을 느끼지 않을 수 없었다.

"혹시 알고 계실지 모르겠지만 동생은 결혼했어요."

크로프트 부인의 덧붙이는 말을 듣고서야 앤은 겨우 진정할 수 있었다. 부인이 말한 동생이란 프레데릭이 아닌 에드워드라는 것을 알았기 때문이었다. 앤으로서는 아무 대꾸도 하지 않았던 것이 천만다행이었다. 곧 그녀는 부인이 회상해서 말하고 있는 대상이 프레데릭이 아니고 에드워드라는 것은 너무나 당연한 일이라고 느끼게 되었다. 자기 자신의 건망증을 생각할 때 부끄럽기도 했지만 이내 화제는 옛날 이웃들의 근황으로 옮겨갔고 앤도 그 이야기들에 귀를 기울이게 되었다. 그리고 조용한 가운데 그들 부부가 자리를 일어서면서 돌아가려 할 때 제독이 메리에게 말하는 것을 들었다.

"며칠 후에 처남이 이리로 오기로 되어 있습니다. 이름은 알고 계시죠?"

제독의 말은 어린 사내아이들이 마구 매달리는 바람에 더 이상 이어지질 못했다. 아이들은 마치 오래전부터 알아왔던 사람에게 대하듯 돌아가지 못하게 했고 나중에는 자기들을 데려가 달라고 떼를 쓰기도 했다. 그래서 제독은 이 애들을 호주머니에 넣어 데려가 버릴까 하는 등 농담을 던지느라 도저히 하던 말을 끝맺지 못했던 것이다. 앤의 가슴은 또다시 뛰기 시작했다. '제독이 말한 처남이란 과연 부인의 어떤 동생일까? 부인이 말하던 바로 그 동생이겠거니 하면서도 앤의 마음은 도무지 안정이 되지 않았다. 그들이 여기로 오기 전에 들렀던 메리의 시댁에서는 혹시 이 이야기에 대한 확실한 말을 하지 않았을까 하는 생각까지 들었다.

머스그로브 사람들은 이날 밤 메리의 집에서 지내기로 되어 있었다. 걸어오기에는 겨울로 접어든 날씨가 이미 쌀쌀했기에 분명 마차로 오리라 생각하며 그 소리에 귀 기울이고 있었다. 그런데 막상 제일 막내 머스그로브 양이 혼자서 걸어오는 것이 보였다. 기다리던 사람들로서는 실망이 여간 크지 않았다. 머스그로브 양이 혼자서 오는 것은 오늘 밤 그들이 오지 못한다는 변명을 하러 오는 것이리라는 생각이 퍼뜩 머릿속에 떠올랐기 때문이었다. 그것은 결국 이 밤을 자기네들끼리만 보내야 한다는 것을 의미하는 것이었다. 하지만 마차에 하프를 싣고 오기 위해 자기가 자리를 내주어야 했고 왜 하프를 가져와야 했는지 등 장황한 루이자의 설명을 듣고 오해는 이내 풀렸다.

"오늘 밤 엄마 아빠의 기분이 너무 침울해요. 그걸 미리 알려드리려고 이렇게 달려 왔어요. 특히 엄마 쪽이 심하신 것 같아요. 오, 가엾은 리처드 오빠. 두 분은 갑자기 오빠 생각에 빠지셨어요. 그래서 우리는 하프를 가져오기로 한 거죠. 엄마는 피아노보다 하프를 더 좋아하시잖아요. 한동안 잊고 있던 오빠 생각이 이렇게 느닷없이 떠오를 줄이야……. 글쎄, 오늘 오전 크로프트 부부께서 오셨을 때(그런 다음에 여기로 오셨지요?) 우연히 그 부인의 친정 동생 웬트워스 대령에 관한 이야기가 나오지 않았겠어요? 그분이 영국으로 되돌아오신 건지 퇴역을 하신 건지 아무튼 곧바로 그 내외분을 만나 보러 오는 중이라는 얘기였죠.

그런데 문제는 그분들이 돌아가시고 난 후에 일어났어요. 웬트워스라는 이름이거나 아니면 그 비슷한 이름을 가진 사람이 가엾은 우리의 리처드 오빠가 탄 배의 함장을 지내셨다는 사실을 엄마가 기억해 내신 거예요. 리처드 오빠가 언제 어디서 그분과 함께 생활을 했는지는 모르지만 아마도 오빠가 세상을 떠나기 훨씬 전의 일인가 보죠? 불쌍한 오빠! 엄마는 오빠의 편지나 물건들을 다시 자세히 살펴본 후에 그분이 틀림없다는 것을 확인하고는 그때부터 온통 오빠 생각뿐이에요. 엄마가 오빠 생각을 하지 못하도록 해드려야 할 것 같아요."

이 집안의 슬픈 내력, 전후 내막은 이러한 것이었다. 머스그로브가에는 불행하게도 속만 무던히도 썩이던 아들이 하나 있었다. 그는 자기 앞가림도 제대로 하지 못하고 희망도 없어 보여 일찌감치 바다로 보내졌다. 그러고 나서 그의 가족들은 전혀 걱정을 하지 않았다. 물론 그렇게 속만 썩이던 자식이다 보니 그랬겠지만 별반 소식도 없다가 외국에서 세상을 떠났다는 통지가 어퍼크로스에 도착하던 2년 전에도 가족들은 그다지 슬픈 감정을 가지지 못했다.

지금에 와서야 그의 누이들이 '가엾은 리처드 오빠'라고 부르는 것으로 예의를 표하고 있지만 그에 대한 기억은 머리가 무척이나 나쁘고 잔정도 없으며 아무 쓸모없는 딕 머스그로브 이상도 이하도 아니었다. 그는 살아서나 죽어서나 약칭 이상의 호칭으로 불릴 만한 아무런 일도 해놓은 것이 없었던 것이다.

그는 해군 소위 후보생의 신분으로 몇 년 동안을 바다에서 보냈다. 그리고 어느 함장이나 자기가 보기 싫은 후보생은 마음대로 다른 곳으로 보내버리고는 했었기에 그는 이리저리 여러 배를 옮겨 타다가 6개월간 프레데릭 웬트워스 함장이 이끄는 프리게이트 함(역주: 상하 두 갑판에 대포를 갖춘 목조의 쾌속선으로 오늘날의 순양함) 라코니아 호에 승선했던 것이다. 리처드는 바로 이 라코니아 호에서 함장의 배려로 2통의 편지를 보내왔다. 이 2통의 편지는 그가 집을 비웠던 전 기간 동안 그의 양친이 받아본 것 중 가장 편지다운 편지였다. 그 밖의 다른 편지는 모두 돈을 보내달라는 사연들뿐이었던 것이다.

2통의 편지에서 그는 한결같이 함장을 칭찬하고 있었다. 그러나 머스그로브 사람들은 원래 그러한 문제에 관심이 없는데다가 승무원이나 배 이름 같은 것은 더더욱 그들과 무관했기 때문에 아무도 신경을 쓰지 않았다. 그런데 오늘따라 갑자기 머스그로브 부인이 웬트워스라는 이름을 자기 아들과 연관해서 떠올린 것은 아주 가끔씩 일어날 수 있는 돌발적인 사건이라고 말할 수밖에 없는 일이었다.

그녀는 오랫동안 잊고 있던 아들의 편지로 자신의 짐작을 확인하는 순간 어쩔 줄을 몰랐다. 예전에 아들이 저질러 놓았던 실수와 잘못들은 잊힌 지 이미 오래였고 머릿속에 떠오르는 것은 그 아들이 이제 이 세상에 없다는 사실뿐이었다. 따라서 뒤늦게 떠오른 그녀의 슬픔은 처음 그의 죽음을 통보받던 당시보다도 훨씬 더 크게 다가오고 있었다. 머스그로브 씨도 그녀보다는 정도가 덜했지만 역시 마음의 동요를 느끼고 있었다. 두 사람은 아들의 집으로 오면서 이 이야기에 대해 다시 알고 싶어했고 명랑하고 쾌활한 다른 누구로부터 위로받고 싶어했다.

머스그로브 부부는 웬트워스 대령의 이름을 쉴 새 없이 되뇌고 그의 이야기를 하면서 아쉬운 지난 세월의 기억을 더듬었다. 그리고 결국 그 사람은 언젠가 클리프턴에서 돌아온 후 몇 번 만난 적이 있는 그 웬트워스 대령일지도 모른다고 단정 지었다. 그들이 7~8년 전에 만난 그 사람은 머스그로브 부부에게 매우 훌륭한 청년으로 기억되고 있었다.

머스그로브 부부의 이러한 얘기가 앤에게는 간신히 덮어 두었던 상처를 건드리는 아픔이었다. 하지만 그러면서도 그녀는 이 일이 꼭 견뎌내야 할 자신의 일이라는 것을 깨닫고 있었다. 그가 조만간 이곳으로 온다는 것은 기정사실이고 혹시 그와 마주친다 해도 당황하지 않도록 자신을 다져 놓아야 한다고 생각한 것이다.

그와 마주치는 일이 분명히 있을 것이다. 더구나 머스그로브 부부는 가엾은 자기들의 아들 딕을 6개월이나 보살펴 주었다는데 진심으로 감사하고 있었고 따라서 그가 도착하자마자 자신들이 먼저 교제를 신청할 예정이었기 때문에 더더욱 그랬다. '좀 까다로운 부분이 있긴 하지만 굉장히 용감하고 훌륭한 분입니다.' 라는 과히 정확한 철자법은 아닐지라도 그에 대해 깊은 인상을 남겨준 아들의 편지를 굳이 떠올리지 않더라도 그들은 이미 자신들의 마음속에 그를 친숙하게 받아들이고 있었던 것이다.

그렇게 하기로 결심하고 나자 그들의 그날 밤의 모임은 상당히 위안도 되었고 한층 더 즐거움을 제공했다.

7

며칠 후 켈린치로 직접 가서 웬트워스 대령을 만나고 온 머스그로브 씨는 입술이 닳도록 그를 칭찬했다. 그리고 내주까지 크로프트 부부와 함께 어퍼크로스의 만찬에 참석하겠다는 약속도 받아 왔노라고 자랑했다. 머스그로브 씨는 그보다 더 빠른 날로 약속을 받아 오지 못한 것을 매우 아쉬워했다. 한시라도 빨리 주류 저장실에 있는 맛있고 질 좋은 술을 마음껏 그에게 대접하고 싶어서 안달이 나 있었던 것이다.

그러나 만찬 약속은 아직 한 주일이나 남아 있었다. 한편 앤은 한 주일만 있으면 어쩔 수 없이 그와 대면해야 한다는 사실로 인해 안절부절못하고 있었다. 제발 그 한 주일 동안만이라도 평온한 마음으로 지낼 수 있기를 진심으로 그리고 간절히 소망하였다.

웬트워스 대령은 머스그로브 씨의 뜻하지 않은 호의에 대한 답례로 생각보다 빨리 답례 방문을 왔다. 그가 방문하던 날 자칫하면 앤은 그와 정면으로 부딪힐 뻔했다. 그녀와 메리는 그가 그날 오리라는 생각은 미처 못 하고 메리의 시댁으로 갈 채비를 하고 있었던 것이다. 만약 바로 그때 메리의 큰 아이가 다친 채 실려서 오지만 않았더라면 그녀는 영락없이 그와 만나게 되었을 것이 분명했다. 결국 메리의 아이 때문에 시댁으로 가는 일은 취소되었고 앤은 그렇게 그 자리를 모면할 수 있었던 점을 아주 다행스럽게 생각했다.

메리의 아이는 쇄골(鎖骨)이 빠지고 등에 심각한 상처를 입고 있었다. 그래서 그날 오후 앤은 무거운 마음으로 집안일을 모두 혼자서 처리해야만 했다. 약제사를 부르랴, 아이의 아버지에게 알리랴, 막내 녀석을 떼어놓고 부상자의 시중을 들며 보살피랴, 충격을 덜 받도록 메리를 달래는 일까지 도맡아서 해야 했다. 하인들을 별다른 동요 없도록 다스리고 시댁에 알리는 일까지 앤의 몫이었다. 이렇게 급작스런 일을 당하고 나니 주위에 있는 사람들은 막상 도움이 된다기보다 오히려 수선만 떠는 짐처럼 느껴질 뿐이었다.

메리의 남편이 돌아오고 나서야 앤은 겨우 한시름 놓을 수 있었다. 우선 메리를 달래는 데는 그가 최고였기 때문이다. 곧이어 약제사도 도착을 했는데 그 약제사가 진찰을 마칠 때까지 아무 말도 하지 않았기 때문에 여간 걱정스럽지 않았다. 상처가 깊다는 것만 짐작했지 도대체 어느 정도인지를 알 수가 없었던 것이다. 다행히 쇄골은 이내 자리를 찾았고 약제사 로빈슨이 아이의 몸을 이리저리 살펴본 후 앤과 메리에게 차근차근 설명을 해주면서 불안감은 상당히 해소되었다. 약제사를 보내고 그들은 그런대로 마음 편하게 저녁식사를 들 수 있었다. 그리고 서로들 돌아갈 즈음해서는 달려와 있던 두 머스그로브 양이 오늘 있었던 웬트워스 대령의 방문으로 화제를 돌릴 정도가 되었다.

그 두 아가씨들은 머스그로브 부부가 자리를 뜬 후에도 5분가량을 더 남아 이야기를 계속했다. 그가 자기들이 이때까지 좋아해 왔던 다른 어떤 남자들보다도 훨씬 더 잘생겼고 아주 깊은 호감을 주었다, 아버지가 그 사람에게 저녁식사 때까지 더 남아 있기를 권할 때 정말이지 기뻤다, 비록 그가 그 청을 정중히 거절했지만 엄마와 아버지가 다시 간청해서 다음날 저녁식사 약속을 받아냈을 때는 날아갈 것 같았다, 그의 약속하는 예의나 태도가 얼마나 시원시원하던지 마치 그는 우리들의 속마음을 훤히 꿰뚫고 있는 것 같더라 등등.

한마디로 그녀들의 말은 그렇게 훌륭한 사람을 만나서 말할 수 없이 기쁘고, 엄마 아버지 또한 그 사람의 용모와 됨됨이에 푹 빠져서 마지막까지 그 사람의 뒤를 돌아보더라는 것이었다. 그녀들은 그 후에도 한참을 더 흥분과 환희에 찬 목소리로 떠들다 갔는데 분명 그녀들의 머릿속에는 아파서 누워 있는 어린 조카보다도 웬트워스 대령의 생각으로 가득 차 있는 듯이 보였다.

해질 무렵 두 머스그로브 양은 자기들의 아버지를 모시고 한 번 더 조카의 위문을 왔는데 그때까지도 그들의 화제는 변하지 않고 있었다. 머스그로브 씨 역시 집안의 대를 이을 맏손자의 상처에 대한 불안감에서 어느 정도 벗어나 있었는지 제법 여유를 가지고 그에 대한 찬사의 말을 늘어놓기 시작했다. 그들은 모두 그와의 만찬에 대한 기대에 한껏 부풀어 있었는데 딱 하나, 아픈 아이를 어떻게 남겨두고 만찬에 참석할 것인가 하는 문제가 가슴속 한 귀퉁이에 찜찜하게 남아 있었다.

"그건 절대로 안 돼요. 어떻게 어린 것을, 그것도 몸이 아픈 아이를 혼자 내버려둔단 말이에요!"

아직도 놀란 가슴이 채 진정되지 않은 찰스와 메리는 펄쩍펄쩍 뛰었다. 앤 역시 대령과의 자리를 피할 수 있다는 생각으로 그들에게 무언의 동조를 하지 않을 수 없었다.

그런데 갑자기, 잠시 후 찰스가 자기는 참석을 하는 게 낫겠다는 의향을 보이기 시작했다. 아이도 뭐 그리 심각한 상태는 아니고 그냥 서로 인사나 하자는 것이니까 굳이 같이 저녁을 할 수는 없다 하더라도 밤늦게 잠깐 얼굴은 비추는 것이 예의 아니겠느냐는 게 그의 말이었다. 그러나 메리의 입장은 단호했다.

"만약 당신이 없는 새에 무슨 일이라도 생긴다면 어쩔 거예요. 저는 아마 제정신을 못 차릴 거예요. 당신이 집을 비우고 간다는 건 있을 수 없는 일이에요."

하지만 아이는 그날 밤 잠도 잘 잤고 다음날 상태도 눈에 보일 정도로 호전되었다. 척추의 손상 여부는 더 지켜봐야겠지만 로빈슨 씨의 말로는 더 이상의 위험한 징후는 보이지 않는다고 했다. 그래서인지 찰스는 더욱더 자신이 집에 있을 필요가 없다고 느끼기 시작했다. '아이는 침대에 가만히 누워서 안정을 취해야 하는데 내가 할 일이 무엇인가. 이런 일은 여자들이 해야지 내가 옆에 얼쩡거린다는 자체가 오히려 쑥스러운 일이 아닌가?' 그의 아버지는 분명히 그가 대령과 만나기를 바라고 있었고, 그 뜻을 지키지 못할 뚜렷한 이유가 없는 한 자신은 꼭 그 자리에 참석해야 한다고 생각했던 것이다. 결국 그는 수렵에서 돌아오자마자 곧 옷을 갈아입고 본가의 회식에 참석하러 가겠다고 명백하게 선언했다.

"아이는 이제 많이 좋아졌소. 아버님께도 지금 막 가겠다고 말씀드렸더니 좋다고 하셨고. 처형도 옆에 계시고 하니 별일은 없을 거요. 당신도 알다시피 나는 아이 옆에 있다고 해도 도통 도움이 되지 않아요. 무슨 일이 생기면 처형이 날 부르러 사람을 보낼 테니 아무 걱정 말아요."

일반적으로 부부간이라는 것은 반대해봤자 아무 소용이 없는 때가 있다는 것을 아는 법이다. 메리는 찰스의 말을 들으면서 더 이상 자기가 얘기한다고 해서 이미 돌아선 그의 마음은 변하지 않으리라는 것을 알았다. 그녀가 아무 말도 하지 않자 그는 밖으로 나가 버렸다. 그리고 앤과 단둘이 남게 되자 메리는 넋두리를 늘어놓기 시작했다.

"결국 우리 둘만 남았네. 아무리 험한 일이 생기더라도 우리 둘이서 어떻게든 저 아픈 아이를 돌보아야 된다는 거지. 아마 밤새도록 이 근처에는 단 한 사람 얼씬거리지 않을 거야. 내 이럴 줄 미리부터 알고 있었지. 이게 내 팔자거든! 왜 남자들은 하나같이 조금만 성가신 일이 생기면 피할 생각부터 할까? 찰스도 마찬가지야. 따뜻한 정이라고는 손톱만큼도 없어. 오오! 저렇게 아픈 아이를 눈 하나 깜짝 안 하고 팽개치다니…….

도대체 상태가 좋아졌는지 어떤지 자기가 어떻게 알아. 30분 후에 갑자기 상태가 달라져서 지금보다도 더 나빠지지 않는다고 누가 장담하겠어. 아, 기분전환이라도 했으면 좋으련만. 나는 아이의 엄마니까 누구보다도 더 의연해야겠지. 그러나 솔직히 난 견디기 힘들어. 엄마 노릇을 잘 해낼 자신이 없어. 어제만 해도 그래. 막상 아이가 실려 왔을 때 내가 얼마나 허둥댔어!"

"그건 그렇지가 않아. 그렇게 갑작스런 상황에서는 누구나 다 충격을 받기 마련이야. 이제 앞으로 어려운 일은 없을 테니 안심해. 로빈슨 선생님이 내려주신 처방도 내가 똑똑히 알고 있으니 걱정하지 말고. 하지만 말이다, 메리. 네 남편은 네가 말하는 것처럼 그렇게 잘못된 것은 아니란다. 병간호는 원래 남자들이 할 일이 아니야. 아픈 아이는 언제나 엄마의 책임이지. 엄마라는 말이 지니고 있는 그 의미만으로도 언제나 그렇지."

"물론 나도 내 자식을 세상의 어떤 엄마보다도 더 사랑하고 좋아해. 하지만 아이가 아플 때 그 아이에게 내가 찰스보다 더 필요하리라고는 확신할 수가 없어. 아픈 아이에게 줄곧 나무라고 잔소리만 늘어놓는 일은 난 잘 못 하겠어. 언니도 오늘 아침에 봐서 알잖아. 내가 좀 조용히 하라고 하니까 그 아이는 오히려 발을 동동 구르잖아. 나는 정말 그런 일을 견디기가 힘들어."

"그래, 네 심정은 알지만 그런 자식 곁을 밤새 떨어져 지낸다는 것도 결코 쉬운 일은 아니지."

"아이의 아버지도 하는 일을 왜 나라고 못 해. 더욱이 우리 집의 제마이머는 사려가 깊은 사람이야. 언제나 아이에게 관심을 가지고 있으며 한 시간이 멀다하고 우리에게 그 상태를 얘기해 주잖아. 차라리 아버님께 우리 모두 같이 저녁식사에 참석하겠다고 말씀드릴 걸 그랬어. 가만히 생각해 보니 이제 아이의 상태가 정말로 좋아진 것 같아."

"그래, 네 생각이 정 그렇고 아직도 늦지 않았다면 네 남편과 함께 가도록 하렴. 아이는 내가 돌볼 테니까. 내가 아이의 옆에 있다고 하면 네 시부모님도 안심하시지 않겠니?"

"정말이야, 언니?"

메리의 눈은 순간적으로 빛이 났다.

"언니가 그렇게만 해준다면 정말로 고마운 일이야. 사실 내가 집에 억지로 남아 있다 해도 별 소용이 없잖아. 아이를 보기에는 엄마라는 정에 매이기보다 아예 다른 사람이 더 나을지도 모르고. 더구나 찰스 녀석은 언니라면 한마디 말로 만족할 만큼 잘 따르잖아. 아마 언니가 옆에 있다면 제마이머에게만 맡겨놓는 것보다는 내 마음도 한결 더 편안할 거야.

그럼 언니! 나, 정말로 가도 되는 거지? 찰스와 내가 함께 간다는 건 잘된 일일지도 몰라. 시댁 분들은 모두들 내가 더 웬트워스 대령과 친해지기를 은근히 바라고 있거든. 그리고 난 또 언니가 혼자 남게 된다고 해서 말과는 다르게 섭섭해 한다거나 그러지 않을 거라는 걸 잘 알고 있어. 지금 바로 찰스에게 가서 말하고 준비를 해야겠어. 만일 무슨 일이 생기면 곧바로 연락을 해주어야 해, 언니. 꼭이야! 물론 아무 일도 없겠지만 말이야. 언니는 잘 알고 있겠지만 만약 아이의 상태가 조금이라도 이상하다면 어찌 내가 그 아이의 곁을 떠날 수 있겠어."

메리는 잽싸게도 벌써 남편의 방문을 두드리고 있었다. 앤은 그녀의 뒤를 따라 2층까지 올라갔기 때문에 그 부부의 대화를 또렷이 들을 수 있었다. 메리는 기쁨에 넘치는 목소리로 지껄이고 있었다.

"찰스, 저도 함께 가기로 했어요. 집에 남아 있어봐야 저도 당신과 똑같이 별 소용이 없거든요. 어차피 저 녀석이 하기 싫어하는 일은 제 힘으로 억지로 시킨다고 될 일도 아니고. 대신 앤 언니가 남아서 돌보기로 했어요. 언니가 기꺼이 혼자서 애를 돌봐주기로 했단 말이에요. 그래서 제가 당신과 함께 갈 수 있게 된 거라구요. 아, 시댁에서 식사를 한 것이 벌써 지난 화요일의 일이에요."

"정말로 고마운 일이구료. 그런데 당신과 함께 갈 수 있게 된 것은 다행이지만 처형에게만 아이를 맡긴다는 게 너무 무례한 일은 아닐까?"

메리의 남편은 짧게 말했다.

바로 그때 앤이 직접 나서서 자기는 괜찮다고 그를 안심시켰다. 그녀의 말은 진심에서 하는 것이었고 정성이 깃들어 있었기에 그도 더 이상의 그녀에 대한 미안한 감정은 접어두기로 했다. 다만 아이가 잠들 때쯤 자신이 직접 데리러 올 테니 그때 모임에 참석하자고 권해보았으나 그녀는 완강히 거부했다. 앤으로서는 동생 부부가 가벼운 마음으로 출발하기를 바랐고, 그곳에 가서도 만찬 분위기를 유쾌하게 즐길 수 있기를 바랐기 때문에 기쁜 마음으로 그들을 배웅했다. 그 유쾌하게 즐긴다는 것이 세상에서 보기 드물게 기묘한 방법으로 만들어진 것이기는 하지만 말이다.

그들이 떠난 후 그녀는 혼자만 남게 되었지만 더 이상 바랄 것이 없으리만치 안락한 평온함을 느낄 수 있었다. 지금 이 순간 아파서 누워 있는 저 아이는 오직 자기만을 필요로 하고 있다는 것을 그녀는 알고 있었다. '반 마일 밖에 있는 프레데릭 웬트워스가 다른 어떤 사람들에게 상큼한 웃음을 흩뿌리며 친절을 베푼다고 해서 그것이 나와 무슨 상관이란 말인가…….'

그녀는 그가 자신을 만나는 일을 어떻게 생각할지 몹시 궁금했다. 어쩌면 그는 무관심하거나 자기를 만나는 일을 별로 내켜 하지 않을지도 모른다고 생각했다. 만약 그가 그녀를 만나고 싶어했다면 여태까지 아무 소식이 없을 리가 없었기 때문이다. 예전에 그에게 부족했던 건 독립할 만한 재산뿐이었는데 이미 그만한 재산을 이루어 놓은 상태라면 벌써 연락을 해도 수십 번은 했으리라는 것이 그녀의 속내였다.

동생 부부는 아주 흡족한 기분으로 만찬을 끝내고 돌아왔다. 그들의 얼굴에는 흥겨운 음악과 노래와 유쾌한 얘깃거리들이 그대로 담겨 있었다. 그들은 웬트워스 대령이 은근히 사람을 끌어당기는 매력을 가지고 있고 수줍음이나 가식이라고는 전혀 없는 사람이라고 말했다. 그들은 비록 짧은 시간이었지만 서로를 진심으로 모두 이해하고 있는 듯했다.

찰스는 다음날 아침에 그 대령과 사냥 약속까지 되어 있었다. 처음에는 찰스가 대령을 아침식사에 초대했는데 또다시 그의 부모가 중간에서 우기는 바람에 찰스가 아버지의 집에 가서 그와 함께 식사를 한 후 사냥을 가기로 했던 것이었다. 그리고 굳이 찰스의 집에는 아이들이 있어서 번거로울 거라며 그가 식사를 사양한 이유가 있기도 했다.

앤은 모든 상황을 짐작할 수 있었다. 그는 앤과 마주치는 것을 피하려고 한 것이 틀림없었다. 그녀가 어제 들은 바에 의하면 예전에 어쩌다 알았던 사람의 안부를 묻듯 그가 슬쩍 지나가는 말로 그녀의 안부를 묻더라는 것이었다. 아마도 그로서는 어쩔 수 없이 그녀를 만나게 되었을 때 서로 모르는 체하고 소개를 하는 번거로움을 피하기 위해 만든 최소한의 탈출구였으리라.

메리네 아침식사는 시댁에 비해 언제나 늦었으나 다음날 아침은 유난히 더 늦었다. 메리와 앤이 아침식사를 막 시작하려 할 때 찰스는 이미 사냥에 필요한 개를 데리러 왔다. 그리고 느닷없이 자기의 누이들과 웬트워스 대령이 곧 올 거라고 말했다. 그의 누이들은 메리와 아이들을 보러 오는 것이고 웬트워스 대령 또한 메리만 괜찮다면 인사를 오겠다고 제안을 먼저 했다는 것이었다. 물론 찰스는 아이의 상태도 많이 좋아졌으니 바로 가자고 했으나 대령은 끝내 찰스가 먼저 가서 자신의 방문소식을 알려 달라고 요구했다는 것이다.

메리는 이러한 대령의 세심한 배려에 또 한 번 감동하며 그를 기다렸다. 한편 앤의 머릿속으로는 온갖 생각들이 물밀 듯이 밀려들었다. 그나마 다행스러운 것은 이미 사냥 약속이 되어 있기 때문에 이번 만남은 금방 끝날 것이라는 점이었다.

그 만남은 정말로 짧았다. 찰스의 말이 끝나고 채 2분도 되지 않아 그들은 응접실로 들어섰다. 앤은 대령과 아주 잠깐 눈이 마주쳤다. 대령은 고개를 약간 숙여 보였으며 앤은 무릎을 굽혀 인사를 했다. 그리고 그녀는 고개 숙인 채 그가 하는 몇 마디 말을 들었다. 그는 메리에게는 지극히 일상적인 인사말을 건넸지만 머스그로브 딸들에게는 꽤 친근한 어투로 말을 주고받았다.

방 안은 한동안 사람들의 말소리로 가득 찬 듯했으나 얼마 가지는 못했다. 준비를 다 끝낸 찰스가 창가에 모습을 드러내자 모두들 밖으로 몰려나간 것이었다. 머스그로브의 딸들도 갑작스럽게 사냥 가는 사람들을 마을 어귀까지 배웅한다며 그들을 따라나섰다. 방 안은 텅 비어 있었고 앤은 혼자서 조용히 식사를 마쳤다.

"이제 지나갔어! 이제 끝난 거야! 정말 하기 힘든 일을 잘 해냈어!"

앤은 복받쳐 오르는 감정을 억누르며 스스로를 다독거렸다.

메리가 뭐라고 얘기를 하고 있었지만 그녀의 귀에는 들리지 않았다. 그를 보았고, 눈을 마주쳤고, 비록 잠깐이지만 함께 한 방에 있었다는 사실만이 그녀의 머릿속에서 왱왱거리고 있었다.

그러나 그녀는 자기 자신의 감정을 이성으로 가라앉히려고 노력했다. 8년, 모든 것을 단념하고 잊어버리고자 밤마다 눈물로 베개를 적시던 그 세월이 벌써 8년이나 되었다. 그런데 이제 와서 스스로 버리고자 했던 그 기억 앞에 설레고 있는 이 마음은 도대체 무엇이란 말인가! 8년이라면 지금껏 그녀가 살아온 생애의 3분의 1에 가까운 세월이었다. 그동안, 그 세월 동안 일어난 사건들은 얼마나 많았으며 변화들은 또 얼마나 많았는가. 망각의 강물 속에 가라앉았다 해도 이미 오래전의 일이련만! 아아! 제아무리 마음을 진정하고 냉정해지려고 애를 썼지만 그에 대한 기억 앞에서는 8년이란 세월도 아무것도 아니었다는 생각만 들 뿐이었다.

'나에 대한 그의 태도를 어떻게 이해해야 할까. 그는 정말 나와의 만남을 피하고 싶었던 것일까?'

그녀는 스스로에게 자문하고, 그 자문이 얼마나 바보 같은 짓인지 후회하기를 몇 번이고 반복했다. 그녀에게는 제아무리 현명하다 해도 억누를 수 없는 또 하나의 의문이 있었는데 곧 그 의문도 풀렸고, 모든 초조감에서 벗어나게 되었다. 앤은 머스그로브의 딸들이 돌아간 후 메리가 그녀들로부터 들은 말을 전해 듣고서야 겨우 모든 것을 객관적으로 판단할 수 있었다.

"언니! 대령님은 모든 사람들에게, 심지어는 나에게까지도 꽤 세심한 신경을 써 주는데 왜 유독 언니에게만 그렇게 무관심한 거지? 아까 모두들 몰려나갔을 때 헨리에타 아가씨가 그분께 언니를 어떻게 생각하느냐고 물어 보았대. 그런데 그분 말이, 언니가 너무 많이 변해서 도대체 알아볼 수가 없을 정도라고 말을 하더래, 글쎄."

메리는 원래가 언니의 감정을 생각해가며 말을 하는 편은 아니었지만 지금 자기의 그 말이 언니에게 얼마나 깊은 상처를 주고 있는 것인지 전혀 깨닫지 못하고 있는 듯했다.

'못 알아볼 정도로 변했다고?' 앤은 치욕스런 굴욕감 같은 것이 목구멍으로 넘어오는 것을 간신히 삼켰다. 그리고 그가 자신을 어떻게 생각하든 그것은 그의 자유라고 너그럽게 생각했다. 자신이 변했다는 건 그녀 스스로도 인정하고 있는 일이었기 때문이었다.

하지만 그녀는 자기의 변화가 결코 보기 싫을 정도로 추한 변화는 아니라고 생각했다. 다만(그녀로서는 이 말을 되받아서 앙갚음을 해줄 수도 없었다. 왜냐하면 그는 변하지도 않았을 뿐더러, 변했다 해도 나쁜 쪽으로는 변하지 않았기 때문이다.) 8년이라는 세월이 자기로부터는 싱싱한 젊음과 청춘의 아름다움을 빼앗아 갔지만 그에게서는 그 어떠한 매력도 손상시키지 못했다는 것을 알았다. 오히려 그는 그동안 더욱 강렬하고 씩씩하게 변했으며 완전한 남성으로서의 풍모를 갖추고 있었다.

'못 알아볼 만큼 변해버렸다.' 는 말은 그녀의 마음속에서 떠나지 않았다. 그러나 얼마간의 시간이 지나자 그녀는 그런 말을 들은 것을 오히려 기뻐하고 있었다. 이처럼 자기와 그의 변화를 냉정하게 비교함으로써 앤은 조금씩 자신을 진정시킬 수 있었다. 나중에는 그가 한 말에서 알지 못할 어떤 힘마저 느껴지기 시작했다. '알아 볼 수 없을 만큼 변했다.' 는 그의 말은 어느 순간부터 앤에게 묘한 긴장감을 주었던 것이다. 그녀는 자신의 행복이 그리 멀지 않은 곳에 웅크리고 있음을 직감하고 있었다.

한편 프레데릭 웬트워스는 앤에 대한 자기의 느낌을 비슷하게 말한 것은 사실이지만 그 말이 남의 입을 통해서 그녀의 귀에까지 들어가리라고는 생각지 못했다.

그녀가 정말로 생각했던 것 이상으로 변했다는 사실에 적이 놀라고 있을 때 갑자기 질문을 받았기 때문에 그는 무심코 느낌 그대로를 말했던 것이다.

솔직히 그는 아직까지 앤을 용서하지 못하고 있었다. 그에게 있어 그녀는 자기를 버리고 실망시킨 여자였다. 그녀는 자신의 우유부단한 성격에 끝까지 떠밀려 다니면서 취약점을 여실히 드러냈고, 결단력 있고 자신감 넘치던 그에게 그것은 도저히 참을 수 없는 일이었다. 주위 사람들의 설득을 이겨내지 못한 채 그를 버렸던 그녀는 결국 너무도 나약하고 비겁했던 것이다.

하지만 그러면서도 그는 그녀에게 이 세상 무엇과도 비교할 수 없을 만큼 열렬한 애정을 품고 있었다. 그녀와 헤어진 이후로 그는 아직까지도 그녀만큼 마음에 드는 여자를 만나지 못했다. 그러나 이제는 가끔씩 드는 궁금증 이외에 그녀와 다시 새로운 시작을 해보고 싶다는 생각은 전혀 갖고 있지 않았다.

그녀에 대한 애정은 그의 기억 속에서 영영 힘을 잃어버리고 만 것이었다.

그는 결혼을 해야겠다는 생각을 하고 있었다. 재산도 여유가 있을 만큼 모았고 해상생활도 끝마친 이상 웬만큼 마음에 드는 여자만 있으면 바로 마음을 정하리라고 잔뜩 벼르고 있었다. 머스그로브 가의 두 딸도 자기의 마음에만 든다면 괜찮다는 생각이었다. 그는 언제든지 어떤 여성이든지 자기의 결혼 상대자로 생각하고 있었던 것이다. 그러나 단 한 명, 모든 여자들 중에서 앤 엘리엇만은 예외였다. 그래서 그는 여러 가지 추측을 하는 자기의 누나에게 이것만은 비밀로 하면서 말했다.

"소피아 누님, 아무리 우스꽝스러운 결혼일지라도 나는 꼭 할 겁니다. 열다섯에서 서른까지의 여자라면 누구라도 좋아요. 많은 것을 따지지는 않겠어요. 조금만 예쁘고 명랑하고 해군에 대해 좋은 이미지만 갖고 있다면 그것만으로도 난 포로가 되고 말 겁니다. 눈요깃감이 될 만한 여자들하고 교분 따윈 가져보지도 못한 뱃놈이 뭘 더 바라겠어요?"

그는 말은 이렇게 하지만 그게 잘못된 생각이라는 반박을 받고 싶어한다는 것을 그녀는 알고 있었다. 그의 맑고 당당한 눈빛에는 여자를 판단하는 신중함과 세심함이 깃들어 있었다. 그리고 그는 언제나 자기가 원하는 여성상을 제법 진지한 목소리로 묘사하기도 했는데 그것은 필시 앤 엘리엇을 염두에 두고 하는 말 같았다. '강인한 지성과 부드러운 성격' 이라는 것이 이 묘사의 처음과 끝이었다.

"제가 바라는 여성이 바로 그런 여성입니다."

그가 말했다.

"그보다 약간 못해도 참을 수 있습니다. 물론 약간 어수룩한 것은 괜찮지만 너무 심하면 곤란합니다. 행동에 결단력이 있고 마음이 부드러웠으면 좋겠어요. 이렇게 따지는 것이 제가 분수도 모르는 것 같고 좀 바보스러워 보일지 모르지만 그렇다면 전 바보가 되겠습니다. 이 문제에 관해서는 다른 어느 남자 못지않게 꽤 오랫동안 생각해왔으니까요."

8

이즈음부터 대령과 앤은 여러 모임에서 자주 부딪히게 되었다. 처음으로 머스그로브 씨 집에서 식사도 함께 하게 되었는데 이것은 메리의 다친 아이가 거의 다 나아가고 있어서 더 이상 간호를 핑계로 회피할 수 없었기에 이루어진 자리였다. 그러나 문제는 이 일을 시발로 그 두 사람의 모임이 잦아지기 시작했다는 데 있었다.

과연 두 사람이 예전의 감정을 회복할 수 있을지 어떨지는 두고 봐야 할 일이었지만 우선 당장은 서로가 지난날의 기억을 되살리고 있는 것은 확실해 보였다. 어찌 이런 상황에서 옛일이 떠오르지 않겠는가. 그들의 대화 속에선 두 사람이 결혼을 약속하던 해의 연도가 거론되기도 했다. 이야기는 주로 웬트워스 대령이 많이 했는데 얘기하기 좋아하는 그의 성격이 아니더라도 그의 지난 경험을 생각해볼 때 그것은 당연한 일이었다. '그게 6년(역주: 1806년을 가리킴)이었던가요?' 라든가 혹은 '그건 제가 배를 타기 6년 전에 일어났던 겁니다.' 라는 식으로 그들은 오래전 자기들만의 기억을 더듬었던 것이다. 대령은 이런 말을 하면서도 목소리나 표정이 변하는 일이 없었고 앤 또한 그가 이런 말을 하면서 자기 쪽으로 뻗어 있는 눈동자가 방황할 거라는 생각은 하지 않았다. 다만 그의 두뇌회전을 어느 정도 알고 있는 앤은 그도 지금 자기와 마찬가지로 옛날의 추억 속으로 깊이깊이 빠져들고 있으리라고 생각했다. 자기가 느끼고 있는 마음의 아픔과는 비교가 되지 않겠지만 그도 분명히 머릿속의 기억까지 외면하지는 못하리라는 확신을 가지고 있었던 것이다.

두 사람은 그 이상의 대화는 진전시키지 않았고 가까이 하지도 않았다. 한때는 서로가 그토록 사랑하는 소중한 존재였건만 지금에 와서는 서로에게 아무 상관도 없다니. 예전 같으면 지금 이 어퍼크로스의 응접실을 가득 메운 사람들 중에서 자기들의 대화가 남에 의해서 끊어질까를 제일로 두려워했을 그들이었다. 특히 누구에게나 금방 눈치 채일 만큼 서로 사랑하고 행복해 보이는 크로프트 제독 부부를 제외하고는(앤은 몇 쌍의 부부 동반 중에서도 그 밖의 예외라고는 발견할 수 없었다.) 지금껏 그들 두 사람만큼 서로 통하는 것이 많고, 비슷한 취미를 가졌으며, 있는 그대로 서로를 인정하고 사랑하는, 서로의 사랑을 담뿍 받는 얼굴을 찾아볼 수 없었던 것이다. 그러던 사람들이 이렇게 되어버렸다니. 그토록 서로에게 소중했던 연인이 남보다도 더 못해지다니……. 아! 정말로 슬픈 일이었다. 그리고 더더욱 슬픈 건 그들 두 사람이 결코 다시 가까워질 수 없어 보인다는 사실이었다. 두 사람의 관계는 앞으로도 계속해서 소원해져 갈 것이었다.

그녀는 그의 이야기 속에서 예전의 그의 목소리와, 예전과 다름없는 포근함을 느끼고 있었다. 그 자리에 있던 사람들은 해군의 생활에 관하여 전혀 아는 바가 없었으므로 쉴 새 없이 질문을 던졌고 그는 규율, 식사, 취침 시간 등에 관하여 줄곧 대답해 주고 있었다. 특히 머스그로브의 두 딸은 다른 사람에게는 신경도 쓰지 않고 오직 그에게만 집중하고 있었다. 그녀들은 그로부터 군함의 크기나 시설 등의 실용성에 대하여 듣고 꽤나 놀라워했는데 그는 또 그러한 그녀들의 모습을 상당히 재미있어 했다.

그러한 모습을 지켜보면서 앤은 문득 옛날 일을 떠올렸다. 그때 당시는 그녀도 해군들의 생활에 관해서라면 무지에 가까웠기 때문에 지금의 머스그로브의 딸들처럼 얘기를 들을 때마다 감탄사를 연발하며 놀랄 수밖에 없었다. 배 위에서 생활을 하는 그들에게는 제대로 먹을 것도 없고, 설혹 음식물이 있다 해도 조리해 줄 요리사나, 날라다 줄 하인이나, 사용할 나이프나 포크도 없을 거라고 생각했던 그녀가 웬트워스에게 놀림을 당하는 것은 너무나 당연한 일이었다.

앤은 그의 이야기를 들으며 여러 가지 상념에 빠져 있다가 머스그로브 부인의 속삭임에 정신을 차렸다. 부인은 또다시 갑자기 죽은 자식의 생각에 빠져 넋두리를 늘어놓고 있었다.

"아아, 앤 양. 하느님의 보살핌으로 우리 애도 아직까지 살아만 있다면 저분처럼 되어 있을 텐데."

앤은 미소를 깨물며 한참 동안이나 그 부인의, 가슴속에 뭉쳐 있는 그것이 풀어질 때까지 반복되는 아들 얘기를 들어주느라 다른 사람의 이야기를 들을 수가 없었다. 그러다가 다시 주위 사람들의 화제로 고개를 돌렸을 때 그녀는 머스그로브 양들이 해군 명부를 가지고 오는 것을 보았다.(그것은 그녀들이 평소에 가지고 있던 것으로 어퍼크로스에서는 최초로 만들어진 해군명부였다.) 두 사람은 함께 앉아서 웬트워스 대령이 지휘하던 배들을 확인하겠다며 그 명부를 펼쳐 들었다.

"대령님이 처음으로 타셨던 배가 애스프 호라고 하셨죠. 한번 찾아볼 게요."

"아마 거기에는 나와 있지 않을 겁니다. 그 배는 너무 낡아서 해체해 버렸거든요. 그 배를 지휘한 사람은 제가 마지막이었어요. 그때 당시에도 워낙 낡아서 그 배는 본국 근해에서나 1~2년 쓸 수 있을 거라고 보고했더니 저를 서인도 제도로 바로 파견해 버린 겁니다."

두 처녀들은 매우 놀라는 표정을 지었다.

"해군성에서는 종종 그렇게 형편없는 배에다가 수백 명씩 사람을 태워서 바다로 보내고 생색을 내고는 한답니다. 본국에서 그보다 몇십 배 더 많은 인원을 양성하고 있기 때문이죠. 그래서 배가 바다 밑으로 가라앉을 때 누구누구를 구해낼까 생각한다는 것은 무척이나 어려운 일이에요."

"오, 저런! 세상에! 젊은 사람들은 말을 너무 함부로 해. 그 애스프 호가 한창일 때는 슬루프(역주: 윗 갑판에만 대포를 실을 수 있게 된 소형의 범선.) 중에서 최고였어. 옛날에 만들어진 것들은 비교조차 할 수 없었지. 그런 배를 지휘할 수 있었던 사람은 운이 아주 좋은 사람이야! 처남도 알고 있겠지만 그 배 같으면 처남보다도 훨씬 더 뛰어난 지원자가 적어도 스무 명은 달려들었을 걸세. 아무 노력도 없이 그렇게 훌륭한 배를 얻을 수 있었던 건 순전히 처남이, 행운이 넘쳤기 때문이란 걸 알아야 해."

제독이 소리쳤다.

"물론 저도 운이 무척 좋았다고 생각합니다, 매형! 제가 그 배의 함장으로 임명받은 것에 대해 저는 더할 나위 없이 만족했습니다. 당시 제게는 바다로 하루 빨리 나가는 것이 최대의 소망이었거든요. 아마 그때 저는 무슨 짓이라도 했을 거예요."

웬트워스의 말은 아주 진지했다.

"그건 맞는 얘기야. 처남같이 젊은 사람들이 반 년 이상씩이나 육지에서 할 수 있는 일이 무엇이 있겠나. 하물며 마누라도 없는데, 곧바로 바다로 나가고 싶어하는 것은 당연하지."

"하지만 웬트워스 대령님! 막상 애스프 호에 탑승하고 나서 그토록 노후선(老朽船)인 것을 알았을 때 얼마나 화가 나셨을까요."

루이자가 목소리를 높였다.

"전 그 배의 상태에 대해서 미리 알고 있었답니다."

대령은 웃음을 띠면서 계속해서 말했다.

"물론 처음에는 별다른 발견을 못 했지요. 루이자 양, 당신이 아는 누군가와 긴 코트를 번갈아 가면서 입는다고 칩시다. 아마도 평상시에는 잘 모르다가 비가 오는 날 당신이 그 옷을 입게 되거나 했을 때 그제야 문득 옷의 모양이나 특징을 알게 될 수도 있을 거예요. 제 경우가 그것과 똑같은 이치지요. 아무튼 애스프 호는 제게 정겨운 할머니와 같았어요. 그 배는 제가 바라던 모든 것을 이루어 주었거든요. 저도 알고는 있었습니다. 그 배는 저와 함께 바다 밑으로 가라앉거나, 아니면 저를 떳떳하게 일어설 수 있는 출세의 단초가 되어주거나 양단간이라는 걸 말입니다.

더군다나 다행스럽게 제가 그 배를 타고 바다에 나가 있는 동안에 악천후와 맞닥뜨린 건 단 이틀밖에 되지 않았어요. 더 재미있는 것은 사략선(私掠船)(역주: 전시에 적의 상선을 나포할 수 있는 허가를 받은 민간 무장선)의 역할을 하고 난 다음해 귀국하는 도중 제가 그렇게 내심으로 바라고 있던 대로 프랑스의 프리게이트 함에 부딪히는 행운을 갖게 되었다는 겁니다.

일이 되려고 그랬는지 항구에 들어서서는 채 여섯 시간이 되지도 않아 폭풍우도 몰아쳐 주었고요. 그 폭풍우는 나흘 밤 동안 계속되었는데 아마 그 불쌍한 애스프 호는 폭풍이 이틀만 불었다고 해도 부서지는 데 별 지장이 없었을 거예요. 그렇게 큰 배와 교전을 한 후였는데 온전할 리가 있었겠어요? 아마 두 시간만 더 꾸물거렸다면 저는 '용감한 웬트워스' 라는 이름만 남기고 사라져 버렸을 겁니다. 고작 슬루프 함과 운명을 같이 했다고 해서야 신문 한구석의 작은 기삿거리로 남는 일말고는 또 무엇이 있겠습니까!"

앤은 진저리를 쳤지만 남의 눈에 띄지 않게 조심했다. 그러나 머스그로브 양들은 자신들의 감정을 감출 필요가 없었기에 연민과 공포에 질린 소리를 마구 질러 댔다.

"그럼 그 다음인가 보죠? 라코니아 호로 옮겨 타서 불쌍한 우리의 그 아이를 만나신 것이……."

머스그로브 부인은 무언가를 생각하는 어조로 혼잣말인 양 나지막이 말하더니 아들에게 신호를 보내 가까이 다가오게 했다.

"얘, 찰스야. 네가 웬트워스 대령님께 좀 여쭤 보렴. 가엾은 네 동생을 어디서 처음 보셨는지 말이야. 나는 들어도 언제나 잊어 먹어서 소용이 없잖니."

"그건 제가 알아요, 어머니. 지브롤터예요. 딕이 모시던 전 함장이 웬트워스 대령 앞으로 병에 걸린 딕의 추천장을 써 주어서 지브롤터에 남게 된 거죠."

"오! 찰스야. 우리의 딕에 대해서 기억나시는 것이 있으면 무엇이라도 좋으니 빼놓지 말고 얘기해 주십사 부탁을 좀 드려라. 대령님처럼 훌륭하신 분께 딕의 얘기를 들을 수 있다는 게 얼마나 기쁜 일이냐."

찰스는 대령의 입에서 어떤 얘기가 나올지, 또 어머니가 어떠한 반응을 보이실지 무척이나 신경이 쓰였다. 그래서 그는 대답 대신 고개만을 끄덕이고 다른 자리로 옮겨 갔다.

머스그로브 양들은 이번에는 명부에서 라코니아 호를 찾고 있었다. 그런데 웬트워스 대령은 그녀들의 노고를 덜어줌은 물론 그 귀중한 책을 자신의 손으로 만져보고 싶은 충동으로 자신이 직접 찾기로 했다. 그리고 배의 이름, 등급, 현재의 폐기 여부 등에 관한 간단한 설명을 읽고 나서 이 배 역시 남자로서 쉽게 갖기 어려운 최상의 벗이었다는 말을 감동적으로 덧붙였다.

“제가 라코니아를 지휘하던 때는 행복한 시절이었습니다. 돈도 얼마나 빨리, 그리고 많이 벌었는지 몰라요. 친구와 둘이서 서부 제도 앞바다를 즐겁게 항해하고 있었죠. 누님, 혹시 제 친구 허빌을 기억하세요? 귀여운 허빌 말이에요. 그 친구는 부인이 있었는데 정말로 돈을 많이 벌고 싶어했었죠. 다 자기의 부인 때문이었어요. 그렇게 좋아하던 그 친구의 모습이 아직도 생생합니다. 그 다음해인가 여름에 지중해에서 또다시 그런 행운을 만났을 때 그 친구가 옆에 없다는 것이 얼마나 아쉬웠는지 모른답니다.”

“대령님께서 그 배의 함장이 되시던 그날은 분명히 우리들에게도 행운의 날이었어요. 우리들은 대령님께서 딕에게 베풀어 주신 은혜를 결코 잊지 않을 겁니다.”

부인의 말은 벅찬 감동에 억눌려 낮게 깔린 채 웬트워스 대령에게는 띄엄띄엄 들렸다. 하지만 막상 대령은 딕 머스그로브라는 사람에게는 별 관심이 없는 듯한 표정으로 물끄러미 다음 말을 기다리고 있었다.

“엄마는 가엾게도 리처드 오빠 생각을 너무 깊게 하시는 것 같아요.”

두 딸 중 한 명이 들릴 듯 말 듯 속삭였다.

“너무 너무 불쌍한 아이였어요!”

머스그로브 부인은 계속했다.

“그래도 대령님이 데리고 계실 때는 편지도 자주하고 착실한 편이었는데. 아! 그 애가 대령님 곁을 떠나지만 않았더라면 행복했을 텐데. 정말이지 그 애가 대령님을 떠난 것이 뼈에 사무칩니다.”

조용히 듣고만 있던 대령의 표정이 일순간 변했다. 빛나는 눈빛으로 부인을 슬쩍 넘겨다 본 대령의 잘생긴 입술이 심하게 일그러진 것이었다. 앤만큼 그를 잘 알고 있는 사람이 아니라면 알아볼 수 없는 일이었다. 앤이 짐작하건대 그의 표정으로 보아 그는 부인이 생각하는 것처럼 그녀의 아들이 잘되기만을 바란 것이 아니라 오히려 그를 귀찮게 여겨 쫓아버리려고 했을 성싶었다. 하지만 그는 금방 본래의 모습으로 돌아와 진지한 얼굴을 하고 있었다. 무엇이 생각난 듯 그는 곧바로 앤과 머스그로브 부인이 앉아 있는 소파로 다가왔다. 그리고는 아직 슬픔에 빠져 있는 부인과 그 아들에 대한 얘기를 나지막한 목소리로 나누기 시작했다. 그의 태도에는 자식을 생각하는 어머니의 감정으로 어떠한 무례와 실례를 범한다 해도 모두 받아줄 듯한 진정한 동정심과 우아한 기품이 깃들어 있었다.

어쩌다 보니 대령과 앤은 같은 의자에 함께 앉아 있는 꼴이 되고 말았다. 머스그로브 부인이 옆으로 다가온 대령에게 재빨리 자리를 내주었기 때문이었다. 두 사람은 부인을 사이에 두고 떨어져 있을 뿐이었다. 그러나 이 장벽은 결코 쉽게 거두어질 벽이 아니었다. 부인의 몸은 살집이 붙어 있어서 세심한 정감을 표현하기보다는 기쁨이나 슬픔 등 있는 그대로를 즉흥적으로 나타내기에 적합해 보였다. 따라서 마른 몸과 섬약한 얼굴에 드러나 있듯이 불안정하게 마음이 흔들리고 있는 앤은 부인에 의해 완전히 봉쇄당하고 있는 꼴이었다.

이런 와중에서, 잘 알지도 못하는 아들 이야기뿐 아니라 불쑥불쑥 내몰아 쉬는 부인의 한숨소리까지도 참을성 있게 듣고 있는 대령의 자제력이야말로 정말로 대단한 것이었다. 물론 몸집이 크다고 해서 슬픔이나 감정에 둔감한 것은 아니다. 비록 몸이 펑퍼짐한 사람도 세상 누구보다 더 진지하고 깊은 고뇌에 빠질 수 있다. 그러나 백보를 양보한다 해도 아주 가끔씩은 전혀 어울리지 않는 상황이 연출되는 것은 어쩔 수가 없는 일이다. 스스로의 번민과 고통이 남의 눈에는 우스꽝스럽게 보이는 경우가 종종 있다. 지금의 머스그로브 부인의 경우가 바로 그랬다.

바로 그때 제독이 갑자기 일어나서 뒷짐을 진 채 방 안을 서성거리기 시작했다. 자기의 부인으로부터 얌전히 좀 있으라는 핀잔을 들은 후 웬트워스 대령 앞으로 걸어가서는 자기가 지금 대화를 방해하고 있다는 것은 의식하지도 못한 채 거리낌 없이 말하는 것이었다.

"프레데릭, 지난봄에 자네가 일주일만 더 기다렸다면 자네는 메리 그리어슨 부인과 그 딸들을 태울 수가 있었을 거야."

"그래요? 그럼 일주일이 늦어지지 않은 게 천만다행이군요."

제독은 그러한 그의 태도가 얼마나 무례한 것인지를 심하게 나무랐다. 하지만 대령은 무도회나 단순한 방문이 목적이라면 몰라도 그렇게 아무나 자기의 배에 태운다는 것은 잘못된 일이라고 변명했다. 좀더 솔직히 그들을 태우고 싶지 않다고 말해 버린 것이다.

"저에 대해서 아신다면 그것이 결코 무례한 행동이 아니었다는 것도 아실 겁니다. 선상에서는 제가 아무리 어떠한 노력과 대가를 치른다 해도 그 부인들을 편안하고 만족스럽게 해드릴 수가 없습니다. 매형, 하나부터 열까지 안락한 대우를 요구하는 그 부인들을 충족시켜 드릴 수가 없어서 탑승을 거부하는 것은 결코 잘못된 것이 아니라고 생각합니다. 저는 부인들이 승선한다는 얘기를 듣거나 그들의 모습을 배 위에서 보게 되는 것부터가 정말 싫습니다. 그래서 되도록 저의 배에 부인들을 태우지 않으려고 하는 것입니다."

그의 말이 끝나기가 무섭게 그의 누나가 거세게 반박했다.

"세상에, 프레데릭! 네가 그렇게 말할 줄은 정말 몰랐다. 네 말은 핑계에 불과해. 여자들은 아무리 배 위에서라 할지라도 스스로 편하게 지낼 수 있단다. 나는 그 어떤 여성보다도 배 위에서 생활을 해봐서 알지만 군함만큼 설비가 잘되어 있는 곳이 어디 있니? 제아무리 살기 좋고 자기 마음대로 할 수 있는 집이라 하더라도, 설령 켈린치 같은 저택이라 해도(부인은 이 말을 하면서 앤에게 정중하게 고개를 숙여 보였다.) 내가 살았던 배보다는 못했다. 나는 여태까지 모두 다섯 척의 배를 타 보았어!"

"정말 너무 어이가 없군요."

대령이 큰소리로 말했다.

"누님은 언제나 매형과 함께 지내셨고 배에 탔을 때에도 여자라고는 누님 혼자뿐이었잖아요!"

"그럼, 그러는 너는 왜 허빌 부인과 그 여동생은 물론 사촌과 아이 셋까지 포츠머에서 플리머스까지 태워다 주었니? 유별나리만큼 그 부인에게 갖추던 그때의 최상의 예의는 다 어디로 갔지?"

"그때나 지금이나 배에 부인들을 태우지 말아야겠다는 제 생각에는 변함이 없어요. 하지만 그때는 순수한 우정 때문이었어요. 저는 허빌의 부탁이라면 어떤 일이든, 또 누구이든 간에 이 세상 끝까지 실어다 줄 수가 있어요. 더구나 동료 장교의 부인인데 무언들 못 하겠어요."

"그래, 네 말 뜻은 알겠지만 그래도 대부분의 여자들이 배 위에서 잘 생활해 낼 수 있다고 긍정적으로 생각해 보렴."

"아무리 그래도 저는 부인들이 배에 탄다는 것을 용납할 수가 없어요. 배에 부인과 아이들이 그렇게 많이 타서야 무슨 일인들 제대로 할 수 있겠어요."

"프레데릭, 네가 하는 말은 정말 앞뒤가 안 맞는구나. 모두가 너처럼 생각한다면 우리네 뱃사람들의 아낙네들은 어떻게 되는 거지? 때론 남편의 뒤를 따라서 이 항구 저 항구로 옮겨 다녀야 할 텐데 말이야."

"아무튼 제 혼자 생각인지는 모르지만 누님, 허빌 부인이나 그 가족들은 플리머스까지 가는 동안 전혀 방해가 되지 않았지만 다른 사람들은 그렇지가 않아요."

"난 네가 그렇게 말하는 게 마음에 들지 않는다. 마치 점잖은 신사인 양, 세상 모든 여자들은 고상한 귀부인들뿐인 것처럼 말하고 있는 것 아니니. 물론 그런 여자들이 많기는 하지만 우리 중에는 바다가 항상 잔잔하리라고 생각할 만큼 우매한 사람은 아무도 없단다."

"아아, 여보. 그만해요, 처남도 결혼을 하고 나면 자연히 알게 될 거요. 처남이 결혼을 하고 우리가 계속 전쟁 속에서 살아남을 수만 있다면 처남 역시 지금의 당신이나 나나 그 밖의 여러 사람들이 하던 대로 하면서 살아가는 모습을 볼 수 있을 거요. 자기의 부인을 배에 태워 데리고 오는 사람에게 머리 숙여 감사하겠지."

제독이 거들고 나섰다.

"그럼요, 틀림없이 그렇게 될 거예요."

그의 부인이 맞장구를 치고 나오자 웬트워스 대령은 손을 내저으며 큰소리로 말했다.

"이제 말을 끝내야 할 때가 된 것 같군요. '너도 결혼을 해보면 알 거다.' 라는 말이 나오면 더 이상 할 말이 없어요. 저는 절대 그렇게 되지 않을 거라고 얘기해봤자 꼭 그렇게 되리라고 믿는 사람들에게는 아무 소용없는 일이죠."

대령은 그 말을 남기고 다른 곳으로 가버렸다.

"부인께선 여행을 무척 많이 다니셨나 보죠?"

머스그로브 부인이 크로프트 부인에게 말을 건넸다.

"결혼생활 15년 동안 꽤나 다닌 셈이죠. 하지만 저보다도 훨씬 더 많은 여행을 하신 여자 분들도 많아요. 저는 대서양은 네 번이나 횡단했지만 동인도 제도는 꼭 한 번밖에 가보지 못했어요. 물론 나라 근처는 수도 없이 다녔죠. 코크라든가 리스본, 지브롤터 같은 곳 말이에요. 아, 참! 지브롤터 너머로는 가본 적이 없어요. 서인도 제도도 가보지 못했구요. 아시다시피 버뮤다나 바하마 같은 곳은 서인도 제도라고 할 수가 없잖아요."

머스그로브 부인은 한 마디도 대꾸를 하지 못했다. 그 모든 지명들은 그녀가 평생 동안 단 한 번도 입 밖으로 내보지 못한 생소한 곳들이었기 때문이다. 그러다 보니 얘기는 계속해서 크로프트 부인이 이끌 수밖에 없었다.

"제가 장담하건데 군함만큼 시설이 철두철미하게 잘되어 있는 곳은 없습니다. 물론 프리게이트같이 작은 배말고 아주 고급 군함을 말하는 겁니다. 거기서는 웬만한 여자라면 그 누구의 배려 없이도 얼마든지 즐겁게 지낼 수 있지요. 남편과 함께라면 더할 나위 없겠죠. 지금 생각해 보면 제 일생 동안 제일 행복했던 시간은 뭐니 뭐니 해도 배 위에서 생활하던 때 같아요. 정말로 감사드릴 일입니다.

특히 저는 타고난 건강 덕분에 어떤 기후에나 적응을 잘했습니다. 바다에 나갈 때도 처음 스물네 시간만 잘 넘기면 걱정할 게 없었죠. 딱 한 번 몹시 힘들었던 적이 있기는 했습니다. 아주 심한 병이 걸렸다고 생각할 정도로 몸이 안 좋았어요. 남편은(그 당시는 제독이 아니고 대령이었지만) 북해(北海)에 나가 있고 저 혼자 딜에서 겨울을 보내던 때였습니다. 추위에 항상 떨어야 했고 언제쯤 남편에게서 소식이 올까 하는 조바심으로 마음마저 약해져 있었죠. 아마도 남편이 옆에 없어서 더 심했던 것 같아요. 하지만 그 이후 남편 없이 고통을 느껴본 적은 아직 한 번도 없답니다."

"그 말은 정말 맞아요, 부인."

머스그로브 부인이 전적으로 동감의 말을 전했다.

"부부가 떨어져 사는 것만큼 나쁜 일은 없어요. 저의 집 바깥양반도 항상 순회재판(巡回裁判)을 다니시기 때문에 제가 잘 안답니다. 그 양반이 일을 무사히 마치고 돌아오면 얼마나 기쁜지!"

그날 밤 모임의 끝 순서로 무도회가 시작되었다. 앤은 언제나처럼 연주를 하려고 피아노 앞에 앉았는데 갑자기 눈물이 앞을 가려왔다. 이처럼 무엇인가 할 수 있다는 것이 한없이 기쁘게 했고 그 보상으로 좌중의 눈에 띄지 않는 것 외에는 아무것도 바라는 게 없었다.

모임은 즐겁고 들뜬 기분들로 시끌시끌했다. 그런데 그 중에서도 유난히 웬트워스 대령의 목소리는 더욱 유쾌하고 크게 들렸다. 앤은 그의 목소리를 들으며 그가 당연히 그럴 만한 조건과 자격이 있다고 생각했다. 그는 모든 사람들의 관심과 존경, 특히 젊은 여성들의 눈길을 줄곧 부여잡고 있었다.

이런 모임에는 꼭 빠지지 않는 그 가난한 친척의 헤이터 자매들까지도 심상치 않은 눈길로 그를 쳐다보았고 그러한 사실을 감추려 들지도 않았다. 머스그로브의 두 딸인 헨리에타와 루이자의 경우는 더 말할 필요가 없었다. 그녀들이 서로를 극진히 위하고 이해하는 자매였기에 망정이지 그렇지 않았더라면 두 사람은 이미 서로 양보할 수 없는 연적이 되었을 것이 틀림없었다. 상황이 이렇다보니 그는 자신도 모르게 약간씩 우쭐대기도 했으나 그것이 결코 눈에 거슬려 보이지는 않았다.

앤은 이런저런 생각 속에 빠져서도 용케 틀리지 않고 기계적으로 연주를 하고 있었다. 그러다 꼭 한 번, 그가 자기를 쳐다보고 있다는 것을 느꼈다. 아마도, 못 알아 볼 정도로 변해버린 지금의 얼굴에서 옛날 자기가 좋아했던 그 모습을 찾아보려고 했는지 모를 일이었다. 또 한 번은 자기를 화제로 그가 누군가와 대화하는 것도 들었다.

"앤 양은 춤을 추지 않나요?"

"예, 그녀는 전혀 춤을 추지 않아요. 춤을 추는 것보다는 연주하는 것이 훨씬 편하대요. 연주는 아무리 해도 싫증이 나지 않는대요."

그날 무도회가 끝나고 그녀는 그와 짧은 말도 나눌 수 있었다. 연주가 끝나고 자리를 잠시 떴던 앤이 다시 그 자리로 돌아왔을 때였다. 그 자리에는 대령이 머스그로브 양들에게 무슨 곡을 가르쳐 주려고 앉아 있었다. 그러나 그는 그녀를 보자 황급히 일어나서 부자연스러울 만큼 정중하게 말했다.

"실례했습니다, 어서 앉으십시오."

그녀는 완곡히 거절했지만 그 또한 그 자리에 다시 앉지는 않았다. 앤은 더 이상 그와 그런 대화를 나누거나 접하고 싶지가 않았다. 너무나 딱딱하고 상투적인 그의 예의가 정말로 싫었던 것이다.

9

웬트워스 대령은 마치 고향에 돌아온 듯한 푸근한 마음으로 켈린치에 머물렀다. 제독도 친동생처럼 대해 주었기 때문에 불편한 점은 없었다. 애초에 그의 생각은 시로프셔에 살고 있는 자기의 형을 찾아 가볼 예정이었다. 그러나 어퍼크로스 사람들의 예상치 못한 환대와 관심은 그만 그의 마음을 붙들어 앉히고 말았다. 남녀노소를 가리지 않고 그에게 보여준 친절은 결국 자기 형네 집을 방문하는 일정을 무기한 연기시키게 만들었던 것이다.

그는 거의 매일같이 어퍼크로스에 나타났다. 특별한 초대가 없어도 그는 기다리지 못하고 먼저 찾아오고는 했다. 특히 오전 중에는 켈린치 저택이 텅텅 비게 되어 얘기 상대가 없음으로 해서 더더욱 그랬다. 크로프트 제독 부부는 오전에 항상 새로운 영지의 목초지와 양들을 돌보았는데 그들은 도저히 남들이 보조를 맞출 수 없을 만큼 느린 걸음으로 어슬렁거리거나 최근에 구입한 이륜마차를 타고 외출을 했던 것이다.

지금까지 웬트워스 대령에 대한 평판은 머스그로브 사람이나 그 주위사람들로부터 한결같이 기분 좋은 찬사만으로 이루어져 왔다. 그만큼 그들 사이에는 이미 보이지 않는 끈끈하고 친밀한 유대감이

형성되어 있었던 것이다. 그러나 돌연 한 사람의 출현으로 인하여 이 관계는 심한 불안감을 자아내기 시작했는데 이는 바로 찰스 헤이터라는 인물 때문이었다.

찰스 헤이터는 머스그로브 가와 이종 사촌 간이었으며 사촌 중에서는 제일 나이가 많은 사람이었다. 그는 또 목사보의 직책을 맡고 있는 성직자로서 굉장히 호감을 주는 청년이었고 예전부터 헨리에타와 서로 장래를 약속한 사이이기도 했다. 그는 직책의 성격이 굳이 해당 지방에 거주하여야 할 의무는 없었기에 머스그로브에서 2마일 가량 떨어진 자기 아버지의 집에서 살고 있는 중이었다. 그런데 문제는 그가 잠시 어퍼크로스를 방문하지 못하고 헨리에타에게 신경을 쓰지 못한 사이에 그녀의 태도가 그만 변해 버렸던 것이다. 불과 2주일뿐이었는데 그 사이에 난데없이 웬트워스라는 사람이 나타나서 일을 엉망으로 만들어 버렸다는 것을 그는 뒤늦게야 알았다.

머스그로브 부인과 찰스 헤이터의 어머니는 서로 자매간이었다. 두 사람은 풍족히 함께 자랐지만 서로 결혼을 하면서 사회적 지위에서부터 서서히 차이를 보이기 시작했다. 헤이터 씨의 재산도 상당했지만 머스그로브 씨와는 비교할 바가 못 됐던 것이다. 머스그로브 가는 이 지역 사교계에서 제일 화려한 입장이었지만 헤이터 가의 사람들은 교육도 충분히 받지 못했고 생활의 세련미도 없었으며 그들과 비교해서는 오히려 궁핍해 보이기까지 했다. 만약 그 가족이 머스그로브 가와 아무 관련이 없었다면 이 지역 사교계에는 끼어들지 못했을 것이 틀림없었다. 단 헤이터 가의 온 가족은 예외로 유일하게 장남만은 학식 있고 고매한 신사가 되기를 바랐기에 찰스 헤이터는 다른 형제들보다 두드러져 보였다.

하지만 이러한 경제적인 차이에도 불구하고 두 집안은 항상 사이가 좋았다. 고작해야 머스그로브의 두 딸이 사촌들의 기분을 북돋아

주거나 보살펴 주고 나서, 그것은 자기들이 훨씬 여유가 있으니까 당연한 것이라고 생각할 정도의 우월감을 갖는 것이 전부였다. 그래서 머스그로브 부부는 찰스가 자기의 딸에게 구애하고 있다는 것을 알면서도 크게 신경 쓰지 않고 못 본 척하고 있었다. 자기들로서는 '아주 만족할 만한 신랑은 아니지만 헨리에타만 괜찮다면' 그들의 관계를 승낙할 생각이었던 것이다. 그리고 실제로 헨리에타는 그를 좋아하는 것 같았다.

헨리에타도 웬트워스 대령이 나타나기 전까지는 그렇게 생각했지만 그 이후로, 사촌인 찰스에 대한 관심의 불꽃이 점점 사그라지고 있었다.

앤의 입장으로서는 웬트워스 대령이 두 명의 머스그로브 양 중에서 누구에게 더 관심을 가지고 있는지 알 수가 없었다. 미모로 보자면 헨리에타 쪽이 나을지 모르지만 성격상으로는 쾌활하고 활달한 루이자가 더 나아 보였다. 웬트워스 대령은 과연 예쁘고 얌전한 성격과 쾌활하고 활달한 성격 중에서 어떤 쪽을 택할까?

머스그로브 부부는 원래가 일의 분별력이 없는 것인지, 아니면 자신의 딸들과 주위의 청년들을 믿는 것인지 도통 신경을 쓰지 않고 있었다. 그러나 메리와 그의 남편은 그렇지가 않았다. 그들은 본가의 부모들과는 정반대로 웬트워스 대령과 머스그로브 자매들이 너덧 번 만나고, 찰스 헤이터가 나타난 이후로 자주 머리를 맞대고 수군거렸다. 언뜻언뜻 앤이 들은 바로는 둘 중에 누가 더 대령의 마음에 들었는가를 논의하고 있는 듯싶었다. 메리는 헨리에타를, 그녀의 남편은 루이자를 서로 대령과 어울리는 짝으로 꼽았지만 결국 어느 누구가 됐던지 아무나 대령과 결혼만 하면 좋겠다는 의견의 일치를 보았다는 것도 알았다.

"지금까지 내가 만나본 사람 중에 웬트워스 대령은 최고요. 이번 전쟁으로 번 돈도 이만 파운드가 넘는다고 자기가 직접 그럽디다. 순식간에 재산을 모은 거야. 게다가 전쟁이 다시 일어나기라도 하는 날에는 그는 아주 돈방석에 올라앉는 거지. 꼭 재산을 따지지 않는다 하더라도 그는 누구에게도 뒤지지 않을 만큼 출세도 할 수 있을 거라고 믿어요. 아, 그러니 우리 누이 중 누구한테든 그는 과분한 상대임에 틀림없어요."

"틀림없이 그렇게 될 거예요."

메리도 격앙된 목소리로 대답했다.

"만일 그 사람이 높은 자리에라도 올라 혹시 준남작이 될지 또 누가 알아요? '웬트워스 준남작' 이라! 얼마나 듣기 좋아요. 헨리에타 아가씨에게도 너무나 잘 어울려요. 어쩌면 아가씨가 나보다 더 나은 위치를 차지하게 될지도 모르겠네요. 프레데릭 웬트워스 경 부처란 말만 들어도 어딘데요! 물론 그렇게 된다 하더라도 신귀족에 불과하다는 것이 조금 걸리기는 하지만 뭐 신경 쓸 것 있겠어요."

메리는 헨리에타가 대령의 마음을 끌고 있다고 생각하고 싶었다. 그 이유는 찰스 헤이터 때문이었다. 그녀는 예전부터 헨리에타가 이미 자신의 부인이나 된 것처럼 떠벌리고 다니던 그를 싫어했던 것이다. 그녀에게는 기본적으로 헤이터 가를 얕잡아 보는 면도 있었기에 절대로 더 이상 두 집안끼리 연결되어지는 것은 지켜볼 수가 없었던 것이다. 그것은 자신뿐만 아니라 자식들까지도 불행해지는 일이라고 생각했다.

"당신도 그렇겠지만 난 절대로 찰스 헤이터 씨가 헨리에타 아가씨의 남편감으로는 어울리지 않는다고 생각해요. 아가씨의 입장으로서도 머스그로브 가가 그동안 얼마나 지체 있는 집안과 사돈을 맺어왔는가를 생각해 볼 때 자기 마음대로 아무 남자와 결혼해서도 안 되구요. 가족의 일원인 이상 자기만 좋다고 해서 집안 식구들에게 폐를 끼치거나 유쾌하지 않은 인척관계가 형성되게 해서는 안 된다는 애기죠. 찰스 헤이터 씨가 대체 누구죠? 그는 시골 목사보에 불과할 뿐이지 결코 머스그로브 가와는 어울리지 않는 사람이에요."

그러나 그녀가 찰스 헤이터에 관하여 이렇게 말하는 것에 대해 그녀의 남편은 썩 좋아하지 않았다. 그는 사촌을 어느 정도 존중했을 뿐 아니라 서로 장남이라는 부분에 있어서 동조하는 부분이 많았기 때문이었다.

"메리, 당신이 그렇게 말하는 것은 옳지 않아요. 그가 헨리에타에게 썩 어울리는 상대가 아니라는 것은 알아요. 하지만 그도 만약 스파이서 가에서 주교에게 잘만 말해 준다면 조만간 꽤 그럴 듯한 자리에 오를 수도 있지 않겠어? 더구나 그가 장남이라는 점을 명심해야지. 이모부가 세상을 떠나시고 나면 그는 많은 재산을 물려받게 돼요. 이 지방에서 제일가는 타우턴 근처의 농장은 물론이고 윈스로프에도 250에이커가 넘는 땅이 있거든! 물론 헤이터 가에서도 찰스 이외의 자식이라면 감히 헨리에타와의 혼사는 꿈도 꾸지 않았겠지. 그나마 상대가 찰스이고 보니 이 정도까지 얘기가 진척된 거요. 상냥하고 인품도 있고 사람은 그 정도면 괜찮지 않소? 더욱이 윈스프로의 땅이 손에 들어오기만 하면 그는 모든 것을 변화시켜서 생활방식도 지금과는 전혀 딴판으로 바꿀 것이 틀림없소. 그 땅은 자유 보유권이 있는 토지이니까 그는 충분히 그렇게 하고도 남을 거요. 만약 헨리에타가 그보다도 훨씬 못한 사람과 결혼할 수도 있다는 가정을 해봅시다. 그건 절대 안 될 말이야. 그래서 내 생각에는 헨리에타가 그와 결혼을 하고, 웬트워스 대령과는 루이자가 맺어졌으면 좋을 듯싶은 거요."

그는 자기가 하고 싶은 애기를 모두 마치고 방에서 나가 버렸다.

"자기야 말로만 하고 나면 그만이지!"

그가 나가고 나자 메리는 앤에게 돌아서서 소리를 쳤다.

"언니, 헨리에타 아가씨가 찰스 헤이터 씨와 결혼한다는 것은 생각하기도 끔찍해. 그것은 그녀는 물론 나까지도 불행하게 만드는 일이란 말이야. 제발이지 헨리에타 아가씨가 하루빨리 찰스 헤이스터 씨를 단념하고 대령님에게로 마음을 굳혔으면 좋겠어. 하기는 어제 아가씨가 찰스 헤이터 씨에게 눈길 한번 주지 않는 것으로 봐서 이미 아가씨의 마음이 정해진 것 같기는 하지만.

언니도 어제 옆에 있었다면 분명히 알 수 있었을 거야. 그런데 언니! 만약 대령님이 헨리에타 아가씨와 루이자 아가씨를 똑같이 좋아한다면 어떻게 하지? 아마 그런 일은 없겠지? 대령님은 헨리에타 아가씨를 더 좋아하는 것이 틀림없어! 아, 어제 언니가 꼭 봤었어야 하는 건데. 언니가 일부러 내 뜻을 반대할 생각만 없다면 분명 내 생각이 옳다는 것을 알았을 텐데."

어제 앤은 머리가 아프기도 하고 웬트워스 대령을 피할 요량으로 아픈 아이 핑계를 대고 저녁 만찬에 빠졌었다. 그런데 지금 메리의 말을 들어보니 어제는 자기가 정말 잘했다는 생각이 들었다. 만약 어제 그 자리에 참석을 했더라면 혼자만의 조용한 시간을 빼앗긴 것은 물론 서로 얽히고설킨 남녀 문제의 심판관 노릇도 억지로 해야 할 판이었던 것이다.

앤은 대령이 누구를 더 좋아하고 안 하고는 별로 중요치 않다고 생각했다. 문제는 두 자매의 가슴에 상처를 주지 않고 스스로의 명예도 손상시키지 않도록 하기 위해서 그가 한시라도 빨리 자신의 마음을 결정지을 필요가 있다는 것이었다. 헨리에타나 루이자나 그에게는 모두 훌륭한 아내로서 손색이 없으리라.

그러나 찰스 헤이터에 대해서는 약간 생각이 달랐다. 그녀가 보기에 그는 아주 여린 마음을 가지고 있었기 때문에 사랑하는 여자 문제로 인하여 언제든지 깊은 상처를 받을 수 있을 것처럼 보였다. 그래서 그녀는 그에게 모종의 동정심 같은 감정까지도 느끼고 있었다. 만약 헨리에타가 언젠가는 자기의 감정이 잘못된 것이었다고 뉘우칠 거라면 더 늦기 전에 깨달을 수 있기를 앤은 진심으로 바랐다.

찰스 헤이터는 2주일의 공백 기간 후, 딱 두 번 헨리에타를 만나보았을 뿐이었는데 이미 그녀의 언행 속에서 많은 상처를 받고 있었다. 서로의 마음을 주고받은 것이 어제 오늘의 일이 아니었건만 불과 2주일 만에 돌변한 헨리에타를 그는 이해할 수가 없었다. 그렇다고 아직도 생생한 예전의 추억을 남겨두고 미련 없이 어퍼크로스를 떠날 수도 없는 일이었다. 하지만 자기가 상대해야 할 남자가 웬트워스 대령이라는 생각이 들 때마다 그의 신경은 곤두설 수밖에 없었다. 도대체 무엇이 문제일까. 어퍼크로스에 오지 않은 것은 단 두 번의 일요일뿐이었는데…….

그와 헨리에타가 헤어지던 2주일 전, 그들은 찰스가 어퍼크로스의 목사보 자리로 올 수 있을 거라는 희망에 들떠 있었다. 그들은 셜리 박사가 목사보 구하는 것을 더는 늦추지 않을 것이라고 생각했다. 셜리 박사는 지난 40여 년간 열심히 일해 왔지만 이제는 너무 노쇠해서 그 많은 일을 혼자서 감당할 수가 없을 거라는 심증을 굳혔기 때문이었다.

만약 찰스가 그 목사보 자리를 얻기만 한다면 셜리 박사는 자기의 목사보를 훌륭하게 키우기 위해 모든 뒷받침을 해줄 것이 틀림없었다. 그들로서는 두 번 다시 잡기 어려운 절호의 기회였다. 6마일이나 떨어진 곳으로 다니는 대신 헨리에타가 살고 있으며 어느 모로나 훨씬 더 나은 어퍼크로스의 목사보로 임명될 수 있으리라는 기대는 그들을 흥분시키기에 충분했던 것이다.

더구나 가까운 사이인 셜리 박사의 밑에서 일할 수 있다는 점은 루이자에게는 고작 잘된 일일 뿐이었지만 헨리에타에게는 최상이라고 할 만한 일이었다. 그런데 아아! 막상 2주일 만에 돌아와 보니 그녀에게는 이러한 문제에 대한 관심이 전혀 남아 있지 않았다. 방금 루이자가 셜리 박사를 만나고 왔다고 해도 그녀는 들은 체도 하지 않았다. 창가에 앉아 웬트워스 대령을 기다리고 있을 뿐이었다. 혹시나 그 일이 잘 안 되면 어쩌나 하고 조바심치던 예전의 일은 까맣게 잊어버리고 겨우 이렇게 말했을 뿐이었다.

"어머, 잘됐네요. 저는 오빠가 꼭 그렇게 되리라고 생각했어요. 셜리 박사님에게는 어쨌든 목사보 한 사람이 필요했던 것이 사실이었으니까요. 확실하게 약속을 받고 오신 거죠? 그나저나 루이자, 대령님은 아직 안 오셨니?"

다음날 아침, 머스그로브 댁에서 회식이 있었지만 앤은 참석하지 않고 메리의 집에 머물러 있었다. 그런데 아침식사가 끝나고 한참 후에 갑자기 웬트워스 대령이 응접실로 들어섰다. 마침 거기에는 앤과 소파에 누워 있는 아이 찰스뿐이었다. 대령의 얼굴에는 앤과 단둘이 마주친 사실에 대해 놀라는 표정이 역력했다. 평소의 그 침착함도 잃어버리고 허둥대며 가까스로 이렇게 말하는 것이었다.

"머스그로브의 따님들이 여기 계신 줄 알았어요. 머스그로브 부인의 말씀으로는 여기 있을 거라던데요?"

그는 겨우 그 말을 하고는 짐짓 태연한 척 창가 쪽으로 걸어갔다.

"네, 그분들은 제 동생과 함께 2층에 있어요. 곧 내려들 오실 거예요."

앤도 애써서 태연한 듯 대답했으나 말소리가 어물거리는 것이 그녀도 당황하기는 마찬가지였다. 그녀가 서로의 평정을 되찾기 위하여 그 자리를 막 피하려던 참인데 마침 그때 누워 있던 아이가 무언가를 해달라고 졸라대는 바람에 다시 주저앉고 말았다. 그러지 않았다면 곧 방을 나가서 웬트워스 대령을 해방시켜 주었을 것이다.

그는 창가에 선 채로 '아이가 빨리 나아야 할 텐데요.' 라고 아주 의례적인 말투로 한마디를 던지고는 다시 침묵을 지켰다.

그녀는 아이의 요구를 들어주느라 소파 옆에 쭈그리고 앉은 채로 있어야 했다. 그렇게 침묵의 정적이 몇 분쯤 지났을 때 다행스럽게도 누군가가 현관문을 들어서는 소리를 들었다. 그녀는 메리의 남편이려니 생각하면서 그제야 안도의 한숨을 내쉬었다. 그러나 그 안도의 숨은 금방 멈춰질 수밖에 없었다. 현관문을 들어선 사람은 지금 이 상황에 너무도 안 어울리는 인물이었던 것이다. 그는 바로 찰스 헤이터였다. 지금 그의 웬트워스 대령에 대한 감정이 어떠하겠는가!

"안녕하세요? 이리로 앉으세요. 모두들 곧 오실 거예요."

앤은 얼떨결에 겨우 인사치레의 말만 쏟아내었다.

한편 웬트워스는 창가 쪽에서 다가오며 악의 없는 인사말을 건네려고 했다. 그러나 찰스 헤이터가 테이블에 앉아 신문을 보며 외면을 하자 무안한 듯 아무 말 없이 다시 창가로 돌아가고 말았다.

그리고 다시 1분쯤 지났을 때 이 분위기에 결코 이롭지 않을 존재가 또 한명 나타났다. 두 살 난 찰스의 어린 동생이었다. 그 아이는 무척 튼튼한 편이었는데, 그래서인지 현관문을 혼자서 당당히 열고 들어왔다. 그리고 곧장 침대로 달려가서 이것저것 살피고, 구르고, 보채기 시작했다. 주위에 먹을 것이라고는 아무것도 없었기 때문에 아무 놀이라도 할 심산이었다. 그러나 아파서 누워 있는 자기 형과 놀 수가 없다는 것쯤은 그도 알고 있었다. 결국 그 아이는 앤의 등으로 들러붙기 시작했다. 앤은 소파 옆에 쭈그리고 앉아 있어야 하는데다 아이마저 달려들자 여간 성가신 것이 아니었다. 엄하게 소리도 질러보고 달래도 보았지만 소용이 없었다. 그럴수록 아이는 더 재미있어 하며 그녀의 등에 기어올랐다.

"월터야, 이리 내려온. 너, 자꾸 이러면 정말로 이모 화낸다!"
그녀가 말했다.
"월터야!"
찰스 헤이터도 목소리를 높였다.
"너, 이 녀석. 왜 이모 말을 이렇게 안 듣니? 얼른 내려와서 아저씨에게 오렴!"
그래도 월터는 꼼짝을 하지 않았다. 그런데 어느 순간 앤은 자기의 등이 허전해졌음을 느꼈다. 누군가가 그 녀석을 그녀로부터 떼어내고 있었다. 그리고 그녀는 녀석이 아주 멀찌감치 떨어지고 나서야 그게 바로 웬트워스의 행동이었다는 것을 알았다.
사실을 알고 났을 때 그녀에겐 너무도 의외라서 아무 생각도 들지 않았다. 그녀는 고맙다는 인사조차도 건네지 못했다. 그냥 혼란스런 마음으로 누워 있는 찰스를 보살피는 척하는 것이 고작이었다.
'그가 나를 편하게 해주어야겠다는 생각을 했구나. 저 창가에서부터 나를 도와주기 위해 걸어왔구나. 그 친절, 태도, 그리고 잠깐 있었던 침묵…….'
앤은 그가 유별나게 큰소리와 과장된 몸짓으로 아이와 놀고 있는 것을 보았다. 그녀는 그가 감사의 인사를 받는다거나 그녀와 말을 나누는 것이 쑥스러워서 하는 행동이라고 생각했다. 그녀는 메리와 머스그로브 양들이 와서 누워 있는 아이를 살펴볼 때까지 또다시 흥분과 열정의 나락 속으로 빠져들고 말았다.
앤은 도저히 응접실에 그대로 머물러 있을 수가 없었다. 그곳에는 묘한 감정이 서로 얽힌 당사자들이 모두 모여 있었기 때문에 처음으로 서로의 입장을 가늠해볼 좋은 기회였으나 그녀로서는 다른 누구의 감정보다도 우선 자신의 감정을 다스려야 할 필요성을 느꼈다. 가까스로 제정신을 수습한 앤은 어린 환자를 그녀들의 보호에 떠맡

긴 채 재빨리 방을 빠져나왔다.

"월터, 진작 아저씨 말을 들었으면 얼마나 좋았니! 이모를 괴롭히지 말라고 그랬잖아."

응접실을 나설 때 들리던 찰스 헤이터의 목소리였다. 그 목소리에는 자신이 해야 할 일을 대신한 듯한 웬트워스 대령에 대해 못마땅해 하는 불쾌한 감정이 역력히 묻어 있었다.

그러나 앤은 그녀 자신의 감정을 가라앉힐 때까지는 찰스 헤이터의 감정에도, 다른 누구의 감정에도 주의를 기울일 수가 없었다. 앤은 몹시 부끄러웠다. 별것도 아닌, 이토록 사소한 일에도 도에 넘칠 만큼 예민해 했다는 것에 대해 그녀는 진실로 자신을 부끄러워했다. 그리고 오랫동안 혼자 앉아서, 아무 생각 없이 그저 마음의 평온을 빨리 되찾을 수 있기만을 기다렸다.

10

그 이후에도 이들 젊은 청춘 남녀들을 살펴볼 기회는 많았다. 앤은 그들에 대해 나름대로의 판단을 가질 수 있을 만큼 자주 어울렸던 것이다. 하지만 자신의 판단이 메리나 그의 남편 모두를 만족시킬만한 것이 못 되었기 때문에 속 시원히 밖으로 내놓고 말을 하지는 않고 있었다. 냉정하게 보자면 대령과의 관계에서 일단은 루이자가 더 유리해 보였으나 자신의 경험이나 지난 기억을 더듬어 볼 때 웬트워스 대령은 지금 둘 중 아무에게도 깊은 관심을 두고 있지 않은 것이 확실했다.

오히려 여자들 쪽에서 일방적으로 그에게 쏠리고 있었는데 그것도 사랑이라고 하기에는 아직 너무 미미한 감정이었다. 그냥 칭찬과 찬미보다 조금 더 뜨거운 열기랄까? 그러나 그 감정이 누군가에 대한 사랑으로 타오를 가능성은 충분히 있었다. 찰스 헤이터는 자신이 무시당하고 있다는 사실을 이미 알고 있었고 헨리에타는 두 남자 사이에서 갈팡질팡하는 모습을 보이기도 했다.

앤은 이 모두에게 그들이 처해 있는 입장을 객관적으로 이해시켜 주고, 그래서 앞으로 그들이 치르게 될지도 모를 나쁜 일들을 미리 막아 줄 힘이 있었으면 좋겠다는 생각을 몇 번이고 해보았다. 그들 중 어느 누구도 나쁜 마음으로 일을 이렇게 만들고 있는 것은 아니라는 것을 잘 알고 있었기 때문이었다.

다행스럽게 웬트워스 대령도 지금 자기가 남에게 괴로움을 주고 있다는 사실을 전혀 모르고 있었다. 그의 태도에서는 남에 대한 동정심이랄까, 승리감 같은 것을 아예 찾아볼 수 없었다. 아마 그는 찰스 헤이터와 헨리에타의 예전 관계에 대해서 듣지도, 생각해 보지도 못한 듯싶었다. 그가 지금 잘못하고 있는 것은 단 한 가지뿐이었다. 젊은 여성들의 관심을 아무렇지 않게, 그것도 한꺼번에 받고 있다(이런 경우 받고 있다는 말밖에는 들어맞지 않는다.)는 사실이었다.

그러나 찰스 헤이터는 심한 갈등을 겪고 난 후 잠시 전쟁터에서 물러나 있는 것처럼 보였다. 그는 어퍼크로스에 사흘이나 나타나지 않고 있었는데 여간 걱정스러운 일이 아니었다. 그가 한 번은 식사 초대까지 거절한 적도 있었다.

그때 머스그로브 씨는 그가 몇 권의 두툼한 서적에 파묻혀 있는 것을 보고는 약간 이상한 느낌을 받기는 했지만 그 이상 괘념치는 않았다. '저렇게 공부하다간 금방 죽어버리고 말걸?' 그냥 그렇게 웃으면서 넘어가고 말았던 것이다. 한편 메리는 그가 헨리에타에게 확실하게 버림받았다고 생각했으며 또 그렇게 믿고 있었다. 이제 그녀는 자기의 남편이 그를 직접 만나서 결과를 확인해 오기만을 기다리고 있었다. 앤은 문득, 찰스 헤이터가 현명한 건지도 모른다고 생각했다.

어느 날 아침, 메리의 남편과 웬트워스 대령이 사냥을 떠난 후 집안이 쥐 죽은 듯이 조용할 때 두 머스그로브 양들이 방문을 했다. 2월의 아주 좋은 날씨였다. 그녀들은 작은 마당을 가로질러 와서는 용건을 꺼냈다.

"우리는 지금 멀리 산책을 나가려고 해요. 같이 갔으면 좋겠는데 너무 멀어서……. 아무래도 메리 언니는 힘드시겠죠?"

메리는 발끈했다. 자기가 잘 걷지도 못하는 사람 취급을 받는다고 생각했던 것이다.

"아, 갈 수 있어요. 나도 같이 가요. 내가 멀리 산책 나가는 것을 얼마나 좋아한다구요!"

그러나 그 말을 듣는 두 처녀들의 얼굴빛은 잠시 일그러졌다. 형식상 인사치레로 던져 본 말이었던 게 분명했다. 하지만 앤은 갑자기 부러운 생각이 들었다. 아무리 탐탁지 않고 불편하더라도 모든 일은 같이 알고 행해야 한다는 것, 그게 바로 머스그로브 가의 오래된 관습이었던 것이다.

앤은 그녀들의 마음만 받아들이고 산책길은 막으려고 메리를 설득해 보았으나 효과가 없었다. 일이 이렇게 되고 보니 앤도 아까보다 더 호의적인 두 머스그로브 양들의 권유에 응하지 않을 수가 없었다. 자기가 따라가는 것이 동생에게도 도움이 되고 또 그렇게 메리를 자기가 책임져야 머스그로브 양들이 어떤 계획을 세웠든 간에 그녀들을 덜 방해하게 될 거라는 생각도 들었기 때문이었다.

"도대체 사람들은 왜 내가 먼 거리 걷는 것을 싫어한다고 생각하는지 알 수가 없어!"

메리는 계단을 올라가면서 짜증을 부렸다.

"모두들 난 항상 잘 걷지 못한다는 생각을 하고 있어. 그렇다고 내가 거절하면 기분 나빠하고 말이야. 상대방이 그런 식으로 물어보는데 거절은 또 어떻게 해!"

그녀들이 막 떠나려고 할 때 남자들이 돌아왔다. 사냥에 익숙지 못한 개를 데리고 갔었기 때문에 별다른 재미도 보지 못하고 일찌감치 돌아온 것이었다. 그래서 그들은 지쳐 있지도 않았고 시간도 충분했기 때문에 산책길을 함께 하기로 의견이 금방 모아져 이내 길을 나섰다. 앤으로서는 이렇게 될 줄 알았더라면 따라나서지 않았을 것이다. 그러나 이제 와서 되돌리기에는 너무 늦었고 어느 정도 관심과 호기심도 생겨나서 아무 말도 하지 않았다. 그리하여 일행은 모두 6명이 되었고 길 안내는 머스그로브 양들이 맡게 되었다.

앤은 누구에게도 방해가 되고 싶지 않았기 때문에 들판을 가로지르는 좁은 길이 나와서 일행이 따로따로 가야 할 경우에는 언제나 동생 부부들 틈에 끼이려고 노력했다.

이런 산보에서 그녀가 느낄 수 있는 즐거움은 혼자만의 사색과 운동이나 날씨, 그 자체였다. 노랗게 물든 잎이나 허물어진 담벼락으로 쏟아지는 새로운 한 해의 따스한 미소! 가을을 노래한 수많은 시구 중 몇 개를 암송하는 기쁨 또한 만만치가 않았다. 이런 계절은 감정이 풍부하고 섬세한 마음을 가진 사람들에게 언제나 그칠 줄 모르는 감명을 주기 마련이었다. 그래서 시인들의 의욕을 불러일으키고, 언제 읽어도 항상 가슴 저미는 몇 행의 시구를 토해내게 하는 것이었다.

그녀는 이러한 명상과 시구를 가슴 깊은 곳에서 살며시 꺼내어 되뇌어 보았다. 가끔씩 웬트워스 대령과 머스그로브 양의 말소리가 들려오기는 했지만 그들의 대화는 언제나 별 의미 없는 잡담에 불과했기 때문에 그녀를 크게 방해하지는 못했다. 하지만 앤이 혼자만의 명상 중간 중간 느낀 바에 의하면 대령의 마음을 끌어 잡는 데는 루이자가 헨리에타보다 훨씬 더 적극적이고 유리한 것이 확실했다. 그 차이는 시간이 지날수록 더 커져갈 것이며 이미 지금도 눈으로 드러날 만큼 보이고 있었다. 그러한 것을 스스로 느끼고 있는지 어떤지 계속해서 화창한 날씨 얘기만 하던 웬트워스 대령이 다시 한 번 맑은 날씨를 칭찬하고 나서 이렇게 덧붙였다.

"아, 매형과 누님이 얼마나 좋아하실까! 그분들도 오늘 아침에 멀리 가신다며 나가셨는데 어쩌면 저 언덕쯤에서 소리쳐 부르면 만날 수 있을지도 모르겠네요. 이 근처로 오신다고 하셨거든요. 그나저나 오늘은 또 그분들 마차가 어디에서 뒤집힐지……. 그 마차는 언제나 그랬거든요. 그런데도 누님은 아무렇지도 않게 생각해요. 오히려 그렇게 마차에서 나가떨어지는 것을 좋아하실 정도라니까요."

"어머, 거짓말도 잘하시네요."

루이자가 외쳤다.

"하지만 그게 사실이고 제가 그분 입장이라면 저도 그럴 것 같아요. 그분께서 제독님을 사랑하시는 것처럼 저도 누군가를 그렇게 사랑할 수만 있다면 마차가 뒤집힌들 어떻겠어요. 저는 다른 사람이 안전하게 태워다 주는 것보다 마차가 뒤집힌다 해도 사랑하는 사람과 함께 있는 길을 택하겠어요."

앤은 열의에 넘치는 갑작스런 루이자의 말에 깜짝 놀랐다.

"그래요?"

대령도 꽤나 놀란 듯 소리를 질렀다.

"훌륭한 생각입니다."

앤은 다시 가슴속의 시구를 암송하는 일로 되돌아갈 수가 없었다. 따라서 머릿속의 아름다운 가을 경치도 그녀의 마음에서 사라지고 말았다. 저무는 한 해를 조금씩 소멸해가는 행복에 견주는 적절한 비유라든가, 젊음과 희망을 봄의 소멸로까지 노래한, 14행의 그 아름다운 시가 용케 떠오르지 않는 한 그녀의 방황은 계속될 것처럼 보였다.

일행이 누군가의 명령으로 다른 길로 접어들었을 때 그녀는 퍼뜩 정신을 차려 물었다.

"이 길, 윈스로프로 가는 길 아닌가요?"

그러나 아무도 대답하는 사람이 없었다. 아니 그 말을 들은 사람이 한 명도 없는 듯했다. 이제 머스그로브 양들의 목적지가 윈스로프나 적어도 그 근처라는 것은 확실해졌다. 그것은 자기 집 주변을 거니는 모습의 젊은이들을 이따금 만나는 것으로도 알 수 있었다. 일행은 넓은 공터를 지나 오르막길을 오르고 있었다. 그곳에는 쟁기로 땅이 파헤쳐져 있었으며, 정차 중인 짐마차며 새로 난 작은 길도 있어서 희망찬 봄을 맞는 농부의 감미로운 정서를 느끼게 해주고 있었다.

그렇게 반 마일쯤을 더 올라가자 어퍼크로스와 윈스로프를 구분짓는 높은 언덕의 정상이 나타났다. 거기서 멀지 않은 건너편 언덕 기슭 쪽으로는 윈스로프의 전경도 눈에 들어왔다. 윈스로프는 아름답다거나 웅장하지는 않았다. 나직하고 평범한 집 한 채가 있었고 주위는 창고나 농장에 딸린 건물들이 둘러싸고 있었다. 그때 메리가 갑자기 소리를 질렀다.

"아니! 여기는 윈스로프 아니야! 세상에. 어느새 여기까지 와버렸지? 아, 이제 돌아가는 게 좋겠어요. 난 너무 지쳐 버렸어요."

헨리에타도 찰스 헤이터 생각 때문에 민망하던 차에 어디선가 그가 갑자기 나타날 것만 같아 메리의 말대로 돌아가기를 바랐다. 그러나 찰스가 반대하고 나섰다. 더구나 루이자는 자기의 언니를 한쪽으로 끌고 가서 더 강력하게 반대의 주장을 펴는 것 같았다.

여기까지 온 이상 이모님을 꼭 뵙고 가야겠다고 찰스는 주장했다. 그는 어떻게 해서든 메리도 설득시켜서 함께 갈 생각이었다. 그러나 이럴 때 여자들의 결단은 의외로 강하고 빠른 편이다. 그녀는 지쳤으니까 윈스로프에 가서 15분 정도만 쉬고 가자는 남편의 권유를 단호하게 거절했다.

"전 그럴 수 없어요. 이모님 댁에 갔다가 이 언덕을 다시 올라오려면 더 지칠 거예요."

그녀의 얼굴은 더 이상의 말이 필요 없다는 듯 결연해 보였다.

결국 한동안의 토론을 거친 끝에 머스그로브 성(姓)을 가진 사람들만 다녀오기로 결정이 났다. 나머지 사람들은 그냥 언덕에서 기다리기로 했다. 이것은 루이자가 낸 의견이었다. 그리고 그렇게 머스그로브 사람들이 그들의 이모와 사촌을 만나러 내려가고 난 후에 곧바로 메리는 마치 좋은 기회를 잡았다는 듯이 웬트워스 대령을 향해서 말했다.

"헤이터 씨 같은 친척을 갖는다는 건 무척 불쾌한 일이에요. 그래서 저는 솔직히 그 집에 두 번밖에 가보지 않았어요."

웬트워스는 동의한다는 의미의 미소를 억지로 지어 보였다. 그러나 얼굴을 돌리면서 아주 경멸의 눈빛을 띠었는데 앤은 그 뜻을 완전히 이해할 수 있었다.

그들이 쉬고 있는 언덕 꼭대기는 아주 상쾌했다. 메리는 층이 진 언덕배기에 자리를 잡고 앉아 주위에 사람들이 빙 둘러 서 있다는 사실을 무척 즐거워하고 있었다. 그때 루이자가 혼자서 돌아왔다. 그녀는 애초부터의 계획이 그랬던 것처럼 아무 거리낌 없이 웬트워스 대령과 한참 얘기를 나누다가 나무 열매를 주우러 간다며 근처의 관목숲 속으로 함께 사라져 버렸다.

한참이 지나자 메리는 자기가 앉아 있는 자리에 대해 불평을 하기 시작했다. 그녀는 루이자가 다른 곳에 더 좋은 자리를 찾은 것이 확실하다고 생각했고 그래서 자기도 다른 자리를 찾아야겠다며 자리를 털고 일어섰다. 하지만 아무리 찾아도 그 두 사람은 좀처럼 눈에 띄지 않았다. 이 숲 속 어딘가에 있으리라는 것만 분명할 뿐이었다. 중간에 앤은 햇빛이 잘 들고 바닥이 바싹 마른 둑 위에 앉을 만한 자리를 메리에게 마련해 주었지만 그녀는 그곳도 금방 싫증을 내었다. 그리고 끝내 루이자를 찾겠다며 혼자서 더 안쪽으로 걸어 들어가 버렸다.
앤도 많이 지쳐 있었다. 그녀는 모처럼 만에 언덕에 등을 기대고 눈을 감았다. 그런데 얼마 지나지 않아 뒤쪽 숲 한가운데쯤에서 두런거리는 사람소리가 나는 것을 들었다. 웬트워스 대령과 루이자가 돌아오는 소리였다. 두 사람의 소리는 점점 가까워졌고 루이자가 무언가 열심히 말하고 있는 듯했다. 조금 지나자 루이자의 목소리는 아주 또렷하게 들렸다.
"그래서 제가 언니를 억지로 보낸 거예요. 자기가 결심을 해놓고 나서, 더구나 자기의 결심이 결코 틀린 것이 아니란 것을 알면서도 쓸데없는 일로 인해서 그 결심을 지키지 못한다면 그건 잘못된 일이죠. 헨리에타 언니는 오늘 무슨 일이 있어도 이모님 댁을 방문하기로 마음먹고 있었어요. 그런데 바보같이 막상 눈앞에까지 와서 포기하려 들다니! 혹시 빈정거림이나 흉을 좀 받으면 어때요. 그게 그리 중요한 일인가요?"
"그럼, 당신이 아니었으면 언니는 그냥 돌아가실 뻔했겠네요?
"창피한 얘기지만 그랬을 거예요."
"당신같이 그런 생각을 가진 분이 옆에 있다니 언니는 무척 행복하군요. 당신이 오늘 조심스럽게 하신 말씀은 이미 저번에 그 사촌과 만난 자리에서 어렴풋이 짐작하고 있었어요. 그러니 일부러 모른 체할 필요도 없겠군요. 그리고 오늘 이곳에 온 것이 단순히 이모님만 뵙기 위한 것이 아니란 것도 대충은 알고 있었습니다. 만일 언니께서 오늘처럼 이렇게 사소한 문제를 가지고도 자기의 의지를 똑바로 세우지 못한다면 앞으로 사촌이나 언니, 두 분 모두에게 불행한 일이 될 겁니다. 만약 언니의 행복을 진심으로 바란다면 당신의 그 판단과 결단력을 꼭 언니에게 불어넣어 주세요. 물론 쭉 그렇게 해 오셨으리라고 생각하지만요. 언니는 얌전하고 착하지만 너무 유순

해서 누구에게나 동요당하기 쉽다는 게 큰 결점입니다. 그런 성격은 어떠한 일이나 사람에게 감동받는다 해도 그 감정을 오래 지속시키지 못해요. 어, 여기 호두나무 열매가 있네?"

그는 위쪽에 있는 열매를 하나 따면서 계속해서 말했다.

"이것이 좋은 예가 될 수 있겠네요. 이 예쁜 열매는 강인한 생명력 덕택으로 수차례의 가을 폭풍우 속에서도 살아남은 겁니다. 어디 구멍 하나 없이, 약한 데라고는 한 군데도 없어 보이잖아요? 자기의 많은 형제들이 땅에 떨어져서 밟히고 있는데도 이 열매는 오직 자기의 강한 의지로 버텨온 거지요. 저는 제가 아는 모든 사람들에게 꼭 하고 싶은 말이 하나 있습니다. 자기 자신을 굳건하게 지키라는 겁니다. 루이자 양! 만약 당신이 나이를 더 먹고 나중에까지 지금의 이 2월처럼 아름답고 싶다면 지금처럼 굳고 단단한 마음을 소중히 간직하세요."

그는 의미심장한 말을 진지하게 마쳤다. 루이자는 아무 대꾸도 하지 못했다. 만일 루이자가 대령의 말에 즉각적으로 무슨 대답을 했다면 오히려 앤이 놀랐을 것이다. 이토록 진지하고 정성이 담긴 말에 무슨 말을 덧붙일 수 있겠는가! 앤은 지금 루이자가 어떠한 심정일지를 충분히 상상할 수 있었다. 가만히만 있으면 빽빽이 잎이 달린 감탕나무가 그녀의 몸을 완전히 감춰줄 수 있었겠지만 그래도 그녀는 혹시 들키지나 않을까 몹시 조바심을 내었다. 대령과 루이자는 한동안 아무 말 없이 앞으로 걸어 나오고 있었다. 그러다가 그 침묵을 먼저 깬 것은 루이자였다.

"메리 언니는 여러 가지로 장점이 많아요. 그런데 가끔씩 말도 안 되는 얘기를 하거나 쓸데없이 콧대를 추켜세워서 기분을 상하게 한답니다. 엘리엇 가의 자존심 같은 거죠. 그녀는 그 자존심이 너무 지나친 것 같아요. 우리는 찰스 오빠가 차라리 메리 언니 대신 앤 양과 결혼하기를 바랐었는데. 참, 저희 오빠가 앤 양과 결혼하고 싶어했다는 건 알고 계시죠?"

한동안 말이 없던 웬트워스 대령이 나지막이 입을 열었다.

"그녀가 오빠의 청혼을 거절했다는 말인가요?"

"네, 맞아요! 그랬어요."

"그게 언제쯤이었습니까?"

"글쎄, 정확히는 모르겠어요. 그때 저나 헨리에타 언니는 학교를 다니고 있었거든요. 오빠가 메리 언니하고 결혼하기 1년 전쯤이었던 것 같아요. 저는 앤 양이 오빠의 청혼을 받아주기를 진심으로 바랐어요. 아마 그랬더라면 우리 모두는 메리 언니를 지금보다는 훨씬 더 좋아하게 되었을 거예요. 저희 부모님은 그녀가 승낙을 안 한 이유를 그녀의 가까운 후원자인 러셀 부인 때문이라고 생각하고 계시죠. 찰스 오빠가 러셀 부인의 마음에 들 만큼 많이 배우지도 못했고 책도 좋아하지 않았기 때문에 그 부인이 앤 양에게 오빠의 청혼을 거절하라고 권했다고 생각하시는 거죠."

그들의 말소리는 점점 멀어져 가서 더 이상 들을 수가 없었다. 그러나 앤의 가슴은 너무도 심하게 요동을 쳐서 그 자리에서 꼼짝을 할 수가 없었다. 마음이 진정될 때까지는 아주 많은 시간이 필요할 것처럼 느껴졌다. 사람이 남의 말을 엿들을 때는 항상 자신의 욕을 듣게 마련인데 그녀는 그들의 말속에서 자신의 흉이나 욕은 한마디도 듣지 않았다는 사실만이 어렴풋이 떠올랐다.

하지만 비록 직접적인 상처의 말은 없었지만 하나하나 그들의 말을 되씹어 보자니 모든 게 오롯이 쓰라린 칼날이 되어 돌아오고 있음을 알았다. 웬트워스 대령이 한 말은 모두가 앤의 성격을 비유해서 한 말이었던 것이다. 우유부단하고 나약했던 자기의 성격이 지금까지 그에게 얼마나 고통을 주고 있는지 그녀는 새삼스럽게 깨달을 수밖에 없었다.

얼마나 지났을까. 그녀는 겨우 정신을 가다듬고 메리를 찾아 나섰다. 그리고 메리를 찾아서 아까의 장소로 돌아왔을 때 모두 모여 있는 것을 보고 이제 떠나면 되겠다는 생각으로 조금은 안심을 했다. 많은 사람들 사이에 끼어 있으면 혼자만의 침묵을 지킬 수 있고 그러다 보면 마음도 어느 정도 가라앉으리라는 생각 때문이었다.

약간은 예상했던 대로 찰스와 헨리에타는 찰스 헤이터를 데리고 왔다. 서로 어떤 말들이 오고 갔었는지 앤은 전혀 짐작할 수 없었지만 웬트워스 대령이 있음으로 해서 쉽게 얘기를 꺼낼 수도 없었다. 그러나 찰스 헤이터의 기분이 좋았고 헨리에타도 꽤 상냥스러워진 것으로 보아서 그들은 지금 함께 있다는 사실을 서로 기뻐하고 있다고 생각해도 무방할 정도였다. 헨리에타는 약간 어색해 하기도 했지만 찰스 헤이터는 더할 나위 없이 명랑해져 있었고 일행이 어퍼크로스로 출발할 즈음 두 사람은 완전히 친숙하게 되어버렸다.

결국 이렇게 보면 모든 점에서 루이자는 웬트워스 대령과 가까워질 운명이었다. 그것은 아주 명백한 일이었다. 일행이 아까처럼 좁은 길을 만나 여러 패로 나뉘어져야 할 경우는 물론이고 그렇게 할 필요가 없을 때에도 루이자와 대령은 서로 떨어지지 않고 다른 어느 쌍 못지않게 어깨를 나란히 한 채 걸었다.

길게 뻗은 목초지에서는 모두가 한꺼번에 지나갈 만큼 길이 넓었음에도 불구하고 일행들은 약속이나 한 듯이 끼리끼리 짝을 지어 걸었다. 그들은 서로 의식하지 못한 사이에 세 무리로 나뉘어져 있었다. 그 세 무리 중에 찰스와 메리가 제일 무뚝뚝하고 활기가 없었는데 앤은 기꺼이 그곳에 끼었다. 워낙 피곤했기 때문에 찰스의 한 쪽 팔을 붙잡고 걷고 있었다.

그런데 찰스는 그녀에게는 친절하게 대했으나 메리에게는 자주

화를 내고는 했다. 평상시에는 메리가 남편에게 짜증을 내는 일이 잦았는데 이번에는 그 반대가 되고 있는 것이었다. 하지만 자세히 살펴보면 그의 행동이 그다지 심한 것은 아니었다. 그는 고작 긴 회초리로 길옆의 쐐기풀 머리를 후려치느라 가끔씩 메리의 팔을 뿌리쳤고 메리는 그것을 구실로 투정을 부렸다. 그러자 그녀의 남편이 화를 낸 것이었는데 앤은 아무리 생각해도 메리가 좀 심하다는 생각이 들었다. 결국 그는 길 앞으로 족제비가 지나가자 기다렸다는 듯이 그것을 쫓아 달려가 버렸다. 앤과 메리는 그를 다시 쫓아가지 못했다.

긴 목초지의 가장자리에는 길이 하나 있었다. 그 길은 그들이 걷고 있던 작은 길과 그 목초지의 끄트머리에서 서로 교차하게 되어 있었다. 그런데 조금 전부터 그 길 위를 마차 한 대가 그들과 같은 방향으로 달려가고 있는 소리가 들렸다.

그들 일행이 거의 그 교차점까지 다다랐을 때 그 마차도 막 도착하고 있었는데 그 마차는 바로 크로프트 제독 부부의 이륜마차임이 곧 판명되었다. 그들 부부는 계획대로 멀리까지 나갔다 돌아오는 길이었다. 그리고 이들 모두가 먼 길을 걸어왔다는 얘기를 듣고는 여자들 중 제일 지친 사람을 태워 주겠다며 자리를 하나 내주었다.

거기서부터 어퍼크로스까지는 실히 1마일은 되는 거리였다. 그들 부부의 제안은 모든 여자들에게 해당되는 것이었다. 그러나 모두가 사양했다. 머스그로브 양들은 정말로 피곤하지 않아서였다. 하지만 메리는 그렇지가 않았다. 그녀가 그 제안을 사양한 이유는 두 가지로 볼 수 있었는데 그 첫째는, 자기가 다른 누구보다도 먼저 권유받지 못해서였고 두 번째는, 루이자가 말했던 것처럼 자존심 때문이었다. 그녀는 한 필의 말이 끄는 이륜마차를 구걸하듯이 얻어 타고 싶지가 않았던 것이다.

일행은 다시 걸어서 맞은편 쪽 울타리를 오르기 시작했고 제독 부부도 할 수 없이 그냥 말을 몰아가려 했다. 바로 그때 갑자기 웬트워스 대령이 단숨에 울타리를 넘어 자기 누나에게 달려가더니 무어라고 한참을 말했다. 바로 당시에는 무슨 말을 하는지 알 수 없었지만 거기에 있던 사람들은 곧 그 내용을 알게 되었다.

"엘리엇 양, 당신은 정말 피곤해 보여요."

크로프트 부인이 앤에게 말을 건넸다.

"우리가 당신을 태우고 갈 수 있게 해줘요. 여긴 세 사람이 충분히 앉을 수 있다우. 우리 둘 다 당신 몸집만 하다면 네 명도 앉을 수 있을 거유. 제발 내 얼굴을 봐서라도 어서 타도록 해요."

아직도 같은 그 한길가에 서 있던 앤은 반사적으로 즉각 거절할 참이었다. 그러나 잠시도 틈을 주지 않고 이번에는 제독까지 간절히 나서는 바람에 그녀는 그만 더 이상 거절할 구실을 잃어버리고 말았다. 이미 그들 부부는 한쪽 구석에 그녀의 자리를 마련해 놓고 있었다. 문득 뒤를 돌아다보니 웬트워스 대령이 아무 말 없이 그냥 타라고 눈빛으로 권하고 있었다.

아아. 그렇다! 그가 그녀를 위해 한 일이었다. 자기가 피곤해 있음을 알아차리고, 순전히 자기를 쉬게 해주려고, 다른 사람도 아닌 바로 그가……. 그녀는 자기에 대한 그의 배려를 현실로 확인하는 순간 왈칵 눈물이 솟구치는 것을 느꼈다. 이 자그마한 사건은 마치 이제껏 일어났던 모든 일들을 끝맺음하는 것처럼 생각되었다. 바로 이 순간 그녀는 그의 마음을 이해할 수 있을 것도 같았다.

그는 그녀를 용서할 수 없었으리라. 하지만 언제까지고 무정한 태도를 취할 수도 없었으리라. 더 이상 치솟을 수 없을 만큼의 극도의 분노를 느꼈고 이제 막, 다른 여자를 선택하고자 하는 입장의 그였지만 막상 그녀의 괴로움을 보았을 때 그는 자신의 손을 내뻗지 않을 수가 없었던 것이다. 그것은 지난날의, 감정의 잔류물(殘留物)이었다. 굳이 애정의 찌꺼기가 아닌 우정의 발현이라고 해도 상관없는 것이었다.

그의 마음이 이처럼 따스하고 부드럽다는 것을 느낄 수만 있다면 족한 일이었다. 그녀는 기쁨의 축복과 슬픔의 고통이 온통 뒤섞인 감동을 맛보고 있었는데 어느 쪽이 우세한지는 알 수 없었다.

크로프트 제독 부부는 이것저것 말을 건네며 그녀에게 상당히 친절하게 대해 주었다. 처음에 그녀는 무의식적으로 대답을 했으나 울퉁불퉁한 길을 따라 여정의 절반 정도를 왔을 때 그들의 대화에 귀를 기울였다. 제독 부부는 프레데릭의 이야기를 하고 있는 중이었다.

"프레데릭은 그 두 딸 중의 한 사람을 선택할 것 같던데, 아직까지 어느 한 쪽을 결정하지 못했나 보지? 그만하면 이쯤에서 마음을 정해도 될 만큼 교제도 한 셈인데 말이오. 하기는 이게 다 평화가 깃든 덕분이지. 만일 지금이 전쟁 중이라고 생각해 봐요. 그런 일은 벌써 결단이 나도 열 번은 났을걸! 엘리엇 양, 우리 같은 뱃사람들은 전시 중에는 한가하게 구애나 하고 다닐 여가가 없다는 거 알지요? 여보, 내가 당신을 처음 만나서 노스 야머드 하숙에 안착할 때까지 며칠이나 걸렸지?"

"여보, 그 얘기는 그만두는 게 좋겠어요."

크로프트 부인은 싫지 않은 웃음을 지으면서 말했다.

"우리가 얼마나 빨리 서로를 이해하고 결혼하게 되었나를 안다면 엘리엇 양이 과연 지금 우리의 행복을 믿겠어요? 나야 당신이 어떤 사람이라는 것을 결혼하기 아주 오래 전부터 알고 있었지만 말이에요."

"그렇게 따진다면야 나도 당신이 얼마나 예쁘고 참한 규수인지 당신보다 더 오래 전부터 알고 있었지. 그것만 알면 됐지 더 기다릴 필요가 뭐가 있단 말이오? 게다가 난 이런 일을 절대로 질질 끄는 성격이 못 된다는 것도 잘 알지 않소!

내 생각 같아서는 프레데릭도 마음을 좀더 대범하게 갖고 하루라도 빨리 두 여자 중 한 명을 켈린치로 데려왔으면 좋겠소. 그렇게 되면 그 두 사람도 우리 같은 얘기 상대가 생기게 되니 서로 얼마나 좋겠소. 머스그로브의 두 딸은 어느 누가 낫고 못하고를 구분하지 못할 만큼 다 훌륭한 규수들인데 무얼 그렇게 망설이는 건지, 원!"

"그건 그래요. 그녀들은 둘 다 정말이지 명랑하고 겸손해요."

크로프트 부인은 남편보다 한결 더 조용한 어조로 그녀들을 칭찬했는데 앤의 날카로운 통찰력을 적용시켜 본다면, 그 어조에서 오히려 부인이 두 딸 모두 자기 동생한테는 걸맞지 않는다고 여기는 게 아닐까 자칫 의심이 들게 하는 말투였다.

"가족들은 또 어때요! 모두들 지각 있고 인품까지 뛰어나니 연분을 맺는 데는 그 이상이 없죠. 아, 여보! 저기 저 말뚝! 부딪히겠어요!"

그들은 머스그로브 가의 칭찬에 얼마나 열을 올리고 있었는지 하마터면 말뚝과 부딪힐 뻔하기도 했다. 부인이 침착하게 고삐를 낚아채서 가까스로 위험을 넘길 수 있었고, 그 후에도 그런 일은 한 번 더 있었지만 다행히 분뇨통과의 충돌도 피할 수 있었다. 앤은 그들 부부의 마차 모는 모습을 보면서 그들의 삶도 저렇게 언제나 함께 이끌어져 가겠구나 하는 생각을 해보았다. 그러는 사이 마차는 어느덧 집 앞에 와 멎어 있었다.

11

러셀 부인이 돌아올 시기가 가까워 오고 있었다. 그리고 얼마 후에는 그 정확한 날짜까지 정해졌다. 앤은 부인이 집으로 돌아오는 대로 가기로 되어 있었으므로 서서히 켈린치로 옮겨갈 준비를 했지만 만약 그녀가 그곳으로 간다면 그녀의 일상은 과연 어떻게 될 것인가 의구심이 들기 시작했다.

그녀가 켈린치로 간다면 그녀는 웬트워스 대령과 같은 마을에서 반 마일의 거리를 두고 살게 되는 셈이었다. 두 사람은 같은 교회에 나가게 될 것이며 두 집안끼리는 왕래가 시작될 것이 뻔했다. 이것은 결코 그녀가 바라던 바가 아니었다. 하지만 한편으로는 웬트워스 대령이 항상 어퍼크로스에서 시간을 보내고 있었으므로 그녀가 켈린치로 가는 것은 그에게 가까이 가는 것이 아니라 그녀가 그를 어퍼크로스에 남겨두는 꼴이기는 했다. 그래서 이것저것 복잡한 생각 속에서도 그녀는 자기가 켈린치로 가는 것이 여러 가지 면에서 이익되는 점이 많을 거라고 잠정적으로 결론지었다. 메리를 남겨두고 간다는 것이 안 됐기는 했지만 무엇보다도 우선 당장 그녀로서는 러셀 부인과 새로운 생활의 변화를 가질 수 있었던 것이다.

앤은 적어도 켈린치 저택에서만큼은 웬트워스 대령과 부딪치는 일이 없기를 진심으로 바랐다. 그 집 구석구석에는 예전에 그를 만나던 때의 기억이 고스란히 남아 있었기 때문이었다. 그리고 또 그가 러셀 부인과도 만나는 일이 없기를 바랐다. 그 두 사람 사이의 감정이 좋을 리 없었고 이제 와서 새삼 서로 사귀어 본들 그 또한 더 좋아질 것 같지도 않았기 때문이었다.

이런 여러 가지 점들이 어퍼크로스를 떠날 날을 눈앞에 두고 있는 앤에게는 주된 근심거리였다. 하지만 앤은 그동안 어퍼크로스에 너무 오래 머물렀다는 생각을 했다. 그나마 자기가 지난 2개월 동안 어린 찰스에게 얼마간의 도움이 되었다는 게 작은 위안이었지만 이제 그 애도 거의 다 나아가고 있었으므로 더 이상 그녀를 어퍼크로스에 잡아둘 이유는 되지 못했다.

그러나 어퍼크로스에서의 생활이 거의 끝나갈 무렵 그녀에게 전혀 뜻밖의 변화가 생기고 말았다. 어느 날, 꼬박 이틀 동안 소식도 없이 보이지 않던 웬트워스 대령이 갑자기 나타나서 그간의 일을 설명했다. 대령의 말에 따르면 그는 친구 허빌 대령의 편지를 받고서 그가 가족과 함께 겨울을 나기 위해 라임에 있다는 사실을 겨우 알게 되었다. 라임은 어퍼크로스에서 20마일도 채 못 되는 거리였는데 그것을 전혀 몰랐던 것이다.

허빌 대령은 2년 전에 심한 부상을 당했는데 그 이후로 건강상태가 계속해서 좋지 못했다. 그를 만나고 싶어 안달이 나 있던 웬트워스 대령은 곧바로 라임으로 달려갔고 그곳에서 꼬박 24시간을 같이 지냈다는 것이다.

모든 사람들은 그의 말을 완전히 믿었다. 그의 열렬한 우정에 대해 칭찬했음은 물론이고 허빌 대령에 대한 싱싱한 호기심이 샘솟듯이 솟구쳤다. 거기에, 라임의 경치가 아주 그럴 듯하다는 그의 설명까지 보태지자 그만 푹 빠져 자기들도 그곳에 가보고 싶다는 소망을 피력했고 급기야는 구체적인 계획까지 짜기에 이르고 만 것이다.

어퍼크로스의 젊은이들은 라임에 가보고 싶은 생각으로 온통 들떠 있었다. 그곳은 어퍼크로스에서 정확히 17마일밖에 떨어져 있지 않았고 11월이라고는 하지만 날씨도 그렇게 나쁘지 않았으므로 웬트워스 대령도 다시 한 번 가보고 싶다고 말했다.

그 열렬한 사람들 중에서도 제일 열성적이었던 루이자는 이미 결심을 굳혀서 여름까지 연기했으면 하는 부모의 말도 완전히 무시하고 있었다. 그녀에게는 자기가 하고 싶은 일을 한다는 즐거움 이외에도 자기 고집을 밀고 나가는데 대한 매력의 환상까지 더해져 있었다. 결국 찰스, 메리, 앤, 헨리에타, 루이자, 웬트워스 대령 등 이렇게 여섯 명이 가기로 결정되었다.

처음에는 아무 생각 없이 아침에 갔다가 저녁에 오기로 계획을 세웠다. 그러나 이 계획은 머스그로브 씨가 반대하고 나섰다. 그러기에는 자기들의 말이 너무 지친다는 것이었다. 그 이외에 논리적으로 생각해 보아도 11월 중순의 날은 해가 너무 짧아서 왕복에 필요한 7시간을 제외하고 나면 처음 가보는 장소를 살펴보기에 시간이 턱없이 모자라는 것도 사실이었다. 그들은 그곳에서 하룻밤을 자고 다음날 만찬까지 시간을 맞춰 온다는데 의견을 같이했다. 이것은 꽤나 합리적인 수정안이었다.

이리하여 일행은 이른 아침 식사 시간에 본댁에 모였다가 예정된 시간 정각에 출발을 했다. 네 필의 말이 끄는 머스그로브 씨의 사륜마차에는 여자들이 탔고 두 필의 말이 끄는 찰스의 이륜마차에는 남자들이 탔다. 그들은 정오쯤 해서 라임으로 들어가는 긴 언덕을 거쳐 시내를 통과하는 오르막길에 다다랐다. 해가 지고 날이 저물기 전에 구경을 하고 돌아오기에는 시간이 터무니없이 모자랄 뻔했다는 것을 그들은 그때 다시 한 번 느꼈다.

한 여관에서 방을 구한 후 식사 주문을 마치고 나자 그들은 곧바로 바다로 내려갈 수밖에 없었다. 라임은 원래 번잡한 휴양지로 평소에 오락이나 쇼가 많이 펼쳐지는데 그들이 그러한 것을 보기에는 계절적으로 너무 늦게 왔기 때문이었다. 휴양차 왔던 사람들이 대부분 돌아간 후라서 방을 빌려주는 곳도 다 닫혀 있었고 남아 있는 사람들은 거의가 이 고장 사람들뿐이었다. 더욱이 시내에는 관심을 갖고 볼 만한 변변한 건물조차 없었다.

이 도시에서 지금 내세울 만한 것은 경승지로서 평소에 갖고 있는 명성과 바다를 향해 똑바로 뻗은 길, 한때 사람들로 북적거리던 작은 만(灣), 그리고 예전의 모습을 그대로 간직하면서도 잘 손질되어 있는 석제(石堤) 정도가 전부였다. 참, 시내 동쪽으로 뻗어 있는 뛰어난 절벽의 우아한 선(線)도 덧붙일 수 있겠다. 또 라임 주변의 아름다움을 본 방문객이라면 누구나 좀더 잘 알고 싶은 생각을 갖지 않을 수 없게 되는데, 그러한 매혹에 맹목적으로 빠져드는 사람이야말로 정말 기묘한 이방인임에 틀림없었다. 그 이외에 높은 언덕과 긴 해안선으로 이루어진 차머스의 경치도 볼 만은 했다. 그러나 그중에서도 거무스레한 절벽을 배경으로 아늑하게 펼쳐져 있는 만(灣)의 풍경은 단연 으뜸이었다. 그곳의 모래사장은 낮은 바위들이 흩어져 있어 조수가 밀려오는 것을 볼 수도 있었고 언제까지고 앉아 명상에 잠길 수도 있는 안성맞춤의 장소였다.

라임의 윗마을 부근에는 수많은 종류의 나무들이 빽빽이 들어 차 있었다. 특히 피니에는 기암괴석들의 틈바구니가 녹음으로 울창했고 그 주변 또한 온통 거목과 과일나무들로 이루어져 있었다. 이러한 모습은 이 절벽의 일부가 무너져 내려 지금의 형태를 이루기까지 아주 많은 시간이 흘러갔음을 말없이 웅변해주고 있는 것 같았다. 비록 제철이 아니긴 했지만 이곳의 모든 풍광은 이처럼, 여기보다 훨씬 더 명성이 자자한 와이트 도(島)와 비교해서도 어디 하나 손색이 없을 만큼 아름답고 훌륭했다. 단 이러한 라임의 아름다움을 제대로 알기 위해서는 이런 장소들을 몇 번이고 되풀이해서 가볼 필요가 있다는 전제하에서였다.

그들 일행은 텅 빈 방들로 인하여 을씨년스러워진 길을 따라 해안에 당도했다. 그리고 바다에 이르게 되면 누구나 한동안은 발걸음을 멈추고 아무 말 없이 앞만 응시하게 되듯, 그들도 한참을 그렇게 머물다가 석제 쪽으로 발을 옮겼다. 석제 쪽으로 행선지를 잡은 것은 원래의 계획이기도 했지만 좀더 솔직히 말하자면 웬트워스 대령을 감안한 코스이기도 했다. 언제 지어졌는지조차도 확실치 않은 방파제 기슭 근처의 작은 집에 허빌 일가가 살고 있었던 것이다. 그래서 웬트워스 대령은 친구를 방문하러 가고 나머지 사람들은 그냥 앞으로 계속해서 걸어 나갔다. 대령과는 나중에 석제에서 합류하기로 되어 있었다.

그들은 눈앞에 펼쳐진 풍광에 끊임없는 감탄과 탄성만 자아내었다. 루이자마저 웬트워스 대령과 헤어진 지 상당한 시간이 지났다는 사실을 잊어먹은 듯했다. 그리고 시간이 얼마나 지났는지 가늠조차 되지 않을 때 웬트워스 대령이 세 사람의 동반자와 함께 뒤에서 걸어오는 것이 보였다. 예전에 들은 기억으로 일행들은 그들이 허빌 부부와 벤윅 대령이리라고 짐작했다.

벤윅 대령은 얼마 전까지만 해도 라코니아 호의 부관이었다. 웬트워스 대령이 저번에 라임을 다녀온 후, 보기 드물게 훌륭한 청년장교라고 열렬한 칭찬을 했었기 때문에 일행들에게 그에 대해 인상은 아주 좋게 박혀 있었다. 특히 그때 대령이 부연 설명한 그의 사생활 때문에 여자들은 호기심 이상의 관심을 갖게 되었다.

그는 허빌 대령의 누이와 약혼을 했었는데 그만 그 여자가 죽어버리고 말았고 그는 아직도 그 슬픔을 이겨내지 못하고 있다는 얘기였다. 그 두 사람은 재산을 모으고 승진이 될 때까지 결혼을 미루고 있었다고 한다. 그리고 그의, 부관으로서 포획한 선박에 주어지는 보상금이 꽤 많은 돈이었기 때문에 재산도 금방 모았고 마침내 승진도 했지만 그녀는 그때까지 기다리지를 못했던 것이다.

허빌 대령의 동생 패니는 지난해 여름, 벤윅 대령이 바다에 나가 있는 동안에 세상을 떠나고 말았다. 웬트워스 대령은, 어떤 남자도 패니에 대한 벤윅의 열정만큼 강하지 못할 것이며 세상의 어떤 슬픔도 지금 그가 겪고 있는 것만큼 애절하지 못할 거라고 말했다. 더욱이 벤윅이 워낙 내성적이고 자신의 감정을 가슴속 깊이 숨기는 타입이며, 독서나 앉아서 하는 침착한 취미를 갖고 있는 그로서, 이번 일을 견뎌내기가 무척 힘들었을 거라고 확신하고 있었다.

그러나 이 사건을 계기로 허빌 가와 벤윅 간의 인척의 연은 끊어졌지만 서로의 우정은 말로 표현할 수 없을 만큼 더 깊어졌다. 아예 벤윅 대령은 지금 허빌 일가와 함께 살고 있는 지경이었다. 허빌 대령은 반 년 전쯤 지금의 집을 구입했는데 이것은 자신의 취향과 건강, 경제적 여력 등을 감안한 결정이었다. 라임 시내 근처의 수려한 경치와 겨울에 한적하다는 점에 있어서 벤윅 대령에게도 아주 흡족한 집이었다.

벤윅 대령에게로 향했던 동정과 선의는 굉장히 큰 것이었다.

그들이 가까이 다가오는 것을 보면서 앤은 많은 것을 생각했다.

'참으로 안 된 일이야. 하지만 저분의 슬픔은 결코 나의 심정보다는 못할 거야. 저분은 아직 장래까지 망치지는 않았을 테니. 저분은 나보다도 나이가 더 어려 보이잖아? 설혹 나보다 나이를 더 먹었다 하더라도 남자로서는 아직까지 젊은 나이임에 틀림없어! 저분은 이 고통을 딛고 일어서서 다른 사람과 다시 행복해질 수 있는 기회가

있는 거야.'

그들은 서로 인사를 나누었다. 허빌 대령은 키가 크고 얼굴빛이 많이 그을려 있었지만 오히려 생각이 깊고 마음이 따스할 것 같은 느낌이 용모에서 풍겼다. 그러나 생김생김이 약간 날카롭고 건강이 좋지 못한 때문인지 나이는 웬트워스 대령보다 훨씬 더 들어 보였다. 벤윅 대령은 세 사람 중에서 겉모습뿐만 아니라 실제로도 제일 젊었고 대신, 몸집은 가장 작았다. 그의 인상은 짐작대로 좋았으나 얼굴에는 우수의 그늘이 드리워져 있었고 될 수 있는 한 대화를 회피하려는 듯이 보였다.

허빌 대령은 깍듯한 예절 면에서는 웬트워스만큼 따라오지 못했다. 하지만 예상처럼 허식이 없고 온화하며 부드러워서 단번에 신사라는 생각을 떠올리게 했다. 그 부인 또한 남편보다 세련되지는 못해도 성품만은 선량해 보였다. 웬트워스 대령이 그렇게 소개를 해서 그랬겠지만 그들 부부는 정말로 일행을 자신들의 친척처럼 대했고 그러한 점이 모두의 마음을 무척 기쁘게 했다. 일행 모두를 식사에 초대할 때도 그들의 진실한 마음과 친절은 그대로 얼굴 표정에 드러났고, 이미 여관에 주문을 해두었다는 변명 아닌 변명을 듣고 나서 정말로 섭섭한 기색을 지어 보였다. 그들 부부는 당연히 자기네 집에서 식사를 하리라고 생각하고 있었던 모양이었다.

그들 부부의 이러한 행동은 웬트워스 대령에 대한 깊은 호의에서 비롯된 것이었다. 하지만 거기에는 격식과 예의에 얽매인 언행과는 분명하고도 확실하게 구분되는 그들만의 정이 담뿍 담겨 있었다. 어찌 보면 아주 매혹적이기까지 한 일이었다. 앤은 앞으로 대령의 어떤 동료를 만난다 하더라도 이만큼 만족스럽지 못할 것 같았다. '이분들은 진정한 벗이 될 수 있을 거야.' 이것이 앤의 솔직한 느낌이었다. 그녀는 자기가 너무 깊게 빠져드는 것이 아닌가 하는 우려를 스스로 할 정도였다.

석제에서 되돌아오는 길에 일행은 새로 알게 된 이 가족의 집을 방문했다. 마음속에서 우러나온 것이 아니라면 이렇게 많은 손님을 한꺼번에 초대할 수 없는 일이었다. 그 집의 방들은 하나같이 작았다. 처음에는 이상할 정도였다. 하지만 질서정연한 집 안의 배치와 그 정돈에 깃든 허빌 대령의 교묘한 발상을 보고는 이내 놀라움을 넘어 즐거움까지 느끼게 되었다. 그는 집 안의 공간을 최대한 활용했고 빌린 가구의 부족한 점을 보완했으며 겨울 폭풍에 대비한 창이나 문들의 준비도 완벽하게 끝내놓고 있었다.

또 방 곳곳에는 온갖 필수품들이 완비되어 있었는데 이것들은 진귀한 목재로 가공한 서너 가지의 세공물과 허빌 대령이 방문해서 얻은 듯한 여러 나라의 신기하고 귀중한 물품들 속에서 대조를 이루며 당당하게 자리하고 있었다.

앤의 눈에 보인 이러한 각 방의 구조는 자신도 모르게 혀를 내두르게 만들었다. 그녀는 이렇게 온 집 안 구석구석 배어 있는 다양성과 철저함이 모두 허빌 대령의 직업과 직접적인 관련이 있을 것이라고 생각했다. 오랫동안 구축해 온 직업상의 노력의 결과이며, 직업이 그의 일상에 미친 영향이리라. 그리고 그 속에서 그의 평온과 가정의 행복도 뿌리를 내리고 성장해 왔으리라.

허빌 대령은 독서를 즐기는 편은 아니었지만 아주 멋있는 책장도 하나 가지고 있었다. 이것은 벤윅 대령의 소유물인, 훌륭하게 제본된 상당수의 장서를 수용하기 위해 그가 직접 심혈을 기울여 제작한 것이었다. 그는 다리를 절기 때문에 운동을 많이 할 수 없었으나 대신, 유용하고 지혜로운 그의 정신이 이렇게 항상 집안의 일거리를 찾아내게 한 것이었다.

그는 끊임없이 그림을 그리고 니스 칠을 하고 아교풀을 만졌다. 아이들의 장난감을 만들어 주는 것은 일상이었고 그물 뜨는 바늘이나 핀 같은 것들의 개량품을 새롭게 고안하기도 했다. 그리고 이 모든 일들이 끝났다 싶으면 방 한구석에 쭈그리고 앉아 커다란 어망 만드는 일에 몰두하고는 하였다.

앤은 그 집을 떠나오면서 마치 크나큰 자신의 행복을 두고 오는 것 같은 아쉬움을 느꼈다. 그리고 그 비슷한 감정이 가슴에 고이기 시작했는지 우연히 길을 나란히 걷게 된 루이자도 갑자기 해군들의 우정, 형제와 같은 친밀감, 인간적인 솔직성, 인품의 고결함 등에 대해 열광적인 찬사와 감동을 풀어놓으며 이렇게 단언하는 것이었다.

"영국에서 뱃사람들만큼 고귀하고 열정적인 사람들은 없을 거야. 그네들만이 살아가는 방법을 옳게 알고 있고, 그네들만이 존경과 사랑을 받을 자격을 갖고 있는 거지!"

일행은 숙소로 돌아오자 옷을 갈아입고 식사를 했다. 모두의 눈빛은 한 점의 아쉬움 없이 이미 애초의 계획을 충분히 달성한 듯한 만족감을 나타내고 있었다. 여관 주인만이 제철이 아니라 썰렁하다는 등의 말로 혹시 있을지 모를 불만에 대해 경계를 늦추지 않았지만 그들에게는 아무 문제가 되지 않았다. 앤으로서는 이즈음 이미 웬트워스 대령과 어울리는 일에 꽤 익숙해져 있어 하나의 근심을 덜어낸 셈이었으므로 더욱 가벼운 마음이 되어 있었다. 물론 아직까지 같은 식탁에서 평범한 인사를 나누는 정도를 넘어서지는 못했지만 그래도 생각보다는 아주 빠르게 이루어진 진전이었다.

여자들은 그날 중으로 한 번 더 외출을 하고 싶어했다. 그러나 때가 때이니만큼 어둠이 너무 일찍 찾아왔기 때문에 허빌 대령이 대신 그들을 방문했다. 그는 벤윅과 함께 나타났는데 그것은 상당히 의외의 일이었다. 일행들의 공통된 의견에 따르면, 벤윅 대령은 낯선 사람들과 어울리는 것을 대단히 꺼려한다는 사실을 아까의 태도에서 여실히 보여주었던 것이다. 그런데 자기의 우수적인 분위기와 여행이라는 들뜬 감정에서 오는 일행들의 쾌활함이 전혀 어울리지 않음을 분명히 알고 있음에도 불구하고 그가 다시 나타난 것이다.

주된 화제는 웬트워스와 허빌 대령이 이끌어 나갔다. 그들은 옛날의 기억을 더듬으며 때때로 다른 사람들을 이야기로 끌어들여 즐겁게 해주었다. 그때 앤은 그들로부터 다소 거리를 두고 우연찮게 벤윅 대령의 옆에 앉아 있었다. 둘은 자연스럽게 말을 건네게 되었는데 이 대화는 벤윅 대령보다는 그녀 본래의 선량한 충동적 기질에 의해 이루어진 일이라고 보는 게 옳았다.

그는 내성적 성격으로 인하여 처음에는 그녀의 말에 잘 대꾸하지 않았다. 그러나 남의 마음을 사로잡는 그녀 특유의 상냥함과 품위는 곧 효력을 발휘해서 그를 완전히 혼자만의 껍질 속에서 끄집어내는 데 성공했다. 그가 독서에 상당한 취미를 가진 청년이라는 것은 틀림없는 사실이지만 그가 읽는 것은 거의가 시(詩)에 편중되어 있다는 것도 그녀는 알아내었다.

그들은 주위 사람들이 평소에 전혀 관심을 두지 않는 문제에 대해서 단 하루라도 밤새워 얘기할 수 있을 때의 즐거움과, 우리가 불행에 부딪쳤을 때 굳이 그것과 맞서야 하는 이유, 그리고 그 불행을 극복하고 났을 때 맛볼 수 있는 기쁨 등에 대해서 이야기했다. 그러면서 그녀는 이 모든 이야기들이 그에게 진정한 도움이 되기를 바랐고, 틀림없이 그렇게 되리라는 희망을 가졌다. 둘의 대화가 거듭될수록 그녀는 그의 성격이 비록 내성적이기는 하지만 결코 과묵한 편은 아니라는 것을 깨달았다. 그는 억눌려온 감정의 돌파구를 찾아낸 듯, 그동안의 혼자만의 생각을 쏟아내기 시작했다.

그는 시의 본질과 시단(詩壇)의 현대적 융성함에 대해서 말했으며 일류 시인들에 대한 상호간의 견해를 세밀히 비교했다. '마미언' 과

'호반의 미인' (역주: 둘 다 월트 스코트의 시) 사이에서 과연 어느 쪽이 뛰어난지, '사종도(邪宗徒)' 와 '어바이도스의 신부' (역주: 둘 다 바이런의 시)의 우열은 어떻게 가려야 하는지, 나아가 자우어(邪宗徒)란 말을 어떻게 발음해야 하는가에 대한 문제도 해명하고자 했다. 그리고 자기는 순정에 넘치는 모든 노래와 절망적인 고뇌에 찬 모든 정열적인 표현에 똑같이 매료된다고 고백했다. 어떤 때 그는 실연의 아픔을 겪거나 예기치 못한 불행에 빠진 마음을 묘사한 시구들을 떨리는 목소리로 암송하고는 자기의 마음을 그처럼 이해해 달라고 떼쓰는 것처럼 보였다. 그래서 그녀는, 너무 지나치게 시에만 몰두하지 말라고 용기를 내어 점잖게 말했다. 시에 몰두한다고 해서 그 사람이 온전하게 그 시를 자기 것으로 향유하지 못하는 것이 바로 시의 불행이라는 말까지 덧붙였다. 시를 감상하되 절제할 줄 아는 감정만이 바로 시를 진정으로 평가할 수 있는 강력한 감정이란 게 그녀의 주장이었던 것이다.

그의 표정으로 미루어 보아 그는 분명히 앤의 말이 자신의 입장을 빗대고 있음을 알면서도 결코 기분 나빠하지 않았다. 오히려 기뻐하는 눈치였다. 그래서 그녀는 더 대담하게 말을 이어 나갈 수 있었다. 그녀는 자기가 정신적인 성숙 면에서 더 뛰어나다고 확신하고 감히 그에게 매일의 독서에서 산문에 좀더 많은 시간을 할애하라고 권했다. 더 상세하게 설명해 달라는 그의 요구에 영국 최고의 모럴리스트들의 작품과 뛰어난 서간집, 인상적인 인물들에 대한 회고록 등도 생각나는 대로 열거해 주었다. 사람의 정신이라는 것은 그러한 고결한 교훈이나 도덕적 · 종교적 인내의 본보기를 통해서 깨우쳐지고 단련된다고 여겼기 때문이었다.

벤윅 대령은 그녀의 말을 주의 깊게 듣고, 그녀가 의도했던 뜻에 대해 감사하는 듯했다. 그리고 한숨과 함께 고개를 저으며 자기가 지니고 있는 슬픔에는 아무 소용이 없다는 표현을 하면서도 그녀가 권한 책의 이름을 받아 적었다. 꼭 찾아서 읽겠다는 약속도 잊지 않았다.

그날 모임을 끝내고 나서 앤은 혼자서 쓴 웃음을 지었다. 마치 자기가 지금껏 몰랐던, 생전 처음 보는 청년에게 인내나 체념 같은 것을 설교하기 위해 라임에 온 것 같다는 생각이 들었기 때문이었다. 또 한편으로는, 솔직히 자기 자신도 여태까지 명쾌하게 해결하지 못한 문제에 대하여 무슨 위대한 도덕가나 설교자가 된 것처럼 주제넘게 떠들었다는 생각에 약간의 걱정도 갖지 않을 수 없었다.

12

이튿날 아침, 제일 먼저 일어난 앤과 헨리에타는 아침 식사 전에 바다 쪽으로 슬슬 걸어 나갔다. 두 사람은 아무 말 없이 모래사장에서 파도가 밀려오는 것을 바라보았다. 파도는 산뜻한 남동풍에 실려오고 있었으나 그 전체적인 전경은 평탄한 해안과는 비교가 안 될 만큼 웅대했다. 두 사람은 싱싱한 아침바다의 경외에 머리 숙이고 시원한 산들바람의 상쾌함을 나눠 가졌다. 그리고도 둘 사이의 침묵은 한동안 더 이어졌는데 헨리에타가 먼저 그 침묵을 깨뜨렸다.

"언제나 드는 생각이지만 바다의 공기는 항상 몸에 좋은 것 같아요. 작년 봄, 셜리 박사께서 병을 앓고 나신 후 1년 동안 바다 공기를 쐬신 것이 많은 도움이 되었다는 말도 사실이고요. 박사님께서 직접 말씀하신 것이지만 여기 라임에 오신 지 한 달도 안 되어서 벌써 그 전 몇 개월 동안 드신 약보다도 효과가 더 있으셨다지 뭐예요. 더욱이 해변에 와 있으면 항상 젊음을 되찾은 것 같다는 말씀도 하셨어요. 그런데 그렇게 좋아하시는 바닷가에서 사시지 못하는 박사님을 생각하면 여간 안쓰러운 생각이 드는 게 아니에요. 하루빨리 어퍼크로스의 일을 정리하고 라임에 정착하셨으면 좋겠어요. 그렇게 생각하지 않으세요? 그렇게만 하신다면 박사님이나 사모님이나 두 분다 좋으실 것 같지 않아요?

이곳에는 사모님의 친척 되시는 분도 있고 아시는 분들도 많대요. 설혹 박사님이 다시 쓰러지신다 해도 의사 선생님만 바로 모셔올 수 있는 곳에 계시다면 크게 걱정할 일은 없을 거예요. 정말이지 박사님 부부처럼 평생 동안 좋은 일만 해 오신 분들이 어퍼크로스 같은 곳에서 만년을 허송하고 계시다는 건 퍽 서글픈 일이에요.

겨우 우리 집에나 왕래를 하실까 어퍼크로스에서 그분들은 세상과 담을 쌓고 사시는 것이나 마찬가지잖아요. 친구 되시는 분들이라도 권해 보셨으면 좋겠어요. 누구보다도 정말 그분들이 그렇게 하셔야 되는 건데. 박사님 같은 연세와 인품이라면 특별 면제를 얻는 것도 틀림없이 별 문제가 되지 않을 거예요. 다만, 제일 큰 문제는 아무리 권해 봐도 박사님 당신이 교구를 비우실 생각이 없으시다는 거죠. 그분은 생각이 너무나 엄격하고 강직하세요.

박사님이 좀 지나칠 정도라는 생각 안 드세요? 제 생각에는 다른 사람이 해도 충분한 일을 굳이 자신의 건강을 해쳐가면서까지 목사직을 고집하시는 것은 잘못된 일이에요. 더욱이 라임에 와 계신다 해도 불과 17마일의 거리밖에 안 되니까 교구 사람들의 불편이나 어려움들은 충분히 들어 주실 수 있을 텐데 말이에요."

앤은 헨리에타의 말을 들으며 몇 번이나 속으로 웃음을 참고 그녀의 의견에 동조해 주었다. 아주 젊은 남자인 벤윅 대령의 감정에도 과감히 개입했던 마당에, 하물며 젊은 여자의 여린 감정에 조언을 하는 것쯤이야 앤으로서는 쉬운 일일 수도 있었다. 물론 이번의 경우는 벤윅 대령과는 달리 묵묵히 동의만 해주면 되는 낮은 수준의 경우이기는 했다. 앤은 헨리에타가 만족할 만한 의견을 이것저것 들려주었다.

"셜리 박사가 이제 휴양을 취할 자격이 있다는 점은 저도 당연히 그렇게 생각해요. 그리고 박사께서 누군가 활동적이고 성실한 청년을 목사보로 두실 수만 있다면 얼마나 좋은 일이겠어요."

그녀는, 박사에게 필요한 상주할 목사보는 이왕이면 결혼한 사람이 좋겠다는 말도 덧붙였는데 그것은 순전히 헨리에타를 의식해서 한 말이었다. 헨리에타는 그 말을 듣고 무척이나 기뻐하며 내친김에 자신의 생각을 마저 털어 놓았다.

"제 생각으로는 러셀 부인께서 어퍼크로스에 함께 살면서 박사님과 친해지셨으면 좋겠어요. 러셀 부인은 누구에게나 모든 면에서 커다란 영향력을 행사하시잖아요? 아마 그분 같으면 사람들을 쉽게 설득하실 수 있을 거예요. 그분은 너무나 현명하셔서 어떤 때는 무섭기조차 하거든요. 그렇지만 저는 그분을 정말로 존경합니다. 그런 분이 어퍼크로스에 이웃으로 계신다면 얼마나 좋겠어요!"

앤은 헨리에타의 감정을 표현하는 방식이 재미있다고 생각했다. 그리고 갑자기 자기의 후원자인 러셀 부인이 머스그로브 가와 그 일원으로부터 호감을 사게 되었다는 사실도 과정이야 어찌되었건 퍽 우스운 일이라고 생각했다. 그러면서도 앤은 헨리에타의 말에 동의하지 않을 수 없었다. 그런데 바로 그때 루이자와 웬트워스 대령이 다가오는 인기척이 들렸고 그들의 대화는 그만 끊기고 말았다. 루이자와 대령도 식사가 준비되기 전까지 산책을 나온 길이었다. 그러나 루이자가 금세 가게에서 사고 싶은 물건이 생각났다며 함께 시내로 가자고 졸랐기 때문에 그들 네 명은 모두 시내로 되돌아가지 않을 수 없었다.

그들이 해안 위쪽으로 통하는 계단에 이르렀을 때 일행은 반대편에서 내려오고 있는 한 남자와 마주치게 되었다. 그 남자는 깍듯이 예를 갖추어 길을 양보해주었는데 그의 행동이 얼마나 빈틈이 없는지 단번에 교육을 잘 받은 신사라는 느낌이 떠올랐다. 그런데 그 남자는 일행을 스쳐 지나면서 언뜻 앤의 얼굴을 바라보고는 이상하리만치 시선을 떼지 못했다. 물론 그의 눈빛은 앤이 알아차리지 못할 만큼 은밀한 것이었지만 아주 진지했고 찬미의 빛을 가득 담고 있었다. 그 신사(거동으로 보아서 신사임이 분명했다.)는 앤의 모습에 한눈에 반해버린 것이 틀림없었다. 웬트워스 대령이 바로 그것을 제일 먼저 알아챘다.

웬트워스 대령은 슬며시 앤의 모습을 곁눈질해 보았다. 아침바다의 상쾌한 바람 때문이었을까? 그녀의 눈에는 생기가 넘치고 얼굴에는 싱싱함이 가득 고여 있었다. 단정하면서도 아름다운 그녀의 모습은 마치 예전의 앤 엘리엇의 잔영을 보는 듯한 착각을 일으키게 하고 있었다.(그의 빛나는 시선은 이렇게 말하고 있었다. '저 신사는 지금 당신에게 홀딱 빠져 있소. 나 자신도 이 순간만큼은 예전의 앤 엘리엇의 잔영을 보는 듯한 착각에 빠져 있다오.')

그들은 루이자를 따라 이곳저곳을 더 어슬렁거리다가 숙소로 돌아왔다. 앤은 곧 식사를 하러 가려고 자기의 방에서 나오다가 조금 전의 신사와 다시 한 번 마주쳤다. 그 신사는 앤의 옆방에서 나오는 중이었는데 서로가 정면으로 부딪힐 뻔했던 것이다.

앤은 그 남자를 아까 만났을 때 자기들과 마찬가지로 타지에서 온 사람이려니 하고 가볍게 추측했었다. 숙소로 돌아오면서 건장한 마부 한 사람이 여인숙 앞에서 서성거리는 것을 보고는 그의 하인임이 틀림없으리라고 생각했던 것이다. 그 건장한 마부가 신사와 똑같은 상복(喪服)을 입고 있었기 때문에 그녀는 더욱더 강한 확신을 가질 수 있었다. 이제 그들이 자기네와 같은 숙소에 머물고 있다는 사실이 증명되었다.

아무튼 그들의 두 번째 만남은 첫 번째와 마찬가지로 극히 짧게 끝나고 말았지만 재빠르고 적절한 사과의 말이나 그녀에게 대하는 예절의 태도로 보아 그가 앤에게 상당한 호감을 갖고 있다는 것은 더욱 확실하게 드러나고 있었다. 그는 서른 살 정도로 보였으며 미남은 아니었지만 아주 좋은 느낌이 드는 준수한 용모를 갖추고 있었다. 앤은 그의 사과를 받고 돌아서면서 문득 그에 대한 약간의 호기심을 느끼기 시작했다.

그들 일행이 아침 식사를 거의 끝내갈 무렵 작은 소동이 일어났다. 어디선가 마차 소리가 들려왔는데(라임에 도착한 이후로 처음 듣는 마차소리였다.) 일행의 반쯤이 창가로 달려가 그 소리의 정체를 확인했던 것이다.

"누군지는 모르지만 꽤 그럴 듯한 신사 분의 마차네요! 커리클(역주: 한 필의 말이 끄는 이륜마차)이에요. 마구간 앞쪽으로 돌아가는 것을 보니 떠나가는 모양이에요. 어머! 상복 차림의 하인이 말을 끌고 있어요."

찰스와 앤도 창가로 다가갔다. 찰스는 커리클이라는 말에 자기의 마차와 비교해 보고 싶은 마음에서 자리에서 벌떡 일어났고 앤은 상복 입은 하인이라는 말에 강한 호기심을 느꼈던 것이다. 이리하여 여섯 명 전부가 마차를 구경하려고 창가에 모여들었다. 그때 이륜마차의 소유주는 여관 사람들로부터 요란한 인사를 받으며 현관에서 나와 이내 마차의 좌석에 올라탔고 막 출발하려던 참이었다.

"아! 오늘 아침에 우리와 만났던 그 사람입니다!"

마차의 바퀴가 막 움직이려 할 즈음 웬트워스가 앤을 슬쩍 바라보며 소리쳤다. 두 머스그로브 양들도 놀란 듯한 목소리로 맞장구를 쳤다. 그들은 마차가 언덕을 넘어 보이지 않게 될 때까지 친절하게 전송한 다음에야 아침식사 테이블로 돌아왔다.

얼마 후 시중드는 사람이 들어오자 웬트워스 대령이 물었다.

"자네, 조금 전에 출발하신 신사 분의 이름을 혹시 알고 있나?"

"아, 예! 윌리엄 엘리엇이라는 분 말이군요. 간밤에 시드머스에서 오셨는데 재산이 굉장히 많으신 분이죠. 식사 중에 마차 소리를 들으셨나 보죠? 바스와 런던으로 가시는 중이라는데 방금 크루컨으로 떠나신 겁니다."

"윌리엄이라구!"

그의 말은 매우 빨랐지만 그 말이 채 끝나기도 전에 많은 사람들은 서로 놀란 듯이 쳐다보며 방금 들은 이름을 되뇌어 보았다.

"세상에! 틀림없이 우리의 친척 되는, 윌리엄 씨가 맞을 거예요. 틀림없어요! 찰스 오빠, 앤 언니, 내 말이 맞지? 상복을 입으셨지요? 우리 집안의 윌리엄 엘리엇 씨라면 틀림없이 입고 있을 거예요. 어쩜! 이건 정말 너무나 뜻밖의 일이야. 우리와 같은 여관에 들다니. 앤 언니, 그 윌리엄 씨가 틀림없잖아? 우리 아버지의 후계자가 될 그 윌리엄 말이야. 이봐요, 혹시 그분이 켈린치 집안의 사람이라는 말은 않던가요?"

메리는 홍분에 들떠 시중드는 급사에게 물었다.

"아니오, 그런 말은 듣지 못했습니다. 하지만 저희 주인의 말을 듣자니 굉장한 부자에다가 곧 준남작이 되실 분이라고 하던데요."

"그것 봐요, 맞아요!"

메리는 신이 나서 외쳤다.

"내가 말한 그대로예요. 그분은 아버지의 후계자가 될 바로 그 윌리엄이에요. 내 언젠가는 이런 일이 있을 줄 알았다니까. 앤 언니, 생각해 봐. 이게 얼마나 뜻밖의 일이야? 이럴 줄 알았으면 조금 전에 좀더 똑똑히 봐두는 건데 그랬어. 아까 알아볼 수만 있었다면 분명히 서로 인사를 했을 텐데, 서로 알아보지도 못하다니.

세상에 어떻게 이런 일이 있을 수 있지. 혹시 그분의 얼굴에 우리하고 닮은 구석이 조금은 있지 않았을까? 나는 그분 얼굴은 신경도 안 쓰고 말만 보았기 때문에 전혀 기억하지 못하겠어. 하지만 가만히 생각해 보니 분명히 우리하고 어딘지 모르게 닮은 점이 있었던 것 같기도 해. 아! 외투가 마차의 각판(刻板) 위에 걸려 있지만 않았다면 문장(紋章)이라도 볼 수 있었을 텐데. 그리고 그 하인이 상복만 입고 있지 않았더라도 그분이 누구였는지 훨씬 쉽게 알았을 텐데……."

"좋은 방향으로 생각해 봅시다. 여러분들과 친척 되시는 분 모두가 서로 알아보지 못한 것은 어쩌면 다 하느님의 뜻인지도 몰라요."

웬트워스 대령이 일행을 다독거리는 소리를 들으며 앤은 메리에게 자기들의 아버지와 그 친척이 벌써 몇 년째 서로 왕래를 하지 않을 정도로 사이가 안 좋다는 것을 이해시키려고 애를 썼다. 그러나 한편으로는 우연히 만난 그들의 친척이, 그것도 장차 켈린치의 주인이 될 사람이 세상에 더없는 신사이며 양식 있는 사람이라는 사실을 알게 된 것이 그녀에게도 남모르는 기쁨을 가져다주었다. 그녀는 자기가 혼자서 그를 두 번째 만난 이야기는 하지 않았다.

다행이 메리는 지금 아침에 그를 만난 것에 대해 별다른 신경을 쓰고 있지 않지만 만약, 앤이 다시 복도에서 우연히 그와 마주쳐서 정중한 사과까지 받은 것을 안다면 분명히 심한 질투에 시달릴 것이 불 보듯 뻔했기 때문이었다. 앤은 자신이 친척을 우연히 다시 만난 사실에 대해서는 함구할 뿐만 아니라 완전히 비밀에 부쳐야겠다고 생각했다.

"언니!"

메리는 아직도 흥분을 채 가라앉히지 못한 목소리로 말했다.

"물론, 이번에 바스로 편지를 보낼 때 우리가 윌리엄 씨 만난 내용을 꼭 쓸 거지? 그분에 대해서는 몽땅 다 써야 해. 아버지께 그 얘기를 전해드려야 하는 건 당연한 도리야."

앤은 확실한 대답을 피하면서 이번 일은 결코 아버지께 알릴 필요가 없을 뿐더러 오히려 숨겨야 할 일이라고 생각했다. 몇 해 전인가 그녀는 아버지가 그 사람 때문에 몹시 화를 내시던 모습을 기억하고 있었기 때문이었다. 당시에 그녀는 아버지의 그런 행동에는 엘리자베스의 문제와 연관이 있다고만 어렴풋이 짐작하고 있었다. 윌리엄 씨 얘기만 나오면 아버지와 엘리자베스는 언제고 불쾌한 표정을 짓고는 하던 것으로 보아 그것은 의심할 여지가 없었다.

그때까지 메리는 자기의 손으로 바스에 편지를 써본 적이 없었다. 가끔씩 엘리자베스와 주고받는 편지는 모두 앤이 맡아서 하던 일이었다.

아침식사가 끝나고 얼마 안 되어서 허빌 대령 부부와 벤윅 대령이 찾아왔다. 일행들과 함께 마지막으로 라임의 구석구석을 살펴보기로 약속이 되어 있었기 때문이었다. 그들은 적어도 1시경에는 출발을 해야 했으므로 그동안은 되도록 야외에서 시간을 보내기로 했다.

일행이 모두 큰길로 나선 지 얼마 안 되어 앤은 벤윅 대령이 자기의 곁으로 다가오는 것을 알았다. 전날 밤의 대화가 그로 하여금 그녀와 다시 얘기하고픈 충동을 일으키고 있는 듯했다. 두 사람은 한참 동안 함께 거닐면서 전날처럼 스코트나 바이런에 대해서 이야기를 나누었다. 두 작가의 독자들이 언제나 의견일치를 보지 못하는 것처럼 그들도 서로의 의견을 같이 하지는 못했다. 그러던 중 우연한 기회에 동반자가 바뀌어 앤은 허빌 대령과 나란히 걷게 되었다.

"엘리엇 양."

허빌 대령은 약간 낮은 목소리로 말했다.

"가엾은 벤윅과 여러 얘기를 해주어서 정말로 고마워요. 그 사람에게는 당신 같은 친구가 필요해요. 지금처럼 혼자 틀어박혀 있는 것은 결코 좋은 일이 아니거든요. 그것을 알면서도 우리로서는 특별히 무얼 해줄 수가 없어요. 그냥 헤어질 수도 없는 노릇이고."

"네, 그건 저도 이해할 수 있을 것 같습니다. 하지만 시간이 가면 조만간에 해결될 수 있으리라 믿어요. 아시다시피 시간은 그 어떤 괴로움도 잊게 해주니까요. 그리고 허빌 대령님, 벤윅 대령님의 불행이 겨우 지난여름의 일로 기억하고 있는데 그렇다면 그분은 아직도 상중(喪中)인 셈입니다. 대령님께서는 그 점을 항상 염두에 두고 계셔야 할 겁니다."

"그건 백 번 옳으신 말씀입니다.(깊은 한숨을 몰아쉬며) 그 일이 불과 지난 6월에 일어난 일이니까요."

"더구나 그분은 그 불행한 소식을 바로 알지도 못하셨다죠, 아마?"

"예! 그 사람은 7월 첫 주에 희망봉에서 돌아와서야 비로소 알게 되었습니다. 그래플러 호 근무로 편입된 직후의 일이었죠. 그는 편지를 몇 통 보내왔고, 전 플리머스에서 그가 돌아오는 것을 두려운 마음으로 기다리고 있었어요. 그때 그는 이미 퇴역원(退役願)을 내놓은 상태였고 그래플러 호는 포츠머스로 가라는 명령을 받았었기 때문에 누군가가 그곳까지 따라가서 그 사실을 알려 주어야만 했습니다. 누이동생에 관한 일도 포츠머스까지 따라가야 했습니다만, 누가 그런 일을 감히 할 수 있었겠습니까? 저는 죽어도 그 짓을 할 자신이 없었습니다.

차라리 횡대 끝에 매달리는 편이 훨씬 나았을 겁니다. 그 일은 오직 저 훌륭한(웬트워스 대령을 가리키면서) 청년말고는 할 사람이 없었습니다. 마침 라코니아 호는 플리머스 항에 입항해 있었고 그는 휴가원을 제출해 놓은 상태였습니다. 결국 그는 휴가원의 회신도 받지 못한 채 주야를 가리지 않고 포츠머스로 달려갔고 그래플러 호에서 그 가엾은 벤윅과 함께 1주일을 같이 있었습니다. 웬트워스가 그를 살려낸 거나 마찬가지예요. 엘리엇 양, 우리와 벤윅과의 관계를 한번 냉정하게 생각해 봐요. 그가 우리에게 얼마나 소중한 존재인지 이만하면 아셨겠지요?"

허빌 대령은 완전히 감정에 사로잡혀 있었고 앤은 나름대로 그를 안정시키느라 진땀을 흘렸다. 서로의 화제를 다른 데로 돌리는 데는 아주 오랜 시간이 필요했다.(앤은 이 문제에 대해선 명쾌한 결정을 내릴 수 있었기 때문에 자기의 감정이 허용하는 한도 내에서, 또한 상대방이 감내할 수 있는 범위 내에서 가능한 한 대답을 했다.) 왜냐하면 그는 그 이상 그 화제를 끄집어 낼 수 없을 정도로 격정에 휩싸여 있었고, 그가 다시 말을 시작했을 때는 화제가 완전히 바뀌어 있었기 때문이다.

허빌 부인이, 오늘 남편의 걷는 양이 집에 도착할 때쯤이면 아주 많이 걸은 폭이 된다며 건강을 염려했기 때문에 일행들은 중간에 그들 부부의 집으로 향하도록 마지막 산책로를 잡았다. 즉 일행들은 그 부부를 집까지 바래다주고 숙소로 돌아가 출발 준비를 할 생각이었던 것이다. 시간상으로는 충분했다. 그런데 일행들은 석제 가까이로 다가가면서 한 번 더 그곳을 따라 걷고 싶다는 충동에 사로잡히게 되었다. 그런 충동이 일행 모두에게 동시에 일었던 것이다. 더구나 이미 루이자가 마음을 정한 후였고 시간적으로도 15분 이상은 걸리지 않을 거라는 생각에 일행들은 어느 틈엔가 무언의 결정을 지어버렸다.

그들은 허빌 대령의 집 앞에서 서로의 작별인사와 석별의 정을 최대한 짧게 끝내고 헤어졌다. 벤윅 대령만이 그 후에도 여전히 따라오고 있었는데 일행과 끝까지 함께 있다가 석제에서 작별인사를 할 것처럼 보였다.

앤은 벤윅 대령이 다시 접근해 오는 것을 알아차렸다. 그리고 눈앞으로 펼쳐진 풍경과 걸맞게 바이런의 '짙푸른 바다' (역주: 1814년에 발표된 바이런의 시 '해적' 의 제1행)를 낭송하는 소리를 한참 동안 들었다. 그러나 그 낭만적인 순간은 그리 오래 가지 못했다. 앤의 주의는 다른 곳으로 끌려갈 수밖에 없었던 것이다.

당시 석제 부근에는 바람이 너무 세어서 숙녀들이 그곳을 걷기에는 좋지 못한 상황이었다. 그래서 모두 계단을 내려와 낮은 곳으로 가기로 결정을 보았다. 일행은 경사가 심한 계단을 조심스럽게 내려왔으나 유독 루이자만은 웬트워스 대령의 손을 잡고 그냥 뛰어내리겠다고 고집을 피우고 있었다.

지금까지 산책을 다니면서도 루이자는 항상 웬트워스 대령의 손을 잡고 울타리나 계단을 넘고는 했는데 그녀는 그것에 꽤나 재미를 붙인 모양이었다. 이번의 경우는 아래의 보도가 너무나 단단해서 웬트워스 대령도 망설이지 않을 수 없었다. 그러나 루이자의 고집을 누가 꺾을 것인가! 웬트워스 대령은 그녀의 손을 잡아 줄 수밖에 없었고 그녀는 아이처럼 좋아하며 무사히 뛰어내렸다. 그런데 문제는 그다음부터였다. 루이자는 자기의 즐거움을 자랑이라도 하려는 듯이 다시 계단 위로 뛰어올라갔다. 웬트워스 대령이 깜짝 놀라 그냥 내려오도록 달래보았으나 그녀는 막무가내였다. 그녀는 미소까지 지어가며 말했다.

"저는 무슨 일이 있어도 다시 한 번 뛰어내릴 거예요."

그러고 나서 그녀는 양손을 웬트워스 대령에게로 뻗었다. 그러나 그녀는 너무나 서둘렀고 웬트워스 대령이 그녀의 손을 잡기도 전에 그만 밑으로 떨어지고 말았다. 깜짝 놀란 사람들이 달려가 그녀를 일으켜 세웠을 때 그녀는 이미 의식을 잃고 있었다. 상처도 없고 피가 흐르지도 않는데 그녀는 눈을 감은 채 호흡을 멈추었고 얼굴은 완전히 주검과 비슷했다. 순간의 놀라움으로 주위에 우뚝 멈춰선 사람들 모두 넋을 잃고 있었다. 그녀를 안아 올린 웬트워스 대령도 무릎을 꿇고 그녀를 껴안은 채 고뇌의 침묵 속에서 루이자와 똑같이 창백한 낯빛으로 그녀를 들여다보고만 있었다.

"죽었어요! 죽었어요!"

메리가 처음으로 남편에게 매달리며 날카로운 비명을 질렀고, 가뜩이나 겁에 질린 찰스는 더욱 어찌할 바를 모른 채 움츠러들었다. 다음 순간, 자기의 동생이 죽었다는 확신에 빠진 헨리에타가 갑자기 맥없이 쓰러졌다. 만일 벤윅 대령과 앤이 양쪽에서 붙잡지 않았다면 그녀 역시 계단 위에서 굴러 떨어지고 말았을 것이다.

"누가 손 좀 써 주십시오."

웬트워스 대령이 절망적인 목소리로 겨우 도움을 청하였다. 그의 목소리는 모든 기력이 쇠진한 듯이 들렸다.

"저쪽으로 가보세요. 제발 부탁이에요. 헨리에타 양은 제가 잡고 있을 테니 벤윅 대령님, 당신이 저쪽으로 가보세요. 루이자 양의 손을 좀 주물러 주고 관자놀이도 비벼줘 보세요. 여기 기운을 돌리는 소금약도 있어요. 자, 이걸 가지고 어서 가보세요."

벤윅 대령이 앤의 말을 듣고 움직이자 찰스도 동시에 아내의 팔에서 몸을 빼내어 웬트워스 대령에게로 다가갔다. 그리고 그들은 루이자를 안아 올려 더욱 세게 지탱했으며 앤의 지시대로 손과 관자놀이를 만져주기 시작했다. 하지만 아무 효과도 나타나지 않았다. 그러자 웬트워스 대령은 휘청거리듯 벽에 몸을 기대고 소리를 질러댔다.

"아! 머스그로브 부부를 어떻게 뵙는단 말인가!"

그때 다시 앤이 소리쳤다.

"의사 선생님을 불러 오세요."

그 말을 듣자마자 그가 반사적으로 뛰어가려 했으나 앤은 또 침착하게 그를 불러 세웠다.

"의사 선생님은 벤윅 대령님이 부르러 가시는 게 좋겠어요. 대령님은 여기 거주하시니까 의사 선생님이 어디에 사시는지 잘 알고 계실 것 아니에요?"

생각할 줄 아는 사람은 누구나 앤의 말이 전적으로 옳다는 걸 인정했다. 그래서 곧(모든 일이 순식간에 이루어졌다.) 시체나 다름없는 가엾은 몸을 찰스의 손에 인계하고 난 벤윅 대령은 의사를 부르러 시내를 향해 최대의 속도로 달려갔다.

뒤에 남은 딱한 일행들은 과연 어떠했을까. 그나마 제정신이었던 웬트워스 대령과 앤, 찰스 세 사람 중에 누가 가장 가슴 아파하는지는 결정하기 어려운 일이었다. 특히 찰스는 정이 넘치는 오빠여서 의식이 없는 루이자의 몸 위로 자신의 몸을 던져 흐느끼다가 이번에는 또 역시 쓰러져 있는 헨리에타에게 고개를 돌려 그녀를 살펴보아야 했다. 게다가 메리까지 어찌할 바를 모르고 고래고래 소리만 질러대고 있으니 그 요란한 히스테리를 그저 손 놓고 바라보고만 있을 뿐이었다.

다만 앤 한 사람만이 타고난 침착성과 열의로 두 환자를 동시에 살펴보며 메리를 진정시키고 웬트워스 대령까지 위로해주고 있었다. 두 사람 다 그녀에게만 의지해서 지시를 받고 있는 모양새였다.

"처형! 앤 처형!"

찰스가 외쳤다.

"다음에는 어떻게 했으면 좋겠소? 무엇을 해야 되지?"

웬트워스의 시선도 그녀를 향하고 있었다.

"일단 숙소로 옮기는 게 좋겠어요. 조심해서 옮겨 보도록 해보세요."

"맞아요, 숙소로 가는 게 좋겠어요. 제가 먼저 루이자 양을 옮겨보도록 하죠."

웬트워스 대령도 그제야 침착성을 약간씩 찾아가고 있었다.

한편 그 즈음 이 사고 소식은 석제 주변에 있던 일꾼들과 뱃사람들 사이에 퍼져나가 많은 사람들이 모여들고 있었다. 그들은 도움을 주겠다는 생각 이외에 젊은 처녀가 사고를 당했다는 사실에도 흥미를 느끼고 있었다. 그런데 막상 현장에 와서 쓰러져 있는 처녀가 둘이나 되는 것을 보고 한동안 몹시 소란을 떨었다. 헨리에타는 숨은 돌아왔지만 그때까지도 의식을 차리지 못하고 있었다.

앤은 그들 중 선량하게 보이는 몇 명에게 그녀를 숙소까지 옮겨 줄 것을 정중히 부탁했다. 이리하여 앤은 헨리에타 옆을 따라가고 찰스는 자기의 처를 보살피며, 조금 전까지만 해도 그토록 가볍고 즐거운 마음으로 걸어왔던 그 길을 형용키 어려운 감정으로 터벅터벅 걷기 시작했다.

일행이 석제를 채 빠져 나가기 전에 허빌 대령 부부가 헐레벌떡 뛰어왔다. 그들은 벤윅 대령이 심상치 않은 얼굴로 집 앞을 뛰어가는 것을 보고 밖으로 나왔다가 소문을 듣고 곧장 달려오는 길이었다. 허빌 대령은 처음에 큰 충격을 받았으나 이내 분별력과 침착성을 되찾았다. 그는 자기의 아내와 눈짓만으로 다음 일을 결정지었다. 그는 루이자를 자기의 집으로 데려가야 한다고 말했다. 아니, 루이자뿐만 아니라 모두들 전부 함께 가서, 거기서 의사 선생님을 기다려야 한다는 것이었다.

사람들은 아직도 채 놀라움에서 깨어나지 못한 상태였기 때문에 거부할 힘조차 없었다. 곧바로 루이자는 2층에 있는 부인의 침대로 옮겨졌고 그 사이 허빌 대령은 놀란 사람들을 위해 강심제나 강장제 같은 약을 나누어 주었다.

허빌 대령의 집으로 옮겨진 후, 루이자는 눈을 한 번 떴으나 의식은 없는 듯 이내 다시 감아버렸다. 의식이 완전히 돌아온 상태는 아니었지만 적어도 살아 있다는 증거가 되었으므로 헨리에타에게는 마음의 평정을 찾는데 많은 도움을 주었다. 헨리에타는 루이자와 같이 한 방에 있는 것이 무리였지만 희망과 공포가 뒤섞인 마음이 요동치고 있었기 때문에 그 긴장상태가 다시 혼수상태로 되돌아가는 것을 막아주고 있었다.

메리 또한 차츰차츰 침착함을 되찾아가고 있었다. 의사는 뜻밖으로 빨리 와주었다. 의사가 진찰을 하는 동안 모두는 불안감에 떨고 있었지만 의사는 절망적이지는 않다고 말해서 안심을 시켜주었다. 머리에 심한 타박상을 입었지만 그로서는 이보다 더 심한 경우를 몇 번이나 본 적이 있으므로 절망적인 것은 아니라고 밝은 어조로 말했던 것이다.

의사가 가망이 없다고 보지 않았다는 것, 앞으로 두세 시간이 고비라든가 하는 무시무시한 말을 듣지 않았다는 것만으로 모든 사람들은 기대했던 것 이상의 안도감과 환희를 느꼈다. 신에게 감사하는 격렬한 외침이 두세 번 발해지고 난 후, 우선 당장은 위험을 면했다는 감격과 가슴 깊숙한 곳에서 뿜어져 나오는 무언의 기쁨이라면 상상하고도 남으리라.

"오, 주여!"

짧고 힘 있게 내뱉어진 웬트워스 대령의 말과 표정을 보면서 앤은 그것을 평생토록 잊지 못할 거라는 생각을 했다. 테이블 앞에 앉아 두 손으로 얼굴을 가리고 격한 감정에 사로잡힌 듯 기도와 반성으로 억제하려고 애쓰던 그 모습…….

루이자의 지체(肢體)는 무사했다. 머리의 타박상 이외에는 별다른 외상이 없었다.

일행으로서는 이제야말로 전체에 대한 뒤처리를 어떻게 처리할지 고민하면서 새로운 방침을 세울 필요가 있었다. 이제 그들은 서로 이야기를 하면서 토론할 여유가 생겼다. 그들은 루이자를 이대로 놔두어야 한다는 데는 이견이 없었다. 허빌 가에 폐를 끼치는 것은 미안하지만 그녀를 다른 곳으로 옮기는 것은 현실적으로 불가능한 문제였다. 허빌 대령 부부 또한 그런 얘기는 아예 꺼내지도 못하게 하고 있었다. 그들은 이미 환자의 간호와 나머지 사람들의 잠자리 문제까지도 나름대로 해결해놓고 있었다.

일단은 벤윅 대령이 방을 비우고 잠자리를 다른 데서 찾는다는 가정이었다. 물론 그 일행들을 모두 수용할 형편은 안 되지만 어린아이들을 식모의 방으로 보낸다든가 하고 침대를 치워서 어떻게 해서든지 많은 사람들이 자기의 집에서 머물 수 있도록 최선의 노력을 다하고 있는 중이었던 것이다. 더구나 루이자의 간호 문제는 허빌 부인에게 완전히 맡겨 버린다 해도 전혀 문제가 될 것이 없었다. 허빌 부인은 간호에는 노련한 사람인 데다가 아기 보는 사람도 오랫동안 같이 살아왔고 어디를 가든 따라다녔기 때문에 부인 못지않게 간호에는 익숙해져 있었다. 루이자는 이 두 사람만 붙어 있으면 더 이상의 시중은 필요할 것 같지 않았다. 하지만 무엇보다도 중요한 것은 이렇게 말하고 준비하는 허빌 가의 사람들의 마음속에 정말로 참된 진실과 진지한 정성이 깃들어 있었다는 사실이었다.

찰스는 헨리에타, 웬트워스 대령 등과 함께 이것저것 의논을 해보았지만 얘기를 할수록 곤혹스러움만 느껴졌다.

"누군가가 어퍼크로스에 가서 이 일을 알려 주기는 해야 할 텐데. 도대체 뭐라고 얘기를 하지? 벌써 오전도 다 가고 출발 예정시간도 한 시간이나 지났잖아! 무슨 수를 써도 이제는 제시간에 도착하기는 틀려버렸어."

처음 한동안 세 사람은 이런 탄식 이외에 달리 할 말이 없었다. 그러다가 문득 웬트워스 대령이 기운을 내서 말했다.

"어떻게든 우리는 결정을 내려야 합니다. 지금은 그 어느 때보다도 1분 1초가 아까울 때에요. 누군가가 곧 어퍼크로스로 떠나야 해요. 찰스 씨, 당신이나 나, 둘 중에 한 사람이 가야 해요."

찰스는 그의 의견에 동의는 했지만 자기로서는 여기를 떠날 생각이 없다고 딱 잘라 말했다. 허빌 대령 부부에게 가능하면 폐를 안 끼치고 싶지만 도저히 이런 상태의 동생을 두고 갈 수가 없다고 명백하게 밝힌 것이다. 헨리에타도 마찬가지로 갈 수 없다고 버티고 있었다. 하지만 겨우겨우 설득을 해서 헨리에타의 마음은 돌려 세웠다. 웬트워스 대령의 집요한 설득에 이어 나중엔 스스로 마음을 돌린 것이었다. 그녀가 지금 여기에 머물러 본들 무슨 소용이 있겠는가! 그때까지만 해도 루이자의 병실에 함께 있거나 루이자가 가끔 고통스러워하는 것을 보기만 해도 겁에 질려 자신의 몸이 더 악화되던 그녀였다. 그녀는 오히려 여기에 남아 있는 것이 짐이 된다는 사실을 인정하지 않을 수 없었다. 게다가 막상 아버지와 어머니의 생각이 머릿속에 한 번 떠오르자 집에 대한 그리움이 걷잡을 수 없이 솟구쳐 올랐다.

헨리에타가 집으로 돌아가기로 결정이 나자 대충 의견은 정리된 것 같았다. 이때 루이자의 병실에서 살며시 내려오던 앤은 거실의 문이 열려 있었기 때문에 안에서 하는 얘기를 잠깐 들을 수 있었다.

"그럼, 이렇게 결정을 합시다. 찰스 씨."

웬트워스의 목소리가 크게 들렸다.

"당신이 여기 남도록 하고 제가 헨리에타 양을 데리고 가겠습니다. 그렇지만 한 가지, 여기 남아서 허빌 부인을 도아 줄 누군가가 한 명 있었으면 좋겠는데 아무래도 당신의 부인은 집에 남아 있는 아이들 걱정 때문에 안 되겠죠? 그래서 제 생각으로는 앤 양이 남아줬으면 좋겠는데요. 아마 그녀 이상 적절한 사람은 없을 겁니다."

앤은 다른 사람이 아닌, 바로 웬트워스 대령이 자기에 대해 그렇게 얘기하고 있다는 것이 잘 믿어지지 않았다. 감동이랄까, 충격이랄까. 아무튼 그녀는 나머지 두 사람이 그의 의견에 대찬성을 하는 소리를 듣고서도 한참 후에야 그들 앞에 나설 수가 있었다.

"당신이 꼭 남아 주셨으면 좋겠어요. 남아서 루이자 양을 잘 간호해 주실 수 있으시죠?"

웬트워스는 사정을 하다시피 했는데 그의 어조에는 마치 예전의 감정을 다시 소생시킨 듯한 상냥함과 친근함이 배어 있었다. 일순간 그녀의 얼굴은 홍당무처럼 변했고 그도 곧 냉정을 찾아 밖으로 나가 버렸다. 그녀로서는 진실로 바라던 일이었으므로 기꺼이 그 일을 하겠노라고 남아 있는 사람들에게 말했다.

"마침 저도 그렇게 생각하고 있었고, 그렇게 하도록 허락해 주셨으면 하고 내심 바라던 참이었어요. 허빌 부인만 허락하신다면 저는 루이자 양의 방에 침대 하나만 갖다 놓는 걸로 충분해요."

이제 한 가지만 빼고는 모든 문제가 정리되고 해결된 셈이었다. 도착시간이 늦어지면서 머스그로브 부부도 대충 사태의 심각성을 짐작할 테니 어느 정도는 잘된 일이기도 했다. 하지만 어퍼크로스에 마차로 돌아가는 시간 내내 느껴야 할 지루함과 불안감이 문제였다. 쉽게 간과할 수 없는 난문제였다. 그래서 웬트워스 대령이 제안하고 찰스는 한 가지 의견에 더 동의했는데 그것은 이런 것이었다.

즉 오늘은 대령이 숙소에서 경마차를 빌려 타고 빨리 출발하고 머스그로브 씨의 마차와 말은 다음날 아침에 일찍 보내 주기로 한다면 밤 사이 루이자의 용태도 전할 수 있는 편의가 있으니까 그러는 편이 훨씬 낫겠다는 결론이었다.

일이 결정되고 나자 웬트워스 대령은 자기가 해야 할 모든 준비를 끝내고 메리와 헨리에타를 기다리기 위해 라임의 도시 쪽을 향해 급히 나갔다. 그러나 이 계획이 메리에게 전해지는 순간 모든 일은 다시 원점으로 되돌려지고 말았다. 메리는 이 계획에 대하여 몹시 언짢아했고 어찌나 흥분을 했던지 누구도 말릴 엄두를 못 냈다.

"앤 언니는 루이자 아가씨와 아무 관계도 없지만 나는 루이자 아가씨의 올케예요. 그러니 그 누구보다도 여기에는 내가 남아 있어야 하는 게 당연한 거죠. 그런데 어째서 제가 아닌 앤 언니가 남기로 결정된 거죠? 더구나 제 남편 찰스가 남아 있는데 저 혼자서 집으로 가라니, 세상에 이런 법이 어디 있어요. 도대체가 말이 안 돼요!"

결국 그곳에 남는 사람은 앤에서 메리로 바뀔 수밖에 없었다. 앤으로서도 그녀의 질투어린 생떼가 못마땅하고 화가 나기도 했지만 일을 더 시끄럽게 하고 싶지가 않아서 더 이상의 말은 하지 않았다. 일행은 마침내 찰스와 메리를 남겨두고 시내를 향해 출발했다. 앤은 그들의 숙소가 있는 도시로 오면서 문득 오늘 아침 일찍 일어났던 작은 사건들을 하나하나 머릿속에 그려 보았다. 오늘 아침에 그녀는 바닷가에서, 셜리 박사가 빨리 어퍼크로스를 떠났으면 좋겠다는 헨리에타의 속셈에 대해서 들었다. 그리고 그 후, 윌리엄 씨와 두 번 마주쳤고 루이자가 다쳤고, 이제 모두가 그 루이자의 건강과 안전에 온통 정신을 빼앗기고 있다.

그 와중에서도 벤윅 대령은 앤에게 가장 세심한 관심을 베풀어 주었다. 그날의 일로 일행들은 어느 때보다도 서로의 마음이 결속되어 있었지만 특히 앤은 이 젊은이에 대한 호의가 점점 깊어지는 것을 느꼈으며, 어쩌면 이 재난이 그와의 사귐을 꽤 오래 지속시킬지도 모른다는 생각에 유쾌한 기분마저 들었다.

웬트워스 대령은 숙소 앞에서 그들을 기다리고 있었다. 준비를 끝낸 네 필의 말을 단 마차는 한길의 제일 낮은 곳에 세워져 있었다. 그들의 편의를 위해 취해진 그의 세심한 배려였다. 그러나 갑자기 메리와 앤이 바뀌어서 나타난 것을 본 순간 그의 얼굴은 놀라움과 노여운 기색을 한꺼번에 나타내었다.

그는 찰스로부터 어쩔 수 없었던 상황얘기를 들으면서도 여러 가지 표정을 지었고 자신의 감정을 간신히 억누르기도 했는데 앤이 보기에 그는 대단히 화가 나 있는 것이 틀림없었다. 그의 태도가 얼마나 무서웠는지 앤은 자기가 온 것이 미안할 정도였고 한편으로는 자기가 정말 그의 눈에는 루이자의 간호에나 필요한 정도로밖에 생각되지 않는 것은 아닌가 하는 마음도 들었다. 그러한 마음이 들자 그녀의 마음은 또다시 요동치기 시작했다.

앤은 침착성과 공정성을 잃지 않으려고 노력했다. 그녀는 그를 위해서라면 헨리에 대한 에마의 감정(역주: 메듀 프라이어의 시 '헨리와 에마'의 여주인공. 에마는 헨리를 사랑한 나머지 그의 애인에게까지 봉사하겠다고 맹세한다.)까지는 아니라 하더라도 호의라는 일반적 명분 이상의 열의로써 루이자의 시중을 들고 간호를 하려고 했었다. 그래서 그녀는 그가 언제까지나 잘못된 생각으로, 그녀가 자기를 배반했다고 믿는 마음을 깨뜨려 주기를 바라고 있었던 것이다.

앤은 그럭저럭 마차에 몸을 실었다. 손을 내밀어 두 사람을 태운 웬트워스 대령은 앤과 헨리에타를 양 옆으로 두고 자기는 가운데에 자리를 잡았다. 이렇게 해서 앤은 놀라움과 감동을 동시에 가슴속에 간직한 채 라임을 떠났다.

일단 라임을 출발하자 앤은 이 긴 여정을 또 어떻게 지내야 할지, 혹시 셋 다 너무 어색해 하지는 않을지 하는 엉뚱한 생각에 빠지지 않을 수 없었다. 그러나 다행스럽게도 일은 잘 풀렸다. 그는 헨리에타에게만 신경을 썼다. 항상 그녀만을 보면서 얘기했고 말을 할 때는 언제나 희망적인 말만 골라서 함으로써 그녀의 힘을 북돋아주려고 노력하고 있었다.

앤으로서도 그것이 사뭇 편했다. 어쨌든 간에 헨리에타는 지금 흥분하지 않도록 보살펴 주어야 할 입장이었던 것이다. 그러나 딱 한 번, 헨리에타가 석제에서의 산보를 얘기하며 루이자의 경솔함과 무모함을 한탄스럽게 말하자 그는 그만 자제력을 잃고 소리를 지르고 말았다.

"그만하세요, 제발! 그 말만은 말아 주세요! 그때 저는 그녀를 말렸어야 했는데! 그것은 분명히 내가 할 일이었는데! 그때 그녀가 그렇게 간절하고 단호하게 나왔으니 제가 무얼 어떻게 하겠어요. 오, 귀엽고 사랑스런 루이자 양!"

앤은 그의 말을 들으면서 한때 그가 했던 말이 떠올랐다. 예전에 그는 자기가 대체로 운이 좋은 편이며 성격이 단호한 장점이 있다고 말한 적이 있었는데 지금에 와서 그 성격을 후회하고 있는 것은 아닌가 하는 생각이 들었던 것이다. 물론 성격이라는 것도 다른 특성들과 마찬가지로 어느 정도 한계를 지니게 마련이니 그가 그런 생각을 하는 것은 당연한 일일지도 몰랐다. 유연한 성격이 때로는 단호한 성격보다 더 좋은 결과를 가져올지도 모르는 일이었던 것이다.

마차는 쉬지 않고 달렸다. 낯익은 주위의 사물이 눈에 들어왔을 때 앤은 잠깐 놀라지 않을 수 없었다. 마차의 속도가 실제로 어제보다는 비교가 안 될 정도로 빠르기도 했고, 머스그로브 부부를 만나서 자초지종 다 얘기할 일을 생각하니 돌아오는 시간이 어제의 절반 정도로밖에 느껴지지 않았던 것이다.

그러나 마차가 어퍼크로스 근처에 닿았을 때는 완전히 황혼에 접어들 무렵이었다. 세 사람은 얼마 전부터 아주 입을 다물고 있었다. 헨리에타는 숄로 얼굴을 가린 채 구석에 기대고 있는 것으로 보아서 혼자서 흐느끼다가 잠이 든 것 같았다. 마차가 마지막 언덕을 오르고 있을 때 웬트워스 대령이 갑자기 앤에게 말을 걸어왔다. 그의 목소리는 아주 낮았고 조심스러웠다.

“아까부터 많은 것을 생각했습니다. 헨리에타 양이 머스그로브 씨 부부를 먼저 알아본다면 안 될 일이죠. 그녀는 북받쳐 오르는 감정을 도저히 감당해 내지 못할 거예요. 그래서 부탁을 드리는 건데, 제가 먼저 집으로 들어가서 머스그로브 씨 부부에게 자초지종을 말할 때까지 당신이 헨리에타 양과 함께 있어 주시겠습니까? 제 생각으로는 그것이 좋을 듯싶은데요!”

그녀도 그의 말이 옳다고 생각했다. 그녀의 표정에서 동의의 뜻을 읽었는지 그는 더 이상의 말은 하지 않았다. 그러나 그녀 역시 그가 말로는 표현하지 않았지만 그의 짧은 부탁의 말 속에서 그녀에 대한 존중의 마음을 읽었고 그것은 곧바로 그녀에게 커다란 기쁨으로 다가오고 있었다. 그리고 또 그것이 일종의 작별의 표시가 되었을 때도 그 가치는 전혀 줄어들지 않았다.

웬트워스가 안으로 들어간 지 얼마 후, 머스그로브 부부가 밖으로 모습을 드러내었다. 어느 정도 걸었던 기대를 저버리지 않고 그들은 상당히 침착한 모습을 보였다. 헨리에타 역시 그런 부모님의 모습 속에서 위안을 느꼈는지 금방 평온을 되찾았다. 이렇게 상황이 안정되자 웬트워스 대령은 곧바로 라임으로 돌아가겠다고 말했다. 그리고 말들에게 먹이를 주고 난 뒤 그는 서둘러 출발했다.

설득

Persuasion

2부

1

그 후 앤이 어퍼크로스에 머문 기간은 불과 이틀밖에 되지 않았지만, 그녀는 그 이틀 동안 줄곧 머스그로브 댁에서 지내면서 그들의 친근한 말상대도 되어주고 앞으로 그들이 준비해야 할 것들에 대해서도 이것저것 거들어주었다. 그녀로서는 자기가 그들에게 도움을 줄 수 있다는 사실이 더없이 기쁠 뿐이었다. 사실 극도로 당황한 머스그로브 부부는 그녀가 없었다면 비탄에 잠긴 채 마냥 난감해 하기만 했을 것은 틀림없는 일이었다.

다음날 아침 일찍 라임에서 연락이 왔다. 루이자의 상태가 어제와 비슷하지만 더 이상 나빠질 염려는 없다는 내용이었다. 그리고 몇 시간 뒤, 찰스가 되돌아와서 더욱 상세한 얘기를 해주었는데 그의 말 역시 앞으로 점점 나아질 거라는 낙관적인 것이었다. 당장 빠른 회복을 기대할 수는 없지만 뇌진탕이라는 병의 성격을 감안해 볼 때 지금의 상태는 순조로운 편이라는 게 그의 견해였다. 그는 또 허빌 부부의 친절함과 헌신적인 간호에 대해서 밤을 새워도 말로는 다 표현할 수 없다는 듯이 장황하게 늘어놓았다.

"허빌 부인의 정성이 얼마나 지극한지 우리는 할 일이 하나도 없을 지경이에요. 어젯밤에는 부인이 저와 메리에게 아무 걱정 말고 숙소로 돌아가라고 간곡히 말하지 않겠어요? 그런데 글쎄, 오늘 아침에 메리는 또 히스테리를 일으켰답니다. 제가 여기로 떠나올 때 벤윅 대령과 산책을 나가는 것을 보았는데 그렇게 해서라도 그 사람이 좀 나아졌으면 좋겠어요. 오죽했으면 제가 그 사람을 설득해서 집으로 돌려보내려 했겠어요. 하지만 실제로 허빌 부부는 아무한테도 할 일을 맡기는 법이 없어요."

찰스는 그날 오후에 바로 라임으로 돌아갈 예정이었다. 처음에는 그의 부친 머스그로브 씨도 함께 가고자 했는데 집안의 여자들이 반대를 했다. 가봤자 허빌 부부에게 폐만 더 끼칠 뿐 아니라 환자를 보면 괴로움만 더해질 거라는 게 그 이유였다. 그래서 모두들 머리를 맞대고 의논한 끝에 그 누구라도 인정할 만한 아주 좋은 계획이 세워지고 곧바로 실행에 옮겨졌다. 그 계획이라는 것은 바로, 오래도록 머스그로브 가에서 지내오고 있던 유모를 데리고 가는 일이었다.

'사라' 라는 이름의 그 유모는 나이가 지긋했고 머스그로브 가의 아이들도 모조리 그녀의 손으로 길러낸 여자였다. 지금은 오랫동안 응석을 부리던 막내 해리마저 형들의 뒤를 따라 학교로 보내진 다음이라 한가한 편이었다. 텅 빈 아이들의 방에서 양말을 손질하거나 자기가 아는 한도 내에서 타박상이나 상처의 염증을 치료해 주는 것이 고작이었다. 따라서 그녀로서도 루이자에게 가서 그녀의 병간호를 도우라고 하자 그렇게 좋아할 수가 없었다. 유모를 라임으로 보내야겠다는 생각은 머스그로브 부인이나 헨리에타도 하고 있었지만 결국은 이 일도 앤의 빠르고 과감한 결정에 의해 실행된 셈이었다.

다음날은 어쩔 수 없이 찰스 헤이터의 신세를 져야만 했다. 루이자의 상태는 적어도 하루에 한 번은 정확히 알아야 했고 막상 라임까지 달려갈 만한 사람이 없었기 때문이었다. 하지만 라임을 다녀온 그의 보고도 별다른 것은 없었다. 가끔씩 의식을 회복할 때마다 정신은 점점 또렷해지는 것 같다는 고무적인 의견이 전부였다. 그리고 라임의 소식을 전하는 사람들이 항상 마지막에 덧붙이던, 웬트워스 대령이 라임에서 꼼짝도 하지 않고 있다는 말도 잊지 않았다.

그 이튿날, 앤은 어퍼크로스를 떠나야 했다. 그리고 남아 있는 사람들은 모두 앤이 떠난다는 그 사실을 두려워했다.

"당신이 없으면 우리는 어떻게 하죠? 우리는 지금 감당해내기가 너무도 큰 어려움에 처해 있어요."

그러한 얘기는 그동안 지나치게 많이 들어온 말이었다. 하지만 그녀로서도 이제는 더 이상 여기에 매달려 있을 수만은 없는 일이었다. 그래서 그녀는 마지막으로, 며칠 동안 생각해 온 일을 그들에게 설득하기 시작했다. 그녀는 이제 그들이 다 같이 라임으로 가야 한다고 얘기한 것이다. 다행스럽게도 그들은 앤의 말에 따르고자 곧 쉽게 결정해 버렸다. 그들은 내일 당장 그곳에 가서 방을 빌리든지 하고 어떻게든 루이자가 움직일 때까지 지켜보자는 데 의견을 같이 했다. 그들은 적어도 그곳에서 허빌 부인의 아이들이라도 돌봐줄 수 있을 것이며 그것이 곧 루이자를 돌보는 사람들의 노고를 조금이라도 덜 수 있는 방법이 될 수 있을 거라고 생각했다. 앤은 그들이 그렇게 결정한데 대하여 매우 기뻐했다. 그래서 자기의 출발도 하루를 더 늦추어 그들의 여행에 필요한 뒤치다꺼리를 해주고 떠나기로 마음먹었다. 그래봐야 결국 이 집에 자기만 우두커니 남게 되겠지만 그녀는 기꺼이 그 역할을 맡고 나선 것이다.

다음날, 모두가 떠나고 난 빈 집에 앉아 그녀는 조용히 생각했다.

'메리의 아이들을 제외한다면 머스그로브 씨와 메리의 두 집에 그렇게 넘쳐나던 생기와 사람들은 다 어디가고 나 혼자만 남았단 말인가! 어떻게 불과 며칠 사이에 이렇게 변하고 말았는가!'

하지만 루이자만 회복되고 나면 모든 일은 아마 이전의 행복 이상으로 돌아갈 수 있을 것이다. 그것은 의심할 여지가 없는 일이었다. 적어도 앤이 보기에는 그랬다. 지금 그녀가 착잡한 심정으로 앉아 있는 이 을씨년스러운 방도 두세 달만 지나면 다시 즐거움과 떠들썩함으로 가득 채워질 것이며 흥미롭고 열정적인 일들이 넘쳐날 것이다. 물론 그 모든 것들이 앤과는 아주 무관한 일들이 되겠지만…….

가늘고 성긴 빗줄기마저 내리고 있어 창으로 보이던 밖의 물체들은 잔 빗방울에 흐려지면서 거의 보이지 않았고 11월의 음울한 날씨는 그렇게 한 시간이 넘도록 앤을 하염없는 상념 속으로 빠뜨리고 있었다. 바로 그때 러셀 부인의 마차 소리가 앤을 다시 일상으로 깨워 올렸고 그녀는 무척이나 반가웠다. 하지만 그곳을 떠나는 것 자체는 바람직스런 일이라고 생각하면서도, 그녀로서는 이곳을 떠날 때나 메리 집의 거무죽죽하고 빗물마저 주룩주룩 흘러내리는 베란다를 향해 눈길을 보낼 때나, 가슴이 뭉클해지는 것을 느끼지 않을 수 없었다.

뿌옇게 서리가 낀 안경 너머로 이 마을의 초라한 가옥들이 마지막으로 보일 때도 마찬가지였다. 어느새 어퍼크로스는 그녀에게 많은 정이 들어 있었고 그동안의 여러 가지 기억들이 쉴 새 없이 주마등처럼 눈앞으로 스쳐갔다. 이곳은 한때 쓰라린 고통을 안겨주기도 했지만 이제는 많이 부드러워지고 누그러진 흔적들이 아로새겨져 있는 곳이었으며, 두 번 다시 기대할 것은 못 되었지만 우정과 화해의 생생한 입김이 떠돌고 있는, 언제까지고 소중함이 덜어질 수 없는 장소였던 것이다. 그녀는 이러한 모든 것을 뒤로 남겨 두고 그곳을 떠났다. 가슴속에는 몇 개의 추억들만 덩그러니 남아 있었다.

앤은 9월에 러셀 부인의 집을 떠난 이후로 켈린치에는 한 번도 가지 않았다. 그럴 필요도 없었지만 어쩌다 갈 기회가 생겨도 용케 그런 자리를 피했던 것이다. 이제 그녀가 돌아온 곳은 현대식으로 꾸며진 켈린치 별택(別宅)이었으며, 그 안에서 러셀 부인을 기쁘게 해주기 위해 궁리하고 있었다.

한편 그녀를 맞이한 러셀 부인은 아주 기뻐하면서도 일말의 불안도 한 가지 가지고 있었다. 부인은 앤이 어퍼크로스에 있는 동안 웬트워스 대령이 자주 드나들었다는 사실을 알고 있었던 것이다. 그러나 일단 겉으로 보기에는 그녀가 살도 찌고 얼굴색도 좋아 보여 다행이라고 생각했다. 앤 또한 러셀 부인으로부터 그런 칭찬의 말을 듣고 라임에서 잠깐 보았던 윌리엄 씨의 진지하던 눈길이 떠올랐고 자신이 혹시 제2의 화려한 청춘을 맞이할지도 모른다는 생각에 잠겨보기도 했다.

러셀 부인과 대화를 하면서 앤은 그동안 자기의 사고방식이 많이 변했다는 사실을 깨달았다. 켈린치를 떠날 때만 하더라도 머릿속에 온통 들어차 있던 많은 고민과 생각들이 이제는 부차적인 관심 이상의 것이 되지 못하고 있었던 것이다. 그동안 머스그로브 가의 사람들 틈에서 억눌려지고 대수롭지 않게 여겨지면서 퇴색됐던 것이다.

요즈음엔 아버지나 언니나 바스의 일조차 잊고 지내는 터였다. 그런 생각 대신 앤은 어퍼크로스에 대한 궁금증으로 조바심을 냈다. 러셀 부인이 가끔씩, 아버지가 빈 캠덴 광장의 집에 아주 만족하고 있으며 클레이 부인이 유감스럽게도 아직도 그곳에 함께 살고 있다는 말을 할 때도 앤은 별로 관심을 갖지 않았다. 대신 그녀는 라임에 관한 일이며 루이자나 그 고장 친지들에 대한 일들이 훨씬 더 생각나고 마음이 끌렸다. 만약 이러한 그녀의 감정을 러셀 부인이 눈치챘다면 얼마나 부끄러운 일이었으랴. 앤은 모든 대화에 있어 부인과 다름없는 관심과 열의가 있는 듯한 태도를 억지로 지어 보임으로써 이러한 자기의 생각을 들키지 않으려 애를 썼다.

러셀 부인과 앤의 대화는 다른 주제로 옮아갔지만 한동안은 서로 어색해 하였다. 두 사람은 전날 집으로 돌아오자마자 금방 웬트워스 대령의 이름을 입에 올릴 수밖에 없었는데 그것은 부인이 이것저것 물어보면서 그의 경솔한 태도를 심하게 질책했기 때문이었다. 앤은 그의 이름을 러셀 부인만큼은 자주 입 밖에 내지 않으려고 노력했다. 그녀는 왠지 그의 이름을 말하면서 러셀 부인의 눈을 똑바로 쳐다볼 수가 없었다. 그래서 하루는 그동안의 루이자와 웬트워스 대령과의 관계를 간략하게 알려줌으로써 조금은 편안한 마음을 지닐 수 있게 되었다.

하지만 러셀 부인의 입장으로서는 이 이야기를 그냥 들어 넘기면 될 일이었음에도 불구하고 그렇지가 못했다. 부인의 마음속에는 분노와 안도, 기쁨과 경멸의 감정이 동시에 소용돌이치고 있었다. 세상의 누구보다도 앤 엘리엇에 대한 열정과 사랑이 넘쳐나던 스물세 살의 한 남자가 8년이 지난 지금에 와서는 루이자 머스그로브라는 여자에게 마음이 끌리고 있다는 사실을 용납할 수 없었던 것이다.

처음 3~4일 동안은 라임으로부터 한두 번 간단한 소식을 전해 받은 것 외에 별일 없이 평온하게 지나갔다. 그 간단한 소식도 어떻게 전달된 것인지는 알 수가 없었지만 루이자가 꽤 좋아졌다는 사실을 알려주었다. 그러한 기간이 지나버렸을 때 예의 바른 러셀 부인은 더 이상 지체할 수 없다는 듯 갑자기 단호한 어조로 앤에게 이렇게 말했다.

"크로프트 부인을 찾아가야겠어. 정말로 조만간에. 물론 우리 모두에게 괴로운 일이 되겠지만 앤, 너도 나와 함께 갈 수 있겠지?"

앤은 이제 회피하지 않았다. 오히려 자신의 느낌을 솔직하게 말해주었다.

"저보다는 부인께서 더 괴로우실 거예요. 저는 그동안 집 근처에 남아 있었기 때문에 어느 정도 익숙해졌지만 부인은 그렇지가 않잖아요."

사실 앤으로서는 이 문제에 대해 할 얘기가 무척 많았다. 왜냐하면 그녀는 우선 크로프트 부부를 매우 높게 평가하고 있었고, 자신의 아버지가 운 좋게도 훌륭한 사람들에게 집을 빌려주신 거라는 생각을 하고 있었던 것이다. 더 나아가 교구로서는 모범적인 신도를 얻은 것이며 빈곤한 사람들에게는 관심과 원조를 기대할 수 있게 되었다고까지 여기게 되었다. 비록 자기네가 집을 비워야 하는 서글픈 일이 벌어지기는 했지만 그것은 어디까지나 자기 가족들 스스로 자초한 일이었고 이제 켈린치는 소유주보다도 더 훌륭한 사람의 손에 넘어간 것이라고 그녀는 진실로 믿고 있었다. 이러한 생각은 냉정하고도 고통스러운 것이었지만 그 집에 들어섰다가 낯익은 방들을 보게 되었을 때 느낄 러셀 부인의 상실감은 어느 정도 상쇄시켜 줄 수 있는 것들이었다.

그러한 경우 앤으로서도 다음과 같은 혼잣말로 투덜거릴 수는 없었을 것이다. '이 방이나 저 방이나 죄다 우리들만의 것이어야 하는데. 아, 어느 방을 보나 이렇게 격이 떨어지는 걸까. 유서 깊은 가족이 이런 식으로 쫓겨나고 말다니. 그리고 그 자리엔 가치도 없는 낯선 사람들이 가득 차고.' 확실히 그녀로서는 어머니 생각을 하면서 그 옛날 어머니가 앉아서 집안일을 처리해 나가고는 하던 장소를 회상할 때를 제외하고는 그런 식의 한숨을 몰아쉬는 일은 없었다.

크로프트 부인은 예전부터도 앤에게 호의를 갖고 대해 주었기 때문에 그녀로서는 자기가 부인의 마음에 들었나 보다고 흐뭇해했지만 이번에는 켈린치에서 맞는 것이라 그런지 다른 때보다도 유달리 더 신경을 써주었다.

그들의 화제는 이내 라임의 일로 돌아가 루이자의 상태에 관하여 말하게 되었다. 앤은 그제야 이제까지의 루이자에 대한 소식이 같은 곳에서 흘러나온 것이라는 것을 알았다. 즉 어제 아침에(사고가 난 이후 처음으로) 웬트워스 대령이 켈린치에 왔다갔는데 앤이 들은 루이자의 소식 또한 바로 그 웬트워스 대령이 전한 소식이었다는 것을 알게 된 것이다.

그는 몇 시간 켈린치에 머물다가 다시 라임으로 돌아갔는데 그 외에 그녀가 들은 바로는, 그는 당분간 라임을 뜰 생각이 없다는 것이었고 특히 자기의 안부를 여러 번 묻더라는 것이었다. 그가 말하기를 앤이 너무 수고를 많이 했고 그래서 건강이 나빠지지는 않았는지 걱정이 된다고 하더라는 것이었다. 앤은 그 얘기를 듣고 뛸 듯이 기뻤다. 그 한마디 말은 다른 어떤 것이 가져다 줄 수 있는 기쁨보다도 더 큰 것을 안겨주었다.

크로프트 부인과 러셀 부인은 라임에서의 사고를 몹시 무분별하고 경망스러운 행동의 결과라고 단정 지었다. 그들의 판단은 착실하고 분별 있는 부인들답게 확인된 사실에 입각한 논의 끝에 나온 결론이었다. 그들은 이 사건이 끼칠 영향을 걱정했고 앞으로 루이자 양이 겪게 될 뇌진탕의 후유증에 대해서도 사뭇 진지하게 얘기했다. 가만히 듣고만 있던 제독도 이러한 얘기를 전체적으로 매듭짓듯이 큰소리로 외쳤다.

"이거 정말 큰일이로군. 이것도 요즈음 새로운 방법인가? 젊은 남자가 연애를 하는데 애인의 머리를 깨뜨려 놓다니! 앤 양은 어떻게 생각해요? 이건 완전히 병 주고 약 주는 격이 아니오?"

크로프트 제독의 말투는 러셀 부인의 이맛살을 찌푸리게 했지만 앤에게는 웃음이 절로 나게 만들었다. 그의 말투는 선량함과 성격의 솔직함을 그대로 드러내는 것이었고 그것이 또 그의 매력이기도 했다.

"그나저나 앤 양에게는 무척 괴로운 일이겠소. 자기가 살던 집에서 이렇게 낯선 사람들이 사는 모습을 본다는 게 얼마나 가슴 아픈 일인데. 우리가 미처 그 생각은 못 했었소. 그러니 사양 마시고 마음대로 집 안을 둘러보도록 해요."

잠시 다른 생각에 잠겨 있던 앤은 갑자기 제독이 이렇게 말하자 정중하게 거절했다. 그냥 나중에 보겠다고 말한 것이다.

"좋소, 그럼 아무 때나 상관없으니 관목 숲 쪽으로 한번 가보도록 해요. 가보면 알겠지만 그 문턱쯤에 우리가 우산을 매달아 놨지. 꼭 알맞은 장소가 아니오? 예전에 보니까(잠시 생각을 다시 하며) 앤 양의 가족들은 우산을 사방에 두고 다니던데 어쩌면 앤 양은 내 생각이 틀렸다고 생각할지도 모르겠군요. 하지만 결국 누구의 방식이든 마찬가지이겠지. 우린 모두 자기의 방식이 제일 마음에 들기 마련이니까. 그러니까 집 안을 돌아보는 것도 앤 양의 마음대로 하세요."

앤은 그의 말 속에서 거절해도 괜찮다는 것을 알았으므로 깊이 감사하고 나서 다시 한 번 거절을 했다.

"아, 참. 우리는 집에 거의 손을 안 댔어요. 아주 사소한 곳 몇 군데만 수선을 했죠. 정말로 하찮은 일에만 손을 댔어요. 세탁실의 문 얘기는 저번에 어퍼크로스에서 말했죠? 세상에, 어떻게 그렇게 불편한 문을 그토록 오랫동안 방치해 두었는지 모르겠어요. 앤 양, 아버님께 우리가 한 일을 꼭 말씀드려줘요. 그리고 세퍼드 씨도 이 집에서 고친 것 중에서 그 일을 가장 잘한 일로 생각하고 있다는 말도 잊지 말고요. 사실 솔직히 말씀드려서 우리가 손을 대서 나빠진 것은 하나도 없소. 물론 대부분 내 집사람이 한 일이기는 하지만.

내가 내 손으로 한 일이라고는 화장실이건 내 방에 있던 것이건 간에 큼지막한 거울을 다른 곳으로 옮겨 놓은 것이 고작이라오. 아마 댁의 아버님의 것이었나 보죠? 그것을 보면서 나는 분명히 아버님이 아주 좋은 분이며 훌륭하신 분이라고 확신했소. 하지만 앤 양! 내가 생각하기로는(진지하게 생각하는 듯한 표정으로) 아버님께서 연세에 비해서 너무 의상에 신경을 쓰시는 것 아닐까요? 거울이 얼마나 많은지, 원. 그 정도면 방 안 어디서고 자신의 모습이 안 보이는 데가 없겠더구먼. 미안한 얘기지만 나는 취향이 조금 달라서 말이야. 그래, 내가 집사람의 도움을 받아서 거울도 치우고 위치도 바꿨어요. 지금은 한구석에 면도용 거울 하나만 남아 있지. 큰 거울이 하나 더 있기는 하지만 그 근처에는 얼씬도 안 한다오."

앤은 제독의 말이 무척이나 재미있었지만 무어라고 대답을 하기에는 조금 망설여졌다. 그러자 제독은 스스로 실례의 말을 했나 싶어 이내 화제를 바꾸었다.

"앤 양, 다음에 아버님께 편지를 보낼 때는 나와 우리 집사람의 안부도 함께 전해줘요. 우리 모두 이 집이 너무도 마음에 들어 조금의 불편도 못 느끼고 있다고. 주방의 굴뚝에서 연기가 약간 나는 것은 사실이지만 그것도 바람이 북쪽에서 강하게 불 때뿐이고 그런 일은 한겨울에 서너 번 있을까 말까 할 정도니까 크게 신경 쓸 일은 아니지. 우리는 이 근처의 집은 거의 다 가보았지만 전체적으로 이 집만큼 마음에 드는 집은 하나도 없었다오. 내 안부 말씀 전할 때 잊지 말고 꼭 그렇게 말씀드려 줘요. 아버님도 그 말씀을 들으시면 좋아하실 테니까."

러셀 부인과 크로프트 부인은 서로에게 대단한 호감을 가졌지만 그들의 교제가 금방 깊은 교제로까지 발전할 여건은 되지 않았다. 왜냐하면 크로프트 부부가 러셀 부인에게 답례 방문을 왔을 때, 그들은 북부에 살고 있는 친척을 방문하기 위해 몇 주 동안 집을 비우게 될 것 같다고 말했기 때문이었다. 그러면 결국 러셀 부인이 바스로 옮겨갈 때까지 그들은 서로 만날 기회가 없는 것이었다. 이리하여 앤이 예전에 염려했던 것처럼 켈린치에서 웬트워스 대령을 만난다거나 또 러셀 부인이 그와 동석을 하게 될 위험은 아주 없어지고 말았다. 잘된 일이었다. 그녀는 자신이 부질없는 걱정을 했던 데 대하여 스스로 미소를 지었다.

2

머스그로브 부부가 라임으로 떠난 후에도 찰스와 메리는 앤이 생각했던 것보다 훨씬 더 오래 그곳에 머물러 있었다. 하지만 그래도 제일 먼저 집으로 돌아온 것은 그들이었다. 그들은 어퍼크로스에 돌아오자마자 곧바로 켈린치의 별장으로 말을 달려왔다. 그 두 사람이 라임을 떠나올 때 루이자는 스스로 몸을 일으킬 정도가 되어 있었다. 다만 그녀는 의식은 명료했지만 몸이 몹시 허약해져서 신경이 아주 예민해 있었다. 따라서 전체적으로는 매우 호전되었다고 볼 수 있었지만 집으로 옮겨가도 좋을 만큼 회복되려면 얼마나 더 걸릴지 예측하기가 힘든 상태였다. 그녀의 부모들로서는 크리스마스 휴가를 맞아 돌아올 어린 자식들을 맞이하기 위해서 일단은 돌아가야 했지만 그녀를 함께 데려가도 좋다고 허락받을 가능성은 전혀 보이지 않고 있었다.

머스그로브 가의 사람들은 모두 라임에 방을 얻어 놓고 있었다. 머스그로브 부인은 허빌 부인의 아이들을 될 수 있으면 밖으로 데리고 나가 논다든가 필요한 물건을 되도록 어퍼크로스에서 직접 가져다 쓴다든가 해서 허빌 가에 폐를 끼치지 않으려고 노력했다. 한편 허빌 가에서는 그들을 매일같이 식사에 초대했는데 양쪽 집안은 서로 어느 편이 사심 없이 환대를 잘하는가 경쟁이라도 하는 듯이 보였다. 메리는 계속해서 짜증을 내거나 투정을 부렸지만 그토록 오래 머무는 걸 보아서 고통보다는 재밋거리를 더 많이 찾아낸 모양이었다. 찰스 헤이터는 메리가 보기에는 눈에 거슬릴 정도로 라임에 자주 찾아왔다. 그들이 허빌 가에서 식사를 할 때면 시중드는 가정부가 한 사람밖에 없었다. 그 가정부는 항상 머스그로브 부인을 제일 윗자리에 앉게 했는데 얼마 안 가 메리가 누구의 딸인가를 알고는 허빌 부인이 그녀에게 정중히 사과를 하기도 했다.

머스그로브 가와 허빌 가 사이에는 끊임없이 왕래가 있었으며 메리는 도서관에서 책을 빌려다가 바꿔가며 읽었다. 아마도 이런 연유로 그녀는 라임 쪽으로 마음이 훨씬 쏠렸음이 분명했다. 그리고 가끔 차머스에서 해수욕도 즐겼으니 오죽했으랴. 그녀는 또 교회에도 나갔는데 라임의 교회에는 그녀가 보기에 훌륭한 사람이 어퍼크로스보다 훨씬 더 많았다. 이런 여러 가지 일들로 하여 그녀는 아주 쾌적하고 유용한 나름대로의 2주일 정도를 불평 없이 지낼 수 있었던 것이다.

앤은 벤윅 대령의 안부를 물었다. 그런데 벤윅의 이름을 듣자 찰스는 웃었지만 메리의 얼굴은 삽시간에 어두워졌다.

"물론 잘 있겠지. 하지만 그분도 꽤 이상한 사람 같아. 저번에 우리는 그분을 한 이틀 같이 지내자고 초대한 적이 있었어. 찰스가 사냥에 안내하겠다고 약속했더니 아주 좋아하는 것 같았구. 그런데 글쎄, 화요일에 가서는 옹색한 변명을 늘어놓지 뭐야. 자기는 총을 쏘지 않는다고 했다가 자기의 원래 뜻은 이런 게 아니었다는 둥 결국엔 못 오겠다고 그러고 말더라고. 아마 따분할 거라고 지레짐작을 한 모양이야. 하지만 우리 식구들은 꽤 명랑한 편이라서 벤윅 대령님처럼 상심한 분에게는 아주 잘 어울릴 거라고 생각해."

찰스는 다시 한 번 웃으며 말했다.

"이봐요, 메리. 그게 다 처형 때문이었다는 걸 당신도 알잖아.(이번에는 앤을 향해서) 처형, 그 사람은 우리하고 함께 있으면 으레 처형과도 가까이 지낼 수 있을 것으로 생각한 거요. 우리가 함께 어퍼크로스에 살고 있는 줄 알았던 거죠. 그런데 처형이 러셀 부인과 함께 3마일이나 떨어져 있는 것을 알고는 실망해서 오고 싶은 마음이 없어진 거예요. 똑바로 말해서 이 모든 것이 확실한 진상이지요. 이것은 메리도 잘 알고 있는 사실입니다."

그러나 메리는 찰스의 말을 쉽게 인정하려 들지 않았다. 출생 신분으로나 지위로나 벤윅 대령은 엘리엇 가문의 여자와는 격이 안 맞는다고 생각을 한 건지, 아니면 처음에 그가 어퍼크로스로 오고자 했던 이유가 자기가 아닌 앤 때문이었다는 사실을 자존심 때문에 인정하려 들지 않는 것인지는 확실치가 않았다. 단지 추측에 맡길 뿐이었다. 하지만 그렇다고 해서 벤윅 대령에 대한 앤의 호의가 흔들리거나 손상당하지는 않았다. 그녀는 자기의 궁금증을 그대로 솔직히 털어놓았다.

"맞아요, 그 사람은 처형 얘기를 많이 했어요."

찰스가 말하자 메리가 그의 말을 가로막고 나섰다.

"찰스, 사실대로 말해요. 제가 거기 있는 동안 저는 그분이 언니 얘기를 연거푸 두 번 하는 건 본 적이 없어요. 정말이에요. 앤 언니, 정말로 그분은 언니 얘기를 조금도 하지 않으셨어."

"그건 그래."

찰스가 어쩔 수 없이 인정했다.

"그 사람이 처형 얘기를 계속한 건 아니지. 하지만 그 사람이 처형을 굉장히 존경한다는 건 분명한 사실이야. 그 사람은 처형이 권해 준 책을 모조리 읽고 그 내용을 머릿속에 가득 채우고 있을 뿐만 아니라 그것에 대해 처형과 얘기하고 싶어해. 처형, 지금 무엇인지 생각이 잘 나지는 않지만 처형이 권해준 책 중의 한 권에서 그가 무엇인가를 발견해서 헨리에타에게 끊임없이 얘기하는 것을 들은 적이 있습니다. 그의 말끝에는 '엘리엇 양' 이라는 이름이 최고의 찬사와 함께 나왔어요. 이봐요, 메리. 이것은 확실한 거야. 분명히 내 두 귀로 들었으니까. 당신은 그때 다른 방에 있어서 못 들었겠지만 나는 똑똑하게 들었거든. '우아하고, 상냥하고, 아름답고…….' 뭐, 그런 찬사였는데, 아! 맞아! 엘리엇 양의 매력은 끝이 없다고 말했던 것 같아!"

"만약에 그분이 그렇게 말을 했다면 바로 그것이 믿을 수 없는 일이에요. 허빌 양이 세상을 떠난 게 겨우 지난 6월이잖아요? 그런데도 그분이 그렇게 말했다면 난 그러한 칭찬이 하나도 고맙지 않겠어요. 러셀 부인, 안 그래요? 아마 부인도 저와 같은 생각이실 걸요?"

메리가 기를 쓰고 말했다.

"내가 무어라고 말하기 전에 나는 그 벤윅 대령을 먼저 만나봐야겠는걸!"

메리의 격양된 목소리에는 아랑곳 않고 러셀 부인이 미소를 지으며 말했다.

"아마 그 일은 금방 이루어질 겁니다."

찰스가 끼어들었다.

"그 사람이 거기서 저희들과 함께 여기로 올 만한 배짱은 없어도 언젠가는 혼자서 켈린치로 오게 될 겁니다. 그건 확실하죠. 제가 그 사람에게 여기까지 오는 거리나 길을 자세하게 일러 주었거든요. 또 여기의 교회는 봐둘 만한 가치가 충분히 있다는 말도 해주었죠. 그 사람은 그러한 일에 취미를 가졌기 때문에 이리로 오게 하는데 아마도 좋은 구실이 될 거예요. 내가 말을 할 때 유심히 듣거나 관심을 갖는 모양으로 보아서 그는 틀림없이 오래지 않아 이리로 올 것이 확실합니다."

"앤과 가까이 알고 지내는 사람이라면 언제든지 기꺼이 맞아들이기로 하죠."

러셀 부인이 아주 친절하게 대답했다. 그러자 메리가 또 정색을 하고 나섰다.

"어머! 그분은 솔직히 말해서 언니보다는 저하고 더 가까운 사이에요. 언니는 한동안 그분을 뵙지 못했지만 저는 지난 두 주일 동안 계속 그분과 만나 왔었거든요."

"그렇다면 여러분 모두의 친구로서 벤윅 대령을 만나보기로 하죠."

"미리 말씀을 드리지만 그분은 썩 유쾌한 사람이 못 돼요. 젊은 사람이 얼마나 따분한지, 저하고 산책을 나갔을 때도 처음부터 끝까지 한마디도 하지 않더라니까요. 집안 교육을 제대로 받은 것 같지도 않아요. 틀림없이 부인도 그분은 마음에 들지 않을 거예요."

"내 의견은 반대야, 메리."

잠자코 있던 앤이 드디어 나섰다.

"러셀 부인은 그분을 좋아하게 되실 거야. 그분의 기질이 마음에 드시게 되면 그분의 행동 속에 나타나는 불완전한 점들도 전혀 문제가 되지 않을걸."

"나도 그렇게 생각합니다, 처형."

찰스도 옆에서 거들었다.

"틀림없이 러셀 부인께서도 그분을 좋아하게 되시리라 믿습니다. 그 사람이야말로 꼭 부인의 마음에 들 사람이에요. 그는 책을 한 권 주면 하루종일이라도 거기서 눈을 떼지 않거든요."

"암, 그렇구말구요!"

마침내 메리는 빈정대기 시작했다.

"그 양반은 얼마나 책을 좋아하는지 남이 말을 건네건, 옆에서 가위가 떨어지건 전혀 모른 채 그저 책만 보지요. 당신은 그래, 그런 사람을 부인께서 좋아하시리라 믿는 거예요?"

러셀 부인은 웃지 않을 수 없었다. '정말이지.' 하고 그녀는 말했다.

"오, 세상에! 한 사람에 대한 견해가 이렇게 차이가 나다니! 내가 과연 그 사람에 대해서 이렇게 정반대의 두 가지 생각을 가질 수 있을까? 나는 나 자신을 무척이나 착실하고 현실적인 사람이라고 생각을 했었는데 이런 경우는 정말 상상 외예요. 이제는 정말로 그분을 만나보고 싶군. 메리, 그분이 이리로 오고나면 나중에 내 입장을 분명하게 얘기해 줄게. 내 의견은 일단 그때까지만 유보하기로 하는 것이 좋겠어."

"부인께서는 분명히 그 사람을 싫어할 거예요. 제가 보증을 하죠!"

분위기가 딱딱해지자 러셀 부인은 화제를 다른 데로 돌렸다. 메리도 금방 다른 이야기를 하기 시작했는데 이야기의 대부분은 라임에서 잠깐 만났던 윌리엄 씨에 관한 야단스런 호들갑이 전부였다. 하지만 메리의 이야기를 들은 부인은 한마디로 딱 잘라 말했다.

"그 사람 얘기라면 더 듣고 싶지도 않고 만나고 싶은 생각도 없어. 그는 한 집안의 어른과 가까이 지내길 거부했던 사람으로 내게 아주 안 좋은 인상으로 박혀 있으니까."

러셀 부인이 이렇게 나오자 메리도 더 이상 윌리엄 씨의 말을 계속할 수가 없었다.

한편 앤은 감히 자기의 입으로 웬트워스 대령에 관해서 물어볼 엄두가 나지 않았으나 상대편에서 알아서 그에 대한 얘기를 충분히 해주었다. 앤이 예상했던 대로 그는 요즈음 두드러지게 밝은 기운을 찾았다고 했다. 루이자가 회복됨에 따라 그도 원기가 좋아져 처음 한 주일에 비하면 전혀 다른 사람이 된 듯 보였다. 그러나 그는 요즈음 루이자와 만나는 것을 일부러 피하고 있었는데 그것은 혹시 그녀가 또 다른 충격을 받을까 싶어서 그런다는 것이 말을 전하는 사람들의 얘기였다. 오히려 그는 그녀가 완전히 다 나을 때까지 한 일주일 정도 다른 곳에 가 있을 계획으로 벤윅 대령에게 동행할 것을 설득해 보았으나, 찰스의 얘기로는 벤윅 대령은 이미 켈린치 쪽으로 마음이 굳어져 있는 눈치였다는 것이었다.

이즈음 러셀 부인과 앤은 다 같이 벤윅 대령 생각에 골몰해 있었다. 러셀 부인은 현관의 벨 소리가 울릴 때마다 혹시 그의 심부름꾼이 아닐까 하는 생각을 했고, 앤 또한 아버지의 소유인 켈린치 저택의 정원을 혼자 걷거나 자선 모임을 위해 마을을 다녀올 때면 그를 만나거나 소식을 들을 수 있을지도 모른다는 착각에 빠지고는 했다. 그러나 벤윅 대령은 끝내 나타나지 않았다. 그는 찰스가 생각했던 것만큼 켈린치에 오고 싶지가 않았던가 아니면 불쑥 앤 앞에 얼굴을 내밀 만한 배짱을 가지지 못했던 것이 틀림없었다. 그래서 결국 러셀 부인은 한 주일 정도 그를 골똘히 기다리다가 마침내는 더 이상 관심을 가질 가치조차 없다고 단정을 짓고 말았다.

머스그로브 가의 사람들은 휴가로 들뜬 어린 자녀들이 학교에서 돌아오는 것을 맞이하기 위해 어퍼크로스로 돌아와야 했다. 그런데 그들이 돌아오는 길에 허빌 가의 아이들까지 데리고 오는 바람에 어퍼크로스가 상당히 소란스러워졌다. 대신 라임에는 헨리에타와 루이자만이 남게 되어 아주 조용한 마을이 되고 말았다. 나머지 가족들은 여느 때의 거주 장소에 또다시 정착하게 된 것이다.

앤과 러셀 부인은 그들이 돌아왔다는 소식을 듣고 인사차 한 번 방문을 했었다. 앤이 보기에 이제 어퍼크로스는 완전히 활기를 되찾고 있었다. 물론 그 집에는 헨리에타도 루이자도 찰스 헤이터도, 그리고 웬트워스 대령도 없었지만 그녀가 비오는 날 우울한 심정으로 떠나오던 그날과는 아주 극단적인 대조를 이루고 있었다.

머스그로브 부인의 주위에는 항상 허빌 가의 아이들이 매달려 있었다. 부인은 그 아이들을 즐겁게 해준다는 명목으로 일부러 온 두 손자들로부터 네 아이들을 보호하느라 정신이 없었다. 방 한 귀퉁이에 있는 테이블에서는 계집아이들 몇이서 비단과 금종이를 잘게 자르며 재잘거리고 있었다. 방 반대편에는 소금에 절인 돼지고기와 냉육 파이가 담긴 쟁반의 무게로 인하여 식탁의 다리가 휘일 듯이 놓여 있었다. 그 식탁 주변에서는 사내아이들이 떠들썩하게 식사를 하고 있는 중이었다. 하지만 이러한 소음 속에서도 크리스마스를 상징하는 장작불은 모든 것을 단숨에 제압할 듯이 활활 타오르고 있었다.

앤과 러셀 부인이 도착하고 얼마 안 있어 찰스와 메리도 집 안으로 들어섰다.

머스그로브 씨는 유달리 러셀 부인에게 경의와 관심을 표하느라 바로 옆에서 10분 동안이나 목소리를 높여가며 얘기를 하였으나 무릎 위의 아이들이 워낙 시끄럽게 떠들어대서 제대로 알아들을 수가 없었다. 그야말로 누군가가 이러한 모습을 본다면 아주 다시 없이 훌륭하고 행복한 가정의 표본이라 할 만했다.

하지만 앤은 자신의 기질로 판단컨대, 이러한 가정적 대소란이 루이자의 일로 크게 손상되었을 신경의 치유를 위해서 썩 좋지 못할 거라는 판단을 내렸다. 그러나 머스그로브 부인은 앤을 자기 곁으로 가까이 불러서는, 자기들에게 그녀가 베푼 여러 가지 배려에 대해서 진심으로 거듭거듭 감사의 말을 전했다. 그리고 행복에 겨운 시선으로 방 안을 한 번 훽 둘러보고는, 모든 것을 겪고 나니 가정에서 이렇게 조촐하지만 조용한 행복을 누리는 것만큼 좋은 건 없는 듯하다며 몸소 겪었던 고통에 대한 요점을 비로소 끝맺는 것이었다.

루이자의 병세는 최근 들어 급격히 회복세를 보이고 있었다. 그녀의 어머니는 루이자의 남동생이나 여동생들이 다시 학교로 되돌아가기 전에 루이자가 집으로 돌아와서 그들과 함께 지낼 수 있을지도 모른다는 기대마저 갖게 되었다. 허빌 가의 사람들도 그녀가 집으로 돌아가게 되면 꼭 함께 어퍼크로스에 와서 며칠 묵겠노라는 말로 희망을 얹어 주었다. 당시 웬트워스 대령은 자기의 형을 만나기 위해 라임을 떠나 시로프셔에 머물고 있었다.

"잘 기억해 두어야겠어! 앞으로 크리스마스 휴가 때는 절대로 어퍼크로스를 찾지 않도록!"

러셀 부인이 앤과 함께 돌아오는 마차 속에서 강한 목소리로 내뱉은 말이었다. 다른 일에서와 마찬가지로 소란스럽다는 것도 각자 사람마다 갖는 느낌이 다른 모양이었다. 소음이라는 것도 그 양보다 종류에 따라 전혀 문제가 되지 않는 경우가 있는 반면에, 경우에 따라서 더할 수 없이 불쾌해질 수도 있다는 사실은 정말로 묘한 일이었다.

그 후 며칠이 지난 어느 날 오후, 러셀 부인은 빗속을 뚫고 구교(舊橋)에서 켐덴 광장까지 길게 뻗은 바스의 시내를 마차로 지나고 있었다. 길가로는 크고 작은 짐마차들의 둔중한 굉음과 신문팔이, 머핀 장수, 우유 배달부들의 외침소리 등이 뒤섞여 매우 시끄러웠다. 하지만 이때의 러셀 부인은 전혀 신경을 쓰지 않았다. 오히려 그녀는 이러한 소리들이 이때쯤의 겨울철에 아주 잘 어울리는 것들이라고 생각을 했다. 마치 얼마 전 머스그로브 부인이 느끼던 감정을 러셀 부인도 지금 똑같이 느끼고 있었던 것이다. 다시 말해 그녀는 지금, 오랫동안 시골에서 지내고 나면 조촐하고도 조용한 행복만큼 도움 되는 일도 없다는 것을 깨닫고 있었던 것이다.

이번에는 그러한 감정에 앤이 동조하지 않았다. 그 가장 큰 이유는 비록 말은 않고 있었지만 바스라는 도시가 유별나게 싫었던 것이다. 그래서 그녀는 시내의 건물들이 빗속에 가려 뿌옇게 잘 보이지 않는 것이 오히려 잘된 일이라고 생각했다. 시내 한복판을 가로질러 가는 것도 싫었고 마차가 너무 빨리 달리는 것도 싫었다. 그도 그럴 것이, 그녀가 일찍 도착한다고 해서 그 누가 그녀를 반겨 줄 것인가?

그녀는 줄곧 어퍼크로스의 번잡함과 켈린치의 한적함을 그리워하고 있었다. 단 하나, 그녀가 유일하게 이번의 여행에 흥미를 가질 만한 것이 있었다면 그건 얼마 전에 엘리자베스로부터 받은 편지 내용이었다. 그녀의 편지에 의하면 윌리엄 씨가 지금 바스에 와 있다는 것이었다.

그가 캠덴 광장의 아버지 집을 찾아왔던 것이다. 그는 두세 번 계속해서 아버지를 찾아와 아주 정중한 태도를 취했다고 했다. 엘리자베스나 아버지가 과대평가하는 것이 아니라면 지금의 그는 예전의 모습과는 딴판으로 자기가 먼저 용서를 빌고 종가와의 친교의 가치를 공언하며 친교를 나누고 싶어한다는 것이 엘리자베스의 말이었다. 엘리자베스의 말이 사실이라면 이건 여간 놀라운 일이 아니었다. 러셀 부인도 그 편지 내용을 보고는 이미 예전의 '그 사람 얘기는 듣고 싶지도 않아!' 라고 메리에게 매몰차게 말했던 기억은 까맣게 잊어버리고 있었다.

부인은 어느새 그에게 새로운 호기심을 갖기 시작했고 만나보고 싶다는 유혹마저 들고 있었던 것이다. 만약 그가 진심으로 지난날을 뉘우치고 분가(分家)답게 그에 상응한 행동을 취한다면 옛날의 일은 너그럽게 용서해줘야 하는 게 마땅하다는 것이었다.

앤은 이번의 일로 러셀 부인만큼 마음이 동요되지는 않았지만 윌리엄 씨라면 한번 만나보고 싶은 마음도 들었다. 바스에 머물고 있는 다른 어떤 사람들보다도 그를 더 만나고 싶었다.

그녀는 캠덴 광장에서 내렸다. 그리고 러셀 부인은 리버즈 가(街)의 자기 숙소로 말을 몰았다.

3

월트 경이 켐덴 광장에다 빌린 집은 지체 높은 사람과 어울릴 듯하게 위치도 높았고 위엄 있는 장소였기 때문에 아주 좋아 보였다. 그도 엘리자베스도 매우 흡족해 하고 있었다. 하지만 몇 달 동안 들어박혀 지낼 것을 끔찍하게 여긴 앤의 머릿속은 그 집을 들어서면서부터 '언제쯤이나 이곳을 빠져나갈 수 있을까?' 하는 우울한 생각으로 가득 채워져 있었다.

그러나 뜻밖에도 예상치 못했던 영접을 받게 되어 약간 안도의 숨을 내쉬었다. 그녀의 아버지와 언니가 집과 가구를 일일이 보여주며 퍽 상냥하게 대해 주었던 것이다. 식사 시간이 되어 자기가 네 번째의 좌석을 차지한 것도 아주 기분 좋은 일이었다.

클레이 부인은 시종일관 애교스럽게 웃는 얼굴을 지어 보였다. 그녀가 그렇게 나오리라는 것은 앤 스스로도 출발 전부터 짐작하고 있었던 일이었다. 다만 아버지와 언니가 이렇게 나오리라는 것은 정말로 상상 밖의 일이었다. 그 두 사람은 그냥 보기에는 아주 기분이 좋아 보였는데 앤은 그 이유를 곧 알게 되었다.

두 사람은 앤의 이야기는 아예 들을 생각조차도 하지 않았다. 그러면서도 자기네들이 떠난 후 켈린치의 이웃들이 그들의 이사를 매우 아쉬워했다는 소리를 듣고 싶어하는 눈치였다. 하지만 앤으로서는 그런 말을 할 수가 없었기 때문에 그들은 별로 내키지 않는 몇몇 질문만을 하고는 이내 자기네들의 일상으로 화제를 옮겨갔다. 그들의 대화는 어퍼크로스도 별 관심을 끌지 못했고 켈린치도 흥미가 없기는 마찬가지여서 온통 바스에 관한 얘기뿐이었다.

그들 두 사람은 바스가 모든 점에서 기대했던 것보다 훨씬 훌륭하다고 힘주어 말했다. 이 집이 캠덴에서는 제일가는 집이고 응접실 또한 치장이나 가구의 양식 면에서 다른 어느 응접실보다도 뛰어나다고 칭찬을 아끼지 않았다. 사람들도 굉장히 많이 찾아오고 있으며 서로들 오고 싶어서 안달이라는 말도 자랑삼아 덧붙였다. 그들은 될 수 있으면 많은 사람과 접촉하는 것을 피하고 있으나 어떤 때는 전혀 낯선 사람들이 명함을 놓고 가기도 한다는 것이었다.

그들은 정말로 즐거워 보였다. 앤으로서도 아버지와 언니가 그들만의 행복에 젖어 있다는 것을 확실하게 느낄 수 있었다. 하지만 앤의 눈에는 모든 게 한심스럽게 보였다.

'아버지는 도대체 지금 일어나고 있는 신상의 변화에 조금의 굴욕감도 느끼지 못한단 말인가? 준남작으로서의 직분과 권위는 이제 다 내팽개치신 건가? 아아, 이 작은 도시의 자질구레한 생활에 그렇게 대단한 자부심을 갖게 되다니…….'

두 개로 접힌 문을 활짝 열어젖히고 서로 맞붙은 응접실의 넓음을 자랑하며 이 방에서 저 방으로 기쁨에 넘친 목소리로 안내를 하는 엘리자베스를 보면서도 앤은 저절로 한숨이 나오는 것을 느꼈다. 한때 켈린치 대저택의 안주인이었던 여자가 겨우 30피트에 불과한 두 개의 벽 사이를 오가며 저토록 의기양양할 수 있다는 것이 우습기도 하고 아주 의외로 느껴지기도 했다.

그러나 그들을 만족시켜주는 것은 그뿐만이 아니었다. 그들의 만족 속에는 무엇보다도 윌리엄 씨가 있었다. 앤이 그에 대해 듣기로는 이미 그는 아버지와 언니로부터 용서를 받았고 더할 나위 없이 가까운 사이가 되어 있었다. 그는 벌써 바스에 2주일째 머물고 있었다.(지난 11월에도 그는 런던으로 가는 길에 잠시 바스에 들른 적이 있었다. 그때 이미 그는 월터 경이 이곳에 정착했다는 소문을 들어 알고 있었음에도 불구하고 그들에게 들르지도 않고 불과 하룻밤 만에 지나치고 말았다. 그러던 그가 벌써 2주일째 머물고 있는 것이다.) 더구나 이번에 그는 도착하자마자 제일 먼저 캠덴 광장의 집에 명함을 두고 갔으며 그 이후로 매우 간절히 만나 뵙기를 간청했다고 한다. 그리고 막상 면회가 되자 대단히 솔직한 태도로 서슴없이 과거의 일에 대해 사과하고 다시 한 번 친척으로 받아들여 주기를 간구함으로써 서로의 관계가 완전히 회복되었다는 것이었다.

그의 말을 통해 그들은 그에게 별다른 잘못이 없다는 것을 알게 되었다. 그는 자기가 그들을 배반한 것처럼 보였던 점에 대해 해명을 했던 것이다. 그의 말에 의하면 자기는 완전히 오해를 받았다는 것이다. 그는 자기 쪽에서 먼저 인연을 끊으려고 한 적이 없으며 오히려 그러한 일이 벌어질까 봐 두려워했다는 것이다. 자신도 모르는 사이에 서로의 관계가 멀어졌을 때는 체면 때문에 침묵을 지킬 수밖에 없었다고 고백을 했다. 다만 나중에 자기가 엘리엇 집안이나 그 명예에 대하여 무시하듯이 거침없이 말했다는 누명을 쓰고 있다는 것을 알고는 정말로 분개했다고 말했다. 엘리엇 집안의 한 사람이라는 사실을 항상 자랑으로 삼아왔고 친족 문제에 있어서는 현대의 반봉건적인 경향에 전혀 어울리지 않을 정도로 엄격하고 고지식한 자기가 어떻게 그럴 수 있겠는가! 정말이지 너무도 억울해서 처음에는 말도 나오지 않았다는 것이다.

그러나 자기의 성격이나 거짓 없는 일상생활이 그 소문을 불식시켜 주리라고 믿었다. 이러한 진실은 지금이라도 자기를 알고 있는 사람이라면 누구든지 이 앞으로 데리고 와 대질시킬 수 있다고 그는 열변을 토했다. 확실히 그가 화해의 최초의 기회를 포착하고, 월터 경의 한 친척으로서 나아가 추정상속인(推定相續人)으로서의 관계를 회복하기 위해 무척 애를 쓰고 있는 지금의 모습은, 그가 이 문제를 어떻게 생각하고 있는지를 강하게 뒷받침해 주는 것이었다.

그의 결혼 문제 또한 생각하기에 따라서는 이해의 여지가 충분히 있었다. 이것은 어디까지나 그 자신이 설명할 수 없는 문제였기에 그의 친한 친구 월리스라는 육군 대령으로부터 들을 수 있었다. 그 월리스 대령은 매우 훌륭한 인품을 지닌 신사로서(더할 나위 없이 풍채도 좋다고 월터 경은 덧붙였다.) 말보로 가에서 아주 잘살고 있었는데 윌리엄 씨를 통해 캠덴 광장의 집을 몇 번 드나들면서 그의 결혼에 대해 한두 가지의 일을 귀띔해 주었던 것이다. 그 월리스 대령의 말은 비록 짧았지만 그동안 그들이 좋지 않게 보아왔던 윌리엄 씨의 결혼에 대한 생각을 완전히 바꿔놓을 수 있었다.

월리스 대령은 윌리엄 씨를 오랫동안 알아왔고 그의 부인하고도 친했기 때문에 그들의 결혼에 대해서는 비교적 소상히 알고 있었다. 그의 부인은, 집안은 좋지 않았지만 교양이 있고 예술적 재능과 기술은 물론 재산까지 꽤 가지고 있었다. 그러나 그녀의 이러한 매력 외에 무엇보다도 중요한 것은 그녀가 그를 끔찍이 사랑하고 있었다는 것이었다. 다시 말해 그들의 결혼은 그의 부인이 먼저 청혼을 해서 이루어질 수 있었던 것이다. 만약 그녀의 이러한 매력이 없었다면 그녀가 아무리 재산이 많다고 해도 윌리엄 씨의 마음을 사로잡지 못했을 것이라고 월리스는 당당하게 증언했다. 그리고 마지막으로 그는 한 가지를 덧붙였는데 그녀는 아주 대단한 미인이라는 것이었다.

'많은 재산을 가진 여성이, 그것도 매우 똑똑하고 아름다운 여성

이 사랑을 고백한다!'

월터 경은 윌리스의 말을 듣고 나서 고개를 몇 번이고 끄덕거렸다. 엘리자베스로서도 완전히 그를 이해할 수는 없다 하더라도 예전의 무조건적인 반감은 상당부분 떨쳐버릴 수 있었다.

윌리엄 씨는 자주 방문을 해왔고 한 번은 그들과 식사를 같이 한 적도 있었다. 그들이 평상시 식사 자리에 남을 부르지 않는다는 것을 알고 있던 윌리엄 씨로서는 그날의 식사 초대에 아주 감격을 했다. 그것은 자기를 친척으로 인정한다는 표시로 받아들여졌고 그 일 자체가 그에게는 행복으로 느껴졌기 때문이었다.

앤은 이러한 그들과 윌리엄 씨와의 관계를 유심히 살피고 있었는데 어느 순간부터 이해가 잘 가지 않는 부분을 발견했다. 항상 말과 행동이란 것에는 처음 하는 사람의 주관이 개입되기 마련이라는 점을 접고 들어간다 하더라도 그들 사이에 오가는 언행은 하나부터 열까지 온통 꾸밈덩어리로 보였기 때문이었다. 우선은 몇 해 동안이나 연락 한 번 없이 지내던 윌리엄 씨가 갑자기 나타나 자신의 용서를 빌었다는 게 이해가 되지 않았다.

분명히 그의 속마음에는 표면상으로 드러난 것 이상의 사유가 있으리라는 생각이었다. 현실적인 관점에서 본다면 윌리엄 씨는 월터 경과 이제와 굳이 가까워진다고 해서 득이 될 게 하나도 없었고 그렇다고 계속해서 불화 상태로 지낸다고 해도 마찬가지로 꺼림칙할 것도 전혀 없었다. 그는 이미 재산도 월터 경보다 훨씬 많이 모았고 켈린치의 후계자가 되는 것도 시간상의 문제로만 남아 있었다.

그는 분명 사리판단이 정확한 사람이라고 생각했는데 도저히 이해가 가지 않았다. 과연 그는 무슨 목적을 가지고 지금과 같은 행동을 하고 있는 것일까? 앤은 단 한 가지 해석을 내릴 수밖에 없었다. 그것은 그가 엘리자베스를 진정으로 좋아하고 있었을지도 모른다는 생각이었다. 지난 세월 속에서 많은 우여곡절을 겪고 어쩔 수 없이 그들 둘 사이가 이루어지지는 않았지만 이제 나름대로의 판단과 의지가 가능해진 만큼 그가 다시 엘리자베스에게 구혼을 하려고 마음을 먹었는지도 모를 일이었다. 엘리자베스는 매우 얌전하고 우아한 태도를 지닌 아름다운 처녀였지만, 그는 그녀를 매우 어렸을 때 공적인 자리에서 만났었기 때문에 그녀의 진면목을 제대로 보지 못했을 가능성은 충분했다.

생각이 여기까지 미치자 앤은 자기의 짐작이 맞더라도 제발 그가 엘리자베스를 너무 꼼꼼하고 예민하게 바라보지 않기를 진심으로 바랐다. 이미 완전하게 성장한, 그의 연륜의 눈으로 바라보는 관찰력이라는 것이 오죽하겠는가! 엘리자베스도 그의 예사롭지 않는 눈길을 의식하고 있는 듯했고 그녀의 친구인 클레이 부인은 그러한 생각을 더욱 부추기고 있는 것처럼 보였다. 윌리엄 씨의 잦은 방문에 대한 이야기가 오고갈 때 그 두 사람이 눈짓을 서로 주고받던 사실로만 보아도 그것은 거의 틀림없어 보였다.

앤은 라임에서 윌리엄 씨를 언뜻 본 적이 있다고 조심스럽게 말을 꺼냈으나 그들의 관심을 전혀 끌어내지 못했다. '아, 그래. 아마도 윌리엄 씨가 맞을 거야. 꼭 단정할 수는 없지만 아마도 그분이 맞을 거야.' 오히려 그들은 그의 인상을 묘사하는 그녀의 설명을 듣기보다는 자기들이 먼저 그에 대한 이야기를 더 많이 했다. 특히 월터 경이 그랬다. 월터 경은 신사다운 외모와 우아하고 상류층다운 예절, 단정한 얼굴, 예리한 눈초리 등 그의 모든 부분에 대해 공정하게 평가했다. 다만 한 가지, 그의 툭 튀어나온 아래턱만은 아주 아쉬워했다.

'그의 턱이 가지고 있는 결점은 날이 갈수록 더 심해지는 것 같단 말이야. 그래서인지 근래 10여 년 동안 그의 얼굴은 예전에 비해서 아주 형편없어졌어. 본인이야 예전이나 지금이나 변함이 없다고 생각할는지 모르지만 그의 얼굴은 확실히 내가 마지막으로 보았을 때와 많이 변했어. 저번에 그가 인사 왔을 때는 답례로 뭐라고 해줄 말이 없어서 당황하기까지 했었다니까! 하지만 그래도 다른 누구보다 그가 더 잘생긴 것은 사실이야. 그 사람하고라면 어디에서든 함께 있는 것을 남들 앞에 보여도 괜찮다는 생각이거든.' 하는 것이었다.

그날 저녁은 내내 윌리엄 씨는 물론이고 말보로 가의 그의 친구들에 대한 얘기가 오르내렸다. '윌리스 대령이 우리와 교류를 갖고 싶어서 안달하던 꼴이라니! 윌리엄 씨는 또 어떻고. 자기의 친구를 소개시켜 주고 싶어서 말이야.' 이에 덧붙여서 나중에는 윌리스 부인의 얘기도 나왔는데, 당시에 그녀는 산달이 얼마 남아 있지 않아서 직접 보지는 못하고 말로만 들었다고 했다. 그러나 윌리엄 씨의 말에 의하면, '그녀는 상당히 매력 있는 부인으로 컴덴 광장의 여러분과 서로 알고 지낼 만한 충분한 자격을 갖추고 있다.' 는 것이고 그녀가 출산이 끝나는 대로 곧 그들과 만나기로 되어 있었다.

월터 경은 윌리스 부인이 사랑스럽고 아름다운 여성이라는 설명에 짐짓 아주 큰 기대를 하고 있었다.

"빨리 그 부인을 만나보고 싶군. 난 너무도 고상하고 품위 있는 여자를 만나보지 못했던 말이야. 그동안 길에서 스쳐지나간 여자들이란 하나같이 못생기고 천박하기 이를 데가 없었거든. 바스는 다 마음에 드는데 그것 하나가 흠이야. 그저 괜찮다 싶은 여자 하나에 형편없는 여자들은 서른이나 서른다섯씩이나 되니, 원!

한번은 본드 가(街)의 가게에서 우연히 여자들을 헤아려 보았는데 여든일곱 명의 여자들이 지나갈 동안 마음에 드는 여자가 하나도 없더라구! 하기는 서리가 내린 아침이라서 그랬겠지만 아무튼 그날은 하루종일 천 명의 여자를 살펴본다 해도 마찬가지였을 게 틀림없어. 물론 남자들이라고 다를 것도 없지. 오십보백보야.

어쩌면 남자들이 여자들보다 더한 것 같기도 해. 길가의 남자들은 모두 다 허수아비나 마찬가지지. 풍채만 좀 괜찮은 남자만 봐도 넋을 잃는 여자들의 얼굴 표정을 보면 단번에 알 수가 있어. 어쩌다 내가 윌리스 대령(수염은 모래 빛이지만 군인답게 훌륭하고 당당한 풍채를 지니고 있었다.)과 함께 길을 가게 되면 주위의 여자란 여자 모두가 그에게 시선을 빼앗기고 말거든."

겸손한 월터 경! 그러나 그대로 물러서게 내버려 둘 수는 없는 일이었다. 월터 경의 조소 섞인 넋두리가 끝나자 엘리자베스와 클레이 부인은 기다렸다는 듯이 입을 모아, 여자들이 월터 경 또한 대령 못지않게 풍채도 좋으며 아주 훌륭한 신사로 보았을 거라고 넌지시 위로했다.

"메리는 잘 지내고 있니? 저번에 보니까 코가 빨갛던데 지금은 괜찮은지 모르겠구나!"

자기의 딸과 클레이 부인으로부터 입에 발린 칭찬의 말을 들은 월터 경은 그런대로 기분이 좋아져 갑자기 화제를 막내딸에게로 돌렸다.

"그럼요, 그때는 어쩌다 그랬던 것뿐이었어요. 미카엘 제(祭) 이후론 아주 건강하고 얼굴도 상당히 예뻐졌는걸요."

"새 모자하고 외투를 보내주고 싶어도 그러면 그 애가 찬바람을 쐬고 바깥나들이를 자주 할까 봐 걱정이 돼서 마음이 놓이질 않는다."

앤은 월터 경의 말을 듣고 나서 아버지의 뜻이 정 그렇다면 긴 상의나 챙 없는 모자를 보내주면 그렇게 오용되지 않을 거라는 의견을 제시하려 했으나, 바로 그때 대문을 두드리는 소리가 들려와서 미처 그 말을 다하지 못했다.

"이렇게 늦은 밤에 누구지? 벌써 10시가 넘었는데. 혹시 윌리엄 씨인가? 하지만 그분은 오늘 반월형(半月形) 광장에서 식사를 하시기로 되어 있잖아. 그래도 또 모르지. 돌아가시는 길에 잠시 들르시는 건지도……. 아무리 생각해도 그분 이외에는 달리 이 시간에 오실 분이 없는걸!"

클레이 부인은 혼잣말을 수다스럽게 하면서 문 쪽으로 시선을 주었다. 그런데 신기하게도 그 부인의 예상은 아주 정확히 맞아떨어졌다. 잔뜩 위엄을 부리며 안내하는 집사의 뒤를 따라 들어온 사람은 바로 윌리엄 씨였다.

입고 있는 의복만 달라졌을 뿐 그는 예전에 라임에서 보았던 윌리엄 씨가 틀림없었다. 앤은 무심코 뒷전으로 물러났고 그는 그 사이 다른 사람들과 간단하게 인사를 나눈 후 엘리자베스에게 정식으로 늦은 방문에 대한 사과를 했다.

"늦은 줄을 알면서도 이 근처까지 왔다가 여러분의 안부가 궁금해서 들르지 않을 수가 없었습니다."

그의 사과는 자못 정중했고 이쪽에서도 마찬가지로 정중하게, 최상의 예의로써 응대했다. 드디어 앤의 차례가 되었다. 그녀의 소개는 월터 경이 했는데 그는 그만 앤을 막내딸이라고 말하고 말았다. '윌리엄 씨, 내 막내딸을 소개해 드릴까 합니다만.' 하고 말해 버렸던 것이다.(미처 메리를 기억해 낼 겨를이 없었던 것이 틀림없었다.) 앤은 아버지의 그런 작은 실수 때문에 살며시 미소를 지으며 얼굴을 붉혔고, 윌리엄 씨가 결코 잊었을 리가 없는 그 예쁜 얼굴을 그를 향해 돌렸다. 그와 두 눈이 마주치면서 앤은 상대가 놀라움으로 순간 움찔하는 것을 놓치지 않았다. 그가 라임에서는 자기가 누군지 조금도 몰랐다는 것을 확인하게 되자 흥미가 느껴졌다.

그는 정말로 놀란 눈치였다. 하지만 곧바로 놀란 기색을 거두고 그들 서로가 친척관계라는 사실을 아주 기뻐했다. 그는 전번에 한 번 만난 적도 있고 하니 앞으로는 서로 스스럼없이 지내자고 말했다. 그의 용모는 라임에서 보았을 때와 다름없이 훌륭했지만 그날은 거침없는 그의 말 때문에 더욱 더 돋보였다. 그리고 그의 예절은 흠잡을 데 없이 세련되었으면서도 자연스러웠고 보기 드물 만큼 좋은 느낌을 주었다. 앤은 그와 비견될 만한 사람은 이 세상에 꼭 한 사람밖에 없다고 생각했다. 웬트워스 대령이었다. 그들 둘은 누가 더 낫고 못하고를 가릴 수 없이 똑같이 훌륭하다고 말할 수 있을 것 같았다.

윌리엄 씨는 그들과 같이 앉아서 화제를 주로 이끌어 나갔다. 십여 분 정도 시간이 흐르면서 그가 얼마나 분별 있고 똑똑한 사람인가 하는 사실이 눈앞에 그대로 드러나기 시작했다. 그의 어투, 화제의 선택 방법, 이야기를 지속해야 할 때와 멈춰야 할 때를 아는 지혜 등등, 모든 것이 예사롭게 행해질 수 있는 것들이 아니었다.

그는 기회가 있을 때마다 앤에게 라임을 화제로 띄우기도 했으며 그 고장에 대한 의견도 서로 주고받기를 원했다. 그러나 정말로 그가 하고 싶었던 얘기는 따로 있었다. 그것은 다름 아닌 그들 두 사람이 우연히 같은 숙소에 같은 날 묵었다는 사실에 대한 것이었다.

그는 그녀에게 경의를 표하기에 그토록 좋았던 기회를 놓친 것을 무척이나 아쉬워했다. 그녀는 그때의 일행에 관한 일이나 라임에 갔었던 목적에 대해서 성의껏 설명을 해주었다. 그는 또 그녀의 이야기를 들으면서 더욱 더 유감스럽게 생각했다. 그날 그는 일행의 옆방에서 쓸쓸히 혼자서 보내고 있었던 것이다. 그는 끊임없이 들리는 말소리나 웃음소리를 들으며 무척 즐거운 사람들이라고 생각을 했고, 같이 어울리고 싶다는 바람도 가져보았었다고 했다. 하지만 그는 자기가 그들의 즐거움 속에 끼어들어 괜히 홍을 깨놓을지 모른다는 스스로의 생각으로 그만두었던 것이다. 아, 만약 그때 일행 중의 누군가 한 사람만이라도 찾아갔었더라면! 그리고 단지 머스그로브라는 이름만이라도 그가 알았더라면 상황은 달라졌을 텐데…….

"이번 일은 저의 바보 같은 습관을 뜯어 고치는데 많은 도움이 될 겁니다. 숙소 같은 곳에서 절대 어떤 일을 물어보아서는 안 된다는 습관 말이죠. 그 습관은 제가 아주 젊었을 때부터 몸에 익혀오던 것입니다. 무엇인가를 수소문하는 버릇은 매우 점잖지 못한 행동이라는 원칙에 입각한 습관이었죠. 하지만 이제 와 생각해보건대 스물을 갓 넘은 젊은 사람이 미리부터 갖기에는 너무나 어리석은 생각이었어요. 그 나이에 벌써 완전한 인간이 되기 위한 예의와 범절을 지킨다는 것은 정말로 말도 안 되는 일이었죠. 세상에서 가장 어리석은 생각이었다는 것을 저는 확신하게 되었습니다. 그러한 사람들이 사용하는 수법 또한 마찬가지로 어리석기 짝이 없고, 그 어리석음에 비견될 만한 것이라면 그 사람들이 생각하고 있는 어리석음 정도겠지요."

그러나 그는, 좀더 많은 대화를 나누고 싶었지만 앤에게만 지난날의 회고를 풀 입장이 못 되었다. 그는 다른 사람에게도 두루 신경을 써야 했고 따라서 그들의 이야기는 중간 중간 이어질 수밖에 없었다.

그가 앤에게 이것저것 묻다가, 어느 순간 갑자기 그들의 이야기는 라임의 석제 위에서 일어났던 사고에 이르게 되었다. '사고'라는 말에 그는 그 사건의 전말을 모두 듣고 싶어했고, 그가 궁금증으로 바짝 다가서자 월터 경과 엘리자베스도 계속 채근을 했다. 하지만 윌리엄 씨와 다른 사람들의 궁금증 사이에는 확연한 차이가 있었다. 그들은 단순한 호기심 이상의 관심을 넘어서지 못했지만 윌리엄 씨는 어떤 일이 발생했었는지를 속속들이 알고 싶어했고 그녀가 그 현장을 직접 목격했다는 사실에 대하여 무척 괴로웠음이 틀림없을 거라고 깊은 위로의 말을 해주었던 것이다. 앤의 기억으로는 그와 같은 태도로 자기를 대해준 것은 이제까지 러셀 부인밖에 없었다.

월리엄 씨는 한 시간가량 그들과 자리를 함께 했다. 그리고 난로 선반 위의 우아하고도 작은 시계가 '백은(白銀)의 음(音)(역주: 포프의 풍자 시)으로 11시를 알리고 멀리서 야경꾼들의 규칙적인 호루라기 소리가 들려오자 모두가 너무 늦었음을 깨달았다. 월리엄 씨도 일어설 수밖에 없었다. 하지만 켐덴에서의 첫날밤이 이토록 만족스러울 줄은 꿈에도 몰랐던 앤으로서는 작은 행복 속에 잠겨들고 있었다.

4

오랜만에 가족들의 품으로 돌아온 앤에게는 윌리엄 씨와 엘리자베스와의 관계보다 더 중요하고 우선적으로 꼭 확인해야 할 문제가 하나 있었다. 그것은 다름 아닌 아버지와 클레이 부인과의 관계였다. 아버지가 클레이 부인과 이미 사랑에 빠져 있지 않았으면 하는 바람이었고, 집에 돌아온 지 꽤 많은 시간이 지났음에도 앤은 그 일에 대해서는 안도의 숨을 내쉴 수가 없었다.

이튿날 아침 앤은 식사를 하러 내려가자마자 클레이 부인이 그들에게 작별을 고하기 위한 점잖은 구실이 나왔다는 것을 알 수 있었다. 그리고 그 말도, '이젠 앤 따님께서 돌아오셨으니 저는 더 이상 머물 이유가 없을 것 같군요.' 하는 식으로, 앤이 돌아왔으니 자기가 이곳에 더 있을 필요가 없다는 의사표시를 한 모양이었다. 엘리자베스의 흥분된 말투는 그 모든 것을 단번에 알려주기에 충분했던 것이다.

"정말이지 그런 건 전혀 이유가 되지 않아요. 이건 진심입니다. 앤은 부인과 비교할 때 저에게 아무것도 아니에요."

이런 식의 어조는 월터 경도 마찬가지였다.

"부인, 그건 안 될 말입니다. 당신은 아직 바스도 제대로 구경을 다 못 했잖아요. 여기에 오셔서 일만 하셨는데 지금 우리 곁을 떠나신다는 건 말도 안 되죠. 적어도 그 훌륭한 월리스 부인과 친해지실 때까지는 여기에 그냥 계시도록 하세요. 당신은 마음이 착하시니까 그 부인을 만나보면 진정으로 즐거워지실 겁니다."

월터 경의 말하는 모양이나 얼굴이 얼마나 진지했는지 앤은 클레이 부인이 엘리자베스와 자기를 힐끗 곁눈질하는 것을 보고도 놀랄 겨를이 없었다. 그리고 아버지가 클레이 부인의 마음씨가 착하다고 했을 때 자기는 못마땅한 얼굴을 지어 보였지만 엘리자베스는 아무렇지도 않게 받아들이고 있다는 사실도 알았다. 두 사람이 이렇게 이구동성으로 간청을 하자 결국 클레이 부인도 어쩔 수 없다는 듯이 자신의 체제 기간을 늦추고 말았다.

같은 날 오전 중에 우연히 앤은 월터 경과 함께 단둘이 있게 되었다. 그러자 뜻밖에도 월터 경이 앤의 용모에 대해서 칭찬을 하기 시작했다.

"얼굴빛이 많이 좋아졌구나. 살도 올랐고 피부도 훨씬 깨끗하고 신선해 보이니 말이다. 무언가 특별히 따로 쓰고 있는 게 있는 거냐?"

"아니오, 아무것도 없어요."

"혹시 가울랜드[(gowluland)역주―작가가 임의로 설정한 화장품 회사를 지칭함.)] 화장수를 쓰고 있는 거냐?"

"아뇨, 아버지. 가울랜드 화장수는 전혀요."

앤이 극구 부인을 했지만 월터 경은 몇 번이고 그녀를 떠보았다.

"그렇다면 정말 놀라운 일이구나. 지금의 상태를 계속해서 유지만 할 수 있어도 좋겠다. 세상엔 건강 이상의 것은 없는 법이란다. 만약 아직 가울랜드 화장수를 써보지 않았다면 봄철 동안에는 한번 사용해 보렴. 몇 달 동안은 효과가 아주 좋을 게다. 클레이 부인도 내가 권해서 지금 쓰고 있는데 너도 보다시피 그 효과가 눈에 그대로 보이지 않니? 그녀의 주근깨가 벌써 많이 없어졌으니까 말이다."

아! 만약 엘리자베스가 이 말을 들었으면 어떤 반응을 보였을까. 클레이 부인에 대한 아버지의 이러한 관심과 칭찬을 들었더라면 엘리자베스도 놀랐을 것이 틀림없는 일이었다. 특히나 앤의 눈에는 부인의 주근깨가 조금도 줄어든 것 같아 보이지 않았기 때문이다. 그러나 만사는 제 뜻대로 되지만은 않는 법이었다. 아버지가 클레이 부인과 재혼을 하는 것은 분명히 불행한 일이지만 만일, 엘리자베스도 결국에 결혼을 할 거라는 가정을 한다면 결코 그렇게만 생각할 일은 아니었다. 아버지가 클레이 부인과 결혼을 한다면 엘리자베스가 결혼을 한 후에라도 앤 자신으로서는 홀가분한 마음으로 러셀 부인과 행복하게 살아갈 수 있는 일이었다.

뒤늦게 캠덴 광장의 집을 방문한 러셀 부인은 식구들의 침착하고 정중한 응접에도 불구하고 매우 괴로운 심정이었다. 클레이 부인은 대단히 대우를 잘 받고 있는데 비해서 앤은 항상 도외시 당하고 있는 것을 자기 눈으로 직접 목격했기 때문이었다. 그녀는 솟구치는 화를 참을 수 없었다. 캠덴 광장을 떠나서도, 광천(鑛泉)의 온천물을 마시고, 신간(新刊)을 모조리 입수하고, 지인들이 수시로 드나들었지만 여전히 그 일 때문에 짜증날 시간은 허용되었기에 몹시 짜증을 내고는 했다.

부인은 윌리엄 씨를 만난 이후로는 다른 사람들에 대해서 예전보다 훨씬 관대해졌다. 아니 오히려 무관심해졌다고 해야 할지. 우선 남자다운 그의 태도를 높이 평가했다. 그와 이야기를 나누면서는 그에 대한 자기의 피상적인 견해를 아주 튼튼하게 뒷받침할 만한 근거도 속속 찾아내었다. 부인이 나중에 앤에게 말한 대로 처음에는 '저 사람이 정말로 윌리엄 씨가 맞아?' 하고 큰소리로 외칠 뻔했다.

하지만 지금은 아무리 진지하게 마음속으로 상상해 보아도 그만큼 만족스럽고 존경스러운 남자는 찾아낼 수가 없었다. 그는 뛰어난 지성, 예리한 판단, 풍부한 지식, 따뜻한 정감 등 모든 장점을 고루 갖추고 있었다. 친척이나 가문에 대한 기품과 애착을 가졌으면서도 뽐내거나 의지가 약한 점을 발견할 수가 없었다.

부유한 재산가답게 자유롭게 살고 있었으나 남에게 그것을 내세우지도 않았다. 궁극적인 문제는 모두 자기가 판단하였으되 일반적인 의례 같은 문제에 있어서는 다른 사람의 의견을 무시하지 않았다. 착실하고 주의 깊으며 절도가 있는 데다 공정하기까지 했다. 혈기에 치우치거나 이기(利己) 그 자체를 정열이라 여김으로써 그러한 감정에 자신을 내맡기는 일은 절대로 없었다. 더욱이 사랑스럽거나 아름다운 것에 대한 감정이 풍부하고 가정의 참된 행복에 대한 안목도 제대로 갖추었는데 이 모든 것들은 스스로를 정열가라고 자부하는 격렬한 감정의 소유자들한테서는 찾아볼 수 없는 능력들이었다.

러셀 부인은 그의 이 모든 장점들을 알고 난 다음 어느 순간에서부턴가는 지금까지 그의 결혼 생활이 결코 행복하지 못했을 거라고 생각하기 시작했다. 이러한 부인의 생각은 얼마 후 윌리스 대령의 말을 통해서 사실로 확인되기도 하였다.

그러나 그러한 주위의 여건들이 그의 성미를 괴팍하게 만들어 놓거나 또(부인은 상당히 빨리 알아 차렸지만) 그가 당장에 제2의 선택을 고려하는데 방해가 될 정도의 불행은 아니었다. 다만, 러셀 부인이 윌리엄 씨를 앎으로 해서 클레이 부인으로부터 초래된 불쾌감을 깨끗이 씻어버릴 수 있었다는 사실만큼은 확실했다.

벌써 수년 전부터 앤은 자신과 이 훌륭한 후원자 사이에 언젠가는 서로 견해의 차이가 있을 수 있다는 생각을 하고 있었다. 따라서 윌리엄 씨가 월터 경과 그토록 간절하게 화해하기를 바라는데 대해 러셀 부인이 하등의 의심이나 모순도 안 느끼고, 또 표면에 나타나 보이는 그 이상의 동기를 알아볼 필요도 느끼지 않고 있는데 대해서 전혀 놀라지 않았다.

러셀 부인으로서는 원숙한 연배가 된 윌리엄 씨가 한 집안의 어른과 가깝게 지내는 것을 당연한 일이라고 생각했음이 틀림없었다. 그리고 그러한 그의 요청이 있었다면 집안의 어른으로서는 전적으로 받아들여져야 하는 것 또한 당연하다고 생각했을 것이다. 이는 다시 말해 지난날의 그의 행동을 한창 젊은 혈기로 저지를 수 있는, 충분히 있을 수 있는 실수로 인정한다는 것과 같은 말이었다.

그러나 앤의 생각은 달랐다. 앤은 대담하게도 바로 그 문제에 대해 슬며시 미소만 짓고 있다가 마침내 '엘리자베스예요.' 하고 입 밖으로 내어버렸다. 러셀 부인은 주의 깊게 지켜보며 귀를 기울였지만 이윽고, 다음과 같은 모호한 대답으로 얼버무리고 말았다.

"엘리자베스라니? 그래, 좋아. 시간이 흐르면 자연스럽게 알게 되겠지."

이것은 확실히 윌리엄 씨와 엘리자베스의 장래 문제가 직결되어 있는 문제였으므로, 결국 앤도 한두 마디 논평을 했을 뿐 더 이상의 말은 할 수가 없었다. 당장으로서는 그녀도 단정할 수 있는 것이 아무것도 없었기 때문이었다. 집안에서 엘리자베스는 무엇보다 우선적인 존재였고, 다른 사람들로부터는 언제나 '엘리엇 댁의 장녀' 라는 공인의 이름으로 불려왔기 때문에 그녀의 장래를 논의함에 있어 특정한 한 사람만을 상대로 떠올린다는 것은 거의 있을 수 없는 일이었다.

더욱이 윌리엄 씨는 이제 겨우 상처한 지 7개월밖에 되지 않았다는 사실이 밝혀졌다. 그래서 어쩌면 이 문제에 있어서는 오히려 그가 더 망설이고 있을지 모를 일이었다. 사실 앤은 그의 상처 소식을 알고 난 후, 그의 모자에 둘려 있는 크레이프의 상장(喪章)을 볼 때마다 그동안 자신이 너무 그와 엘리자베스와의 관계를 비약시켰던 것은 아닌가 하는 죄책감에 빠지고는 했었다. 비록 그의 결혼이 썩 행복하지는 않았다 하더라도 일상적인 생활이 갑자기 깨져버린 고통을 이겨내기란 여간 힘겨운 것이 아니었으리라는 것을 잘 알고 있기 때문이었다.

하지만 결과야 어찌됐든 그가 그들에게 있어 바스에서는 제일 반갑고 가까운 친지라는 사실만은 의심할 여지가 없었다. 앤으로서도 그와 필적할 만한 사람을 찾을 수가 없었다. 이따금 앤과 그는 라임의 일을 얘기하면서 즐거워했고 다시 한 번 그곳에 가고 싶다는 서로의 의견을 피력했다. 그들은 둘이서 처음 만났을 때의 세세한 이야기를 몇 번이고 반복해서 한 적도 있었다. 그는 그때 자기가 얼마나 두근거리는 시선으로 그녀를 바라보았었는지 솔직하게 털어놓았다. 그것은 이미 그녀도 그때 당시에 알고 있었던 일이었다.

그녀는 그의 얘기를 들으면서 당시에 자기를 쳐다보던 또 다른 눈길이 있었음을 혼자서 떠올려 보았다. 이렇게 앤과 윌리엄 씨는 비교적 많은 얘기를 주고받았지만 두 사람의 생각이 항상 일치하는 건 아니었다. 그는 그녀가 하찮게 여기는 신분이나 친족관계 문제에 대하여 상당한 관심을 가지고 있었다. 아버지나 언니가 그 문제에 있어 흥분하고 있을 때 그도 못지않게 열렬한 태도를 보였던 것은 단순한 예의에서 비롯된 것이 결코 아니었다. 그는 그러한 화제를 정말로 좋아하고 있었던 것이다.

어느 날 아침, 바스의 신문에 댈림플 자작 미망인과 그의 영애 카트리트 양의 도착을 알리는 기사가 실렸다. 그로 인하여 캠덴 광장 집안의 평온은 며칠 동안 완전히 깨어지고 말았다. 왜냐하면 댈림플 가는(앤의 의견으로는 매우 불행하게도) 엘리엇 가와 친척 관계였는데 월터 경을 비롯한 나머지 사람들이 그들에게 어떤 방식으로 서로의 소개를 해야 예의에 어긋나지 않을까 하는 문제를 가지고 고민하고 소란을 떨었던 것이다.

앤은 지금까지 아버지나 언니가 귀족들과 교제해 오는 것을 숱하게 보아왔지만 이번만큼 실망을 한 적도 없었다. 그들은 최소한의 자존심도 내팽개치고 '친척 댈림플 부인과 카트리트 양' 이라든가 '친척 댈림플 일가' 라는 말을 온종일 입에 달고 다녔다. 앤으로서는 예전이라면 상상도 못 했을 참으로 부끄러운 일이었다.

월터 경은 댈림플 자작과 딱 한 번 자리를 같이 한 적이 있었다. 하지만 댈림플의 그 외 가족들은 전혀 만나보지 못했다. 더구나 자작이 세상을 뜨면서 두 집안 사이는 경조(慶弔) 의례상의 편지 교환도 끊어진 상태였다. 하필이면 그때 왜 그랬는지, 댈림플 자작이 죽던 날 월터 경도 심하게 앓아눕는 바람에 그만 아일랜드로 조문 편지를 내지 못했었다. 그래서인지 얼마 후 엘리엇 부인이 애통하게 세상을 떠났을 때 그쪽에서도 켈린치로 조문을 보내오지 않았다. 그런 기화로 두 집안은 서로 서먹서먹하게 왕래를 끊게 되었던 것이다. 그런데 이제 와 앤의 아버지와 언니가 새삼스럽게 다시 친척의 정을 회복하기 위해서 어떻게 해야 할지를 고민하고 있는 중이었다. 더구나 이 문제에 있어서는 러셀 부인과 윌리엄 씨도 한 목소리로 동조하고 있었다.

"친척 관계라는 것은 언제나 소중하게 생각할 값어치가 있어요. 특히 훌륭하신 분들과의 교제는 이쪽에서 먼저 자진해서 구할 필요가 있지요. 댈림플 부인은 로라 광장에서 3개월간 집을 빌려 고급스러운 생활을 하실 거예요. 부인께서는 작년에도 바스에 오셨었는데 제가 듣기로는 아주 매력 있으신 분이랍니다. 그러니 되도록이면 엘리엇 가의 체면을 훼손시키지 않는 범위 내에서 교제를 다시 시작하는 것이 정말로 바람직할 것 같아요."

러셀 부인이 이것저것 조언을 했지만 월터 경은 자기 나름대로의 방법으로 긴 편지를 써서 댈림플 일가에게 보냈다. 그 편지의 내용에는 어느 정도의 변명과 유감의 뜻이 있었고 마지막에는 간청의 말들로만 가득했다. 그래서 러셀 부인과 윌리엄 씨로서는 별로 탐탁지 않게 여긴 편지였지만 자작 미망인으로부터는 석 줄로 갈겨쓴 꽤나 짧은 회신이 재빠르게 왔다.

"매우 영광스러운 일로, 가까이 하게 된 것을 기쁘게 생각합니다."

이렇게 해서 그들에게는 염려했던 일들이 끝나고 즐거운 일이 시작되었다. 그들은 로라 광장의 집을 방문했고 댈림플 부인과 카트리트 양으로부터 초대장도 받게 되었다. 그들은 초대장을 항상 눈에 잘 띄는 장소에 두어 누구에게나 로라 광장의 친척, 댈림플 부인과 카트리트 양에 관하여 이야기할 수 있게 하였다.

앤은 이 모든 행동들을 아주 수치스럽게 생각했다. 비록 댈림플 부인과 그 딸이 품위 있는 사람들이라 해도 아버지나 언니가 피운 소란 때문에 부끄러워 할 지경이었는데 그들은 사람 자체도 아주 볼품이 없었다. 품위든 재예든 지성이든 그 어느 한 가지라도 뛰어난 것이라고는 없었다. 댈림플 부인이 '매력 있는 여자' 라는 평판을 얻은 것은 누구에게나 싱글벙글 애교 있게 응대했기 때문인 듯싶었다. 카트리트 양은 더 형편없고 거동도 어색해서 타고난 신분만 아니었다면 캠덴 광장의 집안에 발도 들여 놓지 못했을 것이 틀림없었다.

러셀 부인도 적이 실망한 눈빛으로 좀더 낫겠거니 기대했었다고 고백을 하면서도 '그래도 가깝게 지낼 가치가 있는 친척' 이라고 미련을 버리지 못했다. 앤이 자신의 의견을 과감하게 윌리엄 씨에게 말하자, 그는 다시 러셀 부인의 의견에 동조를 했다. 그들이 인품으로는 보잘 것이 없지만 친척으로서 좋은 상대가 될 수 있고, 최소한 좋은 교제 상대를 주위에 불러 모으는 역할 정도는 충분히 할 수 있을 거라는 것이었다.

앤은 쓴 웃음을 지으며 말했다.

"윌리엄 씨! 좋은 교제 상대란 현명하고 지식이 넓고 화제가 풍부한 사람이 아닌가요? 저는 그렇게 생각하는데요."

"그건 잘못 생각하시는 겁니다."

그는 점잖게 말했다.

"그런 의미에서의 좋은 교제 상대란 좋은 집안에서 태어나고 예의범절만 잘 지키면 되죠. 약간의 학문도 아주 큰 도움이 되는데 그건 엄격한 조건은 아니에요. 납득이 잘 가지 않으십니까? 하기는 앤 양은 워낙 까다로우시니까. 하지만 앤 양!(그녀의 곁에 자리를 잡고 앉으면서) 그렇게 까다롭게 상대를 재고 폄하해서 무슨 이득이 있을까요. 그렇게 함으로써 행복해지실 수 있을까요? 차라리 로라 광장의 부인과의 교제를 받아들임으로써 친척관계의 이익을 활용하시는 편이 더 현명하지 않겠어요? 그분들께서는 이번 겨울에 바스에서 최고의 일류 인사들과 교류를 가지실 겁니다. 그리고 신분은 어디까지나 신분이니까 당신이 그분들의 친척이 된다는 사실도 알려질 테고, 그렇게만 된다면 엘리엇 일가는—아니, 우리 일가라고 말하는 것이 좋겠군요—우리 모두가 언제나 한결같이 바라던 무게 있는 지위로 올라 설 수가 있는 겁니다."

"그건 맞아요."

앤은 한숨을 쉬면서 말했다.

"우리가 그분들의 친척이라는 것은 알려지겠지요."

그러고 나서 불현듯 정신을 차린 듯이 대답을 기다리지도 않고 덧붙여 말했다.

"하지만 우리는 그들과 가까이 하기 위해서 너무나 비굴했어요. 아마(잠시 미소 지으며) 전 누구보다도 자존심이 강하지만 솔직히 털어놓고 말하자면 우리가 그들의 친척이라는 것을 인정받기 위해 사정사정 하는 것은 정말로 못 참겠어요. 그분들이 그런 일의 결과가 어떻게 되든가 상관이나 하겠어요?"

"앤 양, 실례의 말씀 같지만 앤 양은 지금 당연한 자기의 권리를 찾지 못하고 있습니다. 만약 앤 양이 런던에서 지금과 같은 조용한 생활을 하고 있다면 아마 당신 말이 백 번 맞을 겁니다. 하지만 여기는 바스입니다. 그리고 이곳의 사람들은 항상 월터 경이나 그 가족들과 함께 있고 싶어하고 그럴 가치가 있다고 느끼고 있습니다."

"글쎄요. 저는 아까도 말씀드렸지만 확실히 자존심이 강합니다. 그래서 장소에 따라 좌우되는 그런 환영 같은 건 그리 달갑지도 않고 이해하지도 못하겠습니다."

앤이 말했다.

"저는 당신이 화를 내시는 것을 이해합니다. 그건 지극히 당연한 일입니다. 하지만 중요한 것은 당신이 지금 바스에 있다는 사실입니다. 여기서 할 일은 오직 월터 경이 당연히 누릴 수 있는 명예나 격식을 될 수 있는 한 모조리 확보하는 것입니다.

당신은 자신 스스로가 자존심이 강하다고 말하고 있지만, 저 또한 당신 못지않게 자존심이 강하다는 말을 자주 듣고 있습니다. 또한 저 자신이 굳이 그렇지 않다고 부정하고 싶지도 않습니다. 왜냐하면 우리 둘의 자존심은 그 뿌리를 캐본다면 같은 목표를 지향하고 있다는 사실에 대해서는 의심의 여지가 없으니까요.

언뜻 보기에는 서로 다른 의견인 것 같지만 분명히 어느 한 곳에서 (방 안에는 아무도 없었는데도 그는 목소리를 낮추어 가며 계속했다.) 공통적으로 통하는 부분이 있는 것이 분명합니다. 다시 말해서 월터 경이 자기와 비슷한 부류나 아니면 더 상위의 사람들과 많이 사귀면 사귈수록 그분과 격이 어울리지 않는 사람들과 접하는 기회를 그만큼 차단시킬 수 있다는 얘기죠."

그는 그렇게 말하면서 조금 전까지 클레이 부인이 앉아 있던 자리를 바라보았는데 그가 마지막에 한 말의 의미는 그것으로써 충분히 알아들을 수가 있었다. 앤은 자신과 그가 같은 종류의 자존심을 가졌다고는 믿지 않았지만 윌리엄 씨도 클레이 부인을 좋아하지 않는다는 사실을 알았다. 왠지 그녀의 마음은 기쁨에 들뜨기 시작했다. 그리고 될 수 있는 한 아버지의 주위에 가까운 친지들이 늘어나도록 해야 한다는 그의 말도 클레이 부인을 격퇴시키기를 바란다는 관점에서 볼 때는 어느 정도 고개를 끄덕이게 만들고 있었다.

5

월터 경과 엘리자베스가 로라 광장의 집에서 조금의 이익이라도 더 얻겠다고 노력하고 있을 때 앤은 전혀 다른 종류의 사람을 만나려 하고 있었다.

그녀는 옛날 자기 학교의 스승이 근처에 있다는 것을 알았고 그 선생님을 통해서 당시에 절친했던 친구 한 명의 소식을 알아냈던 것이다.

그 친구는 옛날 그녀에게 정말로 친절하게 대해 주었었는데 지금은 아주 어려운 환경에 놓여 있다고 했다. 그 친구의 이름은 해밀턴이었고 지금은 스미스 부인으로 불리고 있었다. 그 친구가 앤에게 친절을 베풀어 주던 시기는 지금까지 앤의 반평생에서 가장 어렵고 힘들었던 시기였기에 고마운 마음이 더했고, 남다른 감회가 몰려왔다. 그때 앤은 깊이 사랑하던 어머니를 여읜 슬픔과 집에서 떨어져 있어야 하는 쓸쓸함, 열네 살의 여자 아이가 으레 갖기 마련인 침울한 감성 따위로 인하여 우울한 학교생활을 하고 있었다.

그런데 해밀턴은 그녀보다 세 살이나 위였음에도 불구하고 1년을 학교에 더 남아 그녀의 슬픔을 달래주며 절대적으로 유용하고 필요한 역할을 마다하지 않았던 것이다. 물론 그녀에게 가까운 친척이나 편하게 안주할 만한 가정이 없었다는 사정이 있기는 했으나 그래도 앤에게 베푼 행동은 아무나 쉽게 할 수 있는 것이 아니었다.

해밀턴은 학교를 졸업하고 금방 결혼을 해버렸다. 그러나 재산이 많은 부유한 사람과 했다는 소식만 들었을 뿐, 근래에 이르기까지 앤은 더 이상의 소식은 듣지 못하고 있었다. 그러던 것이 이제 와 지난날의 선생님을 통해서 분명한 근황을, 그것도 짐작과는 전혀 다른 모습의 그녀를 만나게 되었던 것이다.

그녀는 남편을 여의었고 무척 빈곤한 처지에 있었다. 그녀의 남편은 워낙 낭비벽이 심해 2년 전 사망했을 당시의 가계는 아주 걷잡을 수가 없을 정도로 참담했다. 그녀는 별의별 어려움을 다 겪어야 했으며 나중에는 심한 류머티즘의 고통까지 겹쳐 마침내는 두 다리를 마음대로 쓰지 못할 지경에까지 이르고 말았다. 그런 상황에서 그녀는 다리의 치료를 위해 바스에 왔고 온천 근처에 싸구려 방을 하나 얻어 지내고 있는 터였다. 하지만 살림이 몹시 궁해서 하인도 한 사람 제대로 쓸 여유가 없었을 뿐더러 다른 사람과의 교류는 아예 생각도 못 하고 있었다.

앤은 그녀가 찾아가면 아주 좋아할 거라는 선생님의 말이 끝나기가 무섭게 바로 그녀를 찾아 나섰다. 그러나 집에는 전혀 아무 내색도 하지 않았다. 말해 보았자 누구 하나 관심을 가져줄 사람이 있을 것 같지 않았기 때문이었다. 러셀 부인에게만 상의를 했는데 이러한 집안의 분위기를 부인도 아는지라 아무 말 없이 웨스트게이트 가에 있는 스미스 부인의 하숙 쪽으로 그녀가 원하는 지점까지 마차로 태워다 주었다. 앤은 그러한 러셀 부인에게 한없이 고마워했다.

이렇게 방문이 이루어지고 두 사람의 교류는 다시 시작됐는데 서로간의 관심은 예전과는 비교할 수 없을 정도로 아주 뜨겁게 달아올랐다. 물론 이런 경우에 있게 마련인 어색함이나 흥분이 처음 십여

분간은 있었지만 그동안의 긴 세월도 그들을 아주 떼어놓지 못하고 있었음이 금방 드러났다.

두 사람이 헤어지고 12년이 지나 있었으며, 12년의 세월이 바꿔 놓은 두 사람의 변모도 결코 만만치가 않았다. 말 없고 미숙했던 15세의 꽃다운 앤은 여전히 얌전했고, 새침하니 흐트러지지 않는 예절도 그대로였지만 온몸 가득히 배어나던 젊음의 싱싱함은 간 데 없고 대신, 그녀는 스물일곱의 우아한 여성으로 변해 있었다.

그것은 해밀턴도 마찬가지로 건강미와 우월감에 넘치던 인상 좋고 조숙했던 그녀는 이제 무기력한 미망인의 모습으로, 예전에 자기가 보살피던 사람의 방문을 은총처럼 받아들이고 있는 입장이 되어버린 것이었다. 그러나 그들은 첫 대면에서 오는 불편을 금방 말끔히 씻어내고 다정했던 옛날을 되새기며 깨알 같은 즐거움 속으로 빠져들어 갔다.

앤은 스미스 부인으로부터 기대했던 만큼의 훌륭한 양식과 마음에 드는 예절을 발견했다. 그녀는 끊임없이 이야기하고 쾌활해지려고 노력하는 기질만큼은 여전히 간직하고 있었다. 한때 화려했고 지나치다 싶을 정도의 낭비 생활도—사실 스미스 부인은 무척 화려한 생활을 영위해 왔던 것이다—그리고 그것이 사라져버린 현재의 부자연스러움도, 나아가 병이나 슬픔도 어느 하나 그녀의 마음을 닫아걸거나 원기를 꺾어 놓지 못한 것 같았다.

스미스 부인을 두 번째 방문했을 때 앤은 부인의, 흉금을 탁 터놓고 하는 말에 더더욱 놀라움을 금치 못했다. 그녀의 현실은 눈으로 보이는 것 외에 상상을 초월할 만큼 버거운 것이었다. 그녀는 남편을 진정으로 사랑했었다. 그러나 그 남편은 이미 그녀의 손으로 땅속에 묻었고 남은 것이라고는 아무것도 없었다. 호사스러운 생활도, 믿고 의지할 자식도, 가정의 정리를 도와줄 친척은 물론 이러한 모든 일을 견디어 낼 건강마저도 그녀는 갖고 있지 못했다.
지금의 주거는 소란스런 거실과 그 뒤에 있는 어두운 침실이 전부였다. 더구나 누군가가 부축해 주지 않으면 그 사이도 오갈 수 없는 처지였음에도 그것을 거들어 줄 사람은 하인 한 명뿐이었다. 그녀는 온탕을 가는 것 외에는 출입이 전혀 불가능했던 것이다.
그런데 이상한 일이 하나 있었다. 앤이 보기에 그녀는 이러한 여러 가지 불행을 겪고 있음에도 불구하고 답답해하는 모습을 전혀 찾아볼 수 없었다. 아니 오히려 항상 무슨 일인가를 하면서 즐거움을 찾고자 하는데 익숙해져 있다는 사실이었다. 어떻게 해서 그럴 수가 있을까? 앤은 처음에는 믿어지지가 않았다. 그래서 그녀를 유심히 살펴보고 골똘히 생각도 해보았다. 그리고 마침내 이것은 인내와 체념의 문제만이 아니라는 결론을 내리게 되었다. 유순한 마음의 소유자라면 참고 견디겠고 견고한 이성을 가진 사람이라면 불굴의 의지를 끊임없이 불태우겠지만 이 경우에는 그 이상의 무엇이 있었다.
그녀가 지금 지니고 있는 마음의 유연성, 위안을 찾는 성향, 고통을 잊게 할 일거리를 찾는 능력 등 모든 것이 참기 힘든 고난을 전화위복의 기회로 만들고자 하는 그녀의 천성적인 기질의 것들이었다. 이것은 하늘의 자비로운 배려였고 그녀를 유지해 주는 유일한 힘이며 원천이었다.
스미스 부인의 말에 따르면 한때 모든 것을 포기하려고 했던 적도 있었다고 했다. 처음 바스에 도착할 무렵이었는데 그때 그녀는 정말로 비참한 모습이었다. 그때와 비교해 보면 지금의 그녀는 환자도 아니라는 것이다. 그녀는 바스로 오는 도중 감기가 들어서 도착하자마자 다시 꼼짝없이 누워 있어야 했으며 격심하고 끊임없는 통증으로 괴로움을 겪어야만 했다. 더욱이 이 모든 일을 아는 사람 하나 없는 낯선 곳에서 견뎌내야 했던 것이다. 정기적으로 돌봐줄 간호사도 필요했지만 그녀의 재정 상태로는 어림없는 일이었다.

아! 짐작조차 되지 않는 그 상황을 어떻게 이겨 나왔을까! 하지만 어쨌든 그녀는 그 모든 곤경을 치러냈고 그때 그 고난을 이겨낸 힘으로 지금도 버티고 있는 게 아닌가 생각하고 있다고 말했다. 이미 그녀는 세상풍파를 두루 겪어봤기 때문에 어디를 가나 어떤 일이 닥치거나 항상 서로의 이해관계를 떠난 도움은 기대조차 하지 않고 있었다. 나중에 안 일이지만 하숙집의 여주인도 자기의 권위를 세우려고 그랬던 건지 그녀에게 필요 이상의 관심과 대우는 절대 하지 않았다.

하지만 간호사의 문제에 있어서는 그녀는 유별나게 운이 좋았다. 여주인의 동생이 간호사로 고용되기 전, 아무 하는 일 없이 같은 집에 살고 있었는데 그녀가 한가하다는 단순한 이유로 스미스 부인을 돌보아 주었던 것이다. 그녀에 대해 스미스 부인은 칭찬을 아끼지 않았다.

"그분은 세상에 다시없는 훌륭한 간호를 해주었을 뿐 아니라 정말 좋은 친구 노릇까지 해주었어요. 내가 손을 쓸 수 있게 되자 바로 뜨개질 하는 법을 가르쳐 주었고 나중에는 실 통이나 바늘꽂이, 명함꽂이 만드는 법까지 지도해 주었거든. 보시다시피 나는 즐거움으로 이것들을 열심히 만들고 있지만 이래 봬도 이것들이 근처에 사는 아주 빈곤한 한 두 가족에게 큰 도움이 되고 있지요.

그분은 내가 이렇게 만든 물건들을 사줄 만한 여유 있는 분들에게 직접 팔아 주시기까지 하거든. 그분은 사람들이 잘 사주실 만한 때만 골라 찾아가서 파신다나 봐요. 사람들이 심한 통증에서 막 벗어나거나 건강을 되찾거나 했을 경우 마음이 넓어지고 기분도 좋아지지 않나요? 아마 그때 슬쩍 부탁을 하나 봐. 특히 물건을 사주는 사람들 대부분은 루크 간호사 자신이 돌보는 환자들이기 때문에 언제

이야기를 하면 좋을지 잘 알고 있는 것은 너무나 당연한 일이지요.
그분은 그렇게 빈틈없고 영리할 뿐 아니라 분별이 있어요. 그리고 직업이 직업이니만큼 사람의 본성을 알아맞히는 데 정확하고 교양과 관찰력 또한 뛰어난 분이에요. 쓸데없이 내로라하는 고등교육만 받아놓고 진실로 신경 써야 할 일이 무엇인지도 모르는 사람들보다 훨씬 우리들의 훌륭한 동반자가 될 수 있는 거죠. 사람들은 흔히 그저 있을 법한 일이려니 생각할지 몰라도 그분은 단 30분 정도의 여가만 나더라도 뭔가 유익한 일, 혹은 세상살이에 도움이 될 만한 얘기들을 들려주고는 하거든.
사람은 누구나 아무리 사소하고 어리석은 일이라도 새로운 얘기를 듣고 싶어하기 마련인가 봐요. 특히 나같이 거의 혼자 사는 사람들한테 그분 말씀은 그야말로 최대의 위안거리가 되는 거랍니다."
앤은 그녀의 즐거움에 손톱만큼이라도 손상을 주기 싫었기 때문에 활짝 웃으며 말했다.
"그래요, 충분히 알 수 있어요. 간호사란 직업이 많은 사람들을 만날 기회가 잦다보니 자기만 현명하다면 유익한 말과 기회를 충분히 접할 수 있을 거예요. 아마 사람의 성질에 대해서도 잘 알고 있다는 것은 확실한 말일 거구요. 그리고 그들은 분명히 인간 본성의 우매함뿐 아니라 흥미 있고 감동적인 모습도 여러 각도에서 바라볼 수 있었을 게 틀림없어요. 정열적이고 헌신적인 사랑이라든가, 영웅적인 행동이라든가, 용기나 인내, 체념 그리고 우리를 숭고하게 만드는 여러 가지 투쟁과 자기희생 등 세상사는 인간들의 모습이 얼마나 다양하고 다채롭겠어요. 그러한 사람들을 직접 대한다는 건 몇십 권의 책을 읽는 것보다 훨씬 가치 있는 일임에 틀림없어요."
"맞는 말이에요."
스미스 부인은 앤이 자기의 말에 동조하는 것에 대해서는 좋아하면서도 전적으로 찬성할 수는 없다는 듯한 표정을 지어 보였다.

"그러나 당신이 말하는 것만큼 숭고하고 고귀한 형태로 주어지는 일은 그다지 많지는 않을 걸요. 어려움이 닥치는 경우 인간의 본성은 위대해질 수도 있겠지만 일반적으로 병실에서는 장점보다 단점을 더 많이 볼 수 있거든요. 관대함이나 인내력보다 이기심이나 조바심 같은 것을 더 많이 접하게 돼요. 특히 진정한 우정 같은 것을 찾기란 아주 어렵고. 불행히도(나직하고 떨리는 목소리로) 사람들은 그 모든 것들을 너무 늦었다는 생각이 들 때 비로소 깨닫기 일쑤니까요."

앤은 부인의 얘기를 들으면서 가슴 깊숙이 에어오는 아픔을 느꼈다. '남편이 세상을 뜬 후 얼마나 거친 삶을 살아왔으면 일상을 바라보는 눈이 저렇게 변하였을까…….' 하지만 다행스럽게 스미스 부인의 그러한 생각은 잠깐 스쳐지나가는 기분에 불과한 듯이 보였다. 그녀는 곧 우울함을 떨쳐 버리고 다른 어조로 말을 이어갔다.

"요즈음 루크 부인은 내게 예전처럼 재미있거나 도움 될 만한 일을 그다지 제공해주지 못해요. 그리고 이러한 일은 당분간 계속될 것도 같아요. 그분은 지금 말보로 가의 월리스라는 부인의 간호를 맡고 있는데 예쁘기는 하지만 약간 바보 같고 사치스러운 상류층의 여자인 모양이에요. 그러니까 루크 부인도 레이스나 장식품 따위를 빼놓고는 할 얘기가 없는 거겠지. 하지만 난 월리스 부인을 이용해 볼 참이에요. 그 부인은 돈도 많으니 지금 내가 가지고 있는 물건 중에 비싼 것들을 죄다 사게 만들 작정이랍니다."

앤이 그 친구를 몇 번 만나러 다니는 동안 캠덴 광장의 사람들도 그 사실을 알아버렸다. 그래서 앤은 스미스 부인에 대해서 설명을 하지 않을 수 없게 되었다. 그러한 일은 어느 날 오전에 일어났다. 월터 경과 엘리자베스, 그리고 클레이 부인이 로라 광장의 집을 방문했다가 댈림플 부인으로부터 급하게 그날 저녁의 만찬에 초대를 받고 되돌아왔는데, 앤은 이미 스미스 부인과 약속이 되어 있었다.

앤은 이와 같은 구실이 유감스럽게 느껴지지는 않았다. 그날의 초대는 어디까지나 감기로 집 안에 틀어박혀 있어야 하는 댈림플 부인이 자기에게 추근추근 매달리는 사람들의 심리를 이용하고자 한 것이었다는 것을 알았기 때문에 별로 내키지도 않았었다. 그녀는 단호히 그 만찬의 초대를 거절했다.

"저는 오늘 옛날 학교 친구하고 약속이 되어 있어요."

그런데 그녀의 일이라면 언제나 별 관심을 갖지 않던 월터 경과 엘리자베스가 어떤 친구인지 캐묻듯이 대들었다. 엘리자베스는 경멸의 눈빛을 띠었고 월터 경은 아주 엄한 표정을 짓고 있었다.

"웨스트게이트 가에 가려구? 그래, 앤 엘리엇 양이 웨스트게이트에서 누구를 찾는다는 거지? 스미스 부인인가 하는 그 미망인이냐! 그래, 그 사람의 남편은 도대체 어떤 사람이었다고 그러더냐. 스미스란 이름은 세상천지 어디서나 맞닥뜨릴 수 있는 흔한 이름인데 그 많은 사람들 중의 한 사람이라 이거지! 그 부인은 또 어떤 매력이라도 가지고 있는 거냐? 고작해야 나이 먹고 병들었을 뿐일 테지.

앤, 분명히 말하지만 너는 아주 고약한 취미를 가졌어. 저속한 상대, 더러운 방, 답답한 공기 등등 누구나 다 불쾌하고 역겨워 하는 일에만 마음을 쓰고 있으니 도대체 너란 아이는 어떻게 된 일이냐……. 오늘 약속은 무조건 내일로 미루어라! 내 생각에 그 여자가 오늘 당장 세상을 뜬다거나 할 것 같지는 않다. 그나저나 그 여자 나이는 몇이냐? 마흔 정도 되었냐?"

"아니에요, 이제 갓 서른이에요. 하지만 전 오늘 약속을 연기할 수 없어요. 내일이면 그 친구는 온천으로 가게 되고 금주의 다른 날은 우리 식구들 모두 함께 약속이 되어 있잖아요. 그 친구나 저나 오늘 저녁밖에 시간이 맞지 않아요."

"앤, 러셀 부인께선 너의 그 교제를 어떻게 생각하고 계신 거니?"

엘리자베스가 물었다.

"나쁘게는 생각하지 않아. 오히려 잘하는 일이라고 생각하고 계실지도 모르겠어. 내가 스미스 부인을 만나러 갈 때면 대개 마차로 데려다 주셨거든."

앤이 대답했다.

"그 마차가 길가에 멈춰 설 때 웨스트게이트 사람들이 놀라 자빠졌겠구나!"

월터 경이 비웃듯이 말했다.

"비록 헨리 러셀 경의 미망인에게는 문장(紋章)을 돋보이게 해줄 작위 같은 것이야 없지만 훌륭한 마차에 엘리엇 양까지 태우고 있는 것을 알았다면 분명히 그들은 놀랐을 거야. 웨스트게이트 가에 하숙하고 있는 가난한 미망인이라니! 겨우 입에 풀칠하고 있는 삼십대의 미망인……. 세상에 하고 많은 사람들 중에서 하필이면 그저 그렇고 흔해 빠진 스미스 부인이 어쩌다 앤 엘리엇 양의 선택받은 친구가 돼 가지고서는 잉글랜드나 아일랜드의 귀족에 속하는 친척보다도 나은 친구가 되다니! 스미스 부인 따위가 말이야!"

이런 일이 벌어지고 있을 때 내내 서 있던 클레이 부인은 밖으로 나가는 것이 상책이라 생각하고 슬며시 사라져 버렸다. 앤은 그녀 나름대로 자신의 친구의 자격이 아버지나 언니 친구의 자격과 별반 차이가 없다는 것을 얼마든지 변호하고 싶었고 또 약간은 그렇게 하려 했으나 결국은 아버지의 체면을 생각해서 그만두었다. 다만, 속으로 삼십대 미망인의 신세로 변변한 재산도 없고 위엄 있는 성(姓) 마저 갖지 못한 사람이 어디 스미스 부인뿐이겠는가 하는 것을 아버지 스스로 깨닫기를 바랐다.

그날 저녁 켈린치의 사람들은 서로의 약속들을 지켰다. 그리고 다음날 아침 그녀는, 아버지는 물론 언니로부터 지난밤이 얼마나 재미있었는지에 대해 전해 들었다. 그 모임에 빠진 것은 유일하게 그녀뿐이었다. 월터 경과 엘리자베스는 기꺼이 참석했을 뿐만 아니라 러셀 부인과 윌리엄 씨까지 설득해서 데리고 가는 열의를 보였다. 그 때문에 윌리엄 씨는 월리스 대령의 집에서 다른 날보다 훨씬 일찍 나왔고 러셀 부인은 그날 저녁에 일어난 일의 자초지종을 모두 들었다. 부인의 말 중에는 유독 그녀의 흥미를 끄는 일이 하나 있었는데 그것은 바로 오랫동안 부인과 윌리엄 씨가 함께 나누었다는 그녀에 관한 이야기였다.

윌리엄 씨는 앤이 참석치 못한 것에 대해 무척 아쉬워하면서도 그녀가 참석치 못한 이유를 전해 듣고는 매우 칭찬을 했다고 했다. 병에 걸려 쇠약해진 옛날의 학교 친구를 방문하기 위해 모임에 빠졌다는 사실이 그에게 꽤나 진한 감동을 준 듯했다.

그는 앤에 대해서 말하기를, 보기 드문 젊은 여성으로서 인품이나 예절에서나 모든 사람들의 귀감이 될 만하다고 침이 마르도록 칭찬했다. 그 외에도 그는 러셀 부인보다도 훨씬 더 많은 미사여구로 계속해서 그녀를 두둔했다는 것이다. 앤은 그가 그토록 자신을 좋게 표현했다는 사실에 대해 분명히 러셀 부인의 어느 정도 과장된 부분이 있으리라는 짐작을 하면서도 유쾌한 기분을 충분히 만끽할 수 있었다.

러셀 부인은 윌리엄 씨에 대한 자기의 입장을 이미 확실하게 굳혀 놓고 있었다. 부인은 윌리엄 씨가 장차 앤과 결혼할 생각을 갖고 있을 뿐만 아니라 그야말로 앤과 정말로 잘 어울리는 남자라고 생각하고 있었던 것이다. 부인은 몇 주만 더 있으면 그가 상처(喪妻)의 그늘에서 완전히 벗어나리라고 짐작했고 일단 그렇게만 된다면 상냥스럽고 뛰어난 그의 장점들이 모든 일을 순조롭게 만들어 주리라고 믿고 있었다.

부인은 이러한 자기의 믿음과 확신을 앤에게는 절반도 표현하지 않았다. 부인은 항상 '가정' 이라는 전제를 달고 앞으로 그와의 사이에 있을 법한 일과 그와의 관계가 맺어질 경우 그것이 얼마나 바람직스런 일인가에 대해서만 슬쩍슬쩍 내비추었다. 앤은 또 이러한 부인의 말을 들을 때마다 그리 놀라는 기색 없이 그저 미소를 지으며 얼굴을 붉히거나 조용히 고개를 저어 보이고는 했다.

"너도 잘 알겠지만 나는 중매쟁이 노릇을 하자는 게 아니란다. 사람 사는 세상이 얼마나 복잡하고, 종잡을 수 없는 일은 또 얼마나 많니! 그래서 하는 말인데 만약, 윌리엄 씨가 언젠가 네게 구혼을 하고 네가 그 구혼을 받아들인다면 너희 두 사람은 분명히 행복하게 살 수 있을 게다. 너희 둘이 아주 잘 어울리는 연분이라는 것은 누구나가 다 인정할 것이 틀림없어. 정말로 보기 드문 행복한 결혼이 될 거야, 암!"

러셀 부인이 말했다.

"윌리엄 씨가 아주 호감이 가고 훌륭하신 분이라는 건 저도 알아요. 하지만 제 생각에는 아무래도 저와 어울리지 않는 것 같아요."

러셀 부인은 앤의 말을 한 귀로 거의 흘려버리고 이렇게 말했다.

"솔직히 말해서 난 네가 장래에 윌리엄 엘리엇 부인으로서 켈린치의 여주인이 되기를 바란다. 그토록 그리워하는 어머니의 자리를 네가 이어받아 그분의 권위와 인덕은 물론 모든 집안의 전통을 지켜나갈 수만 있다면 그보다 더 기쁜 일이 어디 있겠니! 넌 얼굴이나 성격에 있어서 너무도 네 어머니를 쏙 빼닮았단다. 짐작컨대 넌 분명히 한 가정을 맡아서 네 어머니보다도 더 훌륭히 집안을 번창시키고 훨씬 더 높은 명성과 진가를 인정받을 수 있을 거라고 나는 확신해! 사랑하는 앤, 네가 그렇게 되는 모습을 본다는 것은 내게도 또한 쉽게 맛볼 수 없는 기쁨이란다."

앤은 러셀 부인의 말을 듣고 가슴 벅찬 감동을 느꼈다. 그래서 일부러 얼굴을 외면하고 일어나 테이블 쪽으로 가서 용무가 있는 것처럼 허리를 굽힌 채 한동안 있었다. 그래도 앤의 상상력과 가슴속의 열정은 좀체 진정되지 않았다. 어머니가 누리시던 지위를 이어받는다는 일, '엘리엇 부인' 이라는 귀중한 칭호를 갖는다는 일……. 그 모든 일들은 그 자리에서 당장 아무 일 없었다는 듯이 치부하기에는 너무도 매혹적인 것들이었다.

한편 러셀 부인은 이러한 앤의 심정에는 아랑곳 하지 않고 더 이상 아무 말도 하지 않았다. 다만 이때쯤 윌리엄 씨가 나타나서 적절히 자기의 심정을 말해 주었으면 하는 생각을 해보았다. 부인은 앤이 믿기지 않아 하는 이러한 사실들을 굳게굳게 믿고 있었던 것이었다.

앤은 러셀 부인이 한 그 매혹적인 말들에 대하여 윌리엄 씨는 전혀 상상도 하지 못하고 있으리라는 생각을 하고서야 겨우 냉정을 찾을 수 있었다. 그리고 일단 그러한 생각이 들자 켈린치나 '엘리엇 부인' 에 대한 매력도 깨끗이 사라지고 말았다. 결국 그녀는 도저히 그를 받아들일 수 없다는 생각을 굳혔다. 지금까지 한 남자에게만 자기의 마음을 주었다는 이유 때문만은 아니었다. 이번의 경우는 나름대로 여러 가지 가능성을 진지하게 고려한 뒤 내린 그녀의 판단이었다.

앤이 윌리엄 씨를 안 지 벌써 한 달이 다 되어갔지만 그녀는 그의 성격을 딱 부러지게 단정 짓지 못하고 있었다. 분별 있고 호감이 가는 사람이다, 언변이 뛰어나고 판단도 정확하며 절조가 있다, 등등에 관한 것은 얼마든지 이미 충분하게 증명되어 있었다. 그는 옳고 그른 기준을 확실하게 갖고 있었으며 도덕적인 의무에서 조금이라도 어긋나는 것이 있으면 즉각 지적해 내었다. 그런데 이상하게 앤의 마음은 이러한 그의 모든 행동을 보면서도 그것이 그에 대한 전적인 믿음으로까지는 발전되어 가지 못했다.

무엇보다도 그녀는 그의 현재는 고사하고라도 과거가 전혀 믿어지지가 않았다. 이따금씩 그가 옛날 동료의 이름을 입에 올리거나 지난날의 습관이나 행동 같은 것들에 대해서 말할 때 앤은 무언가 좋지 않은 느낌과 의심을 갖게 되었다. 그녀는 단번에 그가 나쁜 생활습관을 가지고 있다는 것을 꿰뚫어볼 수가 있었던 것이다. 일요일의 여행은 다반사처럼 되어 있었다는 것, 또 어떤 시기에는(아마도 짧은 기간이긴 했겠지만) 진지하게 다루었어야 할 문제에 대해서 상당히 부주의하고 무관심했었다. 따라서 그가 지금 아무리 변했다 하더라도 그 변화가 완벽하고 옳은 방향으로 이루어졌다고 누가 장담할 수 있겠는가? 그리고 그의 정신과 생활이 이제는 정말 깨끗해졌다는 것을 어떻게 확인해 낼 수 있겠는가?

앤이 판단하건대, 윌리엄 씨는 이지적이고 신중하며 세련된 사람이었지만 자기의 속마음을 탁 터놓는 편은 아니었다. 다른 사람의 선악에 대해서 함부로 감정을 터뜨린 적도 없고 불같은 분노나 기쁨을 드러낸 적도 없었다. 그녀는 바로 이러한 점이 그의 결정적인 흠이라고 생각했다. 일단 그녀의 머릿속에 한 번 박힌 그의 인상은 좀체 씻어지지 않았다. 그녀는 솔직하고 개방적이며 정열적인 그의 성격을 무엇보다도 높게 평가하고 있었다. 그리고 사실 지금도 그의 따뜻한 마음씨라든가 열정에는 마음이 끌리고 있는 편이었다. 하지만 침착하고 빈틈이 전혀 없는 사람보다 때때로 부주의 해보이거나 실수의 언행을 하는 사람 쪽이 훨씬 더 정감 있고 친근하게 느껴지는 거라고 그녀는 상상했다.

또 하나 윌리엄 씨의 단점은 아무에게나 지나치게 상냥스럽다는 것이었다. 캠덴 광장의 집에는 다양한 종류의 사람들이 드나들었는데 그는 그 많은 사람들 모두의 마음에 들었다. 그는 인내심도 지나쳐 누구하고나 도에 넘치는 친분을 유지했다. 그는 전에 클레이 부인에 대한 얘기도 어느 정도 털어놓은 적이 있었다. 그때 그는 클레이 부인이 어떠한 속마음을 가지고 있는지 간파함으로써 그 부인을 경멸하고 있는 것 같았다. 그러나 클레이 부인은 다른 누구보다도 그를 좋은 사람이라고 생각하고 있었다.

러셀 부인은 젊은 사람들보다 사람을 보는 눈이 아주 얕던가 아니면 깊든가 양단간의 하나인 듯싶었다. 왜냐하면 부인의 눈으로는, 윌리엄 씨에 대해 불신감을 초래할 만한 그 어떤 것도 찾아내지 못했기 때문이다. 그때까지도 부인은 윌리엄 씨만큼 완벽한 남자는 없다고 생각하고 있었다. 그래서 그녀는 당장 올 가을에라도 켈린치 교회에서 자기가 사랑하는 앤의 손을 그가 받아쥐는 광경을 그려보며 달콤한 상상의 나래를 펴보고는 했다.

6

때는 바야흐로 2월 초순으로 접어들고 있었다. 앤이 바스로 온 지도 벌써 한 달여가 지났고 그동안 그녀는 줄곧 어퍼크로스의 소식을 궁금해 하고 있었다. 가끔씩 메리가 소식을 전해왔지만 그것만으로는 충분치가 못했다. 앤이 소식다운 소식을 들어본 것도 벌써 3주일이나 지나 있었다. 그녀가 지금 알고 있는 것은 헨리에타가 집으로 돌아와 있다는 것과 루이자의 병세가 급속하게 회복되고 있지만 그녀는 아직 라임에 남아 있다는 정도였다. 그런데 어느 날 저녁, 어퍼크로스의 일로 앤의 머릿속이 가득 차 있을 때 메리로부터 다른 어느 때보다도 두툼한 편지가 도착했다.

그 편지에는 크로프트 제독 부부의 정중한 안부 인사말까지 첨가되어 있어 모두에게 기쁨과 놀라움을 가져다주었다. 더구나 그 편지 내용에 의하면 크로프트 부부는 지금쯤 바스에 와 있음이 틀림없었다. 그녀에게는 무척이나 흥미롭고 놀랄 만한 일이었다. 예전부터 앤은 그들 부부에게 자연스럽게 끌리는 정감(情感)을 느끼고 있었기 때문이었다.

"그게 사실이냐? 크로프트 부부가 여기 바스에 와 있단 말이야? 우리의 켈린치 저택을 빌려 사는 그 크로프트 부부가! 도대체 네게 무슨 소식이 온 거냐?"

월터 경은 흥분한 목소리로 외쳤다.

"어퍼크로스의 메리한테서 편지가 왔어요, 아버지."

"오, 그래! 그렇다면 그런 편지는 편리하게 쓰일 수 있는 여권 같은 구실을 톡톡히 할 게다. 소개장을 대신할 수가 있거든. 아무튼 내가 크로프트 제독을 한번 방문해야겠구나. 그게 자기 집에 세든 사람에 대한 예의지."

앤은 그 이상 다른 사람의 말에 귀를 기울일 수가 없었다. 제독의 얼굴도 기억 속에서 가물거릴 뿐이었다. 워낙 편지내용에 대한 궁금증이 심했기 때문이다. 편지는 며칠 전부터 시작한 것이었다.

2월 1일

그리운 앤 언니.

그동안 소식 전하지 못한 것에 대한 변명은 하지 않겠어. 바스 같은 고장 사람들은 편지 같은 데 별로 신경을 안 쓰잖아? 틀림없이 언니도 그곳 생활에 푹 빠져서 어퍼크로스 같은 건 안중에도 없었을 거야. 알다시피 이곳은 편지에 쓸 만한 일이 거의 없어. 지난 크리스마스도 너무너무 지루했거든. 시부모님들은 휴가 내내 만찬도 한 번 열지 않았어. 아마 아이들도 이번만큼 재미없고 지루한 휴가는 지내보지 못했을 거야. 나 역시 그런 기억이 없는 건 당연하구. 그렇게 이럭저럭 휴가가 끝나버리고 말았지. 아이들이 학교로 돌아가 집안은 다시 조용해졌고 지금은 허빌 집안의 아이들만 남아 있어. 그런데 언니, 놀라지 마. 그 아이들은 글쎄 그동안 집에 한 번도 돌아가지 않고 줄곧 이곳에 있는 거라니까. 허빌 부인은 어떻게 그토록 오랫동안 아이들을 떼어 놓을 수 있는 거지? 나는 납득이 잘 안 가. 그리고 내가 보기에 그 아이들은 결코 좋은 아이들이라고 볼 수도 없는데 말이지. 그래도 시어머니는 친손자들처럼 똑같이 귀여운 모양이야.

요즈음은 날씨가 퍽 고르지 못했어. 바스는 포장도로가 깨끗하게 잘되어 있으니까 괜찮지만 이런 시골에서는 아주 큰일이지. 1월의 둘째 주 이래로 단 한 사람도 찾아온 사람이 없다면 말 다 했지. 보기 싫은 찰스 헤이터 씨만 몇 번 왔다 갔을 뿐이야. 언니에게만 솔직히 말하겠는데 나는 헨리에타 아가씨가 루이자 아가씨와 함께 라임에 더 오래 머물지 않고 온 게 아주 유감이야. 그녀가 라임에 계속 있었다면 헤이터 씨를 조금 덜 볼 수 있었을 텐데.

참, 오늘 여기서 마차가 라임으로 갔어. 내일 루이자 아가씨와 하빌 대령 부부를 데리고 오기로 되어 있거든. 하지만 다 같이 식사를 하기로 한 것은 모레야. 루이자 아가씨가 여행으로 지치지나 않을까 싶어서 시어머님이 그렇게 정하셨대. 내 생각으로는 알아서들 조심할 테니 그렇게 지치지도 않을 것 같은데 말이야. 그리고 내 입장에서는 내일 식사하는 게 훨씬 더 편한데…….

월리엇 씨에 대한 소식 잘 들었어. 언니도 그분에 대해 좋게 생각한다는 것도 정말로 다행이구. 우리도 그분과 함께 잠시라도 지내고 싶은데 꼭 그럴 기회가 있을 때마다 뭔가 나쁜 일이 터져서 그 자리에 있을 수가 없단 말이야. 난 언제나 가족들 중에서 맨 꼴찌로 존재를 인정받는 판이니 별 수 없는 일이기는 하지, 뭐.

그나저나 클레이 부인은 왜 아직도 엘리자베스 언니 옆에 붙어 있는 거야? 아예 안 떠날 심산인가? 하기는 그 부인이 떠난다고 해서 대신 우리가 꼭 초대를 받는다는 보장은 없지. 언니 생각은 어떤지 꼭 좀 알려줘. 난 아이들까지 함께 초대해 달라고 기대하지도 않아. 아이들은 한 달이나 6주 정도는 시댁에 맡겨도 괜찮을 거야.

그리고 지금 막 들은 얘기인데 크로프트 부부가 곧 바스로 가신다나 봐. 제독께서 통풍에 걸리신 것 같아. 찰스가 우연히 들었대. 그분들은 어쩜 내게 그런 말씀도 안 해주시다니 섭섭해. 하다못해 뭐 전해줄 물건은 없냐는 것 정도는 물어볼 수 있는 것 아니야?

그렇게 가까운 이웃은 아니었나 봐. 요즈음엔 아예 얼굴 보기도 힘들어. 찰스가 안부 전해달래. 그럼 안녕.

언니의 사랑하는 동생 메리로부터.

P.S: 유감스럽게 난 건강이 그다지 좋지 못해. 더욱이 지금 제마이머에게 들었는데, 푸줏간 집 얘기로는 몹시 심한 후두염이 한창 나돌고 있다고 해. 틀림없이 나도 그 병에 걸리고 말 거야. 언니도 알고 있겠지만 내 후두염은 항상 남들보다 더 심하지.

여기서 편지의 첫 부분이 끝났다. 그리고 거의 같은 분량의 편지가 같은 봉투 속에 다음과 같은 내용으로 담겨 있었다.

난 루이자 아가씨가 어떻게 라임으로부터의 여행을 견뎌 냈는지 알려주기 위해 편지를 봉하지 않고 있었는데 지금 생각해보니 아주 잘했다는 생각이 들어. 다시 써야 할 말들이 너무 많아졌거든. 먼저, 어제 크로프트 부인한테서 기별이 왔다는 소식을 말해주고 싶어. 언니에게 갖다 줄 물건이 있으면 뭐든 다 갖다

주시겠다는 친절한 온정이 가득 든 편지로, 정확히 내 앞으로 온 것이었어. 그러니까 이 편지는 내 마음 내키는 대로 얼마든지 길어질 수가 있는 거야.

제독의 병세는 그다지 심한 것 같지는 않아. 그렇지만 바스에서 치료할 수 있기를 간절히 바라시나 봐. 그분들께서 병을 고치고 돌아오시면 나도 무척 기쁠 것 같아. 우리들 근처에 그처럼 다정하시고 좋으신 분들이 없거든.

다음은 루이자 아가씨 소식을 알려 줄게. 아마 언니는 분명히 놀라 자빠질 거야. 지난 화요일, 루이자 아가씨는 허빌 부부와 함께 안전하게 돌아왔어. 우리는 그날 저녁에 그녀의 안부를 물으러 갔는데 벤윅 대령님이 안 계신 것을 보고 약간 이상하다고 생각했지.

왜냐하면 그분은 허빌 부부와 함께 초대를 받았었거든. 그런데 나중에 알고 보니 글쎄 그분이 루이자 아가씨에게 사랑하는 감정을 갖게 되어 머스그로브의 아버님께 어떤 회답을 받고 오기 위해서 그날 오지 않았다는 거야. 루이자 아가씨가 돌아오기 전에 그 둘 사이는 이미 사랑으로 굳어져 있었고, 그분이 허빌 대령님을 통해서 루이자 아가씨의 아버님께 편지를 보냈었던 거지. 이것은 사실이야. 놀랐지?

아마 언니가 이 얘기를 듣고도 놀라지 않았다면 오히려 그게 더 놀랄 일일 거야. 나도 전혀 눈치 채지 못했던 일이야. 머스그로브의 어머님도 감쪽같이 모르고 있기는 마찬가지였어. 그러나 지금 우리는 모두 기뻐하고 있어. 루이자 아가씨가 웬트워스 대령님과 결혼하는 것에 비하면 상대가 안 되겠지만 찰스 헤이터 씨에 비하면 몇십 배 낫기 때문이지. 머스그로브의 아버님도 승낙의 편지를 보내셔서 오늘 벤윅 대령님이 오시기로 되어 있어.

허빌 부인의 말에 따르면, 바깥주인께서는 자기의 죽은 여동생을 가엾게 생각하면서도 루이자 아가씨를 아주 마음에 들어 한다고 해. 나도 허빌 부부와 똑같은 생각이지만 우리들은 루이자 아가씨를 간호하면서 그녀를 더욱 좋아하게 됐어. 다만 지금 찰스는 웬트워스 대령님을 걱정하고 있어. 이들 두 사람의 관계를 전혀 눈치 채지 못했었으니까 웬트워스 대령님이 뭐라 말할까 여간 걱정이 아니지.

그리고 참, 말이 나온 김에 하겠는데 이제 벤윅 대령님이 언니에게 깊은 애정을 갖고 있었다는 얘기도 끝장이 났지. 찰스는 어떻게 그렇게 엉뚱한 생각을 할 수가 있었는지 모르겠어. 아마 이번 일로 찰스도 여러 가지로 반성을 할 거야. 그리고 루이자 아가씨에겐 뛰어난 연분은 못 되지만 헤이터 씨 가문의 사람하고 맺어진 것보다는 훨씬 잘된 일이라는 것도 깨닫게 될 거구.

언니가 이 통첩을 어떻게 받아들일지에 대한 메리의 예견대로 앤은 아주 몹시 놀랐다. 지금껏 이렇게 놀라본 적이 없었다. 벤윅 대령과 루이자라니! 앤은 그 사실이 얼마나 믿어지지 않았는지 주위의 사람들이 던지는 흔해빠진 질문에도 어느 것 하나 제대로 대답을 못했다. 그런데 다행스럽게도 질문은 많지 않았고 사람들은 곧 관심을 크로프트 부부에게로 돌렸다. 월터 경은 크로프트 부부가 네 필의 말이 끄는 마차로 여행을 하게 될 것인지 또 그 부부는 엘리엇 양이나 자기가 방문해도 부끄럽지 않을 만한 거리에 자리를 잡을 것인지 알고 싶어했을 뿐 그 이상의 호기심은 없었다.

"메리는 어때?"

엘리자베스가 물었다. 그리고는 대답을 기다리지도 않고 또 물었다.

"크로프트 부부께서는 어떤 일로 바스에 오신다는 거지?"
"제독님 때문에 오신대. 통풍에 걸리셨다나 봐."
"노쇠 현상의 일종일 거다. 가엾은 노인네!"
월터 경이 말했다.
"여기에는 친지라도 계신 건가?"
엘리자베스는 궁금한 게 많아 보였다.
"모르겠어. 하지만 제독님만한 연배와 그 직업을 생각해 보면 이곳에 모르는 사람이 없다는 게 오히려 이상하지 않아?"
"내 생각으로는 크로프트 제독이 여기에 있는 동안은 무엇보다 켈린치 저택에 세 들어 사는 사람으로 자신들을 알리는 게 여러 가지로 나을 듯싶다. 엘리자베스, 제독 부부를 로라 광장의 댁에다가 소개하는 게 좋지 않을까?"
월터 경은 자못 냉정하게 말했다.
엘리자베스는 월터 경의 의견에 단호하게 반대를 하고 나섰다.
"그건 좋은 생각이 아닌 것 같아요. 우선 댈림플 부인이 제독 부부에 대해서 어떻게 생각하실지 모르잖아요. 괜히 부인이 제독 부부를 마음에 들어 하지 않는다면 폐만 끼치는 결과가 되고 말아요. 물론 우리가 그분과 아무 관계도 아니라면 몰라도 서로 친척인 이상 그분도 우리가 제안한 일에는 신경을 쓸 게 틀림없으니까요. 크로프트 부부께선 자신들의 신분에 맞는 사람들을 찾게 되실 테니 그냥 두는 게 좋겠어요. 얼마 전에 괴상한 얼굴을 한 몇 사람이 이 근처를 다니는 것을 보았는데 뱃사람들이라나 봐요. 아마 크로프트 부부는 그 사람들하고 어울리시겠죠!"
월터 경과 엘리자베스가 편지에 대해서 쏟은 관심과 말투는 이런 식이었다. 클레이 부인은 꽤 공손한 태도로 메리와 그녀의 어린 아이들의 안부를 물었다. 그리고 이런 요식 절차가 끝나고서야 앤은 가까스로 자유 시간을 가질 수 있게 되었다.

앤은 자기의 방에서 메리의 편지 내용을 가능하면 이해해 보려고 노력했다. 그러나 생각하면 할수록 그녀의 심정은 찰스가 웬트워스 대령의 마음을 걱정했다는 것과 똑같은 입장이 되었다. 어쩌면 웬트워스 대령은 루이자를 쉽게 단념하고 나서 나중에 자기가 그녀를 진정으로 사랑하지 않았다는 것을 깨달을지도 모른다는 생각이 들었다. 하지만 그와 그의 친구 사이에 오갈지도 모르는 배신과 기만, 혹은 상서롭지 못한 일들은 어찌할 것인가! 오랫동안 유지되어 온 그들의 우정이 깨질지도 모른다고 생각하자 앤은 견딜 수가 없었다.

벤윅 대령과 루이자 머스그로브! 그 발랄하고 수다스러운 루이자와 항상 우울과 상념에 잠긴 채 독서에 빠져 있던 벤윅 대령은 정말로 서로 안 어울리는 한 쌍이었다. 더구나 그들의 사고의 차이는 너무나 거리가 멀었다. 그런데 도대체 어떻게 서로의 마음이 끌렸단 말인가!

앤으로서는 도저히 납득할 수가 없었다. 하지만 나중에 그녀는 스스로 답을 찾아내었다. 그것은 상황 탓이었다. 그 두 사람은 수 주일간을 함께 지내게 되었었다. 오랫동안 소수의 가족 속에서 함께 지냈던 것이다. 특히 헨리에타가 라임을 떠난 후 두 사람은 서로가 거의 전적으로 의지하면서 살았을 것임에 틀림없었다. 루이자는 마침 긴 병상에서 회복단계에 있었기에 누군가로부터 연민의 정을 느끼기 쉬운 상태였고 벤윅 대령 또한 어느 정도 마음의 안정을 찾고 있던 때라 그 역할을 충분히 해내었으리라 상상하는 것은 그리 어려운 일이 아니었다. 이러한 것은 예전부터 앤이 그 가능성을 추측하고 있던 일이었다.

앤은 지금까지 진행된 사건의 과정과 현재의 정황을 살펴보면서 메리와 똑같은 결론을 끌어내는 대신에 그 반대의 소용 가치가 있음을 알았다. 더구나 벤윅 대령으로서는 앤에 대한 일말의 그리움도 가슴속에 지니고 있었기에, 오히려 그에 대한 반감으로 루이자와 더 가까워질 수 있었으리라는 것은 전후 사정으로 미루어보아 부정할 수 없는 일이었다.

하지만 앤은 메리가 그토록 부정하고 싶어하는 자기에 대한 벤윅 대령의 관심을 그리 깊게 생각하거나, 거기에서 자만심을 충족하고 싶지는 않았다. 제법 마음에 드는 젊은 여성으로 그의 이야기를 들어주고 약간 동정해 주기만 하면 그녀 자신이 받았던 만큼의 찬사는 받았을 거라는 확신이 있었기 때문이었다. 벤윅 대령은 정이 많은 사람이고, 누군가를 사랑하지 않고는 못 견디는 사람이었던 것이다.

앤은 그들이 충분히 행복해질 수 있으리라고 생각했다. 무엇보다도 루이자는 해군이라면 좋아서 어쩔 줄을 모르니 그럭저럭 서로가 닮아갈 수 있으리라는 의견이었던 것이다. 그는 루이자의 영향으로 쾌활해질 것이며 그녀는 또 그의 영향으로 스코트나 바이런의 열렬한 애독자가 될 것이다. 어쩌면 벌써 그렇게 되어 있는지도 모를 일이다. 만약 그렇다면 두 사람은 이제부터는 시를 통해서 더 깊은 사랑으로 빠져들어 갈 것이다. 루이자 머스그로브가 문학에 취미를 갖게 되어 감상적인 상념에 빠져든다는 것을 생각하니 우스웠지만 그렇게 되리라는 사실을 결코 믿어 의심치 않았다. 라임에서 보낸 그 하루, 석제에서 있었던 그 추락이 그녀의 운명을 바꾸어 놓은 것처럼 이 문학도 앞으로 그녀의 건강이나 용기, 성격에 얼마만큼이나 많은 영향을 줄지는 짐작하고도 남을 만한 일이었다.

전체적인 결론으로 앤은, 웬트워스 대령의 남성다움과 뛰어난 기질을 알고 있는 여자가 그가 아닌 다른 남자를 선택했을 때는 그 두 사람의 예전의 약속 같은 것에는 연연해 할 필요가 없다는 생각을 갖게 되었다. 더구나 웬트워스 대령이 그 일로 인하여 친구를 잃거나 다투거나 하는 등의 불상사를 겪지만 않는다면 일은 더더욱 간단한 것이다.

이렇게 생각을 하고 나자 앤의 몸과 마음은 한결 가벼워졌다. 그렇다! 웬트워스 대령은 이제 루이자라는 여자의 속박에서 풀려나 다시 자유의 몸이 되었다! 갑작스럽게 이런 생각이 머리를 스쳐지나가자 앤은 자기도 모르게 얼굴이 화끈거려 옴을 느꼈다. 그녀는 아마도 부끄러운 감정이려니 생각했지만 꼭 그러한 것만은 아니었다. 그것은 기쁨과 통하는, 이성을 넘어선 이 세상 최고의 가장 솔직한 감정 표현…….

그녀는 사실을 좀더 확실하게 알고 싶어서 크로프트 부부를 한시라도 빨리 만나보고 싶었다. 막상 만나고 나서는, 그들은 이러한 사실을 전혀 모르고 있다는 결론을 얻었다. 서로 의례적인 방문이 이루어지고 루이자와 벤윅의 이름이 자주 오르내렸음에도 그들 부부의 표정에는 약간의 미소조차 떠오르지 않았던 것이다.

대신, 크로프트 부부는 월터 경을 아주 만족스럽게 해주었는데 그 이유는 그들이 게이 가(街)에 숙소를 정했다는 사실이었다. 게이 가는 월터 경이 그들 부부와 안면이 있다는 사실을 다른 사람에게 말해도 될 만큼 부유한 거리였다. 그래서 월터 경은 그 이후부터 제독 부부가 그를 생각하는 것보다 훨씬 더 많이 그들을 생각하고 신경을 썼다.

크로프트 부부는 애초부터 엘리엇 가와의 교제를 통해서 무언가 유익한 것을 얻으리라는 기대는 전혀 하지 않았다. 더구나 바스에서 그들이 아는 가까운 사람들만 해도 많았기 때문에 엘리엇 가와의 교제는 그냥 형식적인 것으로만 생각을 했다. 그리고 그들 부부는 항상 붙어 다니던 시골에서의 습관을 바스에서도 그대로 지켰다. 크로프트 부인은 언제나 남편의 그림자처럼 옆에 붙어 다녔는데 제독이 통풍치료를 위해서 산보를 자주 하라는 지시를 받자 있는 힘을 다 내어 같이 걸어 다녔다. 그래서 앤은 그들 부부와 자주 마주치게 되었다.

러셀 부인이 매일 아침마다 앤을 마차로 태워 외출을 했는데 그녀는 그때마다 의례히 그들 부부를 떠올렸고 그러다 보면 항상 서로 만나고는 했던 것이다. 앤은 그들의 진실한 마음을 알고 있었기 때문에 그들의 모습을 보면 세상에 더 없이 매력적인 행복의 축소판처럼 생각되었다. 그리고 항상 그 부부의 뒷모습이 안 보일 때까지 바라보고는 했다. 부부가 서로 기댄 채 걷고 있을 때는 소곤소곤 무슨 얘기를 주고받는지 알 수 있을 것 같아 마음이 흐뭇해지고 행복해지는 것이었다. 또 제독이 옛날의 벗들을 만나 진심에서 우러나오는 악수를 나누는 것을 보거나 해군들과 조촐하게 모여서 얘기꽃을 피우는 모습을 보는 것도 즐거움 중의 즐거움이었다. 그럴 때의 크로프트 부인은 주위의 어떤 장교에게도 뒤지지 않을 만큼 총명하고 열성적으로 보이기도 했다.

앤은 대개의 경우 러셀 부인과 함께 있었기 때문에 혼자서 걷는 일은 드물었다. 그런데 크로프트 부부가 도착하고 한 일주일이나 열흘쯤 되던 어느 날, 그녀는 우연히 거리를 혼자서 걷게 되었다. 시내 중심가에서 러셀 부인과 헤어져 캠덴 광장의 집으로 돌아오는 길이었다. 그리고 밀섬 가(街)를 지날 즈음 그녀는 정말로 우연히 제독과 맞닥뜨렸다. 그는 혼자서 판화점(版畵店)의 진열장 앞에 서서 뒷짐을 지고 열심히 판화를 보고 있었기 때문에 그녀를 알아보지 못했다. 그는 그녀가 말을 건네며 한쪽 팔을 툭 건드려서야 비로소 눈길을 돌렸다. 그는 그녀를 알아보자마자 여느 때처럼 격의 없고 기분 좋은 목소리로 외쳤다.

"아아! 난 또 누구시라고! 이렇게 일부러 아는 체도 해주시고 이거 정말 고맙소. 보시다시피 난 지금 여기서 그림을 구경하고 있는 중이라오. 이 가게 앞을 지날 때는 저절로 발이 멈춰진다니까. 그런데 저것 좀 봐요. 저기 저 배(船)라고 만들어 놓은 물건 말이오. 전에 저런 걸 본 적이 있나요? 세상에 저렇게 작고 못생긴 조개껍데기 같은 배를 만들어 놓다니, 그 유명하신 화가들은 그러고도 저런 배에 자기의 생명을 맡길 사람들이 있다고 생각하는 모양이지?

그건 그렇고 지금 저 배 안에 유유자적 앉아서 산이나 바위를 보고 있는 두 사람을 한번 봐요. 금방 배가 뒤집힐 것 같은데도 태연히 아무 생각도 없이 앉아만 있는 폼이라니……. 대체 저런 배를 어디서 만들었죠? 나 같으면 저런 배를 타고서라면 말이나 씻기는 연못 위도 안 건널 겁니다. 참, 그런데 지금 어디를 가시는 겁니까? 어딘지 모르지만 내가 함께 가도 괜찮겠소? 뭐 도와줄 일은 없을까?"

"없어요, 고맙습니다. 하지만 방향이 같으시다면 같이 가시죠. 전 지금 집으로 가는 중이거든요."

"그거 잘됐군! 그럼 그렇게 합시다. 더 멀리 간다 해도 좋아요. 이거 갑자기 멋진 산책을 하게 생겼는걸. 나도 가면서 할 말도 있고 하니 자, 내 팔을 잡아요. 난 여자 분하고 함께 아니면 재미가 없어요. 그나저나 맙소사! 저 배는 아무리 생각해도 너무했어!"

제독은 그림을 다시 한 번 보고 나서 투덜거리며 걸어 나갔다.

"아까 저에게 하실 말씀이 있다고 하셨죠?"

"그래요, 할 얘기가 있어요. 잠깐, 저기 브리그덴 대령이 오는군. 그냥 인사만 하고 지나가야겠어. 허허, 참! 저 사람, 내가 우리 집사람이 아닌 여자와 함께 있으니까 이상한가 보지? 아주 우리를 뚫어지게 쳐다보네. 우리 집사람은 오늘 애처롭게도 밖에 나올 수가 없다오. 한쪽 발뒤꿈치에 3실링짜리 은화만한 물집이 생겼거든. 에이, 저쪽 길 건너편에서는 또 브렌드 제독이 자기 동생과 함께 이리로 오고 있잖아! 둘 다 누더기 같은 친구들이야. 다행이 다른 데로 가버리는군, 천만다행이야. 집사람은 저들을 보기만 해도 징그럽대요. 내 생각도 마찬가지라오. 저들이 나한테 아주 더러운 수작을 부린 적이 있었거든. 내 밑에 있던 제일 똑똑한 부하를 빼간 거 있죠, 글쎄. 그 얘기는 내 차차 자세히 설명해 줄게요.

앤 양, 저기 저 사람 좀 봐요. 손에다 키스해서 이쪽으로 보내고 있는 사람 말예요. 아치볼드 드루 경과 그의 손자예요. 당신을 우리 집사람과 혼동하고 있는 거지요. 아! 가엾은 노인. 그의 아들이 너무 일찍 죽어버렸지요. 그건 그렇고 엘리엇 양, 바스가 마음에 드세요? 나는 아주 마음에 들어요. 시내에 나가면 언제나 항상 옛 친구들을 만나서 얘기할 수 있고 또 집으로 돌아오면 켈린치에서 느끼던 그런 아늑한 안정을 찾을 수 있거든. 어떤 때는 노스야머스나 딜에서 살 때의 느낌과 똑같은 것 같기도 해요. 우리가 노스야머스에서 처음 들었던 집을 회상시켜 준다는 점에서 여기 숙소는 우리에게 나쁘지 않은 곳이라오. 바람이 주방 찬장의 틈으로 불어오는 것은 정말로 똑같아!"

좀더 걸어가면서 앤은 자꾸 다른 얘기만 하고 있는 그에게 할 얘기가 무엇인지 다시 한 번 채근을 했다. 밀섬 가를 빠져나갈 때까지는 그의 말을 꼭 듣고 싶었다. 그러나 그녀는 더 기다려야만 했다. 왜냐하면 제독은 지금보다 더 광활하고 한적한 벨몬트 쪽으로 나갈 때까지는 입을 열지 않기로 작정하고 있었기 때문이다. 그의 부인이 아닌 앤으로서는 제독이 하고 싶은 대로 내버려두는 수밖에 없었다. 그는 벨몬트 쪽으로 오를 무렵이 되어서야 겨우 말을 꺼내기 시작했다.

"그럼 이제부터 놀랄 만한 일을 하나 얘기해주겠어요. 그런데 우선 지금부터 내가 말하려는 젊은 여자의 이름을 앤 양이 먼저 내게 말해주어야 할 것 같은데? 예전에 우리가 모두 걱정하던 머스그로브 가의 그 아가씨 말이오. 지금까지 얘기하려는 것이 전부 그 아가씨에게 일어난 얘기인데 도통 그 이름이 생각이 안 난단 말이야."

앤은 제독이 루이자의 얘기를 하고 있다는 것을 금방 알아차렸다. 그러나 아는 체를 할까 말까 몇 번을 망설이다가 어렵게 그녀의 이름을 꺼냈다.

"아, 맞아요! 루이자 머스그로브 양이지! 참으로 드문 세례명이야. 그러니 내가 기억을 못 하지. 젊은 여성들이 그렇게 여러 가지 세례명을 갖고 있지 않으면 좋으련만. 모두 소피아나 그 비슷한 이름만 같아도 잘 기억할 수 있을 텐데. 그건 그렇고 내가 하고자 하는 얘기가 바로 그 루이자 양의 얘기인데, 앤 양도 알다시피 우리들은 모두 프레데릭이 그녀와 결혼을 할 거라고 생각하지 않았었소?

더구나 지난 몇 주 동안 그는 그녀 곁에 꼬박 붙어 있었잖아요. 물론 예전부터 그런 낌새는 차리고 있었지만 이상한 점이 하나 있기는 있었지. 그건 바로 왜 그들이 서둘러 결혼을 결정하지 않았나 하는 거였어요. 나중에 라임에서 사고가 난 후에야 그녀의 몸이 완전히 나을 때까지 기다릴 수밖에 없다고 체념했지만 어쨌든 간에 그 두 사람의 행동은 좀 이상했어요. 한동안 그녀 곁에 있던 프레데릭이 나중에는 그녀를 떠나 플리머스로 가질 않나, 그리고 지금은 에드워드한테 가 있지를 않나. 글쎄, 우리가 마인해드에서 돌아와 보니 그는 벌써 에드워드한테 가서 지난 11월부터 꼼짝을 안 하고 있더라구!

이제는 집사람마저 그를 이해할 수가 없다고 그래요. 그런데 이제와 보니 일이 아주 이상한 방향으로 뒤틀려 버렸더군요. 머스그로브 양이 프레데릭이 아닌 다른 사람과 결혼을 한답니다. 그것도 벤윅 대령과 말이오. 제임스 벤윅을 아시죠?"

"예, 잘은 모르고요. 조금 알고 있어요."

"바로 그 사람하고 루이자 양이 결혼을 한다는 거예요. 어쩌면 이미 결혼을 했는지도 모르겠군. 달리 뭐 연기할 만한 이유가 없을 테니 말이오."

"저는 벤윅 대령님을 퍽 괜찮은 분이라고 생각하고 있는데요. 성품과 인격이 훌륭해 보였거든요."

"아! 그렇다마다요. 제임스 벤윅은 흠잡을 데가 없는 사람이오. 그 사람이 소함정(小艦艇)의 함장으로 승진한 것이 지난여름의 일이지요. 요즈음은 승진하기가 아주 어려운 때인데도 말이오. 좀 늦은 편이긴 하지만 그 밖의 다른 결점은 아무것도 없소. 에누리 없이 말해서 꽤 활동적이고 매사에 열심이었어요. 사람이 워낙 부드럽고 유약해 보여서 당신은 의외라고 생각할지도 모르겠소만."

"그건 제독님께서 약간 오해하고 계신 것 같아요. 제가 보기에 그 분은 결코 유약한 분이 아니었어요. 무척 심지가 굳고 강한 분이었어요. 저는 다른 누구라도 모두 그렇게들 생각하리라 믿는데요?"

"옳소, 옳아요. 여성들의 판단은 최고니까. 하지만 제임스 벤윅이 유약해 보인다는 것은 어쩔 수 없는 사실이오. 이건 우리들의 편견일지 모르지만 나나 집사람은 우리 프레데릭이 훨씬 남자답고 낫다고 생각해요. 프레데릭이 우리의 가족이라서가 아니라 객관적인 사실을 말하는 거라오."

앤은 난처해졌다. 그녀는 다만 유약한 것과 강인한 것이 양립할 수 없다는 흔해빠진 논리를 반대하고 싶었을 뿐, 결코 벤윅 대령의 태도가 최고라고 말할 생각은 조금도 없었다. 그래서 잠시 망설이다가 입을 열었다.

"전 두 분을 비교해 보겠다는 의미로 그렇게 말씀드린 건 아니에요."

그러자 제독이 얼른 그 말을 가로막으며 말했다.

"아, 알아요. 그럼 그 얘기는 그만합시다. 어쨌든 루이자 양과 벤윅 대령이 결혼한다는 것만은 분명한 사실이오. 절대 무근지설이 아니란 말입니다. 우리는 프레데릭한테 직접 들었어요. 집사람이 어제 그로부터 편지를 받았는데 그 말이 쓰여 있더군. 그는 허빌 대령의 편지를 받고 그 사실을 알았대요. 허빌 대령은 어퍼크로스에서 즉각 편지를 써 보냈는데 아마도 이 일 때문에 사람들이 모두 어퍼크로스에 모여 있는 듯싶어요."

앤은 이 기회를 놓칠 수 없다는 듯이 재빨리 말했다.

"제독님, 혹시 웬트워스 대령님의 편지 중에 걱정할 만한 내용은 없었겠죠? 지난 가을에 보았을 때는 정말로 대령님과 루이자가 서로 사랑하고 있는 것처럼 보였는데 충격을 받지나 않으셨는지 모르겠어요. 제발이지 두 사람이 동시에 마음이 식어서 서로 헤어졌다는 생각을 가질 수 있다면 좋겠어요. 제독님, 정말로 대령님의 편지 속에 배신당한 아픔이나 충격 같은 흔적은 없었나요?"

"아니, 전혀. 그런 흔적은 전혀 없었어요. 악담이나 불평 한마디도 없던걸!"

앤은 제독 모르게 고개를 숙이고 안도의 숨을 내쉬었다.

"괜찮아요. 프레데릭은 원래 그런 일로 우는 소릴 하거나 불평 같은 것을 늘어놓을 친구가 아니오. 그의 성격상 그럴 수 있겠소? 오히려 너무 쾌활해서 탈이라니까. 여자 쪽에서 다른 남자가 더 마음에 들었다면 그 사람과 결혼하는 것이 당연한 일이지요."

"저도 그렇게 생각해요. 하지만 제 말씀은 대령님이 친구한테 배신당한 아픔을 토로하는 듯한 표현이 없었는가 하는 거죠. 그러한 감정은 아무리 애써서 감추려 해도 드러나기 마련이잖아요. 저는 그동안 각별했던 그분과 벤윅 대령님 사이의 우정이 이러한 일로 깨어지거나 금이 갈까 봐 여간 걱정되는 게 아니에요."

"그럼요, 그런 일이 있어서는 안 되죠. 말씀하시는 뜻을 충분히 알겠어요. 그러나 편지로 봐서는, 그러한 모든 것들이 기우에 지나지 않았음을 증명하는 것이었소. 손톱만큼도 벤윅 대령을 비난하지 않았으니까. '도무지 납득이 가지 않습니다. 저로서는 납득할 수 없는 이유가 확실하게 있습니다.' 라는 정도의 표현도 없더구만. 아마 앤 양이 그 편지를 봤더라도 프레데릭이 예전에 그 아가씨—이름이 뭐였더라?—를 사랑하기는 했었는가 하는 의문이 들 정도일 거요. 그는 편지에 그 두 사람이 결혼하면 매우 행복하게 살 수 있을 것이라고 썼습디다. 가슴속에 무언가를 품고 있는 기미라고는 전혀 없었다오."

앤은 애써서 자기를 안심시키려는 제독의 말을 완전히 다 믿지는 않았지만 그렇다고 더 이상 꼬치꼬치 캐물을 수도 없었다. 그래서 그녀는 평범한 대답이나 다소곳한 관심을 나타내는 것으로 만족했고 제독은 자기 마음 내키는 대로 얘기를 계속했다.

"가엾은 프레데릭! 그가 조금 안 되기는 안 됐어. 이제 누군가와 다시 처음부터 시작해야 할 판이니. 아무래도 그를 바스로 불러오는 게 좋을 성싶소. 집사람에게 편지를 쓰도록 해야겠어. 여기 같으면 예쁘고 훌륭한 규수가 얼마든지 있잖소? 이제 다시 어퍼크로스에 가봐야 말짱 헛수고일 뿐이야. 또 한 명의 머스그로브 양도 이미 사촌인 젊은 목사와 결혼 약속이 되어 있다던데. 엘리엇 양, 어떻게 생각해요? 그를 바스로 불러오는 것에 대해서 말이오!"

7

크로프트 제독이 앤과 산책을 하면서 웬트워스 대령을 바스로 불러들이고 싶다는 의사를 내비치고 있을 때 웬트워스는 이미 바스를 향해 오고 있는 중이었다. 그래서 그는 크로프트 부인이 편지를 쓰기도 전에 도착했다. 그리고 그 다음에 앤과 웬트워스 대령은 우연히 길에서 마주치게 되었다.

윌리엄 씨가 두 사람의 일가 누이동생들과 클레이 부인을 수행하며 길을 걷고 있었다. 그런데 그들이 막 밀섬 가를 지나갈 무렵 비가 내리기 시작했다. 큰 비는 아니었지만 여자들로서 그냥 맞기에는 좀 지나치다 싶을 정도였다. 그 중에서도 엘리자베스는 거기서 그리 멀지 않은 곳에 있는 댈림플 부인의 마차를 빌려 타고 돌아가고 싶어했다. 그녀와 앤, 클레이 부인 세 사람은 우선 근처의 몰랜드 제과점으로 들어갔고, 윌리엄 씨가 댈림플 부인에게로 도움을 요청하러 갔는데 그는 댈림플 부인의 흔쾌한 승낙을 받고 금방 세 사람에게로 돌아왔다. 부인은 그들을 위해 몇 분 안에 마차를 보내주기로 했던 것이다.

그런데 막상 마차가 올 시간이 가까워지면서 문제가 생겼다. 부인의 마차는 포장 사륜마차여서 네 사람이 함께 타기에 자리가 넉넉지 못했던 것이다. 더구나 카트리트 양까지 마차를 타고 와서 컴덴 광장 집안의 세 여자를 다 태우기는 애초부터 틀린 일이었다. 누군가 한 사람이 양보를 해야만 했다. 그러나 세 사람 중에서 엘리자베스에게 양보를 원하는 것은 무리였고 문제는 앤과 클레이 부인이었다. 그 두 사람 중에서 누가 양보를 할 것인지 결정을 하는 데는 다소 시간이 걸렸다.

앤이 먼저 비가 조금밖에 내리지 않으니 자기가 윌리엄 씨와 함께 걸어가겠다는 말을 꺼냈다. 그러자 클레이 부인도 덩달아 자기가 걷겠다고 나섰다. 그녀는 아예 비가 한 방울도 오지 않는 것 같다며 목소리를 높였고 혹시 비가 더 온다 하더라도 자기의 장화는 튼튼하기 때문에 문제없다고 외쳤다. 그녀는 솔직히 앤이 윌리엄 씨와 단둘이 걷는 모습을 보는데 대한 시샘을 하고 있었다.

이리하여 두 사람 사이에는 정중하고 단호한 양보의 말이 한참이나 오고갔고 좀체 결말이 나지 않았다. 결국 최종적인 결정은 제 삼자가 내주어야 할 판이었다. 벌써부터 클레이 부인에게 감기 기운이 좀 있는 것 같다는 엘리자베스의 말이 결정타가 되었다. 윌리엄 씨는 결정을 의뢰받자 주저하지 않고 앤의 구두가 더 튼튼해 보인다는 주장을 관철시켰다.

이렇게 해서 클레이 부인이 마차에 타게 되었다. 마지막 문제까지 해결되자 일행들은 제과점에서 마차가 도착하기만을 기다리고 있었다. 그런데 바로 이때 제과점의 창 쪽에 앉아 있던 앤은 무심코 내다본 거리에서 웬트워스 대령의 모습을 발견했다.

그녀는 순간 흠칫 했으나 다른 사람들은 알아채지 못했다. 몇 분 동안은 아무것도 보이지 않았다. 걷잡을 수 없는 혼란 속에 빠진 듯했다. 그 와중에 그녀는 자기가 이 세상에서 제일가는 바보라는 생각을 했다. 아아! 내가 왜 또 이리 허둥대는 걸까! 그녀가 간신히 자신을 다독거려서 정신을 차려보니 다른 사람들은 아무 일 없다는 듯이 그때까지 마차를 기다리고 있었고 윌리엄 씨는(항상 친절하게도) 클레이 부인의 무슨 부탁인가를 받고 밖으로 나가고 있었다.

앤은 그때 자신도 문 쪽으로 걸어 나가고 싶은 충동을 느꼈다. 아직도 비가 내리고 있는지 보고 싶다는 생각에서였다. 그 밖의 다른 동기를 스스로 억측할 필요가 있겠는가? 웬트워스 대령이야 이미 사라지고 없으리라는 짐작을 하면서도 온몸의 신경이 자꾸만 문밖 쪽으로 쏠리고 있었다. 자꾸만 일어서려는 그녀의 충동을 그녀의 마음 다른 한쪽에서 억누르고 있어 용케 참아냈지만 그녀는 몹시 흔들리고 있었다. 그런데 정작 그녀를 더욱 흥분시킨 것은 그 다음의 일이었다. 웬트워스 대령이 몇 명의 여자들과 함께 그곳으로 들어선 것이었다. 그는 밀섬 가를 좀 못 미쳐서 그들을 만나 이곳으로 온 것이 분명했다.

앤과 웬트워스 대령은 눈이 마주쳤다. 그는 앤을 보는 순간 이제까지 그녀가 본 일이 없을 정도의 놀라움과 혼란의 빛을 역력하게 나타내었다. 얼굴은 아주 새빨갛게 변해 버렸다. 앤은 두 사람 관계가 어느 정도 회복되고 난 이후 처음으로 자기의 감정을 감추는데 성공하고 있다는 생각을 했다. 그녀가 먼저 그를 발견했기 때문에 마음을 수습할 수 있는 시간적 여유를 가질 수 있었던 것이다. 앞이 가물거리고 정신이 없던 그녀의 처음 감정들은 이미 진정되어 있었다. 물론 완전히 평정된 것은 아니었고 잔잔한 동요는 작은 물결처럼 흔들리고 있기는 했다. 하지만 그 동요는 흥분과 고통과 쾌감, 그리고 기쁨과 슬픔까지도 포함된 것이었다.

그는 앤에게 짧은 인사말을 건네고 곧바로 시선을 돌렸다. 그의 행동에서 매우 곤혹스러움을 느낄 수 있었다. 그 속에는 어떤 냉정함이 있는 것도 아니었고, 순전한 고통과 괴로움만이 있는 것도 아니었다. 그렇다고 일방적으로 곤혹이라 단정 지을 수만도 없었다.

얼마 지나지 않아 그는 다시 그녀에게로 와서 말을 걸었다. 처음은 약간 어색하게 서로 공통된 화제에 대한 얘기가 오고 갔으나 그것은 그들의 진심과는 동떨어진 것들이었다. 앤은 그가 이전보다 훨씬 침착성을 잃고 있음을 시종 분명하게 알아차리고 있었다. 두 사람은 근래 잦은 접촉을 가졌었기 때문에 제법 무관심과 평정을 가장하며 말을 꾸며댈 수도 있었는데 지금의 그는 전혀 그렇지가 못했다.

세월 탓일까? 아니면 루이자의 일이 그를 바꾸어 놓은 것인가? 무엇인지는 모르겠지만 그의 변화에는 분명한 원인이 있을 것이었다. 일단 그의 건강은 좋아보였다. 몸과 마음의 고통 같은 것도 없어 보였으며 어퍼크로스의 일이나 머스크로브 가에 대한 얘기도 곧잘 했다. 나중에는 루이자의 이름도 몇 번 입에 오르내렸는데 그때는 잠깐 동안 자못 의미심장한 표정을 지어 보였다. 그럼에도 불구하고 지금의 웬트워스 대령은 어딘지 모르게 마음의 평온과 침착성을 잃은 듯한 모습을 끝내 감추지 못했다.

앤은 엘리자베스가 그에게 아는 체하지 않는 것을 보고 그다지 놀라지는 않았지만 속이 상했다. 그가 엘리자베스를 바라보고, 엘리자베스 또한 그를 쳐다보는 눈빛으로 보아 그들은 속으로는 서로를 알아보는 것이 분명했다. 그는 엘리자베스가 먼저 자기를 아는 체해주기를 바라고 있는 게 명백했는데 엘리자베스는 냉정하게 눈길을 다른 곳으로 돌려버리고 말았던 것이다. 앤은 그것을 마음 아파했으며 엘리자베스가 굳이 그렇게까지 할 필요는 없었다고 생각했다.

잠시 후, 엘리자베스가 그토록 조급하게 기다리던 마차가 도착했고 하인이 그것을 알리러 들어왔다. 비는 다시 쏟아지고 있었으며 그래서 가게 안은 많은 사람들로 붐볐고 소란스러웠다. 가게 안에 있던 사람들은 금방 댈림플 부인이 엘리엇 양에게 마차를 보내왔다는 사실을 알게 되었고 잠시 수군거리는 소리를 들을 수 있었다. 이윽고 엘리자베스와 클레이 부인이 하인을 뒤에 따르게 하고(친척인 윌리엄 씨가 아직 돌아오지 않았기 때문에) 가게 밖으로 나갔다. 웬트워스 대령은 앤에게 자기가 도와주겠다는 뜻을 눈짓으로 해왔다.

"감사합니다. 하지만 저는 저들과 함께 가지 않아요. 마차가 비좁아서 다 같이 탈 수가 없거든요. 저는 걸어갈 거예요."

"하지만 비가 오는데요?"

"괜찮아요, 아주 조금씩밖에 안 오는 걸요."

잠시 망설이다가 그가 다시 말했다.

"저는 어제 도착했습니다. 하지만 바스에서 지낼 준비는 다 해놓았죠. 자, 보십시오(새로 산 우산을 가리키면서). 만일 걸어가기로 하셨다면 이 우산을 쓰십시오. 저더러 마차를 잡아오라고 하신다면 그 편이 훨씬 현명할 테지만 굳이 걸어가시겠다니."

그녀는 그의 호의에 대해서는 감사의 뜻을 표했지만 새 우산은 정중하게 거절했다. 그리고 비는 곧 그칠 테니 별로 걱정할 게 없다며 확신에 찬 말을 한마디 덧붙였다.

"전 지금 윌리엄 씨를 기다리고 있는 중이에요. 틀림없이 곧 오실 거예요."

그녀의 말이 채 끝나기 전에 윌리엄 씨가 들어섰다. 웬트워스 대령은 확실하게 그의 얼굴을 기억해 낼 수 있었다. 지금 그가 본 사람은 예전에 라임의 계단에 서서 앤이 지나가는 것을 감탄하듯이 바라보던 바로 그 남자였다. 다만 예전과 달라진 것이 있다면 그때 당시와는 다르게 앤과 그 사람, 둘 모두의 얼굴 표정과 행동이 꽤나 친밀하게 보인다는 것이었다.

그는 황급히 가게 안으로 들어서서는 앤 이외의 사람은 아무도 눈에 보이지 않는다는 듯 그녀에게만 너무 늦은 데에 대한 사과의 말을 늘어놓았다. 그리고 비가 더 내리기 전에 빨리 가자며 앤을 서둘러 데리고 나갔다. 그가 얼마나 서둘렀는지 앤은 그만 떠밀리다시피 해서 순식간에 밖으로 나오게 되었다. 그녀는 윌리엄 씨에게 떠밀려 나가면서 당황한 눈초리로 웬트워스 대령에게 그저 '안녕히 계세요.' 하고 인사할 여유밖에 없었다.

그 두 사람의 모습이 완전히 보이지 않게 되었을 무렵 웬트워스 대령은 자기 일행 중의 몇몇 부인이 하는 이야기를 들었다.

"아무래도 윌리엄 씨는 자기의 사촌에게 마음이 있나 보죠?"

"보면 모르겠어요? 그들 둘 사이가 어떻게 되리라는 건 불을 보듯 뻔해요. 윌리엄 씨는 요즈음 항상 켐덴 광장의 집에서 살다시피 한다잖아요. 아, 정말로 멋있는 남자인데……."

"맞아요, 애트킨스 양이 그러는데 자기가 윌리스 가에서 그와 함께 식사를 한 적이 있는데 그렇게 기분 좋게 느껴지는 사람과 동석해서 식사하기는 처음이었다나요?"

"하지만 앤 엘리엇 양도 정말 예쁘다고 생각해요. 자세히 살펴보면 그녀도 흠잡을 곳이라고는 한 군데도 없는 것 같아요. 솔직하게 말해서 나는 그녀의 언니보다 그녀가 훨씬 낫다고 생각해요."

"아! 그 말에는 전적으로 동감이에요."

"나두요. 비교가 안 될 정도지요. 그런데 남자들은 모두 언니 쪽에 신경이 쏠리는 것 같아요. 앤이 남자들에게 너무 까다로운가 봐요?"

앤은 길을 가면서 제발 윌리엄 씨가 아무 말도 걸지 말아 주기를 진심으로 바랐다. 하지만 그는 끊임없이 말을 붙여왔고 그녀는 그의 말을 들어주는 것이 이토록 고통스럽다고 느껴본 적이 없었다.

그의 화제는 주로 러셀 부인에 대한 타당하고 적절한 칭찬과 클레이 부인에 대한 절묘한 빈정거림이었다. 그의 얘기는 대체적으로 조리 있고 조심스러운 태도를 벗어난 적이 없었지만 그녀로서는 온통 웬트워스 대령에 대한 생각뿐이어서 제대로 관심을 가질 수가 없었다. 지금 웬트워스 대령의 심정은 과연 어떨까? 루이자의 일 때문에 정말로 쓰라린 고통을 겪고 있는 건 아닐까? 그런 것들을 확실히 알게 될 때까지는 제정신을 찾을 수 있을 것 같지 않았다.

그녀는 시간이 가면 좀더 현명해지고 냉정해질 수 있을 거라 믿었지만 아아, 전혀 그렇지 못함을 스스로 인정하는 도리밖에 없었다.

앤이 꼭 알고 싶은 것이 있었다. 그것은 그가 과연 앞으로 얼마 동안이나 이 바스에 머물 것인가 하는 것이었다. 그는 앤에게 그것에 대해서는 말하지 않은 것 같았다. 아니면 그녀가 듣고서도 잊어버렸을지도 모를 일이었다. 그는 그저 지나는 길에 들른 것일까? 아니면 아예 이곳에서 체류할 생각일까? 바스에서는 누구나 서로 만나게 마련이어서 그가 만약 이곳에 계속 머물 생각이라면 언젠가는 러셀 부인과 마주치게 될 것이다. 부인은 과연 아직도 그를 기억하고 있을까? 아, 도대체 나는 앞으로 어떻게 해야 좋을까?

이미 그녀는 러셀 부인에게 루이자가 웬트워스 대령이 아닌 벤윅 대령과 결혼을 하게 되었다고 얘기를 했었다. 그것은 불가피한 일이었다. 하지만 지금 와서 생각해보니 오히려 잘된 일이라는 생각이 들었다. 지금 러셀 부인이 우연히 웬트워스 대령을 만나기라도 한다면 어떠하겠는가! 이번 일에 대해서 정확히 알고 있지 못할 경우 부인에게는 다시 한 번 그에 대한 편견의 그늘이 짙어지게 될 것이 아닌가.

이튿날 오전, 앤은 러셀 부인과 같이 외출을 했다. 처음 한 시간쯤은 혹시 그가 나타나지 않을까 싶어 조마조마하게 주위를 두리번거렸다. 그런데 아니나 다를까 마침 펄티니 가 쪽으로 돌아올 무렵 오른편 보도에서 그의 모습을 발견했다. 꽤 먼 거리였는데도 불구하고 그녀는 그의 모습을 또렷이 찾아낼 수 있었다. 그는 많은 사람들 속에 둘러싸여 걷고 있었다.

그녀는 본능적으로 러셀 부인의 눈치를 살펴보았다. 부인이 한눈에 그를 알아볼 리야 없겠지만 그래도 걱정이 되는 것은 어쩔 수가 없었다. 서로가 정면으로 얼굴을 마주 대할 때까지는 부인이 그를 알아보지 못하리라. 그러면서도 자주 부인에게로 눈길이 갔다. 그리고 어쩔 수 없이 그를 알아볼 수밖에 없는 순간이 다가왔을 때 그녀는 부인을 두 번 다시 쳐다볼 엄두가 나지 않았지만(자기의 표정을 보게 해서는 안 된다는 것을 자각하고 있었기 때문에) 그런데도 그녀는 러셀 부인의 시선이 그가 있는 곳으로 쏠려 한참이나 머물러 있음을 정확히 의식할 수 있었다.

부인은 그를 보는 순간 무슨 생각을 할까? 어쩌면 부인은 그의 새로운 모습에 온통 마음을 사로잡혔을지도 모른다. 그리고 8~9년의 세월이 흐르고 오랫동안 외국에서 험한 근무를 했음에도 그의 수려한 용모 자체는 하나도 변하지 않았음에 또 한 번 놀랄지도 모른다…….

이윽고 러셀 부인이 고개를 돌렸다. 아, 이제 부인은 무슨 말을 할까?

부인이 입을 열었다.

"궁금하지? 내가 무얼 그리 오랫동안 눈여겨보았는지. 간밤에 앨리시어 부인과 프랭클랜드 부인이 말하던 커튼을 바라다봤던 거야. 그 두 부인의 말로는 이 거리의 이편에 있는 한 집 응접실 커튼이 무척 좋았다는 얘기인데 바로 여기쯤이 될 것 같아. 바스의 어느 집에 있는 것보다도 월등히 예쁘다는데 안타깝게 그 집의 번지를 외우지 못했던 거야. 그래서 내가 지금 그 집을 찾고 있었던 거지. 그런데 아무리 보아도 그 부인들이 말한 그런 커튼은 영 눈에 띄지를 않네."

앤은 겨우 안도의 숨을 몰아쉬고는 얼굴을 붉히며 미소를 지었다.

그리고 자신에 대해서나 러셀 부인에 대해 연민과 경멸을 동시에 느꼈다. 헛된 예측과 괜한 걱정에 조바심을 냈던 자신이 부끄러웠고 그가 정작 자기들을 보았는지 어땠는지 알아볼 적절한 순간을 놓친 것이 속상하기도 했던 것이다.

아무 일도 없이 하루 이틀이 지나갔다. 그가 자주 드나들 법한 극장이나 사교장은 엘리엇 가의 식구들에게는 정말로 어울리지 않는 곳이었다. 그들은 오직 우아하고 호화스러운 파티에만 온 신경을 쏟고 있었다. 하지만 앤은 원래부터 그러한 파티를 아주 진부하게 생각하고 있었거니와 웬트워스 대령에 대한 소식 또한 들려오는 것이 없어서 잔뜩 짜증이 나 있었다. 그러면서도 이러한 일로 자신의 인내력을 시험당한 일이 없는 그녀로서는 나름대로 꽤나 자신이 강인하다고 생각하고 있었다.

그녀는 음악회의 밤을 몹시 초조하게 기다리고 있었다. 댈림플 부인의 후원을 받는 사람의 연주회였다. 따라서 엘리엇 가의 사람들은 당연히 출석을 해야 하는 자리이기도 했다. 앤은 훌륭한 연주회에 대한 기대 이외에도 웬트워스 대령은 음악을 무척이나 좋아했기 때문에 틀림없이 참석하리라고 확신하고 있었다. 만일 몇 분 동안만이라도 그와 다시 대화를 나눌 수 있다면 자기로서는 더 이상 바랄 것이 없다고 생각했다. 그에게 말을 건넬 만한 용기를 가졌는지에 대해서는, 만일 기회만 온다면 그런 용기가 온몸에 넘칠 것이라고 자신했다. 비록 지난번에 엘리자베스가 그를 외면했고 러셀 부인은 그를 보지 못했지만 그런 사정이 오히려 그녀의 마음을 더 단단하게 했다. 그래서 더욱 자기가 그에게 관심을 쏟을 의무가 있다고 생각했던 것이다.

원래 앤은 그날 저녁에 스미스 부인의 집에서 부인과 만날 약속이 되어 있었다. 그녀는 서둘러 그 부인의 집에 들러 사정을 설명하고 방문을 다음날로 연기했다. 대신 다음날은 아주 오랫동안 머물겠노라고 약속했다. 스미스 부인은 흔쾌히 이해하고 승낙했다.

"좋은 시간 보내요. 하지만 내일 올 때는 오늘 있었던 얘기를 다 들려줘야 해요! 그런데 어떤 분들과 함께 가는 거죠?"

앤은 아무 생각 없이 일행들의 이름을 대주었다. 스미스 부인은 앤의 말을 듣고 아무 말도 하지 않았다. 다만 앤이 그 집을 나올 때 농담 반 진담 반의 표정으로 이렇게 말했다.

"진심으로 즐거운 시간이 되기를 바랄게요. 그리고 가능하다면 내일 꼭 들러줘요. 이제 당신의 방문을 받을 기회도 얼마 남지 않은 것 같은 예감이 드는걸."

앤은 부인의 갑작스러운 말에 움찔하여, 얼떨떨한 상태로 한동안 그 자리에 서 있었으나 우선은 당장 더 늦기 전에 황급히 떠나야만 했다. 하지만 그로 인해 스미스 부인의 기분이 상할 것 같지는 않았다.

8

월터 경과 그의 두 딸은 클레이 부인과 함께 그날 밤 연주회장에 그 누구보다도 일찍 나타났다. 그들은 댈림플 부인을 맞이하기 위하여 팔각방(八角房)의 난로 앞에 자리를 잡았다. 그런데 그들이 자리를 잡기가 무섭게 문이 다시 열리더니 웬트워스 대령이 혼자서 들어왔다. 앤은 제일 가까운 곳에 있었지만 좀더 다가서면서 기회를 놓칠세라 말을 걸었다. 그는 그저 고개만 숙인 채로 지나갈 참이었으나 앤의 상냥스런 '안녕하세요?' 에 부딪혀 방향을 바꾸고 다시 돌아와 그녀의 옆에 섰다. 그리고 뒤에 그녀의 아버지와 언니가 버티고 있다는 것을 알면서도 그녀에게 밝게 인사를 건넸다. 앤으로서는 아버지와 언니가 뒤에 있다는 것이 여간 다행한 일이 아니었다. 두 사람의 얼굴 표정에 신경을 쓰지 않아도 되었고 그렇기 때문에 자기가 떳떳하다고 느끼는 일은 무엇이든 할 수 있으리라고 생각했다.

그들이 몇 마디를 주고받는 동안 아버지와 엘리자베스가 속삭이는 소리가 들려왔다. 무슨 말인지는 정확히 알아들을 수가 없어서 추측을 할 수밖에 없었다. 그리고 웬트워스 대령이 먼 곳을 향해 고개를 꾸벅 숙이는 것으로 보아 아버지가 그저 아는 체 정도의 현명한 처신은 하셨을 거라고 짐작했다. 또 슬쩍 곁눈질을 해보니 마침 엘리자베스도 다소곳이 무릎을 굽혀 인사를 하고 있는 중이었다. 비록 마지못해서 마음에도 없이 하는 때늦은 인사라는 것을 알면서도 묵살보다는 나았으므로 앤의 기분은 한결 좋아졌다.

그러나 날씨 이야기며 바스나 음악회 등 기본적인 서로의 이야기를 하고 나자 대화는 이내 시들해져 버렸고 얘기도 뜸해졌다. 앤은 그럴 때마다 매순간 그가 가버리지나 않을까 하는 걱정에 조바심을 쳤다. 그러나 그는 가지 않았다. 서둘러 그녀를 떠날 생각도 없어보였다. 오히려 그는 새로운 기분으로 가벼운 미소를 띤 채 다시 말을 걸어왔다.

"라임에서 뵌 이후로 거의 만나 뵙지를 못했군요. 그때 받은 충격으로 고통이 많으셨죠? 더욱이 애써 침착성을 잃지 않고 일의 뒷수습까지 하시느라 정말로 고생이 많으셨습니다."

그녀는 대수롭지 않다는 말투로 그를 안심시켰다.

"하지만 무서운 일이었어요. 지금 생각해도 마찬가지예요."

그는 다시 그때의 공포가 떠오르는 듯이 한 손으로 눈을 가리는 시늉을 해보였다. 그러나 곧 이어 다시 미소를 머금으며 말을 이었다.

"그렇지만 그날은 동시에 좋은 일도 하나 가져다주었습니다. 무서웠던 사고와는 정반대의 결과가 생겨난 거죠. 앤 양! 당신이 의사 선생님을 부르러 보낼 때 벤윅 대령이 적임자라고 했던 것 기억나십니까? 혹시 이미 그때 그 두 사람의 앞날을 예측하고 있었던 것은 아니겠죠?"

"물론이죠. 그때는 전혀 그런 생각을 못 했죠. 하지만 지금 생각으로는 그들 두 사람이 무척 잘 어울리는 짝이라는 생각이 들어요. 둘 다 착하고 마음이 고우니 아마 잘사실 거예요."

"그렇군요."

그는 앤을 똑바로 보지 않고 말했다.

"그러나 서로 닮은 점은 그 정도가 전부라고 생각합니다. 저도 그들의 행복을 진심으로 기원하고, 그들이 맞고 있는 요즈음의 모든 일들을 기뻐하고 있습니다. 아마 그들은 정말로 행복할 겁니다. 가정에서의 반대라든가 결혼을 미루어야 할 어떠한 난관도 없으니까요. 머스그로브의 부모님들께서도 역시 그분들답게 더없이 떳떳하고 친절한 태도를 보이고 계시잖아요? 오로지 순수한 부모 심정으로 돌아가서 따님의 건강만을 일구월심으로 바라고 계시니까요. 이건 참으로 모범적이고 훌륭하신 일들이지요. 두 분의 행복에 대단히 이바지하고 있다는 말입니다. 어쩌면 너무도 과분할 정도지요."

그는 거기서 잠시 말을 끊었다. 갑작스레 생각난 것이 있는 모양이었다. 어쩌면 그의 마음에, 지금 눈앞에서 뺨이 붉어지고 눈을 바닥으로 내리깐 앤의 심중에 있는 것과 비슷한 것이 스쳐간 듯싶었다. 그러나 그는 헛기침을 한 번 하고 나서 말을 다시 이어나갔다.

"하지만 모든 것을 이해한다 하더라도 무언가 개운치 않은 구석이 꼭 하나 있어요. 그들의 사이가 아주 좋게 보이는 것만큼이나 이것은 중요한 결점이 될 수 있을 거라고 생각합니다. 저는 루이자 머스그로브를 대단히 사랑스럽고 성격이 좋으며 지성도 웬만큼 갖춘 여자라고 생각합니다. 하지만 벤윅 대령에게는 그 이상의 것이 있습니다. 그는 현명한 젊은이면서 열렬한 독서가이죠. 그래서 저는 솔직히 그가 그녀에게 애정을 느꼈다는 그 자체를 놀라운 일이라고밖에는 달리 생각할 수가 없어요. 혹시, 루이자 양이 자기에게 사랑을 고백해 오자 순간적인 감사의 마음으로 그의 감정도 기울어진 것은 아닐까요?

그렇다면 그 둘의 문제는 아주 달라집니다. 물론 아직까지 그러한 징후는 보이지 않고 있지만요. 아무튼 저는 그가 완전히 자발적으로, 그 무엇에도 영향을 받지 않은 상태로 그녀에 대한 애정을 가진 것이라는 게 도무지 이해가 되지 않습니다. 더구나 벤윅 같은 남자가! 저는 분명히 알고 있습니다. 그가 패니 허빌을 얼마나 사랑했는지, 그래서 얼마나 큰 상처를 가슴에 안고 살아왔는지를 말입니다. 패니 허빌은 정말로 훌륭한 여자였습니다. 그리고 그녀에 대한 그의 사랑은 진실이었습니다. 그런데 어떻게 그 깊고 지순한 사랑이 그리 쉽게 포기될 수 있는 거죠? 무언가 잘못되었습니다. 이런 일은 일어날 수가 없습니다."

웬트워스 대령은 자기의 친구가 상상할 수 없는 감정의 배반을 했다고 생각했는지 아니면 또 다른 견디기 힘든 의식 때문이었는지 더 이상의 말은 하지 않았다. 주위는 끊임없이 문을 쾅쾅 여닫는 소리와 사람들의 웅성거림으로 몹시도 소란스러웠다.

그러나 그의 마지막 말은 얼마나 격앙됐었는지 앤의 귓속에 또렷한 소리로 남아 왱왱거리고 있었다. 그녀는 그의 말뜻을 모두 알아듣고는 호흡이 가빠지면서 너무 많은 일들이 한꺼번에 몰려오는 듯한 느낌을 받았다. 그것은 충격이었고 가슴 설렘이었으며 마음 가득한 만족감이었다. 그녀는 감히 그의 말에 무어라고 사족을 달 수가 없었다. 하지만 또 서로의 침묵은 더욱 참기 힘든 것이어서 억지로 말머리를 다른 곳으로 돌려야만 했다. 그래서 나온 말이 고작, '라임에는 꽤 오래 계셨던 것 같던데요?' 라는 말이었다. 그러나 그는 얼떨결에 나온 그녀의 질문에 상당히 차근차근 대답을 해주었다.

"약 2주일 정도 있었죠. 루이자 양의 병세가 나아지는 것을 확인하지 않고는 도저히 떠날 수가 없었습니다. 그녀가 당한 사고는 전적으로 저의 책임이었기 때문에 그리 쉽게 안정을 찾을 수가 없었던 거죠. 그것은 정말로 저의 죄였습니다. 제 태도가 그렇게 우유부단하지만 않았어도 그녀가 그런 억지는 부리지 않았을 겁니다. 그래서 저는 라임을 당장 떠날 수가 없었던 겁니다. 라임의 경치는 참으로 훌륭합니다. 저는 울적한 심정을 달래느라고 산보도 하고 말도 자주 탔습니다. 보면 볼수록 감탄을 안 할 수가 없더군요."

"저도 무척이나 라임이 맘에 들어서 다시 가보고 싶어요."

"그렇습니까? 저는 라임에서 겪으신 일이 워낙 당황스럽고 고통스러운 것이었기에 이제 라임 생각은 전혀 안 하실 줄 알았죠. 라임에서의 마지막 인상은 틀림없이 강한 혐오감이었을 텐데요!"

"예, 마지막 몇 시간은 확실히 그랬어요. 그러나 고통도 지나고 나면 나중에는 곧잘 즐거운 추억이 될 수도 있잖아요. 어떤 고장에서 별로 안 좋은 일이 있었다고 해서 그 고장을 좋아하지 말라는 법이 있는 것도 아니고요. 그 고장이 온통 고통뿐인, 다시 말해서 고통말고는 아무런 기억도 없는—라임에서는 결코 그렇지 않았지만요—경우가 아니라면 말입니다. 라임에서 우리가 겪은 나쁜 기억은 불과 마지막 몇 시간뿐이잖아요. 그전에는 즐거운 일이 얼마나 많았어요? 진기하고 아름다운 것들이 어찌나 많던지! 저는 여행을 거의 다녀보지 못해서 처음 가는 장소라면 어디든 흥미가 있지만 라임은 그냥 흥미 정도가 아니었어요. 라임에는 어떤 황홀한 아름다움 같은 것이 있어요. 말하자면(어떤 이유에선지 얼굴에 홍조를 띠며) 그곳의 전체적인 인상은 제게 매우 즐겁고 아주 흐뭇한 것이었답니다."

그녀가 얼굴을 붉히며 마지막 말을 막 끝냈을 때 입구의 문이 열리고 드디어 그들이 기다리던 댈림플 부인이 들어섰다. 부인이 등장하자 여기저기서 환성이 흘러나왔다. 월터 경과 두 딸들은 조심스럽고 우아하게 앞으로 나아가 부인을 맞았다. 댈림플 부인과 카트리트 양은 거의 같은 순간에 도착한 윌리엄 씨와 윌리스 대령의 호위를 받아가며 실내로 들어섰다. 양쪽이 합류하여 한 무리를 이루었는데 앤도 어쩔 수 없이 그 무리들 속에 끼어 있어야만 했다.

앤이 그 일행과 어울리기 위하여 웬트워스 대령 앞을 떠나야 했기 때문에 그들은 자기들만의 흥미진진한 대화를 중단할 수밖에 없었다. 그러나 그러한 아쉬움은 아까 함께 있을 때의 행복에 비하면 아무것도 아니었다. 그녀는 그 대화의 마지막 10여 분 동안 루이자에 대한 그의 감정이나 그 밖의 모든 것에 대하여 생각지도 못할 만큼 많이 알게 되었다.

그녀는 그 무한한 기쁨으로 아무리 내키지 않더라도 진심으로 다른 사람들에게 상냥스럽게 대했고 일행의 요구대로 순간순간 필요한 예절을 그대로 따랐다. 그녀는 또 누구도 자기만큼 행복하지 못한 것처럼 느껴져 측은하게 생각하고 위로해 주고 싶은 그런 기분에 사로잡혔다.

그러나 그녀의 그 기쁜 감정은 그리 오래가지 못했다. 그녀가 웬트워스 대령 곁으로 다시 돌아가기 위해 일행으로부터 발길을 돌렸으나 이미 그가 자리에 없었기 때문이었다. 그는 그때 막 연주실로 들어가고 있었다. 그가 안으로 들어가고 뒷모습이 사라지자 그녀는 애석함을 느꼈다. 그래서 그녀는 애써 좋은 방향으로 생각을 해보았다.

'그분은 틀림없이 날 찾아오실 거야. 이 연주회가 끝나기 전에 찾아오시겠지. 지금 당장은 따로따로 잠시 떨어져 있는 것이 좋을지도 몰라. 나도 잠시 혼자만의 시간을 갖는 게 좋겠어.'

이윽고 러셀 부인이 나타나자 일행이 전부 모인 셈이라 이제 연주회장 안으로 들어가는 일만 남았다. 그들은 막강한 자신들의 신분을 과시하며 될 수 있는 한 많은 사람들의 시선을 끌고, 가능하다면 많은 사람들의 귀엣말을 즐기면서 들어가기를 간절히 바랐고 사실 그들은 그런 집중공세를 받았다. 되도록 많은 사람들을 방해할 수 있었던 것이다.

엘리자베스와 앤은 실내로 들어서면서 둘 다 행복에 겨운 표정을 가득 지어 보였다. 하지만 그들 둘의 행복에 대한 느낌은 아주 딴판이었다. 엘리자베스는 카트리트 양과 팔짱을 끼고 앞서가는 댈림플 부인의 넓은 어깨를 보며 이 세상 무엇 하나 아쉬울 것 없는 풍요의 모습을 연상했고 자기도 도취되어 있었다. 즉 그녀는 자신의 허영에 푹 빠져 있었던 것이다. 하지만 앤은 아니었다. 그녀의 행복감을 언니의 그것과 비교한다는 것 자체가 일종의 모독 행위일 수 있었다. 앤은 사랑을 되찾은, 부푼 희망에 어쩔 줄 몰라 하는 애정에서 비롯된 행복에 취해 있었던 것이다.

연주실의 휘황찬란한 불빛 같은 것은 앤의 눈에 들어오지도 않았고 생각할 여유조차 없었다. 그녀는 자신의 내부로부터 전해져 오는 행복으로 가득 차 있었다. 눈은 빛나고 뺨은 불타고 있었으며—그러나 정작 본인은 아무것도 자각하지 못하고 있었다—온통 머릿속으로는 반 시간 전에 그와 함께 있었던 일만이 떠오르고 있었다. 각자 자기 자리로 돌아가기가 무섭게 그녀의 마음 또한 그 일로 바삐 돌아가 있었다. 그가 고른 화제, 그의 말투 그리고 무엇보다도 그의 태도와 표정은 이미 그녀의 마음속에 영원히 움직이지 않을 커다란 조각상으로 새겨져 있었다. 그가 애써 그녀를 이해시키려고 노력하던 태도, 다시 말해 루이자 머스그로브에 대한 아무렇지도 않은 그의 감정, 벤윅 대령에 대한 견해, 사람이 최초에 품게 되는 강한 애정이라는 것에 대한 그의 느낌 등등 아까 있었던 모든 것들이 새롭게 다시 다가왔던 것이다.

물론 사람이 갖게 되는 최초의 애정에 대한 말은 다 끝을 맺지 못했지만 절반쯤 다른 곳으로 둔 그의 시선은 깊은 뜻을 담고 있었으며, 이 모든 것들은 적어도 그의 마음이 그녀 쪽으로 돌아오고 있다는 사실을 말해 주고 있는 것이었다. 그에게서는 이미 분노, 회한, 기피 따위의 껄끄러운 감정이 사라진 지 오래였다. 대신 이제는 우정과 관심뿐만 아니라 지난날의 애정이 얼마간 되살아났음을 말해 주고 있었다. 그녀는 그러한 변화가 의미하는 바를 조금도 놓치지 않았다. 그는 그녀를 사랑하고 있는 것이 틀림없었다.

이러한 생각들이 거기에 따르는 환영들과 더불어 그녀의 마음을 사로잡고 가슴을 설레게 했기 때문에 주위를 관찰하고 살펴볼 만한 여유는 이미 오래 전에 사라진 상태였다. 실내를 걸어가면서도 그녀는 그를 쳐다보지 않았고 찾으려고 하지도 않았다. 제각기 좌석을 차지하고 앉은 후 혹시 그가 근처에 있지 않을까 싶어 주위를 두리번거려 보았으나 그의 모습은 보이지 않았다. 연주가 막 시작하려고 할 무렵이었기 때문에 그녀는 좀 미흡한 행복감이나마 그것으로 만족할 수밖에 없었다.

일행은 두 패로 나뉘어서 나란히 있는 두 개의 벤치에 자리를 잡았다. 앤은 앞 쪽에 앉았고 윌리엄 씨는 윌리스 대령의 도움으로 그녀의 옆자리에 앉는데 성공했다. 엘리자베스는 주위 사람들에게 둘러싸인 채 윌리스 대령의 정중한 친절을 독차지하고 있었기 때문에 꽤나 우쭐해 있었다.

앤은 그날 밤의 기분과 감정에 더할 나위 없이 만족했다. 그날의 웬트워스 대령의 태도는 그만큼 그녀의 마음을 사로잡기에 충분했던 것이다. 그녀는 부드러운 멜로디에 감정이 포근하게 젖어들었고 경쾌한 가락에는 가슴 설렘을 느꼈다. 심지어 아주 지루한 음악도 기꺼이 참아낼 수가 있어서 연주회 1부가 끝날 때까지 온전하게 정신을 집중할 수 있었다. 1부가 끝나고 막간에 이탈리아 가곡이 이어질 때는 윌리엄 씨에게 가사를 설명해 줄 만큼 여유가 있었다. 그들은 우연히 같이 프로그램을 보게 되었던 것이다.

"이것이 대체로 이런 의미라고 할 수 있죠. 아니, 의미라기보다는 가사의 말뜻이라고 하는 편이 낫겠어요. 왜냐하면 이탈리아 연가의 의미는 말할 수 없지만 그 비슷한 말 뜻 정도는 제가 설명해 드릴 수 있거든요. 제가 이탈리아어(語)를 아는 체하는 건 아니에요. 저의 이탈리아어 실력은 아주 형편없답니다."

"예, 알겠어요. 이런 일에는 아주 무지하시다는 것쯤 저도 잘 알겠습니다. 당신의 이탈리아어 실력은 겨우 이렇게 도치되고 환치되고 생략된 이탈리아어 가사를 한눈에 척 보고 분명하게 납득이 가는 영어로 번역해 낼 정도밖에 안 된다는 거죠? 그러니 더 이상 자신의 무지에 대해서 설명하실 필요는 없습니다. 완전히 증명되었으니까 더 이상의 겸손의 말씀은 참아주세요."

"점점 더 몸 둘 바를 모르겠어요. 하지만 진짜 이탈리아어의 전문가가 알면 저는 아주 곤란해집니다."

"이건 솔직한 고백입니다만 정말이지 저는 캠덴 광장의 저택을 방문할 때마다 매번 엘리엇 양의 새로운 모습을 보게 됩니다. 그래서 저는 지금까지 이렇게 생각해 왔습니다. '이분은 정말로 너무 겸손하셔서 온 세상 사람들이 이분의 참된 재예(才藝)를 반만큼도 모르고 있겠구나.' 재주가 너무 뛰어나면 평범한 사람들로서는 부자연스러울 만큼 자연히 겸손해질 수밖에 없는 것 아닌가요?"

"아니에요! 아니에요! 그건 칭찬의 말씀이 너무 지나쳐요. 다음이 뭐였더라? 깜박 잊어버렸네!"

앤은 서둘러 화제를 다른 데로 돌리려고 프로그램 쪽으로 신경을 쏟았다. 그러자 윌리엄 씨도 지지 않고 계속해서 나직한 목소리로 말을 이어 나갔다.

"확실히 저는 당신이 알고 있는 것보다 훨씬 더 오래 전부터 당신의 인품에 대해서 알고 있었습니다."

"정말이오? 어떻게요? 당신은 제가 바스로 오고 나서 겨우 아시게 되었을 텐데요. 물론 저희 가족들에게 들은 얘기야 조금 있겠지만."

"제 말은 사실입니다. 저는 당신이 바스에 오시기 훨씬 전부터 많은 말씀을 들었습니다. 당신과 가까운 분들이 당신에 대해 얘기하는 것을 들었거든요. 그래선지 저는 왠지 당신과 오래전부터 자주 접촉을 해왔던 것 같은 생각이 듭니다. 당신의 성격, 재능, 품성 등 모든 것을 아주 소상하게 들었었기 때문에 항상 눈앞에 선하게 보이는 것 같았습니다."

앤의 관심을 끌어들이려는 윌리엄 씨의 목적은 일단 달성된 것처럼 보였다. 그 누군들 이 같은, 수수께끼 같은 매혹에 넘어가지 않겠는가! 오래전부터 누군가 이름조차 알 수 없는 사람들이 최근에서야 알게 된 집안의 친척에게 자기 이야기를 소상히 전했다는 사실은 결코 흘려버릴 수 없는 일이었다. 앤은 온통 궁금증과 호기심에 사로잡혀 버렸다. 그녀는 잔뜩 눈을 치켜뜨고 열심히 그에게 질문공세를 폈다. 그러나 헛수고일 뿐이었다. 그는 그녀의 질문을 받는 사실에는 만족했지만 대답할 생각은 전혀 없는 듯했다.

"아니오, 아니에요. 언젠가는 말씀드릴 날이 있겠죠. 하지만 지금은 안 됩니다. 그 사람의 이름을 말해줄 수가 없어요. 다만, 그런 사실이 있었다는 것만 확실하게 말씀드리죠. 저는 오래전부터 앤 엘리엇 양에 관한 상세한 얘기를 듣고서는 한 번도 보지 못한 그 여인을 이 세상 최고의 여자 분으로 생각해 왔습니다. 당연히 그분에 대한 호기심 또한 열렬히 끓어올랐죠."

앤으로서는 자기의 일을 그토록 호의를 가지고 몇 해 전부터 말한 사람이 있었다면 아마도 웬트워스 대령의 형인 몽크포드의 웬트워스 씨일 거라고 생각했다. 그는 윌리엄 씨가 친분관계를 유지하던 사람 중의 하나였을지도 모르는 일이었다. 하지만 그에게 그 말을 물어볼 만큼의 용기는 없었다.

"앤 엘리엇이란 이름은 오랫동안 저의 마음에 울림을 주면서 항상 그 여운이 남아 있었습니다. 사뭇 저의 상상력에 마력을 불어넣는 이상한 작용을 일으키고 있었던 거죠. 그리고 이제 감히 말씀드리지만 저는 그 이름이 영원히 저의 가슴속에 살아남아 있었으면 합니다."

그는 계속해서 그녀의 궁금증과는 달리 자기의 상투적인 고백만을 하고 있었다. 그러나 그의 말을 채 듣기도 전에 그녀의 관심은 바로 뒷자리에서 흘러나온 다른 사람들의 음성에 사로잡히고 말았다. 그것은 다름 아닌 월터 경과 댈림플 부인이 주고받는 말이었다.

"호남입니다, 아주 대단한 호남자입니다!"

월터 경이 먼저 말을 꺼냈고 댈림플 부인도 바로 그의 말을 받았다.

"정말 보기에도 매우 훌륭한 청년이에요! 저만한 용모는 바스에서는 찾아보기 힘들겠는데요. 혹시 아일랜드 분이 아닌가요?"

"아닙니다, 저는 저 사람의 이름을 알고 있습니다. 서로 안부 인사는 할 정도의 사이죠. 웬트워스라고 해군 대령이랍니다. 그 사람의 누님 되시는 분이 마침 저의 서머셋셔의 켈린치 저택에 세 들어 살고 있죠. 그 누이는 크로프트 부인이라고 불리고 있죠."

월터 경의 말이 여기까지 나왔을 때 앤은 이미 자기로부터 약간 떨어진 곳에 있는 남자들의 한 무리 속에서 웬트워스 대령을 찾아낼 수 있었다. 그녀가 그를 쳐다보는 순간 그는 막 그녀로부터 눈길을 걷는 듯이 보였다. 그녀가 한 발 늦은 셈이었다. 그래서 그녀는 용기를 내어 오랫동안 그를 바라보고 있었는데 그는 두 번 다시 그녀 쪽을 쳐다보지 않았다. 그리고 연주가 다시 시작되었기 때문에 그녀는 어쩔 수 없이 오케스트라 쪽으로 주의를 돌리는 척하며 앞을 바라볼 수밖에 없었다.

얼마 후 그녀는 다시 한 번 그쪽으로 시선을 돌렸으나 이미 그는 그곳에 없었다. 설사 그가 이쪽으로 오리라는 생각을 한다 해도 그녀 주위는 다른 사람들로 둘러싸여 있어 불가능한 일이었다. 따라서 그녀는 그의 시선만이라도 다시 한 번 찾을 수 있기를 간절히 바랐다.

이러한 앤의 간절함과는 달리 윌리엄 씨는 그녀를 무던히도 괴롭히고 있었다. 그녀는 이제 그에게 말을 건네고 싶지도 않을 정도였고, 그가 옆에 앉아 있는 것조차 싫었다.

마침 그때 연주회의 또 한 막이 끝났고 그녀는 이 순간이 어떤 변화를 가져와 자기를 고통 속에서 건져내 주기를 마음속으로 빌었다. 그리고 그녀의 이러한 바람은 신기하게도 금방 이루어졌다. 일행 중 몇 명이 차를 마시러 가자며 자리를 뜬 것이었다. 소수의 사람만 자리를 지키고 있었는데 앤은 당연히 그 부류에 끼어 있었다.

러셀 부인도 옆에 있었다. 앤은 실로 오래간만에 윌리엄 씨를 떨쳐버리는 기쁨을 만끽할 수 있었다. 그녀는 설령 러셀 부인에게 눈치를 보이는 한이 있더라도 기회만 주어진다면 언제고 웬트워스 대령과 떳떳하게 대화를 나눌 작정을 하고 있었다. 그리고 러셀 부인의 안색으로 미루어보아 부인이 이미 오늘 밤에 대령의 얼굴을 보았다는 것을 확신할 수 있었다.

그러나 그는 오지 않았다. 앤이 이따금 먼발치에 있는 그의 모습을 보았지만 그는 결코 가까이 다가오지 않았다. 초조한 휴식시간은 그렇게 아무 결실 없이 지나가 버렸다. 밖으로 나갔던 사람들도 다시 되돌아와 제각기 자리를 찾았다. 앞으로 한 시간 동안은 음악에 진정한 관심을 가진 사람들이라면 크나큰 기쁨에 잠기겠지만 그렇지 못한 사람들은 주위의 눈치를 보아가며 하품을 해야 할 운명이 시작된 것이었다.

앤은 그 한 시간이 자신에게는 가슴 설레는 시간이 될 것 같다는 생각을 했다. 그녀로서는 다시 한 번 더 웬트워스 대령의 모습을 보고, 친근한 목례라도 나누어보지 않고는 도저히 이 연주회장을 떠날 엄두가 나지 않았기에 당연히 가질 수 있는 기대감이었다.

일행이 다시 제자리들을 찾았을 때 약간의 변화가 있었는데 앤은 변화를 적이 다행스럽게 생각했다. 윌리스 대령이 제자리로 가지 않았기 때문에 엘리자베스와 카트리트 양 두 사람이 윌리엄 씨에게 자기들 사이에 와서 앉으라는 거절하기 어려운 초청을 했던 것이다. 이 이외에도 몇 군데의 자리 이동이 더 있었고 그래서 앤은 자기의 바람대로 아까보다 훨씬 더 끝자리의 벤치로 옮겨갈 수 있었다. 그곳은 통로 쪽으로 더 가까운 곳이었는데 그녀는 바로 이런 행동을 함으로써 저 유래 없는 래롤즈 양(역주: 18세기 작가 Fanny burney의 소설 Cecilia에 나오는 수다쟁이 인물을 말함.)과 비교될 만했다.

그녀는 주위의 시선에 아랑곳하지 않고 이런 행동을 했던 것이다. 하지만 웬트워스 대령과 더 가까이 있고자 시도했던 그녀의 이런 행동은 별다른 효과를 보지 못했다. 그녀의 바로 옆자리의 사람이 일찌감치 자리를 떠버린 덕분에 운 좋게도 음악이 끝날 때까지 벤치의 맨 끝에 앉아 있을 수 있었지만 끝내 대령은 그녀 옆으로 오지 않았던 것이다.

옆에 빈자리를 둔 채 그렇게 앉아 있을 때 앤은 그리 멀지 않은 곳에 있는 웬트워스 대령을 볼 수 있었다. 그도 역시 그녀를 알아보았는데 그의 표정은 왠지 무거워 보였고 결단을 못 내리고 있는 듯, 몇 번을 망설이다가 겨우 서로의 말소리가 들릴 만한 근처에까지 다가왔다. 그의 그러한 표정과 행동을 보는 순간 그녀는 무슨 일이 일어났음에 틀림없다고 생각했다.

그의 변화는 의심할 여지가 없는 것이었다. 지금의 그의 모습과 아까 팔각방에서 본 모습과는 너무나 차이가 났던 것이다. 대체 무슨 일이 있었을까? 그녀는 아버지와 러셀 부인을 생각해 보았다. 혹시 그들과 불유쾌한 시선이라도 마주쳤던 것일까? 그는 한참이나 그대로 있다가 음악회에 관한 이야기를 꺼냈는데 그 말투나 시무룩함이 마치 예전에 어퍼크로스에서의 그의 모습을 보는 것 같았다. 그는 좀더 좋은 음악회를 기대했었는데 실망이 크다고 말했다. 그래서 빨리 끝나더라도 유감스럽게 생각하지는 않을 것이라는 말도 덧붙였다.

그의 말을 들은 앤은 황급히 자기의 말주변이 허락하는 한도 내에서 음악회를 변호했고 한편으로는 그의 심정을 이해할 수 있다고 말해 주었다. 그러고 나자 그의 얼굴 표정은 어느 정도 풀렸고 약간의 미소까지 띠기도 했다. 좀더 얘기를 나누면서 그는 점점 밝은 표정을 찾아가는 듯이 보이기도 했다. 그는 벤치를 내려다보면서 바로 앉을 만한 적당한 장소를 발견한 것 같은 표정을 지었는데 그런데 바로 그때 앤은 자기의 어깨에 누군가의 손이 와 닿는 것을 느꼈다.

그녀는 뒤돌아보지 않을 수 없었다. 윌리엄 씨의 손이었다. '실례하겠습니다.' 그는 정중하게 사과부터 하고 나서 다시 한 번 이탈리아어의 설명을 해달라고 했다. 카트리트 양이 다음 독창에 대해서 대체로 어떤 내용인지 알고 싶어 한다는 것이었다. 앤은 그 청을 거절할 수가 없었다. 하지만 단연코 이제까지 그토록 고통스러운 기분으로 남에게 무엇을 베풀어 줘 본 기억은 없었다. 될 수 있는 한 최대한으로 시간을 줄였지만 그래도 4~5분이나 걸렸다.

가까스로 설명을 마치고 고개를 돌려 웬트워스 대령을 올려다보니 그는 침울한 표정으로 다소곳하면서도 아주 급하게 작별 인사를 했다.

"안녕히 계시라는 인사 말씀을 드려야겠군요. 저는 이만 돌아가야겠습니다. 가능하면 빨리 집으로 돌아가고 싶습니다."

"저, 이 노래는 잠시 동안만이라도 남아서 들어볼 가치가 있지 않을까요?"

앤은 그가 돌아간다는 말에 당황해서 무조건 그렇게 말을 했다. 하지만 그는 단호했다. 단지 이 한마디를 남기고는 뒤도 안 돌아보고 밖으로 나가버리고 말았던 것이다.

"아니오, 여기에 남아 있어야 할 의미가 제게는 아무것도 없습니다."

그가 나가고 나서야 그녀는 깨달았다. 아, 그분이 윌리엄 씨에게 질투를 한 것이로구나! 웬트워스 대령은 나의 관심과 애정을 혼자서 독차지하고 싶으신 거구나! 생각이 여기에 미치자 그녀는 삽시간에 말로는 형용 못 할 기쁨과 만족감에 취하고 말았다. 아아, 한 주일 전만 해도, 아니 세 시간 전만 해도 어찌 이런 일을 상상이나 할 수 있었으랴! 하지만 이러한 그녀의 벅찬 감정을 따라 곧바로 또 다른 걱정이 따라왔다. 그분의 질투의 감정을 어떻게 진정시킬 수 있을까? 나의 진실을 어떻게 그분에게 전달할 수 있지? 자꾸만 우리 사이의 관계가 이렇게 뒤틀려가니 어떻게 하면 그분이 나의 진심을 알아줄까?

앤은 갑자기 근래에 들어 부쩍 보채고 다니는 윌리엄 씨가 한없이 미워졌다. 그를 생각하는 것 자체가 마치 해악(害惡)을 뒤집어쓰는 것 같았다.

9

이튿날 아침 앤은 스미스 부인을 방문하겠다던 약속을 생각해냈다. 그녀는 약속도 약속이었지만 우선 윌리엄 씨를 만나는 일을 피할 요량으로 집을 나섰다. 그가 오늘도 집으로 올 것이 뻔했기 때문이다.

그동안 그녀가 윌리엄 씨에게 적잖은 호의를 느끼고 있었던 것은 사실이었다. 그가 유별나게 친절을 보여 오는 것이 귀찮다 하더라도 그 이전에 그에 대한 감사와 관심과 어쩌면 동정까지 느끼고 있었다. 그와 인연을 맺게 된 그동안의 묘한 여러 가지 사정들을 생각하지 않을 수 없었던 것이다. 더욱이 그가 남자로서 지닌 장점이나 그녀가 처음에 갖게 되었던 호감이나 모든 면에 있어 서로에게 관심을 갖는다는 것이 지극히 당연한 일로 받아들여졌다. 그런데 정말로 이상한 일이었다. 그러면서도 그녀의 기분은 유쾌한 이면에 고통을 숨기고 있었던 것이다. 물론 그녀의 마음에는 후회도 많았다.

만일 이런 경우 웬트워스 대령만 없었다면 자기의 마음이 어땠을지 그것은 아무도 장담할 수 없는 일이었다. 하지만 이제 그러한 가정을 한다는 것 자체가 쓸데없는 일이었다. 웬트워스 대령이 그녀의 곁에 굳건히 건재하고 있었기 때문이다. 현재의 상황이 어떻고, 주위의 여건이 아무리 예측할 수 없을 만큼 급박하게 돌아간다 해도 그에 대한 자기의 애정은 영구히 이어지리라 믿었다. 그리고 이제 그 어떤 장애도 예전처럼 그들을 갈라놓지는 못하리라는 확신도 가지고 있었다.

앤은 켐덴 광장에서 웨스트게이트 가(街)까지 거닐면서 숭고한 사랑과 믿음에 대한 생각을 골똘히 해보았다. 아마도 바스의 길을 걸으면서 그러한 상념에 빠진 사람은 그녀가 처음인 듯싶었다. 그녀의 고결한 생각은 바스 시내 전체를 완전히 정화시켜 놓으며 향기로 가득 채울 것만 같았다.

그녀의 친구 스미스 부인은 그날따라 유달리 반가워했다. 반가워할 줄은 알았지만 그 도가 지나칠 정도인 것으로 보아 약속은 되어 있었어도 그녀가 진짜로 오리라고 생각하지는 못했던 것 같았다.

스미스 부인은 제일 먼저 연주회 소식을 듣고 싶어했다. 앤으로서는 어제의 일은 생각만 해도 얼굴에 금방 화색이 돌 정도로 즐거웠으므로 기꺼이 말머리를 풀어나갔다. 그녀는 자기가 이야기할 수 있는 것들은 모두 기분 좋게 말했다. 하지만 아무리 열심히 설명을 해도 직접 그 자리에 있었던 앤이나 말로만 듣고 있는 스미스 부인이나 서로 미흡한 감정은 감출 수가 없었다.

더욱이 스미스 부인으로서는 이미 세탁부와 심부름꾼을 통해 그날 저녁의 대체적인 상황과 결과에 대해서 앤이 말해주는 것 이상으로 듣고 난 후였다. 그래서 부인은 이제 어제의 관중들에 대한 여러 가지 이야기들을 꼬치꼬치 물어 보았다. 스미스 부인은 바스에서 조금이라도 지체가 높다거나 명성이 있는 사람들의 이름은 모두 꿰고 있었다.

"듀어랜드 가의 어린 아이들도 왔었겠네요, 틀림없이. 물론 무엇인가 삼킬 듯이 입을 딱 벌리고 음악을 들었을 테구. 그 애들은 연주회라면 빠지지 않고 참석을 하는데 매번 그런 모양으로 음악을 듣거든. 마치 먹이를 받아먹는 털도 안 난 새 새끼 같아요."

"그래요, 내 눈으로 보지는 못했지만 윌리엄 씨한테 그 애들 얘기를 들었어요."

"이버트슨 집안사람들도 와 있었어요? 또 키 큰 장교가 두 명의 미인과 오지는 않았나요? 그 장교는 두 여자 중 한 명과 염문이 있다던데."

"그건 모르겠어요. 그들은 오지 않은 것 같던데."

"메리 맥클린 노부인께서는? 아, 물어보나 마나겠군요! 그분이 이런 자리에 빠지신다는 건 말이 안 되니까. 당신도 직접 봤겠지요? 틀림없이 그분은 당신의 일행들과 함께 오케스트라 근처의 귀빈석에 앉아 계셨을 테니까. 물론 댈림플 부인이 옆에 계셨겠지만!"

"아니에요! 난 그런 귀빈석 같은 자리에 앉는 걸 싫어해요. 그런 곳에 앉는다는 것 자체가 기분을 편치 않게 만들거든요. 어제는 다행히 댈림플 부인이 떨어져 앉기를 바라시던데요. 그래서 우리는 서로 얘기하기 가장 좋은 자리를 골랐어요. 솔직히 나는 연주회를 볼 생각이 없었거든요. 그리고 정말로 어제 내 눈에는 아무것도 안 보이는 것 같았어요."

"그래도 볼 만한 것은 다 보아놓고선! 어제 같은 큰 모임에서 남의 눈길을 끈다는 것은 한 집안으로서는 퍽 기쁜 일일 거예요. 당신의 식구들만 해도 거창한 일행이니까 그런 혜택을 누렸을 것 아니에요? 설마 더 이상의 것을 바라지는 않았겠지요?"

"그렇기는 하지만 지금 생각해보니 주위를 좀더 살펴보았으면 좋았을 걸 그랬나 봐요."

앤은 그렇게 얘기를 하면서 사실은 어제 자기가 관심을 갖고 둘러볼 만한 대상이 없었다는 생각이 떠올랐다. 그런데 그런 심정을 꿰뚫기라도 했다는 듯이 스미스 부인이 말을 가로막고 나섰다.
"아니에요, 진정 아니에요. 당신은 그보다 더 좋은 일에 정신을 빼앗긴 거겠지요. 즐거운 저녁이었다는 건 두말할 여지가 없는 거구요. 당신 눈에 다 씌어 있어요. 당신 귀에는 끊임없이 아름다운 멜로디만 들려왔겠죠? 휴식 시간엔 달콤한 밀어도 나누었을 테구. 당신이 어떤 시간을 보냈는지 나는 모두 눈에 선한걸."
"정말로 그런 걸 내 눈에서 볼 수가 있어요?"
"그럼요, 보구 말구요. 얼굴빛 전체에서 모든 걸 읽을 수 있어요. 당신이 간밤에 어떤 분하고 같이 있었고, 당신이 그분을 어떻게 생각하고 있는지. 아, 그분은 이 세상 전부를 합한 그 이상으로 당신의 마음을 사로잡고 있다고 씌어 있군요."
앤의 얼굴은 점점 홍당무로 변해 갔고 말이 나오지 않았다.
"당신이 오늘 나를 찾아준 데 대해 나는 진심으로 감사해요. 이런 데까지 직접 찾아와 주다니 보통 사람들 같으면 아마 쉽게 할 수 없는 일이었을 거예요. 내가 아니더라도 당신과 함께 있고 싶어하는 분이 뜨거운 가슴을 끓이고 있을 텐데."
스미스 부인의 말은 더 이상 들리지 않았다. 다만 자기의 마음을 꿰뚫어보는 부인의 능력이 놀라웠고 자기와 웬트워스 대령에 대한 소문이 어떻게 해서 친구의 귀에까지 들어가게 되었는지 궁금할 따름이었다. 그런데 잠시 후, 느닷없이 튀어나온 스미스 부인의 말은 앤을 어리둥절하게 만들었다.
"제발 내게 솔직히 말씀해 줘요. 윌리엄 씨는 당신과 내가 친구라는 사실을 알고 있나요? 그리고 지금 내가 바스에 와 있다는 사실도?"
앤은 눈이 휘둥그레졌다. 짧은 순간임에도 많은 것들이 머릿속에 떠올랐다. 그리고 이제까지 스미스 부인이 말한 상대가 웬트워스가 아닌 윌리엄 씨라는 사실을 깨닫고는 안도의 한숨을 내쉬며 침착함을 되찾았다. 앤은 부인의 질문을 조목조목 따져가며 이야기를 해나갔다.

"당신이 윌리엄 씨를 알고 있어요?"

"물론, 너무너무 잘 알고 있지요. 하지만 만나 뵌 지가 하도 오래되어서 지금쯤 그분은 어떻게 생각을 하실지 모르겠어요."

"나는 전혀 모르고 있었어요. 진작 말해주었으면 좋았을걸. 내가 그분께 말씀을 드려보았을 텐데."

"앞으로라도 꼭 그렇게 해줬으면 고맙겠어요. 꼭 그분께 얘기를 해줘요, 앤 양. 앤 양이 마음만 먹는다면 그 일은 쉽지 않겠어요? 그분은 나에게 진실로 도움이 되실 분이거든."

"걱정 말아요. 당신을 위해서라면 무언들 못 하겠어요. 내 힘이 닿는 데까지 도와줄게요. 하지만 이것만은 먼저 분명히 알아야 해요. 당신이 생각하는 것처럼 내게는 그분에게 어떤 영향을 끼칠 만큼의 힘은 없어요. 어떻게 하다가 당신이 그런 생각을 하게 되었는지 몰라도 당신은 나를 그분의 친척 이상으로 생각해서는 안 돼요. 대신, 그분의 사촌으로서 내가 할 수 있는 일이 있다고 생각한다면 언제든지 내게 말을 해줘요."

스미스 부인은 그녀를 한동안 아무 말 없이 바라보다가 곧 미소를 지으며 말했다.

"아무래도 내가 좀 서두른 것 같아요. 용서해 줘요. 공식적인 통지가 있을 때까지 기다렸어야 했는데. 하지만 앤 양, 언제쯤이면 당신들의 관계가 정식으로 공표가 될지 옛 친구의 입장에서 넌지시 가르쳐 줄 수는 없을까요? 다음주쯤? 아니면 그 다음주? 대략 그때쯤이라고 생각하면 될까요?"

앤은 단호하게 말했다.

"아니에요! 다음주에도 그리고 그 다음주에도, 그리고 그 다음 다음주에도 그런 일은 없을 거예요. 당신이 생각하고 있는 그런 일은 절대로 일어나지 않을 걸요. 나는 윌리엄 씨와 결혼할 생각이 전혀 없어요. 당신이 도대체 왜 그런 생각을 하게 되었는지 그것부터 알고 싶군요."

스미스 부인은 다시 한 번 앤을 바라보다가, 미소를 짓기도 하고 고개를 갸우뚱거리기도 하다가 이렇게 외쳤다.

"나는 정말 당신의 속마음을 알고 싶어요. 당신은 지금 무슨 생각을 하고 있는 거죠? 내 생각에는 지금 당신에게 아주 적절한 시기가 와 있는 것 같은데 당신은 왜 이렇게 냉정하게 나오는 거죠? 물론, 여자라면 누구나 다 정식으로 청혼을 받기 전까지는 모든 남자를 거절해 버리겠다는 생각을 하죠. 확실한 때가 오기 전까지는 결혼을 하지 않겠다는 게 여자들의 심리라는 것일 테니까. 하지만 너무 냉혹해서는 안 돼요. 나는 지금 진실된 옛 친구를 위해서 간청하고 있는 거예요. 그분보다 더 어울리는 상대가 또 어디 있겠어요. 나는 윌리엄 씨를 진심으로 추천해요. 윌리스 대령에게 물어보더라도 같은 말을 듣게 될 거에요. 그 윌리스 대령만큼 윌리엄 씨를 잘 아는 분이 또 어디 있겠어요!"

"이봐요, 스미스 부인. 윌리엄 씨의 부인이 세상을 떠난 지 이제 반년밖에 되지 않았어요. 그분이 누군가에게 접근하려 든다면 그것부터가 잘못이겠죠."

"어머!"

스미스 부인은 기쁨의 환호성을 지르며 장난스럽게 말했다.

"이제까지 앤 양이 망설였던 이유가 그것이었다면 걱정할 것 없어요. 나도 이제 더 이상 걱정할 필요가 없어졌네요. 앤 양, 부디 결혼하고 난 후에도 나를 잊지 말아줘요. 그리고 내가 당신의 친구라는 사실을 꼭 좀 그분께 말씀을 드려주고. 만약 당신이 내 얘기를 그분께 해주기만 한다면 그분은 틀림없이 나를 만나려고 하실 거예요. 물론 지금 당장이야 그분 자신의 일과 약속들 때문에 힘드시겠지만 말이에요. 십중팔구 지금은 그럴 거예요. 아직까지 말로만 들어서는 앤 양과 나와의 우정이 얼마나 깊은지도 모르실 테구.

아무튼, 앤 양, 나는 희망과 확신을 가지고 진심으로 당신의 행복을 기원해요. 윌리엄 씨는 당신과 같은 여성을 이해할 만한 충분한 식견을 가지고 있어요. 당신의 행복은 나의 경우처럼 좌절되지 않을 거예요. 그분은 결코 줏대 없이 자기의 판단을 잃는다거나 남들에게 잘못 이끌려 파멸의 길로 빠지지는 않을 테니까."

"맞아요, 윌리엄 씨의 그러한 점은 충분히 믿을 만해요. 그분은 위험해 보이는 일에는 아예 관심조차도 갖지 않아요. 그만큼 침착하고 단호한 성격을 가지고 계신 거죠. 나는 그런 면에서 그분을 존경하고 있어요. 그분은 지금까지 자신이 나쁘게 평가받을 만한 모습이라곤 전혀 보이지 않으셨거든요. 그러나 그럼에도 불구하고 나는 그분을 안 지가 얼마 되지 않았고 또 그분 자체가 쉽게 알 수 있는 분도 아니라고 생각해요. 스미스 부인! 내가 이렇게 말하는 데도 아직 나의 진심을 모르겠어요? 내 생각에는 이 정도면 충분히 내 의도를 짐작했으리라 생각하는데. 맹세코 나는 그와 결혼할 생각이 없어요. 그가 정식으로 청혼을 해온다 하더라도 나는 그것을 받아들이지 않을 거예요.

그리고 다시 한 번 확실하게 말해 두지만 간밤의 연주회에서 나에게 기쁨을 가져다주었던 것은 결단코 윌리엄 씨가 아니에요. 그건……."

앤은 거기서 말을 끊고 자기가 너무 많은 말을 했다는 생각에 얼굴을 붉혔다. 그러나 그렇게까지 말하지 않았더라도 그녀는 역시 불만스러웠을 것이다. 스미스 부인은 그녀에게 다른 사람이 있다는 것을 확인하지 않는 한 그녀와 윌리엄 씨와의 관계를 쉽게 포기하지 않을 것이 분명했기 때문이었다.

결국 스미스 부인도 앤의 마지막 말 때문에 이제까지의 그녀 말이 사실이라는 것을 인정하지 않을 수 없었다. 그리고 더 이상의 얘기는 해서는 안 되겠다는 생각으로 그 부분에 대해서는 입을 다물었다. 하지만 앤은 어째서 자기가 윌리엄 씨와 결혼을 할 거라고 그녀가 생각했으며 어디서 그런 착상을 하게 되었는지, 아니면 누구에게서 그러한 말을 들었는지 궁금함에 조바심이 날 수밖에 없었다.

"처음에 어떻게 해서 그런 생각이 떠올랐죠. 말 좀 해줘요."

"처음으로 그런 생각을 한 것은 당신과 그분이 자주 만난다는 얘기를 듣고 나서였어요. 당신과 그분의 만남은 양쪽에서 모두 바라고 있는 사실이라고 생각했지요. 아마 이 얘기를 아는 사람들은 모두 같은 생각일 거예요. 그러나 구체적인 얘기를 들은 것은 불과 이틀 전이랍니다."

"도대체 무슨 얘기를 들은 건데요?"

"어제 당신이 왔을 때 문을 열어주던 여자 생각나요?"

"아뇨, 가정부인 스피드 부인이 아니었나요? 아니면 혹시 하녀였어요? 눈여겨보지 않아서 잘 모르겠어요."

"내 친구 루크 부인이었어요. 전에 얘기한 적이 있는 간호사 루크 부인요. 그분은 어찌된 영문인지 당신에 대한 호기심이 대단했었어요. 그리고 때마침 당신이 있는 것을 보고는 기뻐했죠. 루크는 바로 저번 일요일에 말보로 가에서 돌아왔는데 내게 당신이 윌리엄 씨와 곧 결혼을 할 거라는 말을 하더군요. 나는 그녀가 윌리스 부인한테서 들었다고 하기에 믿을 만한 소식이라고 생각했어요. 월요일 밤 한 시간 정도 나하고 얘기를 했는데 그동안의 자초지종을 다 말해

주더군요.”

“자초지종이라뇨?”

“그렇게 신경을 곤두세울 건 못 돼요. 대부분 근거 없는 소문들뿐이니까.”

“알겠어요, 하지만 내가 윌리엄 씨와 결혼을 하지 못한다 하더라도 내가 당신에게 도움이 되는 일이라면 무엇이든지 다하겠어요. 그건 내게도 도움이 될 거에요. 당신이 바스에 있다는 사실을 그분에게 말해 드릴까요? 뭐 전할 말이라도 있어요?”

“아니, 괜찮아요. 사양하겠어요. 얼핏 한순간의 잘못된 생각으로 당신을 이상한 방향으로 이끌어간 것 같아서 미안해요. 이제 모두 그만두겠어요. 당신의 친절에 폐를 끼치고 싶지 않아요.”

“하지만 윌리엄 씨를 오래 전부터 알고 있다고 말했잖아요.”

“그런 말을 분명히 했지요.”

“혹시 그분이 결혼을 하기 전 얘기 아닌가요?”

“맞아요, 내가 그분을 처음 보았을 때는 독신이셨어요.”

“아주 가까운 사이였나요?”

“아주 많이.”

“어머! 그 말이 사실이에요? 그때 당시 그분은 어떠했는지 말 좀 해줘요. 윌리엄 씨의 젊었을 때의 일이 몹시 궁금해요. 그때도 지금과 별 차이는 없었어요?”

“나는 최근 3년 동안 윌리엄 씨를 만나보지 못했어요.”

스미스 부인의 대답이 너무나 침통했기 때문에 앤은 더 이상 그 얘기는 할 수가 없었다. 그러나 그럴수록 앤의 호기심은 더욱 더 강렬해져갔다. 스미스 부인은 깊은 사색에 잠겨 있었고 그래서 두 사람은 오랫동안 침묵 속에 빠져 있었다. 한참 후에 스미스 부인이 본래대로의 어조로 먼저 말을 꺼냈다.

"앤 양, 나를 용서해줘요. 지금까지 시원한 대답을 해주지 못해서 정말로 미안해요. 그러나 나로서는 어떻게 해야 할지 판단이 잘 서지 않았어요. 당신에게 말을 해야 할지 어떨지 생각해봐야 할 일이 있거든요. 사람들은 종종 남의 일에 지나치게 간섭하거나 나쁜 인상을 얘기함으로써 돌이킬 수 없는 일을 초래할 수도 있다는 걸 나는 알고 있어요. 표면상으로 아무 문제가 없어 보이는 결혼도, 그리고 도저히 서로가 맞지 않을 것 같은 사이도 때때로는 관계를 유지시킬 가치가 있는 것처럼 보이기도 하구요. 하지만 이제 나는 마음을 정했어요. 그러는 게 옳은 것 같아요.

당신에게 윌리엄 씨의 진짜 모습을 알려주겠어요. 물론 지금이야 앤 양이 그분과 결혼할 마음이 전혀 없다고 하니까 별문제는 없지만 나중에라도 마음이 변한다면 그때는 나도 어쩔 수가 없어요. 그나마 그래도 다행스러운 것은 당신이 아직까지는, 공정한 마음을 가지고 있을 때 이런 말을 할 수 있게 되었다는 점이에요. 한마디로 윌리엄 씨는 기본적인 애정도 양심도 없는 사람이랍니다. 자기밖에 모르는, 의심 많고 빈틈없는 냉혈한! 자신의 이익과 안락을 위해서라면 자기의 평판을 근본적으로 깎아내리지 않는 한도 내에서 어떠한 음모와 계략도 저지르고 말 사람이에요. 당연히 남에 대한 동정심 같은 것은 기대도 할 수 없어요. 그는 바로 자기 때문에 파멸에 빠진 사람들마저도 손톱만큼의 양심의 가책 없이 무시하고 팽개쳐 버리는 인간이니까요. 정의라든가 동정, 감정 따위는 그에게 조금의 영향도 못 미치거든. 마음속까지 시커먼 사람, 눈곱만큼의 애정도 없는 사람, 그가 바로 그런 사람이랍니다."

앤이 아주 놀란 표정을 짓자 그녀는 잠시 사이를 두었다가 더욱 조용한 말투로 말을 계속했다.

"내 말에 놀라는 거군요. 하지만 상처받고 분노한 여자의 심정을 이해해 줘야 해요. 나도 될 수 있으면 감정을 억누르고 그 사람 욕은 하지 않겠어요. 내가 알고 있는 그분의 있는 그대로를 말해 줄게요. 진실은 언제나 정의의 편이니까. 윌리엄 씨는 돌아가신 내 남편의 절친한 친구였어요. 남편은 그분을 자기와 마찬가지로 선량한 사람으로만 생각하고 믿고 사랑했지요.

두 사람 사이의 관계는 내가 결혼하기 전부터 이루어지고 있었어요. 주위에서는 그들의 사이를 무척이나 부러워했어요. 그래서 나도 자연스럽게 그 사람과 가깝게 지내게 되었고 나중에는 존경하게 되었어요. 그때 내 나이 열아홉 살이었고 사리분별을 충분히 할 나이는 못 되었지만 당시의 윌리엄 씨는 누구에게도 뒤지지 않는 사람으로 보였고 오히려 아주 특출한 사람으로만 느껴졌었거든요. 우린 항상 얼굴을 마주쳤죠. 그때만 해도 우리는 런던에서 꽤 잘사는 편이었지만 윌리엄 씨는 그렇지가 못했거든. 그는 법학원(法學院) 안에다 변호사 사무실을 차리고 있어 겨우 겨우 신사 체면만을 유지하고 있었을 뿐 빈곤한 편이었어요. 그는 언제고 마음 내키는 대로 우리 집에 와서 자기 집처럼 행동을 했어요. 그러한 그를 우리는 항상 반갑게 맞아주었고 형제처럼 지냈죠. 우리 집 양반은 워낙 마음이 넓고 착해서 윌리엄 씨를 위해서는 최후의 한 푼까지도 나눠 가질 정도였어요. 나도 알고 있는 사실이었지만 내 남편의 지갑은 그 사람의 것이나 마찬가지였으니까요."

"내가 윌리엄 씨의 생활에 대해서 궁금해 하는 부분이 바로 그때쯤의 일이에요. 그때가 우리 아버지와 언니를 알고 지내던 시기와 맞아 떨어지거든요. 나는 직접 그를 본 적 없이 소문으로만 들어서 알고 있었지만 그맘때 그분이 아버지나 언니에게 취한 태도나 그 후, 그분이 결혼할 때의 행동은 지금의 그분과 전혀 일치시킬 수가 없어요. 전혀 다른 사람 같거든요. 나는 항상 그것이 궁금했었어요."

"알고 있어요. 모든 것을 다 알고 있어요. 내가 그분을 알기 전에 당신의 아버지와 언니가 먼저 그분을 알게 된 거였지요. 그러나 나는 그분이 항상 당신의 아버님과 언니에 대해 얘기하는 것을 들었어요. 윌리엄 씨는 당신의 아버지로부터 초대도 받고 마음의 격려도 받았던 것 같아요. 그런데 이상하게도 그는 당신 아버지의 초대에 잘 가려 하지 않았어요. 나도 나중에야 알게 된 일이었지만 아마 당신도 그 이유를 알게 된다면 깜짝 놀랄 거예요.

그 이유는 그의 결혼문제와 연관되어 있었어요. 내가 더욱 잘 알고 있는 이유이기도 한 거죠. 나는 그분의 결혼에 대해서 당시의 모든 일을 알고 있어요. 그리고 그분이 좋아하고 싫어하는 것들까지도 죄다 알고 있어요. 그분과 나는 앞으로의 희망과 속마음까지 다 털어놓는 친구 사이였으니까. 그분의 부인 될 여자에 대해서라면 그때까지는 잘 알지 못했지만(그녀의 사회적 신분이 워낙 낮은 데서 기인한 것이라 어쩔 수가 없는 일이었지만) 결혼 후부터 그녀가 세상을 떠나기 전의 2년간은 속속들이 알고 있어요. 그러니까 당신이 궁금해 하는 것은 무엇이든 다 말해 줄 수 있어요."

"됐어요."

앤이 재빨리 대답했다.

"그분의 부인에 대해서는 듣고 싶지 않아요. 그들 부부의 결혼생활이 그리 행복하지 못했다는 건 나도 짐작하고 있었어요. 다만, 내가 알고 싶은 것은 왜 그 당시 그분이 그렇게 아버지와의 관계를 소홀히 하고 뿌리쳤는지 그것이 궁금한 거예요. 아버지께서는 그분께 꽤 호의를 갖고 후한 대우를 해주려고 애쓰신 것 같은데. 도대체 왜 윌리엄 씨는 그렇게 도망치듯 우리 아버님과 언니를 거부했을까요?"

"그 당시 윌리엄 씨의 안중에는 한 가지 목적밖에 없었어요. 한 재산 만들어 보겠다는 거였지요. 그것도 적법한 절차보다도 훨씬 더 빠른 방법으로 말이에요. 바로, 결혼에 의해 그 의도를 관철시키겠다는 거였어요. 그러니 괜히 경솔한 결혼으로 자기의 계획을 망치고 싶지 않았던 게 윌리엄 씨의 생각이었을 거예요.

그분 얘기로는 당신 아버님과 언니가 친절과 호의를 베풀면서 결혼을 도모하고 있었다는 거예요. 그런데 그분 생각으로는 도저히 그 정도의 연분으로는 자기 계획대로의 치부(致富)와 나름대로 키워왔던 이상(理想)을 충족시키지 못할 것 같다는 거였지요. 그게 그 사람이 꽁무니를 뺀 정확한 이유라는 것을 나는 분명하게 보증할 수 있어요. 나에게 그 모든 것을 다 말해 주었었거든요. 아까도 얘기했지만 그분은 적어도 내게만큼은 감추는 게 하나도 없었어요. 그나저나 참으로 묘한 일이죠? 내가 이곳 바스에 당신을 남겨놓고 떠나서 결혼을 하자마자 제일 먼저 사귄 사람이 당신의 사촌이었다니! 또 그분을 통해서 당신 가족의 일을 항상 듣고 있었다니! 난 그분이 엘리엇 양에 관해서 얘기를 할 때마다 내가 알고 있는 또 다른 엘리엇 양을 따뜻한 기억 속에서 찾아내고는 했다니까."

"그럼 혹시, 당신이 윌리엄 씨에게 나에 대한 얘기도 자주 했나요?"

"틀림없이 했지요. 그것도 아주 자주. 나는 나의 친구 앤 엘리엇에 대해 자랑하며 항상 이렇게 말했죠. 당신은 아주 딴판이라고!"

스미스 부인은 잠시 말을 멈추었다.

"이제야 알겠어요. 간밤에 윌리엄 씨가 한 얘기를 이제야 이해할 수 있을 것 같아요. 어제 나는 그분이 나에 대한 얘기를 많이 들었다고 하기에 도대체 어디서 들었을까 몹시 궁금해 했었어요. 소중한 자신의 신상문제가 알지도 못하는 남의 입을 통해서 마구 돌아다닌

다면 얼마나 터무니없는 상상을 하게 되는지 당신도 잘 알잖아요? 대부분이 잘못된 말들임에도 불구하고 말이에요. 아참, 내가 어쩌다 당신 말을 가로막아버렸네. 미안해요, 그럼 결국 윌리엄 씨는 돈만 보고 결혼을 한 셈이군요. 아마도 그러한 그분의 본성이 당신에게 적잖은 충격을 가져다주었나 보죠?"

스미스 부인은 여기서 약간 주저하는 듯했다.

"전적으로 그렇다고만은 할 수가 없어요. 그런 일은 살다보면 너무도 흔하게 볼 수 있는 일이잖아요. 남자고 여자고 간에 재산 때문에 결혼하는 경우가 누구 한두 사람의 일이고, 어제 오늘의 일이겠어요? 별로 놀랄 일도 아니지요. 더구나 내가 아주 젊었을 때이고, 같이 어울리던 사람들도 행위에 대한 엄격한 규율 같은 건 아예 무시하던 입장이었거든요. 그저 즐기기 위해 사는 명랑한 무리였지요. 그러나 지금에 와서는 내 생각도 완전히 변해버리고 말았어요. 세월과 질병과 고통 따위들이 나를 완전히 다른 사람으로 만들어 버린 거죠. 하지만 솔직하게 말해서 나는 당시의 윌리엄 씨의 행동에 대해서 비난할 만한 데를 전혀 찾지 못했던 것이 사실이에요. 자기 하고 싶은 대로 한다는 게 무슨 멋처럼 통용되던 때였으니까."

"그나저나 그분의 부인은 아주 저속했었나요?"

"그래요, 그래서 나는 처음에 그 결혼을 반대했어요. 하지만 그분은 전혀 신경을 쓰지 않았어요. 그분은 오직 돈만을 생각했으니까. 그녀의 부친은 목축업자였고 조부는 푸줏간 주인이었지만 그런 것이 그분의 결혼을 막는 데는 아무 힘이 되지 못했답니다. 다만, 그분의 부인은 고등교육을 받은 여성이었고 그녀의 사촌들의 손에 이끌려 모임에 어울렸다가 우연히 윌리엄 씨를 만났던 것 같아요.

그런데 윌리엄 씨는 그녀의 출신성분에 대한 관심은 전혀 없었고 오직 결혼을 하기 직전까지도 온통 그녀의 재산을 정확히 알아내는

데 골몰해 있었어요. 사실 윌리엄 씨가 지금은 자기의 사회적 지위를 얼마만큼이나 존중하고 있는지 모르겠지만 젊었을 때는 그러한 것에 대해 손톱만큼도 가치를 두지 않았었답니다.

켈린치의 저택이 수중에 들어오는 행운은 기꺼이 받아들이겠지만 집안의 명예 같은 것은 흡사 쓰레기 취급을 할 정도였다고나 할까요. 한 번은 그분이 이렇게 말하는 것을 들은 적이 있어요. 만일 준남작의 지위도 팔 수만 있다면 그 문장(紋章)이고 명문(銘文)이고 명칭이고 예장(禮裝)이고 할 것 없이 몽땅 합해서 오십 파운드면 누구에게나 팔아넘기고 말겠다는 거였어요. 이 정도는 그분이 실질적으로 한 얘기에 비하면 반도 되지 않아요. 이런 말을 입에 올리는 것 자체가 당신에게는 실례가 되겠지만 지금은 증거가 필요할 것 같아서 말해주는 거예요. 지금까지 한 얘기는 그냥 내 의중뿐이었으니까 이제부터는 실질적인 증거를 보여줄게요."

"아, 됐어요. 나는 증거 같은 것은 필요하지 않아요. 이제까지 당신이 한 얘기만으로도 예전에 그의 모습이 어떠했는지 충분히 알 수 있어요. 우리들이 소문으로만 듣고 짐작했던 것과 아주 딱 맞아 떨어져요. 그러니 이제부터는, 그분이 요즈음에 와서 왜 그토록 변했는지에 대한 말을 좀 해줘요."

"오, 앤 양. 그러면 내 직성이 풀리지 않아요. 제발 부탁인데 초인종을 좀 눌러서 메리를 불러줄 수 있겠어요? 아니, 그러지 말고 이왕이면 앤 양이 직접 내 침실에 가서 벽장 위 쪽 선반에 있는 상감세공(象嵌細工)으로 된 작은 상자를 가져다주면 고맙겠어요."

앤은 그녀가 워낙 간절하게 부탁하기에 그 말을 들어주지 않을 수가 없었다. 앤이 그 작은 상자를 가져다 그녀 앞에 놓으니 그녀는 그것을 보고는 한숨을 지으며 열쇠로 열었다.

"이 상자 속에는 돌아가신 우리 집주인 양반이 생전에 받으셨던 편지들로 꽉 차 있어요. 하지만 이것은 실제 있었던 것의 일부분밖에 안 되는 거랍니다. 지금 내가 찾고자 하는 것은 우리가 결혼하기 전에 윌리엄 씨가 그분에게 쓴 것으로 우연히 남아 있는 거예요. 이 편지가 어떻게 해서 남게 되었는지는 알 수가 없어요. 하지만 우리 집 양반도 다른 남자들처럼 이러한 일에는 깔끔하지가 못했어요. 내가 정리를 하다가 여러 친구 분한테서 온 너저분한 내용의 편지들 틈에서 이것을 찾아냈으니까요. 하지만 정작 중요한 편지나 각서 같은 것들은 이미 없어져 버렸어요. 아, 여기 있군. 바로 이거에요. 내가 이걸 없애버리지 않은 것은 그때 이미 윌리엄 씨에 대한 증오심이 일어나던 때라 혹시 나중을 위해 남겨두기로 했던 거였어요. 지금 이렇게 다시 꺼내게 되었으니 어느 정도 남겨둔 보람은 찾은 셈이네!"

편지는 '턴브리지 웰즈, 찰스 스미스' 앞으로 보내온 것으로 런던에서 부친 날짜는 1803년 7월로 되어 있었다.

스미스 군

자네의 편지를 잘 받았네. 자네의 친절은 항상 나를 어리둥절하게 만들더군. 하늘이 자네와 같은 마음씨를 가진 사람을 더 많이 내려 주셨으면 하는 게 내 소원이지만 이 세상에서 23년을 살아오는 동안 나는 자네와 비슷한 사람도 보지 못했다네. 현재로서는 솔직하게 말해서 이제 자네의 도움이 필요치 않게 되었네. 나는 다시 한 번 돈줄을 잡게 된 것세. 그리고 기뻐해주게. 마침내 월터 경과 그 딸을 몰아내었다네. 그들이 켈린치로 돌아가 버리고 만 거지. 이번 여름에 꼭 방문해 달라고 신신당부를 했지만 아마 내가 켈린치를 방문하게 된다면 아마도 나의 옆에는 회계 관리인이 동행하게 될 걸세. 켈린치 저택을 경매에 붙일 때 얼마의 수익을 올릴 수 있는지 계산을 뽑아볼 셈이지. 준남작께서는 그래도 바보같이 재혼은 안 할 생각이신가 봐. 정말로 바보 중의 상바보란 말이야. 하기는 설사 그분이 재혼을 한다 하시더라도 재산 상속 따위에서 내가 손해 볼 것은 없다네.

아, 엘리엇이란 가명(家名)이 아니면 얼마나 좋을까! 이젠 정말 신물이 나네. 월터란 딱지도 떼어버렸으면 좋겠어. 그러니 제발 자네도 내 이름의 두 번째의 W자로 날 모욕하지 말아주게.

다시 한 번 영원토록 진실한 자네의 벗임을 맹세하면서.

윌리엄 엘리엇

앤은 편지를 읽으면서 몇 번이고 얼굴을 붉히지 않을 수 없었다.

스미스 부인이 몹시 상기된 그녀의 얼굴을 보면서 말했다.

"얼마나 기가 막힌 편지랍니까! 나는 세세한 내용은 다 잊고 말았지만 전체적인 뜻은 아주 똑똑히 기억하고 있어요. 아무튼 이 편지 하나로 그분의 인품은 여실히 알 수가 있지 않나요. 편지 속에서 그분이 한 맹세를 좀 봐요. 세상에 어디 그보다 더 강한 말이 있겠어요?"

앤은 자기 아버지를 그렇게 비하하는 말을 썼다는 사실에 충격과 원통함을 떨쳐버릴 수가 없었다. 그러면서도 한편으로는 이러한 편지를 읽는다는 자체가 명예에 위배되는 행위이며 이러한 증거물로써 사람을 판단하는 것 또한 옳지 못한 일이라는 생각을 했다. 그리고 이렇게 개인적인 편지는 제3자가 읽어서도 안 된다는 생각까지 하고 나서야 비로소 스미스 부인에게 돌려주었다. 편지를 돌려주고 나자 마음의 평정도 서서히 찾아오는 듯싶었다.

"고마웠어요, 이만하면 충분한 증거가 될 수 있어요. 당신의 말이 모두 맞았다는 것도 확인했구요. 그런데 왜 이제 와서 이런 걸 우리에게 알려주는 건가요?"

"그 점에 대해서도 설명을 할게요."

앤은 거침없이 나오는 부인의 말에 깜짝 놀랐다.

"정말로?"

"그럼요, 지금까지는 12년 전의 윌리엄 씨의 정체를 보여 주었지만 이제부터는 현재의 그분 모습을 보여주겠어요. 이번에도 아까처럼 눈에 보이는 증거물을 보여줄 수는 없지만 현재 그분이 원하는 것이 무엇인지, 어떤 일을 하고 있는지에 관해서 당신이 만족할 만큼은 믿을 수 있는 소문에 의한 증거를 알려줄 수가 있어요. 우선 확실한 것은 지금의 그분 행동이 위선은 아니라는 것이에요. 진정으로 당신하고 결혼하기를 바라고 있어요. 당신 가족 모두에 대한 관심도 진심에서 우러난 것이라고 믿어도 무방할 거예요. 이러한 모든 사실들은 윌리스 대령을 통해서 들은 만큼 확실한 정보랍니다."

"윌리스 대령이라니? 당신이 그분까지도 알고 있단 말인가요?"

"그건 아니에요. 그분에게 직접 들은 것은 아니고 한두 사람을 거쳐서 내 귀에까지 들어오는 거예요. 하지만 그 말의 진실성 여부는 의심하지 않아도 돼요. 윌리엄 씨는 당신에 대한 생각을 항상 윌리스 대령에게 털어놓지요. 그리고 윌리스 대령에겐 예쁘고 적당히 바보 같은 부인이 있는데 윌리엄 씨에게 들은 얘기를 그대로 자기 부인에게 전달해 주는 거예요. 이때 대령은 가끔씩, 말하지 않아도 좋을 것들까지 하나도 빼놓지 않고 말해요. 그 부인이라는 사람은 또 이제 병석에서 막 기운을 차리는 중이라 회복기의 기분을 못 이기고 자기가 들은 사실을 몽땅 간호사에게 쏟아놓아 버린답니다. 그 간호사는 즉시 그 사실을 내게 전해주는데 그녀가 바로 루크지요. 월요일 밤에도 루크 부인은 그런 식으로 내게 말보로 가의 내막 얘기를 잔뜩 해준 거였어요. 이렇게까지 말을 했으니 내가 얘기를 일부러 꾸며낸 것이 아니란 것만은 믿어주겠지요?"

"그렇지만 스미스 부인, 그 정도의 소식통으로는 아직 불충분해요. 윌리엄 씨가 나에 대한 생각을 하고 있다고 해서, 그것으로 해서 그분이 우리 아버지하고 화해를 시도하고 있다고 설명하는 것은 아무래도 너무 비약인 것 같아요. 그가 아버지와 화해를 시도한 것은 내가 바스에 오기 전부터 시작되었던 셈이니까요. 그리고 막상 내가 바스에 왔을 때는 이미 두 분의 사이가 가까워진 후였거든요."

"그렇겠지요, 그건 나도 잘 알고 있는 일이에요. 그러나……."

"스미스 부인, 우린 그런 부정확한 경로를 통해서 진실된 정보를 기대할 수 없어요. 그런 식으로 몇 사람을 거쳐야 하는 소문이나 생각 같은 건 한편에선 부주의로, 다른 한편에서는 무지로 인한 오류 투성이가 되어서 나중에는 진실이라고는 하나도 남지 않게 되어 버려요."

"잠깐만 내 얘기를 들어봐요. 지금부터 내가 하는 상세한 얘기를 몇 가지 들으면 당신이 갖고 있는 의심이나 신빙성을 곧 가늠할 수 있을 테니까요. 물론 그분이 바스로 오게 된 첫 동기가 당신 때문이라고 생각하는 사람은 아무도 없어요. 그분은 바스로 오기 전에 이미 당신을 본 적이 있고 그때는 당신이 앤 엘리엇 양이라는 것도 모른 채 흠모했으니까요. 내가 알기로는 그래요. 그런데 그 말은 맞나요? 그 사실을 전해준 사람의 말을 빌면 그분이 서쪽 어디에선가 당신을 예전에 보았다고 하던데."

"그 말은 맞아요, 라임에서였지요. 내가 우연히 그곳에 머물러 있을 때였어요."

앤의 긍정적인 대답을 얻어내자 스미스 부인은 사뭇 의기양양해진 태도로 말을 계속해나갔다.

"그럼 이제 내 친구가 주장한 첫 번째 논점의 신빙성은 인정하겠군요? 그분은 그 라임이라는 곳에서 당신을 보고 어찌나 마음에 들었던지 나중에 캠덴 광장의 집에서 다시 당신을 보고는 뛸 듯이 기뻐했다고 해요. 아마 그 순간부터 그가 캠덴 광장의 집을 방문하는 이유가 두 가지로 늘었겠지요. 그 중 하나가 당신을 보기 위함이었다는 것은 의심의 여지가 없는 것이고 또 다른 이유 하나는 자, 이제부터 얘기할게요.

만일 내가 하는 말에 의문점이 있거나 잘못된 점이 있으면 즉시 얘기를 중지시켜 줘요. 내가 말하고자 하는 그의 두 번째 이유는 클레이 부인이라는 여자로부터 시작돼요. 언젠가 당신에게도 들은 기억이 나는데, 지금 댁에 머물고 있는 당신 언니의 친구인 그 부인은 이곳 바스로 월터 경과 처음 오던 9월부터 지금까지 쭉 함께 지내고 있지요?

그런데 문제는 그 부인이 똑똑하고 대부분의 사람들로부터 호감도 받고 있는데다가 말재주까지 있어 언젠가는 틀림없이 엘리엇 부인이 될 거라는 소문이 나돌고 있다는 거예요. 그 부인의 야심이나 월터 경의 태도로 보아 그 소문은 꽤 신빙성도 가지고 있는 것 같아요. 그리고 당신의 언니는 그러한 위험을 전혀 눈치 채지 못하고 있는 듯하고요."

스미스 부인은 여기까지 말하고는 잠시 앤의 얼굴을 살피다가 그녀가 아무 말이 없자 다시 말을 계속했다.

"대충 이런 것들이 당신이 여기에 오기 전부터 당신 댁의 사정을 잘 알고 있는 사람들의 눈에 비친 상황이었지요. 그리고 윌리스 대령께서도 아직 캠덴의 저택을 방문하기 전부터 그 정도는 눈치 챌 만큼 월터 경을 관찰한 모양이에요. 하지만 댁에서 일어나고 있는 일을 그분이 관심을 갖고 일일이 지켜본 것은 순전히 윌리엄 씨에 대한 그분의 우정 때문이었어요. 그래서 윌리엄 씨가 크리스마스 직전에 급한 용무로 며칠 바스를 비웠다가 돌아왔을 때도 윌리스 대령은 사태의 진전이라든가 그 부인에 대한 소문의 전말 등을 자세히 알려주기도 했던 거죠.

그건 그렇고, 당신은 세월이 흐르면서 준남작의 가치에 대한 윌리엄 씨의 견해에 뚜렷한 변화가 생겼다는 것을 분명히 알아야 해요. 윌리엄 씨가 혈통이나 인척관계에 대해서 달리 생각을 하기 시작한 것에 대해서요. 돈도 모을 만큼 모았고 물욕이나 방탕한 생활도 해볼 만큼 해본 후인지라 이제 그분은 자기의 행복을 스스로가 승계할 사회적 지위 같은 데다 맞춘 거지요.

나는 예전에 그분과의 교제가 끊기기 전부터 그러한 경향을 어느 정도 짐작하고 있었어요. 확실한 것은 이제 그분은 윌리엄 경이라는 호칭을 안 받고는 못 견딜 정도가 됐다는 거예요. 그래서 그분은 클레이 부인에 대한 소문을 듣자마자 불쾌한 감정을 감추지 못했고 즉시 바스로 돌아와 머물기로 작정을 했어요. 하루빨리 댁의 가족과 화해를 시도해서 자기 목적의 발판을 마련하기 위함이었으며 그러기 위해서는 우선 댁의 가족 가까이에 머물면서 클레이 부인의 야심을 꺾어 놓을 필요가 있다고 생각을 했던 거지요. 이 부분에 있어서는 그분과 윌리스 대령이 뜻을 같이 한 걸로 알고 있어요. 특히 윌리스 대령은 자기가 가능한 모든 방법을 다 동원해서 돕기로 약속까지 했다고 하니까. 당시에 윌리스 대령은 물론 그 부인까지도 댁의 아버님께 소개될 예정이었으니 아마 방법은 많았을 거예요.

아무튼 이러한 계획에 따라 윌리엄 씨는 바스로 돌아왔던 것이고 다시 댁의 가족들 틈에 끼이게 되었던 거랍니다. 그리고 그때부터 당신이 바스로 오기 전까지 윌리엄 씨의 유일한 관심사는 오직 월터 경과 클레이 부인을 감시하는 것이었어요. 월터 경와 그 부인이 함께 있는 자리에는 언제나 빠지지 않았고 그 둘 사이를 떼어놓기 위해서 온갖 노력을 다했어요. 그의 이러한 노력이 얼마나 집요했는지는 더 이상 설명할 필요가 없겠지요? 오직 한 가지 목적을 가지고 달려드는 사람의 처신이 어떨지 당신은 충분히 짐작하실 수 있으리라 믿어요."

"무슨 말인지 알겠어요. 당신이 한 말은 그동안 내가 상상했거나 직접 보아온 것과 똑같아요. 짐작은 하고 있었지만 지난 그의 행동이 참으로 가소롭군요. 결국 좋지 못한 술책이나 기교는 언제고 남의 분노를 사게 마련인데. 하지만 그의 행동이 모두 이기적이고 표리부동한 책략에 불과했다는 사실은 별로 놀라운 일이 아니에요.

물론 그분에 대한 이런 사실을 전적으로 믿지 않으려고 하는 사람도 있다는 것을 알고 있지만 나는 애초부터 그분을 완전히 믿어본 적이 한 번도 없어요. 그분의 행동에는 눈에 띄지 않는 다른 동기가 있을 것 같아 항상 그것이 궁금했고 알고 싶었던 거지요. 그나저나 그토록 걱정해 왔던 클레이 부인 문제는 지금 어떻게 생각하고 있는지 모르겠네요? 그분은 지금 그 문제의 심각성이 조금은 줄었다고 생각하고 있을까요? 아니면 그와 반대로 생각하고 있을까요?"

"내가 보기에는 아마도 조금씩 줄어들고 있다고 생각하는 것 같아요. 클레이 부인이 자기를 껄끄럽게 생각하고 있는데다가 자기의 속마음까지 훤하게 꿰뚫고 있다는 것을 눈치 챘기 때문에 그 부인이 애초의 자기 의도대로 밀고나갈 엄두를 못 내고 있다고 생각하는 것 같아요. 그러나 윌리엄 씨로서도 항상 그녀를 감시할 수는 없는 입장인 데다가 아직까지 댁의 집안에서 부인의 영향력이 큰 만큼 쉽게 안심은 못 하고 있는 것이 사실이에요. 그래서 한 번은 이런 문제에 대해 월리스 부인이 묘책을 하나 내놓았다고 루크가 말해 주더군요.

다름이 아니라 당신과 윌리엄 씨가 결혼을 할 때 그 약정서(約定書)에다 당신의 아버님과 클레이 부인이 서로 결혼을 하지 않는다는 조건을 써넣으면 된다는 거였지요.

윌리스 부인의 머리로서야 합당한 생각이라고 여겼겠지만 분별력 있는 루크는 그 이야기를 전하면서 부질없는 발상이라고 한마디로 일축하고 말더군요. 그래보았자 월터 경이 또 다른 여자와 결혼하는 것은 막을 수 없다는 거였지요. 솔직히 말해서 루크는 월터 경의 재혼을 반대하는 입장은 아닌 것처럼 보였어요. 어쩌면 그녀로서는 당연한 일이었을 거예요. 루크는 분명히 윌리스 부인의 추천을 받아 나중에 엘리엇 부인을 간호하는 영예를 기대하고 있었을 테니까."

"당신을 통해서 모든 사실을 알게 되어 기쁘게 생각해요. 앞으로 윌리엄 씨와 동석하는 것이 여러모로 큰 고통이 되겠지만 금방 적절한 태도를 취할 수 있을 거예요. 아마 나의 행동이 좀더 노골적이 되겠지요. 짐작했던 것처럼 윌리엄 씨는 확실히 이기심으로 똘똘 뭉친 이기적이고 교활한 인물이었어요."

여기에서 윌리엄 씨에 대한 얘기가 끝난 것은 아니었다. 스미스 부인이 원래 의도했던 얘기의 방향에서 약간 벗어난 데다 앤도 자기 가족에 대한 일의 관심 때문에 그에 대한 부인의 본래 적의감이 어느 정도였는지 깜빡 잊고 있었던 것이다. 그래서 이젠 그녀의 관심이 처음 부인이 암시했던 사실들의 설명 쪽으로 기울어졌다. 그리고 이내 그녀는 부인에 대한 그의 행동이 얼마나 파렴치 했는가 하는 것을 알아내었다. 부인이 지니고 있는 그에 대한 원한이 모두 정당성을 갖고 있지는 못했지만 그가 부인에 대하여 취한 행동은 결코 용납될 수 없다는 것이 입증되었던 것이다.

앤은 윌리엄 씨가 자기의 친구 스미스 씨를 감당 못 할 낭비와 지출의 생활로 끌어들였다는 것을 알았다. 그들은 윌리엄 씨가 결혼한 후에도 서로 전과 다름없이 어울려 지냈기 때문에 가능한 일이었다. 하지만 스미스 부인은 자신들의 낭비가 스스로에게도 어느 정도 책임이 있다는 점에 대해서는 인정하지 않았다. 더구나 그 부분과 관련하여 죽은 남편을 질책하려는 생각 따윈 아예 없었다. 미루어 짐작하건대 그들 부부는 자신들의 수입을 훨씬 넘기고 있었으며, 애초부터 둘 다 대단한 사치에 빠져들었음이 틀림없었다.

남편에 대한 부인의 설명에 의하면, 스미스 씨는 정이 많고 안이한 성격에 약간 게으른 생활습관을 가졌던 것 같았다. 게다가 본성이 윌리엄 씨보다는 착했기 때문에 쉽게 그의 꼬임에 빠졌을지 모르는 일이었다. 대신 자기의 친구가 점점 재정적 궁핍을 겪기 시작할 무렵이, 윌리엄 씨 본인은 결혼을 통해서 대단히 부유한 생활을 영위해 가기 시작할 무렵이었다. 하지만 윌리엄 씨는 스미스 씨의 재정적 압박을 빤히 보면서도 유혹의 손길을 늦추지 않고 파멸의 길로 몰아넣었다. 결국 스미스 부부는 오래지 않아 파산하고 만 것이다.

그들 부부는 서너 번의 일을 통해 윌리엄 씨의 우정이 가식과 독단으로 가득 차 있다는 것을 미리 알고는 있었다. 하지만 그것을 심각하게 받아들일 무렵은 이미 재정적 궁핍이 극에 달해 있을 때였다. 그리고 스미스 씨는 그 고통을 채 느끼기 전에 숨을 거두고 말았다. 경제적 어려움과 생활의 고통은 고스란히 스미스 부인의 몫으로 남았다. 그래도 마지막 순간까지 스미스 씨는 현실적 배신감보다는 그 동안의 우정에 한 가닥 희망을 걸고 윌리엄 씨를 자기의 유언 집행인으로 지목했다. 그러나 윌리엄 씨는 단호하게 친구의 그 마지막 부탁마저 뿌리치고 말았다.

윌리엄 씨의 이 거절은 스미스 부인에게 그 무엇보다도 큰 아픔을 가져다주었다. 갑작스럽게 닥친 생활의 궁핍보다도 더 심하게 가슴을 할퀴어 버린 것이다. 이 이야기를 할 때의 부인의 격정과 분노는 이루 다 말로 표현 못 할 지경이었다.

부인은 그 당시 자기의 간절한 애원에 대한 답장으로 윌리엄 씨가 보내온 몇 통의 편지를 내보여 주었다. 그 편지들은 한결같이 자기에게 아무 소득도 없는 일에는 관여하지 않겠다는 몰인정의 극치를 보여주는 것이었다. 앤은 그 편지들을 보면서 사람이 어쩌면 이럴 수가 있을까 하는 전율에 온몸을 떨었다.

이외에도 부인의 뼈에 사무치는 지난 얘기들은 좀체 그칠 줄을 몰랐다. 그동안 아주 간간이 비치기만 하던 옛날의 아픈 기억들이 이제는 마구 쏟아지기 시작했다. 앤은 얘기 중간 중간 몹시 후련해 하는 부인의 미묘한 감정표현을 확연하게 느낄 수 있었다. 또 한편으로는, 그동안 이 무겁고 힘겨운 마음의 고통을 어떻게 그토록 침착하게 가슴에 안고 살아왔는지 그저 놀라움에 입을 다물지 못했다.

스미스 부인의 구구절절한 호소 가운데는 아주 안타까운 사정도 한 가지 있었다. 서인도 제도에 저당금의 지불 때문에 여러 해 동안 압류되어 있는 남편의 부동산이 약간 있는데 그것을 충분히 찾을 수 있음에도 불구하고 지금 아무 조치도 못 하고 있다는 사실이었다. 그 부동산은 과히 큰 편은 아니었지만 지금의 부인 생활에는 상당한 도움이 될 만큼의 가치를 지니고 있었다. 하지만 그 일을 대신해서 움직여 줄 사람이 없었다. 윌리엄 씨는 아무것도 하지 않으려는 데다 그녀 자신에게는 아무 힘도 없었다. 현재는 몸마저 병약한 상태라 직접 뛰어다닐 수도 없고 그렇다고 남을 고용할 만큼의 여유도 없기 때문에 도리가 없었던 것이다. 조언이라도 해줄 친척도 없었으며 법률 수단에 호소해 볼 만한 재력도 전혀 없는 상황이었다. 이것은 생활 그 자체에 허덕이고 있는 형편에 이중의 고통을 주는 일이었다. 아, 그 문제만 해결된다면 좀더 안락한 생활을 할 수 있는 안타까운 심정에다가 이렇게 하루하루 시간이 늦어지면 늦어질수록 자신의 권리행사를 하기가 점점 더 힘들어질 거라는 조바심에도 시달리고 있었다.

앤이 윌리엄 씨와의 사이를 주선해 주기를 바란 것도 바로 이런 문제 때문이었다. 처음에 그녀는 미리부터 그들 두 사람이 결혼할 거라는 예상을 했고 그 결과 혹시 자기의 친구마저 잃어버리지 않을까 하는 걱정도 했었다. 하지만 아직까지 윌리엄 씨는 자기가 바스에 와 있다는 사실을 모르고 있는 것 같았고 그런 만큼 그가 자기와 앤과의 사이를 떼어놓으리라는 시름은 일단 접어놓았다.

대신, 오히려 그가 앤을 진정으로 사랑하고 있다면 그녀를 통해 뭔가 일을 손쉽게 처리할 수도 있지 않을까 하는 생각에까지 이르게 되었던 것이다. 그래서 그녀는 적당한 범위 내에서 윌리엄 씨에 대한 소견을 늘어놓으면서 어느 정도 앤의 감정에 개입하고자 시도했던 것이다. 그런데 막상 예상했던 그들의 결혼이 이상한 양상으로 바뀌고 말았다. 처음의 의도라면 그녀가 가졌던 작은 희망마저 멀어진 대신 가슴속에 남아 있는 응어리나 풀어보자는 속셈으로 모든 일의 자초지종을 털어놓게 된 것이었다.

이렇게 해서 윌리엄 씨의 전모를 다 듣고 나자 앤은 스미스 부인이 대화의 맨 첫머리에서 그에 대해 그토록 칭찬을 했던 사실에 아주 놀라지 않을 수 없었다.

"당신은 그렇게 증오로 가득 찬 사람을 어떻게 나에게 그토록 간곡하게 권유할 수 있었을까요?"

"아, 정말 미안해요. 하지만 어쩔 수 없었어요. 나는 이미 당신들 두 사람의 결혼이 정식으로 공표만 안 되었을 뿐이지 기정사실로 굳어진 것이라고 믿고 있었어요. 다시 말해, 내 생각으로 윌리엄 씨는 벌써 당신의 남편이라고 생각하고 있었던 거지요. 하지만 내가 당신 앞에서 어쩔 수 없이 그의 칭찬을 늘어놓을 때 가슴에서는 피를 쏟는 심정이었어요. 믿어 줘요. 그리고 또 한편으로는 그 정도의 남자라면 당신 같은 훌륭한 여자를 잘 보살펴 줄 수 있으리라는 상반된 믿음이 있었던 것도 사실이에요. 그는 머리가 좋고 성격도 유쾌한 편이에요. 비록 첫 번째 부인에게는 냉혹하게 대했고 그래서 결혼생활도 불행했지만 당신과 함께라면 분명히 행복할 수 있을 거라고 확신한 거지요. 그의 첫 번째 부인은 무지한 데다 존중해줄 만한 부분이 한 군데도 없었지만 당신은 다르잖아요? 이건 진심이에요."

앤은 한때 자신도 그를 좋게 생각한 적이 있었고 은연중에 결혼까지도 상상했던 기억을 더듬으며 고개를 설레설레 저었다. 또 러셀 부인에게 설복당해 그와 결혼을 할 가능성도 충분하지 않았던가! 만약 그렇게 되었더라면, 그리고 이러한 그의 전모를 뒤늦게 알게 되었다면 누가 제일 비참한 신세가 되었겠는가! 실로 생각만 해도 소름끼치는 일이었다.

앤은 러셀 부인이 그에 대해 가지고 있는 허상을 깨뜨려 주어야 한다고 생각했다. 그녀는 오늘 스미스 부인에게 들은 얘기는 하나도 빼놓지 않고 모조리 얘기해 주는 것이 자기가 꼭 해야 할 일이라고 몇 번이고 다짐을 하고 있었다.

10

앤은 집으로 돌아오는 길에 자기가 들은 이야기를 모두 일일이 되새겨 보았다. 어떤 점에서 그녀는 윌리엄 씨의 진짜 모습을 알고 나서 마음이 한결 가벼워졌다고 할 수 있었다. 이제 억지로 윌리엄 씨 앞에서 상냥한 감정 따위는 품지 않아도 되었던 것이다. 이제는 그가 아무리 치근대며 간섭을 해온다 하더라도 신경 쓸 필요가 없었다. 다만, 그녀의 마음속에 윌리엄 씨의 비열한 실체가 벗겨지면서 웬트워스 대령의 모습이 더욱 뚜렷해지고 있음을 느꼈다. 그리고 생각하기에 따라서는 두 번 다시 떠올리고 싶지 않은 지난밤의 윌리엄 씨의 그 음흉한 관심과 흉계에 대해서도 담담한 기분으로 무시할 수 있었다. 윌리엄 씨에 대한 모든 동정은 이제 깨끗이 사라지고 없었다. 참으로 다행한 일이었다. 하지만 안심할 수 있는 것은 오직 그 사실뿐이었다. 갑작스레 앞으로 다가올 일들은 걱정과 근심거리 투성이라는 생각이 들었다. 무엇보다도 러셀 부인이 그에 대해 느낄 환멸과 고통, 그리고 아버지와 언니를 사로잡을 게 너무나 뻔한 굴욕감이 마음에 걸렸다.

앤은 이렇게 앞으로 다가올 난처한 일들이 하나같이 고민거리였으며 그 중 어느 것 하나도 어떻게 피해가야 할지 알 수가 없었다. 다만 그나마 감사할 일은 식구 중 다른 사람이 아닌 자기가 그에 대한 진상을 제일 먼저 알아냈다는 사실이었다. 아무도 관심을 갖지 않던 스미스 부인을 그녀가 무시하지 않았던 데 대한 보답이었을까? 굳이 그러한 것은 아니겠지만 결과적으로 보면 스미스 부인은 아무도 알지 못했던 사실을 자기에게만 알려준 사람이었다.

앤은 이 사실이 자연스럽게 아버지나 언니에게 알려지기를 진심으로 바랐다. 하지만 그것은 어디까지나 자신의 바람에 불과할 뿐, 부질없는 생각이라는 것을 알고 있었다. 그녀는 우선 러셀 부인에게 이 일을 알려주고 의논한 다음 침착하게 사태의 추이를 지켜보며 결과를 기다려야겠다는 생각을 했다. 그러나 아무리 생각해 보아도 그녀는 러셀 부인에게조차도 그 사실을 털어놓을 자신이 서지 않았다. 그녀는 다시 암담함을 느꼈다.

집에 돌아와 보니 생각했던 대로 윌리엄 씨는 오전에 와서 아주 오랫동안 머물다가 돌아갔다. 앤은 서로 맞닥뜨리지 않은 게 퍽 다행이라고 생각했다. 하지만 그녀가 안도의 숨을 내쉬기도 전에 별로 달갑지 않은 소식이 바로 전해졌다. 그가 저녁에 다시 올 거라는 얘기였다. 엘리자베스와 클레이 부인이 서로의 대화를 통해서 그 말을 전해주었다.

"초청할 의사는 전혀 없었는데 그분이 굳이 오고 싶다는 암시를 여러 번 비추더라는 거야. 클레이 부인의 말을 빌면 말이야."

"정말이에요. 나 원, 그렇게 오고 싶어서 안달이 난 분은 생전 처음 봤어요. 가엾기까지 하더라니까요. 여기 와봐야 앤 양은 거의 잔인할 정도로 냉정한 데도 그렇게 오려고 하니 도대체 무슨 속셈인지……."

"클레이 부인, 난 워낙 남자들의 그러한 수법에 익숙해져 있기 때문에 기분이 별로 좋지 않아요. 하지만 오늘 윌리엄 씨가 아버님을 뵙지 못해 정말로 섭섭해 하는 것을 보니 양보를 할 수밖에 없더라구. 그분하고 아버지가 자리를 함께 하실 기회를 놓치고 싶지 않았거든. 그리고 솔직히 나도 그분과 아버님이 함께 있으면 얼마나 돋보이시는지 몰라. 월리엄 씨는 아버님을 존경의 눈빛으로 바라보시고, 아버님은 또 얼마나 즐거워하시는데!"

"그럼 잘된 일이네요."

클레이 부인은 마지못해 동의를 했지만 앤의 얼굴을 똑바로 쳐다보지 못한 채 말을 이었다.

"두 분은 마치 부자간 같으실 거예요. 엘리자베스 양, 두 분을 부자간이라고 말해서 안 될 건 없죠?"

"부인께서 그렇게 생각하신다면 굳이 말리고 싶은 생각은 없어요. 하지만 확실하게 말하고 싶은 것은 월리엄 씨도 다른 남자와 별반 다를 것은 없다는 사실이에요."

"어머나, 엘리엇 양!"

클레이 부인은 크게 소리를 지르면서 양손을 들어올리고 두 눈을 치켜떴지만 더 이상의 놀라는 표정은 애써 감춘 채 엘리자베스의 비위를 맞추었다.

"오, 나의 페넬로페(역주: 오딧세이의 정숙한 아내)여, 미안해요. 실질적으로 그분을 초대한 것은 나이니까요. 그분이 나가실 때 내가 웃는 얼굴로 배웅을 해서 응낙의 뜻을 비쳤어요. 내일 하루종일 손베리 엽원(獵園)에서 친구 분들하고 계셔야 한다는 말을 듣고 나니 동정이 생겨서 그랬던 거예요."

앤은 클레이 부인의 멋진 연기에 감탄하고 말았다. 자기의 중대한 목적에 가장 큰 방해가 되는 사람을 그렇게 아무렇지도 않게 초대하고 기다리고, 게다가 막상 그가 도착했을 때 기뻐하는 표정을 지어낼 수 있다니 도무지 믿어지지가 않았다. 그녀는 월리엄 씨가 방문함으로써 월터 경과 함께 있을 시간을 빼앗기고 그만큼 점수를 딸 기회를 놓치게 되었음에도 불구하고 세상에서 가장 행복하고 정중한 부인의 얼굴을 하고 있었다.

앤은 윌리엄 씨가 방 안으로 들어오는 것만 보아도 기분이 우울해졌고 가까이서 말을 건네는 것은 심한 고통으로 다가왔다. 예전부터 그에 대한 성실성에 대해 끊임없이 의심을 해오기는 했지만 이제는 새삼 그의 모든 점이 불성실하게 보이기 시작한 것이다. 아버지를 대하는 그의 정중한 경의는 이전의 언어와 아주 딴판으로 여겨져 밉살스럽게 들렸다. 그리고 그가 스미스 부인에게 했던 심한 행동들이 머릿속에 떠오르자 눈앞에서 미소 지으며 상냥스럽게 구는 그의 가증스런 목소리가 아주 듣기조차 역겨웠다.

하지만 그녀는 그럴수록 그가 자기로부터 달라진 태도를 확연히 느끼게 만들어서는 안 된다는 생각이 들어 사뭇 조심했다. 그녀는 그와 일체의 질문과 대화를 피하고 싶었음에도 불구하고 두 사람 사이의 알맞은 한도 내에서 쌀쌀한 태도를 취하는 것으로 만족해야만 했다. 그녀는 여태까지 조금씩 이끌려 들어갔던 불필요한 친밀감으로부터 될 수 있는 한 천천히 발을 빼야겠다고 마음을 먹고 있었다. 그녀는 그렇게 간밤보다 훨씬 예민한 경계와 냉정함을 지켜나간 것이다.

이러한 사실을 전혀 모르는 윌리엄 씨는 자기가 그녀에 대한 칭찬을 어디에서 들었는가 하는 이전의 얘기로 앤의 호기심을 다시 한 번 불러일으키고자 애를 썼다. 그는 은근히 그녀가 다시 그 얘기를 듣고 싶다고 졸라대기를 바랐던 것이다. 그러나 의외로 그녀의 반응이 신통치가 않자 그는 앤의 허영심에 불을 붙여 대화를 이끌 생각으로 어제의 열기와 활기를 되새기려 안쓰러운 노력을 계속했다. 그는 그 얘기들이 이제는 결정적으로 자기에게 치명타가 되고 있다는 사실을 까맣게 몰랐고 용서받을 수 없는 사례를 스스로 열거하는 꼴이라는 사실도 전혀 짐작하지 못하고 있었다.

그나마 앤에게 있어 꽤나 고마웠던 것은 그가 내일 오전 중에, 그것도 아침 일찍 바스를 출발해서 이틀간의 대부분을 다른 곳에서 보낸다는 사실이었다. 돌아오는 날 저녁에는 다시 캠덴 광장의 집을 방문하기로 되어 있었지만, 목요일부터 토요일 저녁때까지는 그의 부재가 확실했다.

앤으로서는 클레이 부인 같은 사람이 눈앞에 있는 것만으로도 신물이 날 지경이었는데 더욱이 뱃속이 시커먼 위선자 한 사람이 더 얼쩡거린다는 사실이 마치 집안의 모든 평화와 안락을 파괴해 버리는 것 같은 생각이 들었다. 아버지와 엘리자베스가 끊임없이 기만을 당하고 나아가 한 집안에 여러 가지 재액의 씨가 뿌려지고 있다고 생각하니 원통하기 그지없었다. 오히려 윌리엄 씨의 감춰진 계략에 비한다면 클레이 부인의 그것은 그 복잡함이나 추악함에 있어 사뭇 덜해 보이기만 했다. 그래서 앤으로서는 윌리엄 씨의 그 간교한 계략에서 빠져나올 수만 있다면 그것을 방지하는 한 수단으로 지금 당장이라도 아버지와 클레이 부인의 결혼에, 비록 그것이 못마땅하다 하더라도 타협하고 싶을 지경이었다.

금요일 아침, 앤은 러셀 부인에게 이제 이야기를 더 이상 미룰 수가 없다고 생각하고 오늘은 꼭 필요한 얘기만큼이라도 할 마음을 먹었다. 아침 식사가 끝나자마자 곧 떠나려 하는데 마침, 클레이 부인도 엘리자베스의 일 때문에 외출 차비를 하고 있었다.

앤은 어쩔 수 없이 부인이 떠날 때까지 자신의 출발을 늦추어야만 했다. 클레이 부인이 멀리까지 걸어간 것을 확인하고 나서 앤은 러셀 부인을 만나기 위해 리버즈 가에 간다고 말을 꺼냈다. 그 말을 듣고는 엘리자베스가 심드렁하게 말했다.

"난 그분께 전할 말이 없구나. 나 대신 그분이 빌려주셨던 이 지루한 책이나 좀 돌려드리렴? 꼭 다 읽은 걸로 말해주고 말이야. 난 정말로 새로 나온 시집이나 신생국가의 정세 따위에 일일이 골치를 썩이는데 질려 버렸어. 러셀 부인의 신간 소개에는 이제 정말로 두 손을 다 들었다니까. 그리고 굳이 그분께 이런 말씀을 드릴 필요는 없겠지만 요전날 밤 음악회 때의 의상은 또 그게 뭐라니? 의상에는 제법 안목이 있는 줄 알았는데 내가 다 창피해서 얼굴이 화끈거렸다니까. 더욱이 그렇게 꼿꼿하게 앉아 있는 모양이라니……. 얼마나 답답하고 어색했던지. 아무튼 이제 와서 다 쓸데없는 얘기일 테고 그냥 안부나 전해주렴!"

"내 안부도 전하거라. 조만간 한번 찾아뵙겠다는 말씀도 전해 드리고. 꼭 정중하게 말씀을 드려야 한다. 물론 내가 그 댁을 방문한다고 해봐야 명함이나 한 장 두고 오는 것이 고작이겠지만 그건 어쩔 수 없는 일이 아니겠니? 그 연배의 부인들은 아무래도 아침 방문을 싫어하는 것 같더구나. 화장 안 한 얼굴을 보이고 싶지가 않아서 그런 거겠지. 먼젓번에 찾아뵈었을 때도 러셀 부인이 급하게 차양을 내리는 것을 난 보았단다."

월터 경이 말하고 있는 동안 문을 노크하는 사람이 있었다. 집안의 사람들은 누구일까 하는 심정으로 서로의 얼굴을 쳐다보았다. 앤은 윌리엄 씨가 지금 7마일 밖의 사냥터에 있다는 사실만 몰랐다면 당연히 그라고 생각을 했을 것이다. 그는 그만큼 언제나 예고 없이 찾아오고는 했던 것이다. 잠시 시간이 흐른 후 하인이 들어와 방문한 손님의 이름을 전했다. 그런데 하인이 전한 이름은 다름 아닌 '찰스 머스그로브 씨와 그의 부인' 이었다.

그들의 방문은 온 집안 식구를 놀라움 속으로 밀어 넣었다. 앤도 놀라기는 마찬가지였는데 다만 다른 사람들과 조금이라도 다른 점이 있었다면 아주 진심으로 그들의 방문을 기뻐했다는 것이었다. 앤을 제외한 나머지 식구들은 처음에 그저 환영하는 시늉만 했었는데 나중에 그들의 방문 목적이 바스에 단순히 유숙하러 온 것이 아니라는 것을 알고서야 비로소 제법 반색하는 여유를 부렸다.

그들은 머스그로브 부인과 함께 며칠간의 예정으로 바스에 오게 된 것으로 '백록관(白鹿館)' 에 체류하고 있었다. 이런 피상적인 얘기는 금방 인사치레로 알 수 있었지만 그들이 진짜 이곳으로 오게 된 이유는 한참이 지나서야 알 수가 있었다. 앤은 월터 경과 엘리자베스가 메리를 옆 응접실로 데려가서 메리의 감탄에 흐뭇해 있을 때 찰스로부터 자세한 얘기를 들을 수 있었다. 메리가 의미심장하게 미소 지으며 슬쩍 내비쳤던 특별한 용건과, 또 일행이 누구누구냐는 질문에 당황해 하던 이유 등 모든 것에 대해서 들었던 것이다.

나중에 앤은 그들 일행에 머스그로브 부인과 헨리에타, 그리고 허빌 대령까지 끼어 있다는 사실을 알게 되었다. 찰스가 모든 일에 대해 아주 솔직하고 명확한 설명을 해주었기 때문에 앤은 사태의 전모를 금방 알아챌 수 있었다. 이번 계획은 애초에 허빌 대령이 용무차 바스에 가고 싶다는 충동을 행동에 옮기면서 이루어진 것이었다. 이 일이 시작된 것은 한 주일쯤 전의 일이었다. 그때는 마침 찰스도 사냥이 끝나서 무엇인가 다른 일을 하려고 하던 참이라 쉽게 동행에 찬성을 했다. 허빌 부인도 그렇게 하는 것이 남편의 건강에 도움이 되리라고 찬성을 해서 일은 금방 이루어졌다.

그러나 언제나처럼 문제는 메리에게서 생겼다. 집에 혼자 남게 되는 것을 못마땅하게 생각한 그녀가 아주 심하게 불평을 늘어놓았기 때문에 모든 계획은 수포로 돌아갈 위기에까지 몰렸다. 그러나 다행스럽게도 그 위기는 머스그로브 부부가 나서면서 간신히 진정이 되었다. 머스그로브 부인의 옛 친구들이 바스에 몇 명 있는데 부인이 그들을 만나러 자기도 가겠다고 한 것이다. 얘기가 이렇게 나오자 헨리에타도 이 기회를 이용하여 자신과 동생을 위한 결혼 의상을 사러 가겠다고 거들고 나섰다.

졸지에 일행은 머스그로브 가 사람들이 중심이 되었는데 허빌 대령도 군이 반대를 하지 않아 여행으로 이어질 수 있었다. 이렇게 해서 찰스와 메리도 전반적인 편리를 위해 일행 중에 끼게 되었고 지난밤 늦게 바스에 도착하게 되었던 것이다. 어퍼크로스에는 허빌 부인과 어린 아이들, 그리고 벤윅 대령과 머스그로브 씨, 루이자 등이 남게 되었다.

앤은 얘기를 들으면서 딱 한 번 놀랐는데 그것은 헨리에타의 결혼 의상 얘기가 나올 정도로 일이 진척되고 있다는 것을 알고 나서였다. 앤은 경제적인 곤란으로 인하여 빠른 시일 내로 결혼이 성립되지는 못하리라고 생각해 왔던 것이다. 그러나 찰스에게서 들은 바로는 극히 최근에(그러니까 앤이 메리의 마지막 편지를 받은 직후쯤에) 의외로 일이 아주 잘 풀려나갔다는 것이다.

찰스 헤이터가 어느 친구로부터 당분간 책임을 질 사람이 없는 성직을 맡아달라는 부탁을 받았다는 것이다. 그곳은 애초 다른 청년의 몫으로 정해져 있는 곳이었는데 그 청년이 아직 자격이 없는 상태였던 것이다. 그래서 찰스 헤이터는 당분간만 그곳에 가 있으면서 기다리면 곧 영구적인 다른 수입원이 생기리라는 확신이 있었으므로 그 부탁을 응낙했고 때맞춰 양가에서도 이 기회에 아예 결혼을 서두르게 되었다는 것이었다. 찰스는 그들의 결혼도 루이자의 결혼에 못지않게 몇 달 내에 거행될 것이라는 예측과 함께 한마디를 덧붙였다.

"그런데 그 성직록이 정말로 괜찮은 곳이란 말입니다. 어퍼크로스에서 25마일밖에 안 떨어진데다가 아주 훌륭한 토지거든요. 도세

트셔에선 노른자위지요. 영국에서도 제일가는 금렵구들 중의 한복판에 세 사람의 대지주들에 의해 둘러싸여 있는데, 그 소유주들은 서로가 질세라 보호를 자칭하는 판이라 찰스 헤이터는 적어도 세 사람 중의 두 사람한테서 특별 허가의 소개장을 얻어낼 수 있을 겁니다. 그렇다고 그 사람이 그 값어치를 마땅히 알 거라는 얘기는 아니지만 말이에요. 찰스 헤이터는 수렵에는 전혀 흥미가 없어요. 바로 그게 그 사람의 흠이라고 할 수 있지요."

앤이 큰소리로 외쳤다.

"정말로 잘됐네요. 축하해요! 두 누이들의 우애가 워낙 좋아 둘 중 누가 먼저 결혼을 하거나 기우는 삶을 살면 어쩌나 하고 걱정을 했었는데 일이 이렇게 되어 정말로 기뻐요. 그 두 사람은 똑같이 행복하게 살 조건과 자격을 골고루 갖추고 있어요. 이런 일은 축하 받아 마땅한 일이에요. 아버님이나 어머님께서도 이번 일로 매우 기뻐들 하시겠죠?"

"그럼요! 아버님께서는 두 사람의 사위들이 좀더 부자였더라면 하는 아쉬움을 갖고 계시지만 그 밖에 다른 불만은 없으세요. 그 돈을 따지시는 것도 한꺼번에 두 명을 결혼시키자니 조금 힘에 부치니까 그냥 하신 말씀일 거예요. 하지만 분명히 아버님은 두 누이동생들이 섭섭지 않게 준비해 주실 겁니다. 아버님은 언제나 누이동생들이 그런 권리를 갖고 있다고 생각하고 계셨거든요. 딸로서 자기의 몫을 가진다는 것은 당연히 옳은 일이지요.

더욱이 저는, 아버님을 저뿐만 아니라 누구에게나 항상 친절하시고 너그러우신 분이라고 생각합니다. 메리는 찰스를 헨리에타의 남편감으로서 그리 달갑게 생각하지 않아요. 알고 계시겠지만 지금까지 한 번도 기뻐한 적이 없답니다. 메리는 분명히 그 사람에게 공정치 못한데다가 윈스로프의 땅에 대해서도 관심을 안 가져요. 내가 아무리 얘기를 해주어도 메리는 그 땅의 값어치를 모르는 거죠. 어쨌거나 한마디로 제가 보기에 헨리에타와 그는 천생연분이에요. 저는 두 사람 모두를 어릴 때부터 지켜보아 왔기 때문에 확신할 수 있답니다."

"머스그로브 댁의 내외분 같으신 훌륭한 부모님은 어떠한 어려움이 있어도 자식의 결혼을 진심으로 기뻐하실 거예요. 그리고 자식들의 행복을 위해서라면 어떠한 일이라도 하실 거구요. 그러한 부모님을 모시고 있는 젊은이들은 얼마나 행복하고 축복받은 삶이겠어요! 세상에서는 흔히 나이에 관계없이 이상한 야심에 사로잡혀 비참한 말로를 겪는 사람들도 많은데 제부의 부모님은 물론 자식들도 그러한 것들에는 아주 초연한 것 같아요. 참, 루이자 양도 이젠 완전히 회복되었겠지요?"

찰스는 갑자기 말을 주저하면서 대답했다.

"예, 그렇다고 생각합니다. 아주 썩 좋아졌지요. 하지만 그 애는 변했어요. 뛰어다니고 활개치고 웃고 춤추는 따위의 행동은 이제 하지 않는답니다. 영 다른 사람이 되어버리고 만 거죠. 누군가 문을 조금이라도 세게 닫기만 해도 그녀는 마치 물속의 논병아리처럼 놀라 날뛴답니다. 벤윅 대령이 조용히 옆에 앉아서 하루종일 시(詩)만 읽어주거나 귀엣말을 하는 게 요즈음의 일이랍니다."

앤은 웃음을 터뜨리고 말았다.

"알겠어요, 그럼 제부의 취미엔 맞지 않겠네요. 하지만 벤윅 대령 또한 워낙 훌륭한 청년이니 잘 해낼 거예요."

"꼭 그렇게 되어야죠. 누구나 다 그렇게 되리라고 생각하고 있을 겁니다. 그리고 저도 벤윅 대령이 훌륭한 젊은이라는 것을 진심으로 믿고 있습니다. 사람들은 그와 말할 기회만 있다면 서로 얘기를 하고 싶어하죠. 그가 책에 너무 깊이 빠져 있다는 사실은 결코 걱정할 일이 못 된다고 생각해요. 그는 책을 그렇게 열심히 읽는 것 못지않게 전쟁도 아주 훌륭하게 치러 냈잖아요? 그는 아주 용감한 청년입니다. 지난 주 월요일에 저는 그에 대해서 좀더 잘 알 수 있는 기회를 가졌었습니다. 그와 함께 아버지 집의 큰 광 속에서 하루종일 쥐를 잡느라 치고 박고 했던 거죠. 보기와는 달리 그가 어찌나 일을 잘 해내던지 저의 마음에 쏙 들었답니다."

대화는 여기에서 중단되었다. 찰스도 다른 사람들처럼 집안의 거울이나 도기류 등을 보며 감탄하기 시작했기 때문이었다. 하지만 앤은 그동안의 어퍼크로스에 대한 소식을 대충 다 들었기 때문에 마음은 기쁨으로 가득 차 있었다. 그리고 가끔 한숨을 내쉬었는데 그 한숨은 결코 질투나 악의 같은 나쁜 감정을 내포하고 있는 한숨은 아니었다. 앤은 항상 그들을 보며 자기도 그들만큼 행복해지기를 소원했을망정 그들의 행복을 깎아내리고자 했던 적은 한 번도 없었던 것이다. 그들의 방문은 더없이 유쾌하고 즐거운 분위기 속에서 끝을 맺었다. 메리는 주위 환경의 화려함과 변화에 만족하여 생기발랄한 표정을 짓고 있었다. 네 마리의 말이 끄는 마차로 시어머니와 여행한 사실이나 자기가 캠덴 광장의 집안으로부터 완전히 독립해 있다는 사실을 다시 한 번 피부로 느낀 것도 그녀를 아주 흡족하게 만들었다. 그래서 그녀는 평소의 그녀답지 않게 마땅히 칭찬할 것이면 칭찬하는 여유를 보였는데 그 중 캠덴 광장의, 집안의 소상한 소개가 있을 때마다 기꺼이 감탄의 환호성을 지르고는 했다. 특히 멋진 응접실을 보고는 자기의 친정 체면이 섰다는 듯 어깨를 으쓱하는 몸짓을 해보이기도 했다. 사정이 이렇다보니 까다롭기로 유명한 그 메리가 그녀의 아버지나 언니에게 투정을 부리거나 요구하는 것은 하나도 없었다.

대신, 엘리자베스는 한참 동안 마음의 근심으로 괴로워했다. 그녀의 근심은 다른 게 아니라 머스그로브 부인과 그 일행을 전부 만찬에 초대해야 하는 일 때문이었다. 그것이 마땅한 일인 줄을 알면서도 만약 그들 모두가 캠덴 광장의 집에 와보고는 예전과 달라진 자기네들의 생활양식이나 줄어든 하인들의 수를 보고 어떤 생각을 할지 걱정이 되었다. 켈린치 시절보다 한결 못해진 자기들의 모습을 남에게 보인다는 것은 견딜 수 없는 노릇이었던 것이다. 이것은 한마디로 엘리자베스 자신의 허영과 예절 사이에서 고민하는 처절한 싸움이었다. 하지만 이 싸움은 결국 그녀의 허영의 승리로 끝나고 말았다. 엘리자베스 스스로, 예전에는 생각지 못했던 자기 위안을 만듦으로써 이루어낸 일이었다.

'이런 건 다 케케묵은 생각이야. 더욱이 그들은 기껏해야 시골의 촌스러운 사람들인데, 뭘. 그리고 바스에서는 굳이 매번 만찬을 여는 사람들도 없단 말이야. 엘리서 부인만 해도 그렇잖아. 자신의 자매 일가가 이곳에 한 달씩이나 있는데도 초대 한 번 안 하셨어. 그리고 어쩌면 우리의 초대가 머스그로브 부인에게 폐가 될지도 모를 일이야. 틀림없이 당황하실 거야. 그러면 결국 초대를 안 한 것보다도 못한 꼴이 되고 말지. 하지만 사실 그들이 우리 집에 와보는 것도 진기한 경험이 되기는 될 텐데……. 어디 그들이 응접실이 두 개나 있는 집을 보기나 했을라구? 그럼 어떻게 한다? 그냥 조촐하면서도 우아한 식사 대접이나 해볼까?'

결국 엘리자베스는 스스로 만족스러운 얼굴로 메리 부부에게 초대의 말을 전하며 나머지 식구들에게도 전해달라는 정중한 인사말을 덧붙였다. 그 말을 듣고 메리는 뛸 듯이 기뻐했다. 특히 그녀는 엘리자베스로부터 내일 저녁에 엘리엇 씨를 포함해 댈림플 부인과 카트리트 양까지 소개시켜 주겠다는 약속을 받고는 입을 다물지 못했다. 일이 잘 되느라고 그랬는지 내일 댈림플 부녀가 이곳에 오기로 되어 있다는 것이었다.

메리로서는 이 이상의 환대를 받을 수는 없다고 생각했다. 유쾌한 기분으로 집을 나서는 그들에게 엘리자베스는 오전 중에 머스그로브 부인에게 안부를 여쭙기 위해 방문을 하겠다고 말했다.

앤은 곧장 찰스와 메리와 함께 가서 머스그로브 부인과 헨리에타를 방문하겠다며 일행을 따라 집을 나섰다.

집을 나서면서 앤은 애초에 생각했던 계획을 약간 수정할 수밖에 없다는 결론을 얻었다. 그래서 머스그로브 부인에게 인사를 가기 전에 셋이서 리버즈 가의 러셀 부인에게 들렀을 때도 아무 말도 하지 않았다. 이야기를 하루쯤 늦춘다고 해서 별 탈은 없으리라고 생각했던 것이다. 그리고 오직, 지난 가을 동안의 많은 기억을 차지하고 있는 어퍼크로스 사람들의 얼굴을 그리며 서둘러 백록관으로 걸음을 옮겼다.

앤은 머스그로브 부인과 헨리에타로부터 당황할 정도의 환영을 받았다. 그들은 거실에서 그녀를 맞았는데 수십 년 만에 만나는 친구를 대하듯 반가워했다. 헨리에타는 결혼을 앞둔 여자의 부푼 가슴을 그대로 나타내듯 그야말로 밝은 웃음과 행복에 넘치는 얼굴이었다. 그리고 예전에 조금이라도 좋아했던 기억이 있는 사람이라면 누구에게든지 자기의 넘치는 애정과 관심을 기꺼이 쏟아 부을 것 같은 자세였다.

머스그로브 부인의 표정도 유쾌함은 마찬가지였다. 지난번 라임에서의 사건 때 앤이 해냈던 일에 대한 기억이 새로운 듯 부인은 따스하기 그지없는 그윽한 눈길로 그녀를 바라보았다.

앤은 가슴이 찡해 옴을 느꼈다. 자기의 집에서는 한 번도 받아보지 못한 관심과 환대였던 것이다. 앤은 머스그로브 가의 사람들로부터 될 수 있으면 오래오래 있어달라는 부탁을 받았다. 그리고 매일매일

들러달라는 초대도 받았는데 그것은 가족의 일원으로서 영접 받은 거나 다름없는 일이었다. 그녀는 순식간에 머스그로브 가 사람들의 따스한 마음속으로 빠져 들어갔다. 그래서 그녀는 찰스가 혼자서 밖으로 나간 후 루이자에 대한 머스그로브 부인의 얘기와 헨리에타의 얘기에도 성의껏 귀를 열어놓고 들었으며 자기가 도와줄 만한 가게를 추천해 주었고 열쇠를 찾거나 장신구를 정리하는 일과 리봉에 가는 일에서 회계를 계산하는 일에까지 그녀는 조목조목 자기의 의견을 전하는 것을 마다하지 않았다. 그리고 심지어는 메리의 투정을 받아주는 일까지 그녀가 맡았다. 메리는 창가에 자리를 잡고는 펌프실(역주: 손님이 광천수를 마시는 방)의 입구를 바라보고 있었는데 때때로 자기가 따돌림을 받고 있는 것은 아닌가 하고 의심을 하고 있었던 것이다.

그날 오전에는 대단한 혼란이 일어날 것만 같은 형세였다. 호텔이란 곳이 원래 너무 많은 사람들이 모이다 보니 눈 깜짝할 사이에 예기치 못한 장면이 벌어지기 마련이기는 했지만 그날의 번잡스러움은 다른 때보다도 더 심한 지경이었다. 5분쯤 지나자 쪽지가 전달되고 다시 5분이 더 지나자 소화물이 도착했다. 앤이 그곳에 도착한 지 반 시간도 채 되지 않아서 식당은 사람들로 꽉 찼다. 그녀가 보기에 그들의 식당이 예전에 보아왔던 것보다 훨씬 더 넓었음에도 그랬던 것이다.

머스그로브 부인의 옛 친구들이 꾸역꾸역 몰려와서는 부인의 주위를 둘러싸고 자리를 잡았으며 찰스가 허빌 대령과 웬트워스 대령을 데리고 들어왔다. 웬트워스 대령이 나타나는 순간 앤은 약간 움찔했으나 예전처럼 마음의 동요를 일으키지는 않았다. 앤으로서는 그의 친구인 허빌 대령과 찰스가 바스에 왔으니 조만간 자연스럽게 그들과 자리를 같이하게 되리라고 예상하고 있었다. 그리고 지난번 음악회에서 만났을 때는 그가 먼저 자기의 감정을 털어놓았다는 점이 오늘 당장 그녀에게 자신 있고 밝은 마음을 가지게 했다. 그러나 정작 그의 표정을 보자 그는 아직도 그날 밤 서둘러서 연주회장을 떠나야 했던 불쾌한 감정에 사로잡혀 있는 듯했다. 그는 좀체 서로 이야기를 나눌 수 있을 만큼의 거리까지 다가오지 않았던 것이다.

앤은 마음을 편하게 가지고 모든 일을 순리에 맡기려고 애를 썼다. 또한 나름대로의 합리적인 생각과 기대를 가져보려고 노력했다. '우리 둘 사이의 애정만 변함이 없다면 멀지 않아 서로의 마음을 이해할 수 있을 것이다. 이미 우리의 나이가 소년 소녀가 아닌 만큼 순간적인 감정에 이끌려 눈앞의 행복을 그르치는 우를 범하지는 않을 것이다.'

그러나 이것은 머릿속의 생각뿐이었다. 그녀는 이런 상태에서 같이 있어봤자 서로 해롭기 그지없는 실수나 오해 속으로 빨려들고 말 거라는 두려움을 느끼지 않을 수 없었다. 한참이 지난 후에야 이러한 상념의 나락 속에서 메리가 그녀를 건져 올려 주었다.

"앤 언니, 저기 가로수 밑에 있는 사람이 클레이 부인 아니야? 어떤 신사 분하고 같이 얘기를 하고 있어. 아까 바스 가에서 모퉁이를 돌아서 이리로 오고 있는 것을 보았었는데 어느 틈에 여기에 와 있는 거지? 가만히 있어 봐. 저 신사 분도 어디서 본 것 같은데, 언니가 한 번 와서 봐. 아, 맞다. 저 분은 윌리엄 씨다. 틀림없어!"

"윌리엄 씨라니? 그럴 리가 없어! 그분은 오늘 아침 일찍 이곳을 떠났어. 내일까지는 아마 돌아오시지 않을 거야."

앤은 그 말을 하고나자마자 웬트워스 대령의 눈길이 자기에게로 쏠리고 있음을 느꼈다. 아아, 내가 왜 그 사람 얘기를 그토록 자세하게 했을까. 웬트워스 대령은 또 어떤 오해를 하실까!

앤의 이러한 마음속의 갈등에는 아랑곳없이 메리는 자기의 사촌,

윌리엄 씨에 대하여 한층 더 호들갑을 떨며 앤에게 와서 볼 것을 자꾸만 재촉하였다. 앤은 꼼짝도 않고 일부러 무관심한 척만을 하고 있었다. 그러나 조금 더 지나자 사태는 그리 간단하지가 않았다. 그녀는 두세 명의 여자 방문객들이 자기와 윌리엄 씨의 관계에 대해 비밀스러운 목소리로 소곤소곤하는 것을 들었던 것이다. 알 것은 다 안다는 듯한 표정으로, 앤은 자신이 관찰당하고 있음을 알았다. 이미 자기에 대한 소문이 바스에 널리 퍼지고 있는 것이 분명했다. 앤은 막막한 심정으로 침묵만을 지킬 수밖에 없었다.

"앤 언니, 빨리 와 봐. 두 사람이 헤어지려고 하고 있어. 서로 악수를 하고 있다니까. 어머, 윌리엄 씨는 벌써 등을 돌리고 가버리시네. 언니! 내가 윌리엄 씨를 모른다고? 언니는 라임에서의 일을 벌써 다 잊어버렸나 보네."

마침내 앤은 창 쪽으로 가지 않을 수 없었다. 우선 메리를 달래야 했고 자신의 마음도 진정시킬 필요가 있었던 것이다. 곧 그녀는 돌아서서 가고 있는 윌리엄 씨의 모습을(설마 그럴 리가 없다고 믿고 있었지만) 확인했다. 클레이 부인은 반대 방향으로 종종걸음을 치고 있었다. 앤은 다시 한 번 놀랐다. 어떻게 서로 상반된 견해를 가지고 있는 두 사람이 저렇게 다정스럽게 만나 얘기를 나눌 수가 있을까? 앤은 간신히 놀란 가슴을 억누르며 말했다.

"윌리엄 씨가 맞구나! 틀림없어. 아마도 출발 시간을 변경하셨나 보다. 아니면 내가 잘못 알고 있었거나. 하지만 어느 쪽이든 우리에게 별로 중요한 건 아니잖니?"

앤은 그렇게 말하고 나서, 또 한 번의 고비를 넘긴 데 대한 안도의 숨을 아무도 모르게 내쉬며 자리로 돌아와 앉았다.

방문객들이 하나 둘씩 떠나고 있었다. 찰스가 방문객들을 배웅하러 나갔고 나머지 사람들은 조용히 자리를 정돈했다. 찰스는 그들을 예의 바르게 전송한 다음 이마를 찌푸려 보이면서, 그들의 방문이 못마땅했음을 감추려 하지 않았다. 찰스는 잠시 그들을 빈정댄 다음 말했다.

"어머니, 기뻐하실 일이 하나 있어요. 제가 극장에 가서 내일 밤의 연극 좌석을 예약해 놓고 왔습니다. 어머니는 워낙 연극을 좋아하시잖아요. 잘했죠? 우리 모두 다 앉을 수 있을 겁니다. 모두 아홉 자리거든요. 웬트워스 대령에게 예약을 부탁했지요. 식구들 모두 기뻐하리라 생각했어요. 처형도 같이 가셨으면 좋겠는데 어떠세요?"

머스그로브 부인은 얘기를 듣고 나더니 자못 기분 좋은 표정을 지어 보이면서, 헨리에타를 비롯하여 모든 사람들이 함께 간다면 자기도 기꺼이 따라 나서겠다고 찬성의 뜻을 내비쳤다. 그런데 바로 그때 메리가 촉박한 목소리로 끼어들었다.

"어머나, 찰스. 어쩌면 그런 일을 한마디 상의도 없이 혼자서 결정을 할 수가 있죠? 내일 밤 연극 예약이라니! 내일 밤에는 캠덴의 우리 집에 선약이 되어 있다는 것을 잊었어요? 우린 댈림플 부인과 그 딸, 그리고 윌리엄 씨를 일부러 만나보기 위해서 특별히 초대를 받았잖아요. 그들은 우리 집안으로서는 아주 중요한 친척들이란 말이에요. 그래서 아버지와 언니가 일부러 소개를 해주려고 한 거구요. 그런데 당신은 어쩌면 그렇게 건망증이 심하죠?"

찰스는 잔뜩 비웃는 표정으로 말했다.

"피! 저녁 파티라고? 만찬이라면 또 몰라도 그런 사람들 소개받는 자리에는 난 가고 싶지가 않아! 당신 혼자 가든가 말든가 마음대로 하구려. 난 연극 구경을 갈 테니."

"어머! 찰스, 그렇게 말씀하시면 안 되죠. 당신은 분명히 스스로 약속을 하셨잖아요."

"내가 언제 약속을 했단 말이야. 나는 다만 빙긋 웃으면서 고개를 숙였을 뿐이야. 그런데 그게 어떻게 약속을 한 거라고 말할 수 있지?"

"어쨌든 당신은 내일 그 자리에 꼭 참석을 하셔야 해요. 당신이 그 자리에 빠진다는 것은 말도 안 돼요. 일부러 우리를 친척들에게 소개시키기 위해서 부르신 건데. 당신이 잘 몰라서 그렇지 댈림플 가문과 우리는 아주 가까운 친척이에요. 윌리엄 씨도 마찬가지이구요. 당신은 특히 윌리엄 씨와 친하게 지내셔야 해요. 충분한 예의도 지켜야 하구요. 그분은 아버지의 후계자란 말이에요. 장차 우리 문중을 대표해 나가실 분이이라구요."

"내가 분명히 말해 두지만 내 앞에서 후계자라느니 대표라느니 하는 말은 절대로 하지 말아요. 난 당장의 당주(堂主)를 제쳐놓고 솟아오르는 태양을 향해 절을 할 사람은 아니야. 당신 아버지를 위해서라도 갈까 말까한데 그 후계자를 위해서 가야 한다니 말이나 되는 소리요? 나에게 도대체 윌리엄 씨가 무슨 상관이란 말이오!"

웬트워스 대령은 그들 부부의 말을 유심히 듣고 있다가 찰스의 마지막 말이 나올 즈음해서 갑자기 시선을 앤에게로 돌렸다. 앤도 분명하게 그것을 느꼈지만 그녀가 할 수 있는 일이라고는 그저 무관심한 표정을 짓고 있는 것 외에 마땅한 일이 없었다.

찰스와 메리는 같은 상태로 계속해서 티격태격하고 있었다. 찰스는 농담 반, 진담 반의 표정으로 연극 구경의 의지를 계속 고수하고 있었고 메리는 아주 진지하고 간곡하게 그걸 반대하고 있었다. 자기 혼자서 캠덴 광장의 집으로 갈 수도 있지만 만약 그렇게 했을 경우 자기가 어떠한 대접을 받을지 상상이나 해보라는 게 메리 말의 요지였다. 결국 두 사람의 말다툼이 끝날 기미가 보이지 않자 머스그로브 부인이 끼어들지 않을 수 없었다.

"찰스, 연극 구경하는 것은 일단 연기하는 게 좋을 듯싶다. 너는 돌아가서 가능하면 화요일 좌석으로 바꾸어 보렴. 우리가 두 패로 나눠진다는 것도 재미가 없고, 무엇보다도 앤 양의 아버님 저택에서 있는 모임이니 앤 양도 빠지게 될 게 아니니. 앤 양과 함께 가는 게 아니라면 나나 헨리에타는 그 연극을 본다 하더라도 별로 재미가 없을 것 같구나."

앤은 머스그로브 부인의 말을 듣고는 몸 둘 바를 몰랐다. 그리고 그런 식으로 자기의 입장을 얘기할 기회를 만들어 준 부인이 한없이 고마웠다.

"만약 제 자신의 태도가 문제가 된다면 확실하게 말씀을 드리죠. 저는 저의 집모임에 대해서는(메리를 위한 것만 제외한다면) 굳이 그렇게 괘념치 않아도 된다고 생각합니다. 저 또한 그런 모임에 애당초부터 흥미를 갖고 있지 않고 있거든요. 예정을 바꾸어 연극을 보러 간다면, 더욱이 여러분과 함께 하는 연극이라면 더할 나위 없겠죠. 하지만 내일의 모임은 이미 여러 사람들과 약속이 된 것이니 만큼 우리는 행동을 하나로 통일을 하는 게 좋을 것 같아요."

앤의 의견은 말이 끝나기도 전에 모두의 동의를 얻고 있었다. 그만큼 그들은 앤의 말을 신봉하고 있었던 것이다. 그러한 사실을 어느 정도는 그녀도 짐작하고 있었기 때문에 더 이상의 말은 하지 않았다.

이렇게 해서 연극 구경의 계획은 화요일로 미루어졌다. 다만 찰스만이 메리를 놀리는 듯한 어투로 혼자서라도 연극 구경을 가겠다고 버티고 있었다. 하지만 그리 신경 쓸 일은 아니었다. 사태가 좀 진정되자 웬트워스 대령이 서서히 벽난로 쪽으로 걸어갔다. 거기서 곧 걸음을 옮겨 노골적으로 앤의 옆으로 다가왔다. 그리고는 나지막이 말을 꺼냈다.

"아직 바스에 오래 머물지 않았으니까 캠덴 쪽의 저녁 모임의 즐거움엔 익숙지 못할 겁니다."

"아! 아니에요. 그런 모임은 항상 있는 것이고 저에겐 흥미가 전혀 없어요. 더구나 저는 카드놀이를 하지 않거든요."

"그렇죠, 당신은 옛날부터 카드놀이를 하지 않으셨죠. 하지만 세월은 많은 변화를 만들기도 하지요."

"전 아직 그렇게까지 변하지는 않았어요."

앤은 그렇게 큰소리로 말해 놓고서는 입을 다물었다. 어떤 오해를 받게 될는지 몰라 불안해졌기 때문이었다. 그러자 그가 잠시 사이를 두었다가 반사적인 감정의 표현인 듯한 말을 혼자서 중얼거렸다.

"정말 너무 오랜 세월이었습니다. 8년 반이라면 정말로 긴 세월이죠……."

그가 그 뒤에 무슨 말을 덧붙였는지 어땠는지는 알 수가 없었다. 그의 그 말이 앤의 귓속에서 채 울림이 가시기도 전에 헨리에타가 호들갑을 떨며 수선을 피웠기 때문이었다. 헨리에타는 일부러 친지들의 집을 방문할 계획이 없으면 빨리 누군가 또 찾아와 자기들의 시간을 빼앗기 전에 얼른 다른 계획을 잡자고 서둘렀다.

그들은 일단 외출을 하기로 의견을 모았다. 앤은 이 자리를 떠나면 웬트워스 대령과 헤어져야 한다는 것을 알면서도 그 의견에 찬성할 수밖에 없었다. 마음 한구석으로는 혼자서 들뜬 마음으로 나서고 있는 헨리에타가 약간 야속하게 느껴지기도 했다.

그러나 그들의 외출은 또 다른 방해자들로 인하여 잠시 보류될 수밖에 없었다. 헨리에타가 걱정해 마지않던 다른 방문자들이 들이닥친 것이다. 그런데 그 불청객들은 아주 뜻밖의 인물들이었다. 바로 월터 경과 엘리자베스였던 것이다. 그들의 등장은 일순간에 그 자리의 분위기를 깨뜨려 버리고 말았다. 앤이 조심스레 사람들의 얼굴을 살펴보니 한결같은 표정들을 짓고 있었다. 졸지에 우아하기는 하나 따뜻함이 없는 그들을 맞으면서 실내에 조금 전까지만 해도 따스하게 감돌던 편안함이나 자유로움, 그리고 쾌활한 분위기는 게 눈 감추듯 삽시간에 자취를 감추어 버리고 대신, 냉랭한 평온과 딱딱한 침묵, 그리고 맥 빠진 시선들만이 말없이 맴돌고 있었다. 그들의 등장이 분위기를 이렇게 흐려놓았다는 사실은 앤의 마음을 무척이나 슬프게 했다.

그런데 그런 와중에서도 세심한 그녀의 눈은 한 가지 다행스런 일을 발견했다. 아버지와 언니가 웬트워스 대령을 한눈에 알아보았을 뿐만 아니라 엘리자베스의 태도가 전에 비해 아주 친절하게 변했다는 사실이었다. 그들은 웬트워스 대령에게 말을 건네기도 하고 여러 차례 그를 쳐다보기도 했다. 엘리자베스는 확실히 마음을 고쳐먹은 것이 틀림없어 보였다. 그리고 그 사실은 곧 명백한 행동으로 나타났다. 그녀는 직접 머스그로브 가의 사람들과 함께 그에게도 내일 있을 저녁 모임에 초대의 뜻을 전했던 것이다.

"내일 저녁에 여러분들말고도 몇몇 분이 더 참석을 하시게 될 겁니다. 꼭 참석해 주십시오. 아마 형식에 치우치는 딱딱한 모임은 안 될 겁니다."

엘리자베스의 초대의 말은 아주 정중하게 전해졌으며 그녀는 일일이 손수 만든 초대장도 테이블 위에 다소곳이 놓았다. 그녀는 진심에서 우러나오는 듯한 잔잔한 미소도 띠었는데 그 웃음은 웬트워스 대령에게 초대장을 전할 때 더욱, 한껏 커지는 것을 볼 수 있었다. 앤은 바스에 온 지 꽤 오래된 엘리자베스가 이제야 웬트워스 대령의 됨됨이를 제대로 평가하게 된 것이라고 생각했다. 그만한 품격과 풍모를 지닌 사람을 바스에서 찾아보기가 힘든 것은 사실이었고, 따라서 이제는 그가 캠덴 광장 저택의 응접실에 앉아 있는 것만으로도 그들에게는 만족감을 줄 거라고 생각했을 것이 분명했다. 의도했던 대로 기분 좋게 초대장이 전달이 되자 월터 경과 엘리자베스는 자리에서 곧 일어나서 가버렸다.

갑작스런 방문객이 가져다주었던 실내의 어색함은 그들이 떠나고 나자 금방 다시 활기를 되찾았다. 모두의 얼굴에는 다시 생기가 넘쳤고 얘기소리도 시끌벅적해졌다. 하지만 꼭 한 사람, 앤만은 근심스런 표정을 지우지 못하고 있었다. 그녀는 엘리자베스의 초대장을 받을 때의 그의 태도에 골몰해 있었다. 아까의 그의 태도는 분명히 만족스러움보다는 미심쩍은 놀라움, 그리고 응낙이라기보다는 차라리 예의상 마지못해 하는 행동에 불과했다. 그녀는 그의 마음을 알 수 있었다. 그녀는 그의 눈 속에서 경멸의 빛을 보았으며 예전에 호기를 부리던 엘리엇 가 사람들의 무례를 다시 떠올리고 있었다. 앤은 자신도 모르게 의기소침해지고 있음을 느꼈다. 웬트워스 대령은 월터 경과 엘리자베스가 나가고 나자 초대장을 손에 쥐고 깊은 생각에 빠져 있었다.

"한 사람도 빠뜨리지 않고 모두 초대를 해주다니 엘리자베스 언니가 정말로 잘한 일이야."

메리만이 속없이 떠들어 대고 있었다. 그리고 그녀는 한술 더 떠 모두에게 다 들릴 만한 소리로 이렇게 말했다.

"웬트워스 대령님이 초대장도 못 놓고 좋아하시는 것 좀 봐! 저렇게 좋아하시는 것도 무리는 아니지!"

앤과 웬트워스 대령의 눈이 일순간 마주쳤다. 그녀는 그의 뺨이 붉어지면서 입 언저리가 경멸의 표정으로 일그러지는 것을 보았다. 앤은 더 이상 그의 얼굴을 쳐다볼 수가 없어 그로부터 등을 돌렸다.

그 후, 자리는 곧 흩어지고 말았다. 남성들은 제 나름대로 할 일들이 있었고 여성들도 자기네 용무로 외출을 서둘렀던 것이다. 앤도 다른 여자들 틈에 끼어 외출을 나왔으므로 그와 얼굴을 마주치는 일은 피할 수 있었다. 그녀는 이따 다시 와서 저녁을 함께 할 것을 간곡하게 권고 받았으나 힘을 완전히 소모했으므로 그럴 만한 기력이 남아 있지 않았다. 너무 많은 신경을 썼기 때문에 한시라도 빨리 집으로 돌아가 쉬고 싶을 따름이었다. 그래서 그녀는 대신 내일 오전 내내 머물기로 약속을 하고 그 자리를 비켜 나왔다.

집으로 돌아와 보니 엘리자베스와 클레이 부인은 내일 모임의 준비로 부산을 떨고 있었다. 그들은 끊임없이 초대객들의 이름을 헤아리기도 하고 이번 모임을 바스에서 열린 모임 중 최고의 모임으로 만들기 위해 여념이 없었다. 집 안 구석구석을 치우고 장식물들을 일일이 다시 손보기도 했다. 하지만 집안이 이렇게 시끄럽게 돌아가고 있을 때에도 앤은 내일 웬트워스 대령이 과연 올 것인가 안 올 것인가에 대한 생각으로 끊임없는 고민을 하고 있었다.

엘리자베스와 클레이 부인은 그가 당연히 올 것이라고 믿고 있었지만 앤으로서는 그 가능성을 전혀 짐작할 수가 없었다. 바로 그러한 사실이 그녀를 단 5분도 안심하게 내버려두지 않을 뿐더러 고통으로 몰고 갔다. 그녀 또한 그가 오리라는 생각 쪽으로 자꾸 마음이 쏠려 갔지만 그것은 순전히 그녀의 소망이 작용한 까닭이었고 그 반대로 그의 솟구치는 감정과 생각을 무시할 만큼의 믿음은 전혀 가지고 있지를 못했다.

앤은 안절부절못하며 이런저런 생각에 잠겨 있다가 문득 아까 클레이 부인이 아침 일찍 떠난 줄 알았던 윌리엄 씨를 만나고 있던 생각을 떠올렸다. 그래서 사건의 자초지종을 들으려고 클레이 부인에게 그것에 대한 질문을 했다. 행여나 클레이 부인이 먼저 윌리엄 씨를 만난 얘기를 꺼내려니 기다렸는데 영 말할 기미를 보이지 않자 앤이 먼저 얘기를 꺼낸 것이었다. 그런데 클레이 부인은 앤으로부터 그에 대한 질문을 받고는 몹시도 당황해 했다. 순간적으로 그 놀라는 표정을 읽을 수 있었다.

앤은 언뜻 머릿속에 떠오르는 생각이 있었다. 부인과 윌리엄 씨가 모종의 또 다른 음모를 꾸미고 있는 것은 아닐까? 아니면 부인이 윌리엄 씨로부터 그녀의 야심에 대해 심한 꾸중과 함께 견제를 받고 있는 것일까? 앤이 복잡한 생각을 하는 동안 클레이 부인은 평온을 되찾고 꽤 그럴 듯하고 천연덕스러운 어조로 이렇게 소리쳤다.

"아! 맞아요, 앤 양. 나도 정말로 놀랐어요. 바스 가에서 윌리엄 씨를 만나다니! 그분은 나를 만나서 펌프야드까지 함께 걸으셨죠. 돈베리로 떠나지 못할 무슨 사정이 생겼다는데 그것이 무엇인지는 그만 잊어버리고 말았네요. 내가 워낙 급하게 서두르느라 그분의 얘기를 잘 듣지도 못했답니다. 다만 그분이 지체 없이 바로 돌아오기로 결심을 하셨다는 것만은 확실하게 알 수 있어요. 내일 몇 시쯤에 찾아가면 좋겠냐고 그분이 물으셨거든요. 그분 말이, 온통 머릿속이 '내일' 로 꽉 차 있다고 하시더군요. 하긴 지금 내 머릿속도 내일 일로 꽉 차 있기는 마찬가지지만요. 오늘처럼 이렇게 바쁘지만 않았어도 그분과 만나서 한 얘기를 이처럼 잊어버리지는 않았을 텐데요."

11

스미스 부인과 윌리엄 씨의 실체에 대해 얘기한 지 불과 하루밖에 지나지 않았는데 그보다 더 중요한 일들이 연달아 생기는 바람에 앤은 정신을 차릴 수가 없었다. 오늘은 또 머스그로브 집안사람들과 아침부터 저녁식사 때까지 함께 보내기로 약속이 되어 있어 러셀 부인에게 그에 대한 말을 하는 것은 어쩔 수 없이 연기할 수밖에 없었다. 그 얘기가 늦어진다고 해서 별 탈이 나지는 않으리라는 생각만으로 위안을 삼을 따름이었다. 어쨌든 이런 사정으로 윌리엄 씨의 정체는 세헤라자데 왕비(역주-샤플리얄 왕의 왕비. 천일야화로 목숨을 부지하고 행복하게 살았다 함.)의 목숨처럼 하루가 더 연장된 셈이었다.

그러나 앤은 정확한 약속 시간을 제대로 지킬 수가 없었다. 비가 흩뿌리고 있어 몇 번이나 망설이다가 뒤늦게 집을 나섰던 것이다. 백록관에 도착해서 방으로 들어서니 이미 다른 손님들은 모두 와서 자리를 잡고 있었다. 그곳에는 머스그로브 부인과 크로프트 부인, 그리고 허빌 대령과 웬트워스 대령 등이 모여서 서로 얘기를 나누고 있었다. 메리와 헨리에타는 사람들을 기다리다 지쳐서 날이 조금 개이자 금방 다녀온다며 밖으로 나갔다고 했다.

그들은 나가면서 앤이 오면 꼭 잡고 있으라는 당부를 머스그로브 부인에게 여러 번 했다고 했다. 앤은 애써 평온한 태도를 취하고자 노력했다. 그러나 언제나처럼 자신의 감정을 일부러 숨긴다는 것은 무척이나 힘든 일이었다. 그녀의 머릿속에는 오늘 일어날 일들에 대한 온갖 기대들이 끊임없이 그려지고 있었다. 그것은 웬트워스 대령으로 인한 설렘이었고 가슴 졸임이었다. 그녀는 이 슬픔 속의 기쁨, 이 기쁨 속의 슬픔 속으로 깊숙이 휘말려 들었다. 그러나 정작 웬트워스 대령은 아무렇지도 않다는 듯이 앤이 방에 들어선 지 채 2분도 지나지 않아 큰소리로 말했다.

"허빌 군, 그럼 자네가 한 말들을 지금 편지로 써 두자구. 가만, 펜과 종이가 어디에 있더라?"

편지지는 모두 가까운 테이블에 준비되어 있었다. 웬트워스 대령은 곧바로 테이블로 다가가 모든 사람에게 등을 돌린 채 무언가를 열심히 쓰기 시작했다.

머스그로브 부인은 크로프트 부인에게 헨리에타의 약혼에 대한 자초지종을 들려주고 있었다. 그런데 그 목소리가 어찌나 큰지 방 한 구석에서도 다 들을 수 있을 만큼 아주 불편했다. 앤은 그 대화를 일부러 듣지 않기 위해 허빌 대령과 말을 하려고 했다. 그러나 허빌 대령은 대령 나름대로 사색에 잠긴 채 창가에 서 있어서 함부로 말을 걸 수가 없었다. 결국 앤은 어쩔 수 없이 귀에 들려오는 머스그로브 부인의 말을 들어야만 했다.

"이 문제 때문에 우리 집 주인 양반하고 그쪽 주인 헤이터 씨하고 얼마나 자주 만났는지 몰라요. 하루는 헤이터 씨가 이런 제안을 하고나면 다음날은 우리 집 양반이 저런 제안을 하고, 또 내 동생한테 무슨 생각이 떠올랐다 싶으면 젊은 애들이 싫어하고, 그러는 판이니 무슨 일인들 제대로 결정이 나겠어요! 나도 마찬가지였답니다. 처음에는 절대로 동의할 수 없을 것 같던 말들이 나중에 보니까 아주 그럴 듯하게 들리더라니까요, 글쎄."

머스그로브 부인의 말은 끊이지 않고 계속되었다. 그러나 그러한 얘기는 당사자들한테나 흥미를 느낄 만할까, 머스그로브 부인의 언변이 아무리 섬세하고 뛰어나다 하더라도 곧 싫증을 느끼게 마련이었다. 그런데도 크로프트 부인의 인내력은 참으로 대단했다. 그녀는 끝까지 성의를 가지고 얘기에 열중하고 있었고, 간혹 맞장구치듯 한마디 입을 열었다 하면 아주 재치가 있었다. 앤은 두 분의 신사들이 자신들의 얘기에 열중하느라 이 이야기가 귀에 들리지 않았으면 싶었다.

"그래서 우린 달리 바랄 수도 없습니다만 수십 번 생각한 끝에 더 이상 반대하는 것도 좋지 않다는 결론을 내리게 되었답니다. 찰스 헤이터는 거의 미칠 것 같은 지경이었고 헨리에타 역시 하루에도 몇 번씩 사람을 졸라대는 데 재간이 없더군요. 그래서 그들의 결혼이 결정된 거죠. 빨리 결혼을 시켜서 서로 어려움을 겪으며 살아보게 하는 게 약혼만 한 채 질질 끄는 것보다는 훨씬 나은 판단 아니겠어요?"

"그건 저도 전적으로 동감이에요."

크로프트 부인이 목소리를 높였다.

"제 생각에도 젊은 사람들은 약혼을 질질 끌기보다는 수입이 적더라도 빨리 가정을 갖게 해서 이런저런 고생을 시키는 것이 좋다고 생각했지요. 전 언제나 서로가 못 할 게……."

"정말이에요. 크로프트 부인!"

머스그로브 부인은 상대방이 말을 끝맺기도 전에 외쳤다.

"젊은 사람들의 약혼 기간이 길어지는 것만큼 꼴불견도 없지요. 전 자식들에게 그렇게 시키고 싶지도 않을 뿐더러 항시 아이들에게 그렇게 가르쳐 왔답니다. 전 항상 이렇게 말을 했지요. 젊은 사람들은 약혼한 지 6개월 이내에 결혼을 꼭 해야 한다구요. 아니, 일 년이라도 좋겠지만 질질 끌기만 한대서야 좋을 게 없지요."

"옳으신 생각입니다. 더구나 약혼이라는 게 확실치 못한 구석도 있지 않습니까? 시간을 끌면 끌수록 더욱 그렇죠. 무조건 약혼만 해 놓고 언젠가 결혼하기 알맞은 시기가 오려니 하고 기다린다는 건 정말로 무분별하고 위험스럽기 짝이 없는 행동이라고 생각합니다. 그러니 그런 약혼은 어느 부모든 무조건 막아야 합니다."

앤은 여기까지 얘기를 듣고 나자 갑자기 신경이 곤두서는 것을 느꼈다. 마치 자기를 염두에 두고 얘기하는 것 같았기 때문이었다. 그래서 본능적으로 저편 건너의 테이블로 시선을 돌렸는데 마침 그때 웬트워스 대령도 펜을 멈추고 귀를 기울이다가 빠르고 신속하게 그녀 쪽으로 얼굴을 돌리고 있었다.

두 부인은 서로의 의견이 일치함을 확인하고 나서 그렇게 좋아할 수가 없었다. 그래서 이번에는 자기들의 의견과 상반되는 견해에 따르다가 고통을 겪은 사례들을 하나하나 목격담으로 들춰내기 시작했다. 하지만 이미 앤의 마음은 착잡한 상태에 놓여 있었고 귓속에서는 웅웅거리는 소리만 들리고 있었다.

창가에 서 있던 허빌 대령은 두 부인의 말을 하나도 듣고 있지 않았다. 그때까지도 창가에 꼼짝을 않고 서서 무엇인가 골똘히 생각에 잠겨 있었던 것이다. 앤은 그러한 허빌 대령의 모습을 그저 멍하니 쳐다보며 머릿속으로는 혼란스러움을 느끼고 있었다. 그런데 바로 그때 앤은 문득 허빌 대령이 자기에게 고갯짓을 하는 것을 보았다. 그 고갯짓은 아주 가까운 사람에게나 하듯이 미소를 띠우며 살짝 까닥거렸는데 마치 '제 곁으로 와 주십시오. 드릴 말씀이 있습니다.' 하는 신호 같았다. 그의 태도는 그렇게 소박하고 상냥스러울 수가 없었다. 앤은 천천히 일어나 그쪽으로 다가갔다.

그가 서 있던 자리는 부인들이 앉아 있는 맞은편 끝에 있었으며 웬트워스 대령이 있는 테이블과도 가까운 위치였다. 그녀가 옆으로 다가가자 허빌 대령은 본래의 사려 깊은 표정으로 한참 동안 입을 다물고 있다가 결심을 한 듯 손에 들고 있던 꾸러미 하나를 풀어 보였다. 그것은 아주 세밀하게 그린 초상화였다.

"이게 누구의 것인지 아시겠습니까?"

"벤윅 대령님의 초상화군요."

"맞습니다. 그러면 이 그림이 누구를 위해서 그려졌고 지금 누구에게 보내지는지도 대충 짐작하시겠군요. 하지만 원래 이 그림은 (나직한 목소리로 바뀌면서) 지금 받아보실 분을 위해 그려진 것은 아니었습니다. 앤 양, 혹시 예전에 라임에서 산보를 하며 제가 당신에게 벤윅 대령의 슬픈 사정에 대해 얘기한 것을 기억하십니까? 전 그때까지만 해도 일이 이렇게 될 줄은 몰랐습니다. 이 그림은 희망봉에서 그린 것입니다. 벤윅 군이 희망봉에서 꽤나 능숙한 독일인 화가를 하나 만났었는데 일찍이 제 누이와의 약속 때문에 이 그림을 그리게 하고 집으로 가져온 것입니다. 그러니까 이 그림은 벤윅 군이 제 누이에게 주려고 했던 것이죠.

그런데 이제 저는 이 그림을 다른 여자에게 전해달라는 부탁을 받았습니다. 다른 사람도 아닌 바로 제가 말입니다. 물론 저 아니면 이런 일을 대신할 만한 사람이 누가 있겠습니까! 하지만 그래도 차마 제 손으로는 못 할 것 같습니다. 그래서 지금(웬트워스 대령 쪽을 지그시 바라보면서) 저 사람이 대신 편지를 쓰고 있는 것입니다. 아아, 불쌍한 패니! 패니 같았으면 벤윅처럼 이렇게 빨리 잊지는 않았을 텐데!"

허빌 대령은 입술을 떨어가며 괴로워했다. 앤으로서는 무어라고 위로의 말을 해야 할지 금방 떠오르지가 않았다.

"그래요, 그것에 대해서는 저도 잘 알 것 같습니다."

앤은 나직이 동정적인 목소리로 대답했다.

"아마 분명히 제 누이 같았으면 이렇게 쉽게 잊지는 않았을 겁니다. 제 누이는 그 사람을 정말로 너무너무 사랑했었거든요."

"한 남자를 진정으로 사랑하는 여자라면 누구나 다 그럴 겁니다."

앤의 짧은 한마디에 허빌 대령은 미소를 지어 보였다. 그 미소는 여성들 전체가 다 그렇다고 확신할 수 있느냐고 묻고 있는 것 같았다. 그래서 앤은 나름대로의 생각을 정중히 털어놓았다.

"분명히 여자들은, 남자들이 여자를 잊어버리는 것처럼 그렇게 쉽게 남자를 잊어버리지 못합니다. 그것은 여자들의 미덕이라기보다 운명이에요. 우리 여자들은 그럴 도리밖에 없으니까요. 우리는 가정 속에 조용히 틀어박혀 살게 마련이고 그러다 보니 너무 감정에 얽매여 있죠. 하지만 남자들은 그렇지가 않아요. 항상 활동적이고 직업에 충실하다보니 외향적이 되어버립니다. 때로는 나라의 부름을 받고 전쟁터에도 나가듯이 계속해서 닥쳐오는 일과 주위의 여건 때문에 마음속의 감정과 깊은 인상들이 약화되고 마는 거예요."

"앤 양, 사회가 남성들에게 그러한 영향들을 미친다는 사실은 인정한다고(물론 저는 인정하지 않지만) 칩시다. 하지만 그 부분에 있어서 벤윅 대령만큼은 예외예요. 그 사람은 무엇을 강요당하거나 생활에 쫓기지는 않았습니다. 그 사람이 활동하던 시기에는 평화가 회복돼서 육지에 상륙하게 되었고 줄곧 그때부터 그는 우리의 가정 속에서 살았습니다."

"맞습니다, 그건 저도 알고 있습니다. 하지만 허빌 대령님, 변화라는 것은 꼭 외부에서만 오는 것은 아닙니다. 만약 벤윅 대령님의 변화가 내부에서부터 온 거라면 어떻게 하시겠어요? 제가 생각하기에 벤윅 대령님의 변화는 내부로부터 시작된 것이 틀림없어요. 그분의 천성이죠. 동시에 그것은 남성들의 천성이라고 볼 수 있는 것이죠!"

"아, 아니에요. 그건 절대로 인정할 수 없습니다. 남성들이 타고난 천성 때문에 여자들보다 사랑하는 사람을 더 빨리 잊어버린다는 게 말이나 됩니까? 저는 오히려 그 반대라고 생각합니다. 제 생각에 우리들의 육체는 정신과 아주 밀접한 관계가 있다고 봅니다. 우리 남자들의 육체가 훨씬 더 강하고 튼튼하니까 사랑에 대한 감정도 더 강하다고 생각하는 거죠. 남자들은 어떤 어려움과 고통도 참고 견디며 뚫고 나올 수가 있습니다."

"물론 남자들의 감정이 더 완강할 수 있죠. 하지만 제가 말씀드리고 싶은 것은 그렇게 감정이 서로 비슷하거나 강하다고 하더라도 여자들의 감정에는 남자들이 갖고 있지 못한 것이 있다는 얘기입니다. 바로 여성 특유의 세심함과 상냥함이죠. 남자들의 감정이 강하다는 것은 당연한 일입니다. 만약 그렇지 않다면 어떻게 그 어려움과 고통을 헤쳐 나가겠습니까! 당신들은 건강은 물론 심지어는 생명까지도 내팽개쳐야 하는 경우가 종종 있지를 않습니까. 하지만 그런 완강함이 여자들의 세심함과 유약함을 절대로 제압하지는 못하는 겁니다. 만일(약간 말을 더듬어가며) 이 모든 문제에 여성의 감정까지 곁들여진다면 너무 가엾어요."

"이 문제에 대해서는 당신과 도저히 타협이 안 되겠군요."

허빌 대령은 그만두자는 듯이 두 손을 치켜드는 시늉을 해보였다. 그런데 그때 지금까지 조용하게 방 한구석을 차지하고 있던 웬트워스 대령 쪽에서 갑작스런 소리가 들려왔다. 그것은 웬트워스 대령이 쓰고 있던 펜이 떨어진 소리에 불과했는데 앤은 그의 위치가 생각보다 가깝다는 사실을 깨닫고 깜짝 놀랐다. 그리고 여태까지 그에게는 들리지 않을 거라고 생각했던 자기들의 음성을 그가 애써 듣느라고 정신이 팔렸기 때문에 펜을 떨어뜨린 것인지도 모른다는 생각을 해보았다.

"편지는 다 썼는가?"

허빌 대령이 물었다.

"아니, 몇 줄만 더 쓰면 돼. 5분 내에 끝나게 될 거야."

"너무 급하게 서둘지는 말게. 나는 자네가 끝낼 때까지 충분히 기다릴 수 있어. 나는 지금 안전하게 정박 중이거든.(앤에게 웃어가면서) 게다가 보급품도 넉넉해서 아무런 걱정도 없다네. 신호 같은 것은 전혀 급하지가 않아. 참, 엘리엇 양.(목소리를 낮추면서) 아까 제가 당신의 의견과는 전혀 일치가 될 수 없다고 했었나요? 아마 세상의 어떤 남자도 여자와 마찬가지일 겁니다. 하지만 참고삼아 말씀을 드리자면 모든 책 속에 있는 내용들은 모두 당신의 뜻과 정반대의 말을 하고 있습니다. 만일 제가 벤윅 군 같은 기억력을 가졌더라면 제가 하고자 하는 뜻에 걸맞은 인용구를 단숨에 쉰 개 정도라도 읊을 수 있을 겁니다. 제 생전에 펼쳐 본 책치고 여성의 변덕에 대한 언급이 없는 책은 보지를 못했습니다. 노래도 격언도 모두 여성의 변덕에 대해서 이야기하고 있죠. 물론 당신은 또 그 모든 것이 다 남자들이 쓴 것이기 때문이라고 하겠죠?"

"맞아요, 저는 그렇게 말할 거예요. 그러니까 책 속의 내용을 인용할 필요는 전혀 없죠. 남성들은 언제나 자기들의 주장을 내세우는데 여자들보다 유리했어요. 교육의 정도도 훨씬 높았고 펜대도 항상 자기들이 쥐고 있었어요. 따라서 책들을 들추어가며 주장을 내세우는 것은 결코 공평한 일이 못 된다는 것을 저는 다시 한 번 말하고 싶어요."

"그러면 어떤 식으로 그것을 증명하죠?"

"이러한 문제는 증명할 수 있는 성질의 것이 아니에요. 이것은 증명이 용납되지 않는 견해의 차이일 뿐이죠. 아마 남자나 여자나 모두 이러한 얘기의 출발에는 서로의 편견과 아집으로 가득 차 있어 서로의 지식 한도 내에서 유리한 일들만을 선택하고 조립시키게 될 겁니다. 그러다 보니 그러한 사례 중의 많은 것들은(아마도 우리의 가슴을 가장 강하게 칠 그런 경우들일 수도 있고) 이러한 토론의 결말에서 신의를 배반하지 않고는 입에 올릴 수 없거나 말해서는 안 될 것들까지도 입 밖으로 내뱉게 되고 마는 겁니다."

"아! 만일 제가 앤 양을 납득시킬 수만 있다면 좋을 텐데. 한 남자가 처자식과 이별을 고하고, 그들을 태운 보트가 보이지 않을 때까지 배웅하고 돌아서는 심정을 당신이 제대로 이해할 수 있으셨으면 좋겠어요. '이제 다시 만나게 될지 어떨지는 오직 하느님의 뜻에 달렸다.' 고 생각할 때의 심정은 또 어떤지 아세요? 그러다가 운 좋게 그 처자식들을 다시 만나게 되었을 때의 그 기쁨!

아아, 앤 양은 결코 그들의 기분을 이해하지 못할 겁니다. 어디 그뿐인 줄 아세요? 일 년 동안 헤어졌다가 귀항하는 길에 부득이한 일로 예정된 항구가 변경되어 가족들을 못 보게 되었을 때, 그때 남자들은 별의별 생각을 다하게 된답니다. 얼마나 시간이 늦어질까 계산도 해보고, 자기가 약속을 어긴 듯한 죄책감에도 시달려 고통 속에 빠지게 되는 거죠. 또 어느 날까지는 처자가 이리로 찾아와 줄 거라 생각해 보다가 '그 날짜까지는 도저히 여기에 도착할 수 없어.' 하고 중얼거리면서 열두 시간쯤은 일찍 도착하기를 내내 바라다가 마침내 신께서 그들에게 날개를 달아 주신 것처럼 예정보다도 몇 시간쯤 일찍 도착하는 것을 볼 때의 그 환호작약이라니.

이런 일말고도 자기가 소중하게 생각하는 사람들을 위해 행하는 그들의 영광스럽고 고귀한 마음들을 당신에게 모두 설명할 수 있으면 좋으련만! 물론 지금 제가 말씀드리는 것은 따뜻한 심장을 가지고 있는 일반적인 남자들에게만 해당되는 얘기입니다."

허빌 대령은 그렇게 말을 하면서 가슴이 벅찬 듯 자신의 심장 언저리를 누르고 있었다.

"어머나!"

앤은 자신도 모르게 큰소리를 질렀다.

"저는 당신이나 당신 같은 분들의 감정을 충분히 이해할 것 같아요. 어느 인간의 것이든 따뜻하고 충실한 감정에 대해 제가 낮게 평가한다면 저는 신으로부터 벌을 받을 거예요. 진정한 애정과 정절이 오직 여자들에게만 있다고 감히 생각한다면 그것은 경멸받아 마땅한 거죠. 사실 남자들은 결혼 생활에서 위대하고 선량한 일들을 해낼 수 있는 충분한 힘을 가지고 있어요. 이건 세상 모든 남자들에게 해당되는 말이죠. 다만 이러한 남자들에 비해서 여자들이 특권처럼 주장하고 싶은 것은 오직 한 가지입니다. 남자들은 분명히 사랑하는 사람이 있거나 소중한 대상이 있을 때 자기의 목숨을 바쳐서라도 지키고 보호하고자 하겠지만, 여자들은 그 대상이 사라진 후에도 사뭇 오랫동안 잊지 못하고 가슴속에 간직해 둔다는 거죠. 물론 이건 결코 부러워하거나 탐낼 만한 일은 못 되는 겁니다."

그녀는 가슴속으로 생각이 넘쳐흐르고 있어 호흡이 무거워지고 괴롭기만 했다. 그래서 곧바로 말을 이어 나갈 수가 없었다.

"당신의 생각은 참으로 넓고 깊군요."

허빌 대령은 이렇게 말하며 다정스럽게 자신의 손을 그녀의 팔에 얹었다.

"당신하고는 도저히 논쟁을 할 수가 없을 것 같아요. 하지만 벤윅 군 생각만 하면 가슴이 답답해지니……."

크로프트 부인이 떠나려고 채비를 차리는 바람에 두 사람은 서로의 대화를 멈추고 주의를 돌렸다.

"이봐, 프레데릭. 난 이제 일어나봐야겠다. 난 곧바로 집으로 갈 생각인데 넌 아직 허빌 대령하고 용무가 남아 있겠지? 그래도 오늘 저녁엔 우리 모두가 함께 모일 수가 있어서 기쁘구나.(앤 쪽을 바라보며) 앤 양, 어제 언니의 초대장을 받았어요. 프레데릭의 초대장은 보지 못했지만 그도 받은 걸로 알고 있어요. 어머나, 프레데릭. 너도 용무가 다 끝난 거냐?"

웬트워스 대령은 황급히 편지를 접고 있었는데 크로프트 부인의 질문에 바로 대답하지는 않았다.

"예, 우리도 이제 작별을 해야겠어요. 하지만 누님, 저는 지금 누님과 함께 갈 수는 없습니다. 나중에 뒤쫓아 가겠어요. 허빌, 자네도 나갈 준비가 다 되었나? 난 30초 후면 자네 앞에 이것을 갖다 줄 수가 있네."

크로프트 부인은 혼자서 나가버렸다. 그리고 웬트워스 대령은 서둘러 편지를 봉하고 정말로 떠날 채비를 했는데 그는 왠지 꽤나 흥분하고 있는 듯이 보였다. 갑자기 그가 왜 그러는지 앤으로서는 이해할 수가 없었다. 허빌 대령도 덩달아 서두르며 '안녕히 계십시오.' 하고 정중하게 인사를 하고 밖으로 나갔지만 그는 한마디 말도 일별도 없이 그냥 나가버렸다. 그러나 앤이 그가 앉아 있던 테이블 쪽으로 약간 다가서기가 무섭게 누군가 되돌아오는 발소리가 들렸고 곧 문이 열렸다. 바로 그였다.

"실례합니다. 실은 장갑을 놓고 갔습니다."

그는 사과의 말을 하고는 테이블 쪽으로 갔다. 그리고 머스그로브 부인에게 등을 보인 채 서서 흩어진 종이 조각을 추스르기 시작했다. 그러다가 불쑥 그 종이뭉치 밑에서 편지 한 통을 꺼내더니 앤에게 내밀었다. 그리고 장갑을 손에 쥐고는 다시 황급히 방을 나가버렸다. 머스그로브 부인은 그가 왔었다는 것도 미처 모를 만큼 순식간의 일이었다.

앤은 갑작스런 일로 인하여 무슨 말을 해야 할지 모른 채 그저 멍하니 서 있을 수밖에 없었다. 가까스로 손에 잡힌 편지를 내려다보니 겉에 'AE 양에게—' 라는 글씨가 적혀 있었다. 아까 그가 마지막에 황급히 접던 그 편지가 확실했다. 아! 벤윅 대령에게 보내는 편지만 쓰고 있는 줄 알았는데 어느새 자기 앞으로 이런 편지를 쓰고 있었다니! 이 편지의 내용에는 이 세상에서 그녀가 바랄 수 있는 모든 것이 들어 있었다. 그녀를 변화시킬 수 있는 운명 같은 것이 맡겨져 있었던 것이다. 불안한 채로 시간만 보내느니보다 차라리 어떤 일이든 진상을 정확히 알고 이에 맞서는 편이 낫다. 앤은 쿵쾅거리는 가슴을 안고 죄지은 사람처럼 주위를 조심스럽게 살펴보았다. 머스그로브 부인 혼자서 자기 테이블에 앉아 무언가 정리를 하고 있었다. 바로 이때라고 생각했다. 그녀는 조금 전까지만 해도 그가 상체를 굽히고 앉아 있던 그 자리에 깊숙이 걸터앉아, 편지를 읽어 내려가기 시작했다.

저는 더 이상 가만히 앉아서 듣고만 있을 수가 없었습니다. 그래서 제가 할 수 있는 방법은 무엇이든 동원해서 당신에게 말을 건네고자 결심을 했습니다. 그리고 이렇게 지금 저의 심정을 글로 적습니다. 당신은 저의 마음을 속속들이 꿰뚫고 계십니다.

저는 지금 당신에 대해 반쯤의 실망과 반쯤의 희망을 가지고 있습니다. 저에게 이미 너무 늦었다거나 감정이 다 메말라 버렸다는 말씀은 하지 말아 주십시오. 다시 한 번 저의 정열을 당신에게 바치고 싶습니다. 당신에 의해 산산조각이 나버렸던 8년 전의 마음보다 더 강하고 힘찬 심장을 가지고 고백을 합니다. 제발, 남자들은 여자들보다 사랑을 빨리 잊고 그 사랑도 빨리 사그러진다고 말하지 말아 주십시오.
전 이제껏 당신 이외의 여자를 사랑해 본 적이 없습니다. 제가 올바르지 못했을지도 모르며 약하거나 노여움에 빠졌을지도 모르지만 결코 당신에 대한 생각으로부터 변덕을 부려 다른 생각을 해본 적은 없습니다. 이 바스를 찾아온 것도 오로지 당신 때문이었습니다.
저는 오직 당신만을 위해서 생각하고 미래의 계획도 세운답니다. 저의 이 열망을 당신도 조금은 아시겠지요! 당신도 제 열망을 짐작하셨을 것이 틀림없습니다만 만일 당신과 같이 저도 당신의 심정을 읽을 수 있는 능력이 있었더라면 최근의 열흘간도 기다리지 않았을 것입니다. 오, 저는 이제 더 이상 버틸 힘이 없습니다. 저는 언제부터인가 저를 압도하는 무서운 힘을 느끼고 있습니다.
앤 양, 그래도 아직까지는 당신의 목소리를 들을 수 있다는 사실만으로 버티고 있습니다. 당신이 아무리 작은 소리로 말한다해도 저는 당신의 목소리를 또렷이 분간해서 들을 수 있답니다. 당신은 너무도 현명하고 숭고하신 분입니다. 우리 남성들의 마음을 제대로 이해할 수 있는 분은 오직 당신뿐입니다. 당신은 남성들에게도 진정한 애정과 정절이 있다고 믿어주신 유일한 분입니다.
부디 이제 당신은 그 남자의 마음이 이 세상에서 가장 열렬하며 변함없는 존재라는 것을 믿어 주십시오!

F. W.

추신: 저는 제 운명을 알지 못한 채 지금 이 자리를 떠나갑니다. 하지만 곧 이곳으로 돌아오겠습니다. 되도록이면 빨리 당신

의 뒤를 뒤쫓아 갈 수 있기를 기원합니다. 당신의 말 한마디, 눈초리 하나가 오늘 저녁에 제가 당신의 아버님의 저택을 방문하느냐 마느냐를 결정짓게 될 것입니다.

누구라도 이러한 편지를 읽게 된다면 마음의 평정을 다시 찾는데 꽤 오랜 시간이 필요할 것이다. 앤도 마찬가지였다. 그녀는 단 반 시간만이라도 생각을 정리할 필요가 있다고 느꼈다. 하지만 그녀의 바람은 채 10분도 가지 못해 갑자기 엄습해오는 긴장감으로 아무것도 할 수가 없었다. 그 긴장감은 시간이 갈수록 가슴의 설렘과 더불어 점점 더 심해져 가기만 했다. 어쩌면 그것은 억누르기 힘든 행복인지도 몰랐다. 그녀의 몸과 마음은 온통 열에 들뜬 것처럼 부풀어 오르고 있었다.

바로 그때 찰스와 메리 그리고 헨리에타가 몰려 들어왔다. 앤은 평상시답게 자기의 모습을 보여야 한다는 생각에 눌려 온몸이 팽창하는 듯한 느낌을 받지 않을 수 없었다. 하지만 그녀의 노력은 결코 오래 지속되지 못했다. 그녀는 계속해서 속마음과는 상반된 표정과 행동을 유지할 수가 없었던 것이다.

결국 그녀는 몸이 아프다는 핑계를 대야만 했다. 그녀의 말을 들은 그들은 그녀의 안색이 평상시와 다르다는 것을 확인하고는 몹시 걱정스런 얼굴들을 하고 그녀 곁으로 몰려들어 떠날 줄을 몰랐다. 앤으로서는 이것이 오히려 더 고역이 아닐 수 없었다. 차라리 그녀 혼자만 있게 내버려 둔다면 좋으련만 자기의 주변에 둘러서서 서성거리는 것은 그녀의 신경을 더 자극하는 꼴이 되고 말았다. 마침내 앤은 집으로 돌아가야겠다고 양해를 구했다. 그리고 다행스럽게도 머스그로브 부인은 흔쾌히 그녀의 뜻을 받아 주었다.

"그게 낫겠어요. 그래야 이따 저녁에 파티에도 참석을 할 수 있죠.

우리 집 세라가 있었더라면 간호를 맡아 줄 수가 있었을 텐데, 아시다시피 나는 그런 것하고는 아주 거리가 멀다우. 찰스, 네가 벨을 울려서 가마를 준비하도록 일러라. 아마 걸어서는 못 가실 테니!"

앤은 그 말을 듣고는 다시 한 번 가슴이 내려앉는 것을 느꼈다. 가마를 타고 가다니! 그것은 최악의 각본이었다. 그녀의 머릿속은 혹시 걸어가다가 거리에서 웬트워스 대령을(만날 수 있을 거라고 거의 확신하고 있었다.) 만날지도 모르는 우연에 대한 기대로 온통 가득 차 있었기 때문이었다. 그녀는 가마를 타고 간다는 것에 대하여 아주 강경하게 거부의 의사를 밝혔다. 아픈 것이라면 자기의 딸 루이자가 높은 곳에서 떨어져 다친 한 가지 생각밖에 안 드는 머스그로브 부인은, 앤이 워낙 강경하게 나오자 일단 그녀가 그럴 위험에 처할 정도의 상황은 아니라는 생각에 마지못해 승낙을 했다.

앤은 머스그로브 부인에게 작별인사를 할 때, 혹시 또 모를 일에 대비하는 의미에서 간곡한 부탁을 해두었다.

"부인, 이따가 아까 그 두 분이 다시 들르시면 오늘 저녁 저의 집 모임에 꼭 좀 참석을 해달라고 전해 주십시오. 자칫 저나 저희 집 식구들의 실수가 있어서 그분들이 오시지 않으면 어쩌나 하는 걱정이 앞서서 그럽니다. 제발 허빌 대령님과 웬트워스 대령님께 참석의 말씀을 다시 한 번 드려주세요. 그리고 꼭 다짐의 말씀도 받아주시면 정말로 고맙겠습니다."

"알았어요. 내가 꼭 전하리다. 특히 허빌 대령은 잔뜩 기대를 하고 있는 눈치인 걸 보니 걱정할 것 없을 것 같아요. 가서 몸조리나 잘해요."

"예, 알고 있어요. 하지만 혹시 또 몰라서 드리는 말씀이에요. 만약 제가 간 직후에라도 그분들이 오신다면 제 말씀을 전해 주시겠다고 약속해 주세요. 그분들은 틀림없이 이곳에 다시 들르실 거예요."

"정 그게 소원이라면 내 약속하리다. 찰스, 혹시 내가 잊더라도 네가 대신 말 좀 해주렴. 앤 양, 이제 됐어요? 무슨 일이 있어도 내가 그 두 사람을 꼭 데리고 가리다. 걱정 말아요."

앤은 더 이상의 부탁은 할 수가 없었다. 하지만 그렇게까지 해놓고도 불길한 예감에 안심할 수가 없었다. 그렇다고 언제까지 그곳에 머물러 있을 수도 없는 노릇이었다. 앤은, 만약 웬트워스 대령이 오늘 나타나지 않는다 해도 이제 허빌 대령을 통해 그를 만날 수 있으리라는 스스로의 위안을 가지고 돌아섰다.

그러나 앤은 금방 또다시 성가신 일에 매이지 않을 수 없었다. 찰스가 그녀의 속마음도 모른 채, 안심이 안 되니 집에까지 데려다 준다고 나선 것이다. 그는 총포상(銃砲商)을 만나기로 한 자기의 약속마저 취소하고 친절을 베풀고 있는지라 앤으로서는 더 이상 거부할 수도, 인상을 쓸 수도 없었다. 아, 왜 이리 남의 마음을 몰라주는 것일까! 그녀의 마음은 찰스의 지나친 친절로 인하여 아주 비참한 지경이 되고 말았다.

그들이 유니언 가를 걷고 있을 때 앤은 친숙하면서도 아주 낯익은 발자국 소리를 들을 수 있었다. 그 소리를 들으며 앤은 다시 한 번 가슴이 뛰고 있는 것을 느꼈다. 그 소리는 분명히 웬트워스 대령의 발자국 소리였던 것이다. 그와 얼굴을 맞댈 준비를 하는데 1~2초의 짧은 시간이 걸렸고, 그녀의 예상은 정확히 맞아 떨어졌다.

그는 곧 그들의 옆에 와서 나란히 걷게 되었다. 그러나 함께 가야 하나 아니면 그냥 지나쳐 가야 하나를 선뜻 결정하지 못한 듯, 아무 말 없이 다만 앤의 얼굴을 바라볼 뿐이었다. 앤으로서는 지금껏 창백해 있던 얼굴에 새로운 기운이 돌고 느릿느릿하던 동작도 경쾌해지기 시작했다. 자기 통제를 하면서도, 그의 시선을 당황하지 않고 받아낼 만큼의 침착성은 유지하고 있었다. 나중에는 찰스를 자연스럽게 젖히고 둘이서 걷기 시작했다. 바로 그때 별안간 무슨 생각이 떠올랐는지 찰스가 입을 열었다.

"웬트워스 대령은 어디까지 가십니까? 게이 가까지 가십니까? 아니면, 더 멀리 가시는 건가요?"

"아직 뚜렷하게 결정은 하지 않았습니다."

웬트워스 대령은 갑작스런 질문에 당황하며 대답했다.

"혹 벨몬트 근처까지 가십니까? 캠덴 광장을 지나가신다면 처형을 좀 부탁드리려고 그럽니다. 지금 처형은 몸이 불편해서 누군가가 댁까지 모셔다 드리지 않으면 안 될 입장이거든요. 그리고 난 시장에서 약속이 되어 있구요. 누군가가 마침 오늘 발송하기로 되어 있는 총을 보여주겠다고 해서요. 내가 볼 때까지 포장을 하지 않고 기다리겠다는군요. 그러니 지금 아니면 영 기회가 없을 것 같단 말입니다. 그 사람 얘기를 들어보니 내가 가지고 있는 중형이연발(中型二連發)하고 아주 비슷한 것 같아요. 거, 왜 있지 않습니까. 언젠가 당신이 윈스로프 근처에서 쏘셨던 그것 말입니다."

이의가 있을 까닭이 없었다. 상대방의 의견을 기다렸다는 듯이 가장 신속한 예절과 가장 고분고분한 응낙이 있었다. 겉으로 드러나는 미소는 되도록 억제하면서 마음속의 은밀한 기쁨은 남모르는 환희로 마구 뛰고 있었다. 30초도 안 되어 찰스가 다스 언덕 아래의 유니언 가로 사라지자, 누구의 말도 필요 없이 그들은 한적한 자갈길 쪽으로 방향을 잡고 걷기 시작했다.

그들 사이에는 이제 그동안 가슴에 묻어두었던 얘기들이 마구 쏟아져 나오기 시작했다. 그들은 지금 온통 행복으로 가득 찬 지상을 걷고 있었으며 미래의 생애 중에서도 가장 아름다운 추억으로 남을 시간을 만들고 있었다. 한때 모든 것을 얻었다가, 또 그 모든 것을 한꺼번에 잃어버리고 난 후 서로 헤어져 살아야 했던 그 소원(疎遠)

의 시간들! 그들은 이제 가벼운 마음으로 그 과거로 되돌아가기도 했다. 그러나 그들의 모습은 예전의 그들이 아니었다. 지금의 그들은 그들이 처음 만났을 때보다도 더 행복하고 만족스러워 보였다. 충분히 그럴 수 있는 일이었다. 그들은 그동안 서로의 성격과 진실과 애정을 바라보는데 있어 더욱 섬세해져 있었다. 그만큼 시련을 겪었고 성숙해져 있었던 것이다.

그들은 다시 완만한 언덕길을 천천히 걸어 올라갔는데, 그들 주변에 대해서는 전혀 개의치 않았다. 거들먹거리는 시정 무리배들, 왁자지껄한 가정부들, 시시덕거리는 젊은 처녀들, 아기 보는 유모들, 아이들 등등 모든 소란 속에서도 그들은 자신들만의 회상과 고백에 열중하고 있었던 것이다. 특히 그들은 현재가 있기 바로 직전의 일에 대한 설명에 빠져들었는데, 그것은 흥미도 흥미거니와 너무도 짜릿하고 너무도 무궁무진한 것들이었다. 지난주에 일어났던 모든 사소한 변화가 그들의 입을 통해 세세하게 되풀이 되어 올려졌고, 어제나 오늘 일어난 일에 대해서도 거의 이야기가 끝날 줄을 몰랐다.

앤은 이제까지 자기가 그에 대해 생각했던 것이 과히 틀리지 않았다는 것을 알았다. 그는 윌리엄 씨에 대한 질투로 몹시 괴로워하고 있었다. 그것은 바스에서 그녀를 처음 볼 때부터 시작해서 잠시 어중간한 상태에 있다가 나중에 연주회에서 다시 되살아나 그의 언행에 아주 심각한 영향을 끼치고 있었다.

지난 스물네 시간 동안은 아예 형용할 수 없을 정도였다고 그는 고백했다. 물론 때때로 그녀의 표정이나 행동에 희망을 가져보기도 했지만 결정적으로 자기의 속마음을 그녀에게 털어놓아야겠다고 마음을 먹은 것은 바로 허빌 대령과의 대화를 들으면서라는 것이었다. 그는 그녀가 허빌 대령과 토론하는 동안 그의 귀에 들려온 그녀의 어조와 감정에, 억누를 길 없는 압도적인 힘에 사로잡혀, 종이 한 장을 움켜쥐고 자기의 감정을 쏟아놓았던 것이다.

그는 자기가 편지에 쓴 내용 중에 보태거나 뺄 것이 하나도 없다고 주장했다. 그녀 이외의 아무도 사랑한 적이 없다는 것도 사실이고, 그녀에게 필적할 만한 사람을 만날 수 있다는 생각이란 해본 적도 없다는 것이었다. 일부러 그런 것은 아닌데도 그녀의 모습이 항상 그의 머릿속에 떠날 줄 몰랐다는 것이다. 그녀를 대체할 만한 사람을 만나지 못했다는 그의 말은 인정하지 않을 수 없었다. 예컨대 무의식적으로, 그러려고 한 것도 아닌데 그녀를 위해 정절을 지키게 되었다는 것, 또한 그녀를 잊으려고 무진 애를 썼고 또 자기 딴에는 잊었다고 믿었다는 것이다. 그는 스스로 화가 났을 뿐인데도 냉담해졌다고 믿었고 실제로 무관심해졌다고 상상했다.

그녀의 장점에 대해서는, 그 장점 때문에 자기가 고통스러웠으므로 그에 대해서 부당한 태도를 취하게 되었다고 했다. 이제 그녀의 성격은 가장 사랑스러운 매체인 그 꿋꿋함과 상냥스러움을 지속하고 있는 완벽한 모습으로 그의 마음에 아로새겨져 있었다. 그의 말이 사실이라면 그가 그녀를 겨우 안정된 마음으로 바라볼 수 있기 시작한 것은 어퍼크로스에 머물 때부터였다. 그리고 라임에서부터는 비로소 자기의 마음을 깨닫게 될 정도의 여유를 가지기 시작했다.

그가 라임에서 얻었다고 생각하는 교훈은 한 가지 이상이었다. 그는 윌리엄 씨가 지나가던 앤에게 홀딱 반하는 모습을 보면서 충격을 받긴 했지만, 석제에서 있었던 일이나 허빌 대령 댁에서 있었던 일을 통해서 그녀의 인품을 다시 한 번 확고부동한 것으로 만들었던 것이다.

그에 앞서 루이자 머스그로브에게 애정을 느끼고자 했던 시도(이것은 노여움에서 나온 자존심의 다른 표현이었다.)는 애초부터 불가능한 일이었다고 그는 변명을 했다. 자기는 루이자를 좋아하지도 않았으며 좋아할 수도 없었다는 것이다. 물론 그 사고가 생기기 전까지는, 그리고 그 뒤 심사숙고할 여유가 생기기 전까지는 앤이 루이자보다 아주 월등히 뛰어난 여자라는 확신을 갖고 있지 못했던 것이 사실이었다. 하지만 그 사건 이후로 그는 변함없는 절조와 완강한 외고집을 구별하게 되었으며, 무분별한 만용과 침착한 마음의 차이점을 구별할 수 있게 된 것만큼은 확실했다. 그 일을 겪고 난 후에야 그는 앤의 진정한 가치를 깨닫게 되었고, 그동안 의도적으로 그녀를 미워해온 자신의 거만과 어리석음을 진정으로 후회하기 시작했던 것이다.

그때부터 시작된 그의 참회는 날이 갈수록 심해지기 시작했다. 루이자의 사고로부터 최초 며칠 동안의 두려움과 후회로부터 벗어나자마자, 그리고 스스로 되살아난 기분을 느끼기가 무섭게, 그는 자신이 살아 있지만 이미 자유롭지 못하다는 것을 알았다.

"정말로 저 자신도 놀랐어요. 허빌 군이 저를 그녀의 약혼자로 알고 있더군요. 뿐만 아니라 그의 부인도 저와 그녀가 서로 사랑하고 있다고 철석같이 믿고 있었어요. 처음에는 어느 정도 반박을 할 수 있었지만 다른 사람들, 그녀의 가족들뿐만 아니라 그녀 자신까지도 그렇게 생각하고 있으리라는 생각을 하자 더 이상 저는 제 마음대로 할 수가 없었습니다.

결국, 그녀가 원한다면 전 도의상 그녀의 남자가 되어야 한다고 생각했습니다. 조심성이 없는 제 행동으로 인해 벌어진 일이니 제가 책임져야 한다고 생각한 거죠. 저는 그때까지 모두에게 친숙하게 구는 저의 행동이 그러한 위험을 초래할지도 모른다는 생각을 전혀 해보지 못했었습니다. 설령 그런 결과가 아니더라도 두 자매에게 동시에 접근을 시도하는 것처럼 보였을 제 행동이 최소한 나쁜 소문을 불러올 수도 있다는 것을 미리 알았어야 했던 건데요. 할 수 없이 그 모든 결과를 감수해야 할 판이었습니다."

요컨대 그는 자기가 휘말려든 사실을 너무나 늦게 깨달았다. 다시 말해 스스로가 루이자를 좋아하지 않는다는 것을 확실히 알 무렵, 이미 루이자를 비롯한 주위의 사람들은 그를 꽁꽁 묶어 놓은 셈이 되어버렸던 것이다. 그래서 그는 라임을 떠나서 그녀가 완전히 회복될 때까지 기다리기로 결심을 했다. 그 후 그는 형의 집에 가서 오랫동안 머물렀고 그렇게 시간은 흘러갔다. 어느 정도 가라앉기를 기다렸다가 켈린치로 돌아가서, 사태의 심각성이나 필요성에 따라 행동할 참이었다.

"에드워드 형님과 6주일 동안 같이 있었습니다. 그분은 무척 행복해 보이더군요. 하지만 저는 그럴 수가 없었습니다. 자격도 없었구요. 참, 그분이 당신의 안부를 꼬치꼬치 묻고는 했어요. 용모가 얼마나 변했는지, 지금은 무얼 하는지. 제가 보기에 당신은 변한 것이 하나도 없었기에 할 말도 없었답니다."

앤은 미소를 지으며 그 말을 흘려버리고 말았다. 중간에 제지하기에는 너무나 즐거운 실언(失言)이었다. 스물여덟이나 된 여자에게 한창 때의 모습과 전혀 달라진 게 없다고 말하는 것이 얼마나 고마운 찬사인가! 그녀는 마음속으로 그의 뜨겁던 예전의 애정이 완전히 회복되었다고 느꼈다.

그는 시로프셔의 형 집에 머물면서 자신의 짧았던 행동에 대한 한탄만을 하고 있다가 루이자와 벤윅 대령의 약혼 소식을 전해 들었다. 그 소식은 그를 다시 자유인으로 만들어 주는 낭보였다.

"이렇게 해서 제게 닥쳤던 최악의 사태는 끝이 났습니다. 그리고 다시 제 자신의 행복을 위해 무엇인가 노력해 볼 기회가 온 거죠. 하지만 돌이켜보건대 아무 방비도 없이 다가오는 불운을 기다려야만 했던 그때는 지금 다시 생각만 해도 끔찍합니다.

그래서 저는 그들의 소식을 듣자마자 5분도 안 되어 '수요일에는 바스에 가 있는 거다.' 하고 결심을 했습니다. 그리고는 정말로 와 버렸죠. 저는 아주 커다란 희망을 안고 바스로 왔습니다. 당신은 독신이었고 혹시 당신도 저처럼 과거의 감정에 마음을 두고 있을지도 모른다고 생각했던 겁니다. 게다가 저에게는 용기를 북돋아 주는 일이 하나 있었습니다. 당신이 다른 사람들에게 구애를 받으리라는 것은 의심할 여지가 없는 일이었지만 당신이 적어도 한 남자, 그것도 저보다 훨씬 훌륭한 자격을 가진 사람의 관심을 거절하고 있다는 것을 나는 분명히 알고 있었습니다. 그리고 이따금 '그것이 나 때문이 아닐까.' 하는 생각을 하지 않을 수 없었었던 거죠."

밀섬 가에서 처음 만났던 일도 할 얘기가 많았지만 그것보다 더한 것은 음악회였다. 그날 밤에는 훌륭한 얘깃거리가 몇 개 있었다. 팔각형의 방에서 그녀가 그에게 말을 건네려고 걸어오던 바로 그 순간의 일, 그리고 윌리엄 씨가 끼어들어 그녀를 떼어놓던 일, 또 그것에 뒤이어 희망이 되살아나기도 하고 절망이 더해지기도 했던 일, 그 모든 것들을 그는 하나도 빼놓지 않고 신이 나서 입에 올렸다.

"저에게 전혀 호의라고는 없는 당신 가족들 사이에서, 그리고 그 윌리엄이라는 친척이 옆에 딱 붙어 있는 곳에서 당신이 저에게 미소를 보냈을 때 제 심정이 어땠는지 아세요? 저는 그때 완전히 넋이 빠져 있었습니다. 당신 주위에 있는 사람들은 한결같이 제게 도움을 줄 만한 사람들이 아니었어요. 더구나 저는 당신 뒤에 있는 러셀 부인을 보고는 그 옛날의 기억에 사로잡혀 얼마나 낙심했는지 아십니까?

저에게 호의를 가졌다고는 볼 수 없는 사람들 틈에서 당신을 보고, 게다가 당신의 사촌 오빠가 당신 곁에 딱 붙다시피 해서는 말을 건네고 미소짓는 것을 보니, 그게 얼마나 무서울 정도로 당연하고 어울리는 결합처럼 느껴지던지! 더구나 그게 당신에게 영향력을 미칠 수 있는 모든 사람들의 분명한 소원이려니 생각하니! 그맘때 제가 얼빠진 사람같이 보였더라도 그렇게 될 만큼의 충분한 이유가 있었던 것이 아니겠습니까? 고통을 느끼지 않고서 바라볼 수가 있었겠습니까?

당신의 배후에 앉아 있는 당신의 후원자를 보았다는 자체가 옛날에 있었던 일의 회상이며, 그분의 영향력에 대한 인식이며, 한때 저에게 온통 불리하게 행해졌던 그 설득에 대한 지울 길 없는 불변의 인상이 아니었겠습니까?"

"당신은 과거와 현재를 구별하셨어야 했어요. 현재의 저를 의심하셔서는 안 되는 거였어요. 사정이 많이 달라졌고 저도 이제 어린 나이가 아니랍니다. 대신, 제가 설사 옛날에 설복당해 무릎을 굽혔다고 하더라도 그분들은 한결같이 저를 걱정하는 마음에서 그랬다고 생각해 주시기 바랍니다.

그러나 이제는 의무 같은 것을 내세울 까닭이 없게 되었습니다. 저에게 아무 관심도 없는 사람과 결혼하게 된다면 그것이 바로 모든 모험을 초래하며 모든 의무를 짓밟는 결과가 된다고 생각합니다."

"물론 그렇게 생각하는 게 마땅하겠죠. 하지만 저는 아직까지도 지난 긴 세월 동안 저의 마음을 아프게 만든 그 옛날 그대로의 감정에 압도되고 짓눌리고 유린되고 있습니다. 그래서 그동안 당신을, 주위에 굴복당한 사람, 저를 포기한 사람, 자신이 아닌 다른 사람에 의해 움직이는 사람이라고 생각해 왔던 거구요. 더구나 아직도 당신의 옆에는 예전에 저를 극구 반대하던 그 후원자가 그대로 건재하고 있어요. 당신이 이제 그 사람으로부터 자유로울 수 있다는 걸 어떻게 믿을 수 있죠? 습관의 힘이란 정말 무서운 건데요."

"저를 믿으시면 됩니다. 이제까지의 저의 태도나, 제가 드린 말씀이면 충분히 다른 걱정을 접어 두실 수 있을 거라고 생각하는데요…….”

“아닙니다, 아닙니다! 당신의 태도는 당신이 다른 사람하고 혼약을 맺은 데서 오는 마음의 여유에 불과할 수도 있었지요. 그래서 저는 그렇게 믿고서 당신으로부터 떠난 것입니다. 그러면서도 나중에 가서 다시 당신을 만나야겠다고 마음속으로 다짐을 했습니다. 아침이 되자 저의 용기는 회복돼서 다시 이 고장에 눌러 있고 싶은 동기를 여전히 느꼈습니다.”

집으로 돌아온 앤은 식구들이 모두 깜짝 놀랄 만큼 밝고 활기에 넘쳐 있었다. 그녀 스스로 느끼기에도 아침에 집을 나설 때의 근심과 고통으로부터 완전히 벗어나 있었고 오히려 이 행복이 금방 깨어져 버릴 것 같은 걱정까지 들 정도로 그녀의 마음은 가벼워져 있었다. 그녀는 이토록 뛰노는 자신의 행복을 다른 시샘으로부터 지키기 위해서라도 잠시 혼자만의 시간을 조용히 가져야겠다고 생각했다. 그리고 자기의 방으로 들어가 오랫동안 진심에서 우러나오는 감사의 기도를 올리고 나서야 침착성과 예전의 평온을 되찾을 수 있었다.

저녁이 되자 응접실은 불빛으로 찬란해졌고 사람들이 점점 모여들기 시작했다. 그리고 서로 모르는 사람들끼리 섞여서 벌써 카드놀이도 시작되고 있었다. 이렇게 시작한 그날 밤의 모임은 서로의 친밀감을 충족시키기에는 사람들의 수가 너무 많았고, 획기적인 변화를 추구하기에는 너무 적었다. 하지만 앤이 느낄 수 있었던 것은 밤이 너무도 빨리 지나가고 있다는 것뿐이었다. 그녀는 감동과 기쁨으로 빛나 아름다웠으며 그동안 상상조차 못 했을 정도로 모든 사람들에게 찬미를 받아가며 상냥스럽고 친절한 행동을 취하고 있었다.

월리엄 씨도 그 자리에 와 있었다. 그녀는 그를 피하면서 한편으로는 가엾게 여겼다. 월리스 부부는 그녀가 평소에 알고 있던 것처럼 참으로 재미있었다. 댈림플 부인과 카트리트 양을 보면서는 얼마 안 가 무해무익(無害無益)한 친척으로 남으리라는 생각을 했다. 클레이 부인에 대해서는 관심 밖이었고, 아버지나 언니가 사람들 앞에서 보여주는 행동에서 얼굴을 붉힐 일이라고는 별로 없었다.

머스그로브 사람들과는 전혀 격의 없는 말을 나누었으며 허빌 대령에게서는 남매 같은 정을 느꼈다. 러셀 부인과도 대화를 잠깐씩 나누었는데 마음속의 감미로운 생각 때문이었는지 자꾸만 말이 끊어지고 말았다. 앤은 특히 크로프트 부부를 대할 때 자신도 모르게 유달리 뜨거운 애정과 친근감이 솟아나는 것을 어쩔 수 없이 느꼈다. 웬트워스 대령과 얘기할 기회도 여러 번 있었지만 그녀는 이제 일부러 조바심을 치지 않았다. 그는 항상 이곳에 있으려니 하는 생각에 편안한 마음을 가지게 되었던 것이다. 그러다가 문득, 사람들이 모두 온실 식물의 진열에 감탄하느라 정신이 쏠려 있을 때 그녀는 그에게 낮은 목소리로 말했다.

"저는 예전에 제가 당신과 헤어졌던 일이 옳은 일이었는지 어떤지를 곰곰이 생각해 보았어요. 꽤 공평하게 생각하려고 노력했죠. 그리고 당신과 헤어짐으로써 저는 괴로움과 고통을 맛보았지만 그래도 역시 저의 판단이 옳았다는 결론을 내렸어요. 그렇다고 당시 우리들의 사이를 반대했던 제 후원자의 의견이 전적으로 옳았다는 말은 아닙니다. 만약 그와 비슷한 상황이 벌어진다면 저는 결코 그런 충고를 하지 않을 겁니다.

다만 제 말은 제가 그분에게 무릎을 굽힌 그 자체의 행동이 옳았다는 것입니다. 만약 제가 그분의 말을 듣지 않았더라면 당시의 우리 상황으로 보아 우리의 약혼기간은 마냥 길어졌을 테고 저는 아마도 그 긴 기간을 견뎌내지 못했을 겁니다. 양심의 고통까지 겪어야 했을 테니까요. 전 지금, 이와 같은 감정이 인간성의 한도에서 허용될 수 있는 한은 그 당시의 자신을 책할 이유는 없다고 생각합니다.

제 생각이 잘못되지 않았다면 강한 의무감은 여성이 지녀야 할 것으로서는 나쁘기만 한 것은 아닐 테지요. 만약 그때 제가 그분에게 설득 당하지 않았다면 우리는 당연히 이렇게 지금 다시 마주 설 수도 없었겠죠. 결과적으로 보면 그분의 충고는 우리들에게 아주 좋은 결실을 맺게 해주었잖아요? 그러니 이제 당신도 그분을 용서하시고 사랑해 주세요. 그분은 제게 어머니나 다를 바가 없는 분이랍니다."

그는 앤과 러셀 부인을 번갈아가면서 보다가 냉정하게 숙고하듯이 말했다.

"아직은 그렇게 쉽게 되지가 않습니다. 하지만 차차 나아질 겁니다. 언젠가는 그분을 용서하고 관대해지겠지요. 사실 저도 그동안 저의 적이라고 생각되는 사람들을 생각해 보았습니다. 그런데 저에게 적이라 할 만한 사람은 러셀 부인말고 또 한 사람이 있더군요. 그게 바로 제 자신이었습니다. 앤 양! 솔직하게 말씀을 해주십시오. 지난 1808년, 제가 바로 이 잉글랜드로 몇천 파운드의 돈을 가지고 라코니아 호 함장이 돼서 돌아왔을 때 제가 만일 편지를 드렸더라면 당신은 그 편지에 회답을 주셨을까요? 다시 말해 저와 새로이 결혼할 마음이 있었던가요?"

"당연하죠."

그녀의 말은 짧았지만 아주 단호했다.

"아아, 그랬군요. 저도 그것을 전혀 짐작을 못 한 것은 아니었습니다. 돈도 명예도 다 가진 마당에 당신만 내 사람이 된다면 좋겠다는 욕심도 가져 보았구요. 하지만 그때의 저는 자존심이 너무나 강한 상태였습니다. 그래서 전 당신에 대해 알려고 하지도 않았습니다. 마치 눈을 감은 거나 마찬가지였죠.

아아, 그때 제가 그 자존심을 조금만 꺾었더라면 6년간의 고통은 없었어도 됐으련만! 이제는 옛날의 그 생각이 저를 괴롭게 만드는군요. 이렇게 돌이켜 볼 때 저는 저 이외의 사람들을 하루빨리 용서해야 마땅하다는 생각이 듭니다. 예전부터 행복을 느낄 때마다 저는 그 모든 게 저 스스로의 노력에 의해 획득된 것이라고 믿어 왔는데 그 생각도 고쳐야겠습니다. 저도 이제부터는 역경을 헤쳐 나온 다른 사람들처럼 저의 마음을 운명에 따르게끔 노력을 해야겠어요. 그리고 혹시 제가 제 자신의 가치 이상으로 행복하게 살고 있는 것은 아닌지도 곰곰이 씹어보는 법도 배워야겠습니다.

12

이 이후의 일은 누구나가 대충 짐작을 할 것이다. 젊은 두 남녀가 결혼을 하겠다고 마음을 먹은 이상 어떤 어려움과 난관이 닥치더라도 그들의 목표를 위해서 모든 노력을 다할 것이라는 것은 너무도 뻔한 일이 아닌가! 그들이 아무리 가난하고 무분별하고, 또 그 둘의 결합이 아무리 서로에게 도움이 되지 않는다 하더라도 그것은 마찬가지일 것이다. 물론 이런 비유가 이야기를 끝내는데 어울리지는 않겠지만 그것이 사실인 바에야 어쩔 수 없는 일이 아닌가. 하물며 웬트워스 대령과 앤 엘리엇 같은 쌍이야 이 이후의 일이 어떻게 진전되었을지 짐작해보는 것은 그리 어렵지 않을 것이다.

그들은 원숙한 정신과 올바름에 대한 의식과 독립적인 재산까지 가진 성인들이었다. 따라서 그들은 우리가 감히 상상할 수 없는 어떤 어려움에 닥쳤다 하더라도 능히 헤치고 나갔을 것이다. 그리고 사실 그들에게는 주위의 축복과 감격이 약간 부족했다는 것 이외에 별다른 문제는 없었다. 월터 경은 군이 반대를 하지 않았고 엘리자베스도 냉정하고 무관심한 표정을 보이는 것 이상으로 짓궂게 굴지는 않았다.

웬트워스 대령은 이만오천 파운드의 돈을 가지고 있었으며 사회적으로 그의 입지에 맞는 충분한 지위도 획득하고 있었기 때문에 훌륭한 신랑감으로 손색이 없었다. 오히려 그는 약간 우매하며 낭비벽이 심한 준남작의 사위로서는 과분하다고 보아야 옳았다. 월터 경은 선대가 물려준 자신의 지위를 보존해갈 만한 결의와 식견이 도대체 없었고 앤의 결혼식 때 그녀의 몫으로 할당해야 할 일만 파운드의 지참금도 제대로 내줄 형편이 못 되었다.

월터 경은 애초부터 앤에 대한 애정도 없었고 그녀의 결혼 소식에 대해서 우쭐거릴 만큼 기분 좋은 허영심도 들지 않았지만 적어도 둘의 결혼이 나쁜 인연은 아니라는 생각을 가지고 있었다. 오히려 그는 웬트워스 대령을 보면 볼수록 마음에 들어 했고 나중에는 그의 용모와 매력에 아주 흠뻑 빠지고 말았다. 그래서 그 정도면 자기 딸에게 어느 정도는 어울린다고 스스로 인정을 하기도 하였다. 그리고 종국에는 결국 그토록 애지중지하던 서적(준남작 명부)에다 그들의 결혼에 대한 항목을 자신이 직접 써 넣게까지도 되었던 것이다.

그들 중 단 한 사람인 러셀 부인만이 예전의 반감으로 인하여 그들의 결혼에 대해 심한 근심을 표명했다. 앤이 짐작하건대, 러셀 부인은 윌리엄 씨의 정체를 알고 그를 단념하면서 심한 고통을 느낄 것이고, 웬트워스 대령과는 진정으로 사귀고 교류를 하게 되기까지 어느 정도의 갈등을 피해갈 수 없으리라는 것은 자명한 사실이었다. 어차피 러셀 부인이 스스로 겪어내야 할 일들이었다. 그녀는 분명히 두 사람을 오해했으며, 그것도 단순히 겉모양에 의한 판단으로 굳어졌던 것임을 인정해야 했던 것이다.

다시 말해 러셀 부인은 웬트워스 대령의 태도가 자기 생각과 맞지 않는다고 해서 위험스럽게도 조급한 성격의 남자라고 단정 지었고, 윌리엄 씨는 행동거지가 올바르고 정중하고 은근한 자세가 자기 마음에 꼭 든다고 하여 건전한 사고방식과 잘 조화된 정신을 가진 사람이라고 속단했던 것이다. 이제 러셀 부인이 할 일이라고는 자기 판단이 전적으로 잘못되었음을 인정하고 새로운 사고방식과 희망을 다시 세우는 일밖에 없었다.

가끔씩 어떤 사람에게는 상대방의 성격을 식별하는 데 탁월하리만치 예리한 직관이 주어진다. 이것은 다른 사람의 어떠한 경험으로도 좇아갈 수 없는 천부적인 통찰력인 것이다. 이런 면에서 보면 러셀 부인은 그녀의 젊은 친구인 앤보다도 못했던 것 같다. 하지만 그녀는 타고난 천성이 착했기 때문에 앤의 행복을 진심으로 기원했다. 자신의 능력보다는 앤을 더 사랑했기 때문에 친자식처럼 여긴 앤의 행복을 책임질 웬트워스 대령에게 어머니다운 마음으로 접근하는 데 오랜 시간이 걸리지 않았던 것이다.

전체 가족들 중에서 그들의 결혼을 누구보다도 기뻐한 것은 메리였다. 그녀는 결혼한 언니를 갖는다는 것이 무엇보다도 신이 났고 그 결혼이 지난 가을 동안 자기가 앤을 잡아 두었기 때문에 가능했다고 자랑삼아 떠들고 다녔다. 특히 자기 언니의 남편이 시누이들의 남편보다 훨씬 뛰어나고 부유하다는 점도 그녀로서는 아주 흡족한 일이었다. 물론 결혼 후에 앤을 만났을 때, 그녀가 연장자로서의 특권을 가지고 있고 소형 랜도 마차의 주인이 되어 있는 것을 보고 약간 씁쓸한 느낌을 가지기는 했지만 그것도 나름대로 위안을 삼을 준비는 갖추고 있었다. 즉 앤은 자기처럼 어퍼크로스 같은 대저택을 상속 받을 가능성이 없었고 웬트워스 대령이 준남작 같은 작위를 받지 않는 한 자기와 앤과의 지위가 뒤바뀔 염려는 없다고 확고히 믿고 있었던 것이다.

제일 맏이인 엘리자베스는 도저히 변화라는 것이 있을 수 없었으므로 메리와 똑같이 자신의 입장에 만족하기만 한다면 걱정될 일은 없었다. 그녀는 엘리엇 씨가 쫓겨나듯 물러서는 꼴을 보고 난 후 그 어떠한 남성에게도 관심을 두지 않았으므로 헛된 희망을 불러일으킬 일도 없게 된 것이다.

월리엄 씨로서는 앤의 결혼 소식이 아닌 밤중에 홍두깨와 같았다. 그 소식은 새로이 가정을 꾸미고자 했던 포부와 엘리엇 가의 후계자로서 월터 경의 재혼을 저지시키고자 했던 계획을 일순간에 물거품으로 만들어 버리고 말았다. 하지만 그는 비록 좌절과 실망을 맛보기는 했어도 아직 자신의 이익과 향락을 위해서라면 무슨 일이든 다시 해낼 수 있는 힘이 있었다. 그가 황급히 바스를 떠난 후에 클레이 부인도 서둘러 떠난 것으로 미루어 그들이 어떠한 음모를 꾸미고 있었는지는 또 대충 짐작할 수 있었다.

클레이 부인이 월리엄 씨의 뒷바라지를 위해 런던에서 자리를 잡았다는 소문에 의해 그러한 짐작은 더한층 신빙성을 가지게 되었다. 클레이 부인은 물욕을 애욕으로 극복했고 월터 경에게 걸었던 장기적인 계획의 가능성을 젊은 월리엄 씨를 위해 희생해 버린 것이다. 하지만 그녀는 애욕뿐만 아니라 수완에 있어서도 뛰어났다. 그래서 월리엄 씨와 그녀 중 나중에 누가 승리를 얻게 될 것인지는 확실히 말할 수가 없는 일이었다. 막상 지금으로서야 월리엄 씨가, 그녀가 월터 경의 부인이 되는 것을 막았다고 하지만 마지막에 가서 그녀가 월리엄 부인이 되는 것은 누가 또 막을 수 있을지 모를 일이다.

월터 경과 엘리자베스가, 믿었던 월리엄 씨를 잃고 클레이 부인에게 속았다는 사실까지 알았을 때 맛보았을 충격과 원통함은 의심할 여지가 없는 일이다. 물론 그들에게는 아직 위안이 될 댈림플이라는 친척이 남아 있기는 했지만 그 친척은 그들이 아첨과 추종을 제공해야 할 상대였을 뿐 이제까지 자기들에게 굽실거려온 사람들은 사라지고 만 셈이었다. 당연히 생활의 기쁨이 반감된 것도 사실이었다.

앤은 러셀 부인이 웬트워스 대령과 친해 보겠다는 의사를 당연하다는 듯이 일찌감치 표명한 것에 아주 흡족해 했다. 그래서 이제 그들에게 재산의 불균형 같은 것은 문제가 되지도 않았고 미래의 행복에 대한 근심거리도 없었다. 다만 앤은 남편에게 소개해 줄 만한 친척이 없다는 게 항상 마음에 걸렸다.

이것은 거의 열등감과도 같은 것이었다. 그를 떳떳하게 맞이해서 제대로 대접할 가족이 없다는 것, 그의 형제자매들의 인품과 그들로부터 받게 되는 기분 좋은 환대에 보답해줄 만한 품격과 선량함이 자기네로서는 없다는 사실, 그것이 그녀의 마음으로서는 너무나 생생하게 느껴지는 고통이었다. 그것만 해결된다면 그녀는 더할 나위 없이 세상에서 가장 행복한 여자가 될 수 있을 것 같았다.

앤이 생각하기에 자기 주위에서 그와 상대해도 될 만한 사람은 오직 두 사람뿐이었다. 러셀 부인과 스미스 부인이었다. 이 두 사람에게는 그도 예전부터 이미 호감을 가지고 대하고 있었다. 그는 러셀 부인에게 예전의 좋지 못한 기억이 있음에도 불구하고 지금은 진심으로 존중하고 있었다. 물론 그가 예전의 부인 행동이 옳았다고까지 말한 것은 아니었다. 다만 의도적으로 러셀 부인의 일이라면 무조건 칭찬을 아끼지 않았다. 스미스 부인의 경우는 최근에 앤이 가깝게 지냈다는 사실만으로도 충분히 그의 환심을 사고 있었다.

스미스 부인의 입장으로 본다면 앤의 결혼이 자기와의 사이를 갈라놓기는커녕 오히려 두 사람의 친구를 더 만들어 준 셈이 되었다. 그녀는 그들이 결혼을 하고 나서 제일 먼저 맞은 손님이었다. 그리고 웬트워스 대령은 서인도에 있는 그녀의 남편의 재산을 되찾아오는 일을 그녀에게 적극 권했으며 그녀 대신 편지를 쓰고 그 문제에 따르는 자질구레한 어려운 문제 전반에 걸쳐 후원을 해주었다. 그는 두려움을 모르는 사나이처럼, 그리고 결의를 굳힌 친구처럼 자기가 할 수 있는 모든 행동과 노력을 아끼지 않았다. 이렇게 그는 스미스 부인이 자기의 부인인 앤에게 그동안 베풀었던 친절은 물론 베풀려고 했던 마음에까지도 유감없이 보답을 했던 것이다.

스미스 부인은 이리하여 재산도 늘어났고 건강도 아주 좋아졌으며 언제나 즐거운 얼굴로 생활을 영위하게 되었다. 그녀는 원래가 쾌활하고 정신의 활기를 잘 잃지 않는 성격이었기에 이러한 그녀의 모습은 이제 언제까지고 계속될 듯이 보였다. 그녀는 절대적인 부와 완전한 건강과 아울러 행복한 미래까지 얻은 것이나 다름없었다. 앤이 느끼는 행복의 근원이 따스한 마음 씀에 있다면 스미스 부인은 발랄한 생기에 있었던 것이다.

이제 앤은 변함없이 지켜온 따스한 심성과 상냥함으로 완전한 사랑과 행복을 얻고 있었다. 주위에서 그녀를 바라보는 사람들이 오직 그녀의 눈에서 그림자를 볼 수 있는 일은 한 가지밖에 없다고 자신있게 말했다. 그것은 언젠가 전쟁이 다시 터져 그의 사랑이 그녀 곁을 떠나갈 때 일어날 수 있는 그런 일이었다. 그것은 해군을 사랑하는 그녀로서 언제나 지불해야 할 세금과도 같은 것이었다. 하지만 그것마저도 그녀는 그의 역할이 국가적 중요성이라기보다는 차라리 가정적 미덕으로써 훌륭해지기를 진심으로 바라고 있었다.

〈the end〉

제인 오스틴(Jane Austen)의 생애와 연보

1775년

12월 16일 영국 햄프셔의 스티븐튼 마을에서 태어남.

1795년 (20세)

『이성과 감성』의 전신인 『엘리너와 메리앤』 집필.

1796년 (21세)

『오만과 편견』의 전신 『첫인상』을 쓰기 시작, 이듬해 완성.

1797년~1798년 (22~23세)

『노생거 사원』을 쓰기 시작함. 처음에는 『수잔』이라 불림.

1803년 (28세)

『노생거 사원』의 초고를 크로스비 출판사에서 10파운드에 사감. 이 무렵에 미완인 『윗슨가의 사람들』 집필.

1811년 (36세)

『맨스필드 파크』를 쓰기 시작(1813년 6월 완성). 『이성과 감성』이 에거튼 사에서 출판. 초판이 140파운드의 수입을 가져다 줌.

1812년 (37세)

『오만과 편견』을 에거튼 사에서 110파운드에 사감.

1813년 (38세)

『오만과 편견』 에거튼 사에서 출판. 『이성과 감성』, 『오만과 편견』이 동시에 재판되어 나옴.

1814년 (39세)

『엠마』의 집필에 착수(1815년 3월 25일 완성). 『맨스필드 파크』 출판.

1815년 (40세)

『설득』 집필 시작. (1816년 8월 완성). 『엠마』가 존머리 사에서 출판. 『이성과 감성』이 프랑스어로 출판됨.

1816년 (41세)

[사계평론] (1815년 10월호)에 월터 스콧의 『엠마』 비평이 나옴. 『맨스필드 파크』의 재판이 나오다. 『맨스필드 파크』 및 『엠마』의 프랑스어판이 나옴.

1817년 (42세)

『샌디턴』집필. 이것은 1925년에 처음으로 출판되었으나 현재는 Jane Austen' s Minor Works 속에 수록되어 있다. 7월 18일 사망. 유해는 원체스터 대성당에 안장됨. 『오만과 편견』 제3판이 나오다.

1818년

『노생거 사원』과 『설득』, 미완성 원고가 연이어 출판됨.

설득

초판 1쇄 인쇄일 : 2006년 10월 20일
초판 1쇄 발행일 : 2006년 10월 25일

지은이 : 제인 오스틴
옮긴이 : 조희수
발행처 : 현대문화센타
발행인 : 양장목
출판등록 : 1992년 11월 19일
등록번호 : 제3-448호
주소 : 서울특별시 은평구 대조동 191-1(122-842)
대표전화 : 384-0690~1　　팩시밀리 : 384-0692
이메일 : hdpub@chol.com

ISBN 89-7428-301-8 (03840)

값 10,000원